HEYNE

E. 22
S.

UWE LAUB

STURM

THRILLER

WILHELM HEYNE VERLAG
MÜNCHEN

Der Verlag weist ausdrücklich darauf hin, dass im Text
enthaltene externe Links vom Verlag nur bis zum Zeitpunkt
der Buchveröffentlichung eingesehen werden konnten.
Auf spätere Veränderungen hat der Verlag keinerlei Einfluss.
Eine Haftung des Verlags ist daher ausgeschlossen.

Verlagsgruppe Random House FSC® N001967

Vollständige deutsche Erstausgabe 03/2018
Copyright © 2016 by Uwe Laub
Copyright © 2017 der deutschsprachigen Ausgabe
by Wilhelm Heyne Verlag, München,
in der Verlagsgruppe Random House GmbH,
Neumarkter Str. 28, 81673 München
Redaktion: Heiko Arntz
Dieses Werk wurde vermittelt durch die AVA international GmbH
Autoren- und Verlagsagentur, München.
www.ava-international.de
Printed in Germany
Umschlaggestaltung: Das Illustrat unter Verwendung eines Motivs
von © Umberto Nocentini/Shutterstock
Satz: Leingärtner, Nabburg
Druck und Bindung: GGP Media GmbH, Pößneck
ISBN: 978-3-453-41980-3

www.heyne.de

Für meinen Vater
Danke für alles

»Sollen sich alle schämen, die gedankenlos sich
der Wunder der Wissenschaft und Technik bedienen,
und nicht mehr davon geistig erfasst haben als die Kuh von
der Botanik der Pflanzen, die sie mit Wohlbehagen frisst.«

ALBERT EINSTEIN

1

BERLIN

Daniel Bender schloss die Augen und wünschte sich weit weg. Bis vor einer halben Stunde war er noch in absoluter Hochstimmung gewesen, voller Energie, bereit, es mit der ganzen Welt aufzunehmen. Dieser Samstagnachmittag entwickelte sich jedoch zu einem echten Albtraum, und das lag keinesfalls nur am Wetter, das sich beständig verschlechterte. Mit einem Auge beobachtete Daniel die rasch aufquellenden Gewitterwolken über dem Berliner Olympiastadion, aber das wahre Grauen spielte sich auf dem Spielfeld ab. Der FC Bayern hatte gerade das 3:0 erzielt, dabei war noch nicht einmal Halbzeit. Daniel warf Ben einen Blick zu, der neben ihm stand und seinen Hertha-BSC-Schal um Augen und Ohren gewickelt hatte. Sein Kumpel litt wie ein Hund. Daniel klopfte ihm aufmunternd auf die Schulter. »Noch ist nichts verloren.«

Ben zog den Schal herunter. »Heb dir solche Sprüche für deine Zuschauer auf.« Er sah Daniel vorwurfsvoll an und blickte dann flehend gen Himmel.

Daniel erwiderte nichts. Nach dem Spiel, bei einem kühlen Bier, würde Ben sich schon wieder beruhigen. Daniel zupfte an seinem Trikot. Es klebte am Körper. Die für diese Jahreszeit ungewöhnlich schwülwarme Luft machte ihm zu schaffen. Seit Tagen ging das schon so. Die Boulevardpresse sprach bereits von einer »Hitzewelle«. Die übliche Übertreibung. Daniel betrachtete die Sache etwas nüchterner. Er wusste, dass für die momentane Hochdrucklage eine Blocking-Situation verantwortlich war, wie Meteorologen dieses Phänomen nannten. Dabei lenkten stabile Hochdruckgebiete in der oberen Troposphäre Tiefdruckgebiete links und rechts von sich ab und sorgten somit für »Schönwetterinseln«, die sich mit Durchmessern von über zweitausend Kilometern über große Teile Europas erstrecken konnten. Eigentlich eine tolle Sache. Wie so viele Menschen sehnte sich Daniel jedoch allmählich etwas Abkühlung herbei. Er folgte Bens Beispiel und blickte nach oben.

Die Wolkenmasse hatte sich zu einer imposanten Säule in den Himmel erhoben. Daniel zog eine Grimasse. Eine Cumulonimbuswolke mit ausgeprägter Amboss-Form verhieß nichts Gutes. Tatsächlich erklang jetzt ein dumpfes, lang gezogenes Donnergrollen und schwoll mit einer solchen Intensität an, dass es sogar die Fan-Gesänge auf den Tribünen übertönte.

Daniel blickte entlang des Stadionovals durch die Öffnung über dem Marathontor, in Richtung des Glockenturms. Dieser befand sich etwa zweihundert Meter vom Stadion entfernt, am Ende einer weitläufigen Rasenfläche, dem Maifeld. Von seinem Platz in der Ostkurve aus konnte Daniel den oberen Teil des Turms gut erkennen. Mit offenem Mund starrte er auf die schwarze Wolkenwand, die sich urplötzlich von der Unterseite der Gewitterwolken im Westen absenkte, bis sie so knapp über dem Boden hing, dass sie fast an der Spitze des siebenundsiebzig Meter hohen Turms kratzte.

Eine Wallcloud, dachte er. *Aber das ist unmöglich.*

Ein greller Blitz zuckte vom Himmel, unmittelbar gefolgt von einem krachenden Donnerschlag. Die gesamte Tribüne erzitterte.

»Wow«, kommentierte Ben.

Keiner achtete mehr auf das Spiel. Alle starrten nach oben. Viele zeigten mit ausgestreckten Fingern auf die tief hängende Wolkenwand über dem Glockenturm, andere filmten das Geschehen mit ihren Handys. Auch Daniel zückte jetzt sein Handy. Gut möglich, dass er sich hier in den nächsten Minuten interessantes Bildmaterial für seine nächste Show sichern konnte.

Es begann zu schütten. Blitze erhellten den Himmel, einer greller als der andere. Donnerschläge krachten durch die Luft, laut wie der Knall von Düsenjägern beim Durchbrechen der Schallmauer. Ein Blitz schlug in die Spitze des Glockenturms ein, wo sich die über vier Tonnen schwere Olympiaglocke befand. Daniel meinte zu sehen, wie sie vor dem pechschwarzen Hintergrund für einen Augenblick rot aufglühte.

Wind kam auf. Mit zunehmender Sorge beobachtete Daniel, wie die Wolken über ihnen anfingen zu rotieren. Rasch kristallisierte sich die rundliche Struktur einer Gewitterzelle heraus, deren Ausmaße so riesig waren, dass sie ganz Charlottenburg bedecken musste. Die Rotation nahm Fahrt auf. Täuschte sich Daniel, oder hing plötzlich ein chlorähnlicher Geruch in der Luft? *Ozon*, schoss es ihm durch den Kopf.

Noch lief das Spiel weiter, aber es würde garantiert jeden Moment abgepfiffen werden. Während Daniel überlegte, ob es allmählich Zeit wurde, die Tribüne zu verlassen, schlug ein greller Blitz mit ohrenbetäubendem Knall in die im Runddach des Stadions integrierte Flutlichtanlage über der Westkurve ein. Funken sprühten, Metall- und Glassplitter regneten auf die Menge herab. Menschen schrien auf. Die Flutlichtanlage fiel aus, und mit einem Schlag wurde es dunkel im Oval. Die Spieler flüchteten in die Kabinen. Daniels Hauptaugenmerk aber galt der Westkurve, wo jetzt Panik einsetzte.

Tausende Menschen schienen mit einem Mal nur noch von

einem einzigen Gedanken erfüllt: *Nichts wie raus hier!* Die Menge strebte auf die Ausgänge zu. Die ersten Zuschauer, die das trügerische Glück hatten, nahe bei den Ausgängen zu sitzen, es aber nicht schnell genug durch die Absperrungen schafften, wurden bereits von der stetig nachrückenden Menge gegen die Absperrungen gequetscht. Gellende Schreie waren zu hören, die das allgemeine Gebrüll übertönten. Mit erschreckender Klarheit begriff Daniel, dass heute, hier und jetzt, Menschen sterben würden. Er stoppte die laufende Videoaufnahme und steckte das Handy in seine Hosentasche.

»Das gibt's doch nicht!«, rief Ben aus. Er boxte Daniel mit dem Ellbogen in die Rippen und deutete in Richtung Glockenturm.

Daniel musste sich zwingen, den Blick von der wogenden Menschenmasse in der Westkurve abzuwenden, aber kaum hatte er den Grund für Bens Aufregung erblickt, kam ihm alles andere belanglos vor.

»Heilige Madonna«, flüsterte er. Er stand wie hypnotisiert da, unfähig, sich zu bewegen, und beobachtete das Geschehen, das sich rund um den Glockenturm abspielte.

Die tief hängende Wolkenwand veränderte ihre Struktur und formte sich zu einem gigantischen Trichter. Das schmale Ende der Trichterwolke verlängerte sich und glich bald einem Rüssel, der sich unaufhaltsam dem Erdboden näherte. Daniel schnappte nach Luft. Nicht einmal während seines Auslandssemesters an der School of Meteorology in Oklahoma hatte er die Geburt eines Tornados aus so geringer Distanz mitangesehen. Unfassbar, dies mitten in Deutschland zu erleben.

Unaufhörlich näherte sich der Rüssel dem Maifeld. Schließlich kam es zum Kontakt. *Touchdown.* Gras, Erde und alles, was auf dem Rasen herumlag, wurde aufgewirbelt und gnadenlos in die Höhe gerissen. Wild zuckend begann der Tornado mit lautem Brausen eine zerstörerische Schneise in das Maifeld zu schlagen.

Zunächst schien es, als würde er sich in einem rechten Winkel zum Olympiastadion entfernen. Sekunden später jedoch änderte er seine Zugbahn und rotierte auf den Glockenturm zu. Der schmale Turm hatte der Urgewalt des Tornados nichts entgegenzusetzen. Unter dem Einfluss der mächtigen Winde zerbarst er in tausend Stücke. Beton, Ziegel und Mauerreste stoben in alle Richtungen davon. Die größeren Trümmer fielen zu Boden, die kleineren, leichteren Bruchstücke wurden von den Aufwinden in die Höhe gerissen, nur um kurz darauf wie Geschosse ausgespuckt zu werden. Die mächtige Glocke stürzte in die Tiefe und durchbrach das Dach der direkt darunter befindlichen Langemarckhalle. Daniel blieb keine Zeit, um darüber nachzudenken, ob die Glocke Menschen unter sich zerquetscht haben mochte, denn der Tornado näherte sich dem Stadion.

Die meisten Zuschauer waren bislang auf den Tribünen geblieben, doch jetzt änderte sich die Situation. Allen wurde schlagartig bewusst, dass sie sich in akuter Lebensgefahr befanden. Innerhalb weniger Sekunden waren sämtliche Ausgänge verstopft. Nichts ging mehr.

Inzwischen war es dunkel, als wäre schlagartig die Nacht hereingebrochen. Starkregen durchmischt mit Hagel prasselte auf die Menschen nieder. Daniel riss schützend seine Arme nach oben. Alles in ihm schrie nach Flucht, aber ein Blick zu den verstopften Ausgängen verriet ihm, dass jeder Versuch rauszukommen aussichtslos war. Ihm wurde klar: Wenn der Tornado seine Zugbahn beibehielt, würde es ihn und Ben erwischen.

Überall versuchten sich die Leute rücksichtslos in Sicherheit zu bringen. Auf dem Weg in die vermeintlich sicheren Katakomben stießen Männer Frauen und Kinder beiseite, nur um kurz darauf festzustellen, dass sie gegen eine Wand von Hunderten Menschen chancenlos waren. Der Tornado erreichte das Stadion und streifte dabei die linke Säule des Marathontors. Sie zerbröselte, als wäre sie aus Sand gebaut. Beton und Mörtel spritzten in alle Richtungen. Zuschauer sanken zu Boden, getroffen von scharfkantigen Splittern. Doch das wahre Grauen setzte jetzt erst ein. Der Tornado erfasste die ersten Menschen. Sie wurden eingesaugt, schreiend in die Luft gewirbelt und wieder ausgespuckt. Aus mehreren Metern Höhe stürzten sie zu Boden, wo sie reglos liegen blieben.

Das Brausen des Tornados steigerte sich zu einem infernalischen Kreischen. Es erinnerte Daniel an einen Güterzug, der mit angezogenen Bremsen an ihm vorbeiraste. Er ging in die Hocke und krümmte sich zusammen, die Hände zum Schutz gegen den Hagel weiterhin über den Kopf haltend.

Daniel wusste nicht, wie lange er so dagehockt hatte, aber endlich zog das Monstrum fort von der Tribüne, auf das inzwischen verwaiste Spielfeld. Dort zerlegten die mörderischen Winde ein Tor in seine Einzelteile, als bestünde es aus Mikado-Stäbchen. Der hin und her zuckende Rüssel schien nach neuen Opfern zu suchen. Regen und Hagel trommelten auf Daniel ein, doch nahm er dies kaum mehr wahr. Wie ein geblendetes Reh konnte er seine Augen nicht vor seinem grausigen Schicksal abwenden.

In Höhe der Mittellinie wirkte der Tornado für einen Moment unentschlossen, in welche Richtung er weiterziehen solle. Dann beschrieb er einen Neunzig-Grad-Winkel und steuerte direkt auf die Haupttribüne zu. Die verglasten VIP-Logen boten keinerlei Schutz. Die deckenhohen Frontscheiben explodierten förmlich. Ein Splitterregen ergoss sich auf die darunter befindliche Haupttribüne, gefolgt von Stühlen, Tischen und sonstigem Mobiliar, das der Tornado aus den Logen riss. Obwohl die VIPs eigentlich Zeit genug zur Flucht gehabt hatten, waren zu Daniels Überraschung viele geblieben. Hatten sie tatsächlich gedacht, in ihren goldenen Käfigen würde ihnen nichts geschehen? Ein fataler Trugschluss, den viele nun mit dem Leben bezahlten.

Wenige Sekunden später durchbrach der Tornado die Außenwand des Stadions und zog endlich davon. Zitternd verfolgte Daniel, wie sich der obere Teil der Trichterwolke entfernte. Das Brausen wurde schwächer. Wind, Regen und Hagel hörten so abrupt auf, wie sie eingesetzt hatten. Das Gelände rund um das Marathontor sah aus wie nach einem Bombenangriff. Die Westkurve, die blaue Tartanbahn sowie das Spielfeld waren mit Leichen und abgerissenen Gliedmaßen bedeckt.

Daniel sah nach oben, und seine Augen füllten sich mit Tränen. Selbst in den Streben der Dachkonstruktion und der Flutlichtanlage entdeckte er Leichen. Vom Tornado nach oben gerissen, hatten die Körper sich zwischen Eisen- und Stahlträgern verfangen. Daniel zog Ben an sich, umarmte ihn, so fest er konnte, und gemeinsam weinten sie, wie sie noch nie geweint hatten.

2

JAKUTSK, RUSSISCHER FÖDERATIONSKREIS FERNOST

Schon seit der Mittagspause machten Gerüchte die Runde, dass an der Oberfläche etwas Seltsames vor sich ging. Doch was genau dort oben los war, das wusste keiner genau zu sagen. Jewgeni Sorokin sah in die Gesichter seiner Kumpel, in denen er dieselbe Ratlosigkeit fand, die auch in ihm herrschte. Vor einer halben Stunde war das vorzeitige Ende der Schicht bekannt gegeben worden. In den siebzehn Jahren, in denen Jewgeni nun schon tief unten in den Stollen der ALROSA-Minen unter lebensgefährlichen Bedingungen Diamanten förderte, hatte es so etwas noch nie gegeben. Nun, was immer an der Oberfläche vor sich gehen mochte, in wenigen Minuten würde er es erfahren.

Er öffnete seinen Spind, verstaute Arbeits- und Handschuhe und nahm im Gegenzug seine Stiefel, Handschuhe, Fellmütze und die Gesichtsmaske heraus, die er vor Schichtbeginn dort deponiert hatte. In seine traditionellen *untys,* die wärmsten Stiefel der Welt, schlüpfte er sofort, die anderen Kleidungsstücke behielt er in der Hand. Er zog sie grundsätzlich erst unmittelbar vor der Fahrt nach oben an. Auch wenn der Winter noch ein paar Wochen auf sich warten ließ, betrugen die Temperaturen an der Oberfläche bereits jetzt durchschnittlich minus dreißig Grad. Wirklich zu schaffen machte dies Jewgeni nicht. Wie alle Jakuten kannte er es nicht anders. Er war in der kältesten Großstadt der

Welt geboren und aufgewachsen und hatte von Kindesbeinen an gelernt, im Winter mit Temperaturen um die minus fünfzig Grad umzugehen.

Jewgeni betrat den Aufzug. Rumpelnd setzte sich die Eisengitterkabine in Bewegung, und gemeinsam mit weiteren Minenarbeitern fuhr Jewgeni der Oberfläche entgegen. Es herrschte eine angespannte Stimmung. Das Rattern und Knirschen des Aufzugs war Jewgeni noch nie so laut vorgekommen wie heute.

»Das hat sicher etwas mit dem grünen Licht zu tun«, ließ sich ein älterer, bärtiger Kumpel vernehmen.

»Was für ein Licht?«, fragte Jewgeni.

»Mein Schwager Alexej hat es letzte Nacht gesehen. Er konnte nicht schlafen und hat aus dem Fenster geschaut. Da hat er es gesehen.«

»Was hat er gesehen?«

»Alexej schwört, dass der Himmel grün geleuchtet hat.«

»Polarlichter?«

Der Bärtige schüttelte den Kopf. »Alexej meint, es hat wie ein grüner, pulsierender Ball ausgesehen.«

Jewgeni betrachtete den Bärtigen skeptisch. Geschichten wie diese kursierten regelmäßig unter den älteren, häufig abergläubischen Einheimischen. Er wollte dazu gerade eine Bemerkung fallen lassen, als er eine sonderbare Veränderung bemerkte. Irritiert sah er an sich herab. Es fühlte sich an, als würde sich eine Schicht dicker, zähflüssiger Luft wie ein Kokon um seinen Körper legen und ihm den Brustkorb zudrücken. Die verängstigten Gesichter seiner Kumpel verrieten, dass sie es ebenfalls spürten.

Mit jedem Meter, den sie sich der Oberfläche näherten, wurde Jewgeni unruhiger. Das Atmen fiel ihm zunehmend schwerer. Mit dem Handrücken wischte er sich einen Schweißfilm von der Stirn. Er sah nach oben, wo ein heller Streifen Tageslicht den

Ausstieg markierte. Roch es nicht auch ganz anders als sonst? Und woher kam diese Wärme? Erneut wischte er sich über die feuchte Stirn.

Der Aufzug stoppte, die Türen öffneten sich. Gleißendes Licht blendete Jewgeni. Er kniff die Augen zusammen, beschirmte sie mit der Hand und versuchte vergeblich, etwas zu erkennen. Ein milder Windhauch strich über sein verschwitztes Gesicht. Verdammt, wieso war es hier oben so warm? Es sollte eigentlich eiskalt sein.

Eine Stimme befahl ihnen auszusteigen. Jewgeni gehorchte zögernd und trat hinaus in eine Welt, die nicht mehr dieselbe war wie wenige Stunden zuvor.

Intensive Sonnenstrahlen durchdrangen Jewgenis Kleidung und heizten seinen Körper auf. Blinzelnd entfernte er sich einige Schritte vom Aufzug. Der Boden unter seinen Füßen war weich und gab unter seinem Gewicht nach. Jewgeni trat in eine Pfütze, stutzte, ging weiter und trat erneut in eine Wasserlache. Er betrachtete die öligen Schlieren und fragte sich, wieso das Wasser nicht gefroren war? Allmählich gewöhnten sich seine Augen an die Helligkeit, und er sah sich um. Überall standen die Menschen einzeln oder in Gruppen beisammen und beobachteten das Unbegreifliche: Der Boden, der in ganz Jakutien von September bis April ohne Ausnahme durchgehend gefroren war, taute in einem atemberaubenden Tempo auf.

Auf dem gesamten Gelände hatten sich riesige Pfützen gebildet, der Boden glich krümeligem Sand. Unweit von Jewgeni stand ein Lkw, dessen Reifen auf der Fahrerseite noch auf festem Boden ruhten, diejenigen auf der Beifahrerseite jedoch steckten bis zu den Radnaben im Wasser. Zwei Arbeiter entluden in großer Eile Kartons, die auf der schrägen Ladefläche zu verrutschen drohten. Ein paar Meter daneben neigte sich ein hoher Mast, an dessen Spitze starke Scheinwerfer angebracht waren, ebenfalls gefährlich zur Seite.

Vor neun Stunden hatte Jewgeni sein Haus wie üblich vor dem Morgengrauen verlassen, um zur Arbeit zu fahren. Da hatte das Thermometer noch minus zweiundvierzig Grad angezeigt. Normalität für Jewgeni, der sein ganzes Leben lang nie aus Jakutsk herausgekommen war. Inzwischen brannte die Sonne mit einer Intensität vom Himmel, die er nie für möglich gehalten hätte. Schon jetzt, nach kaum fünf Minuten, juckte die Haut auf seinem Gesicht und seinen Handrücken. Ratlos betrachtete er seine Jacke, Fellmütze, Handschuhe und die Gesichtsmaske, die er noch immer in der Hand hielt. Die Temperaturen lagen gewiss weit im zweistelligen Bereich. Im zweistelligen *Plus*-Bereich! Wie war das möglich?

Ein ohrenbetäubender Lärm riss Jewgeni aus seinen Gedanken. Der Mast mit den Scheinwerfern war umgefallen. Mit einem Mal wurde Jewgeni die Tragweite dessen bewusst, was hier geschah. Taute der Boden an der Oberfläche auf, verwandelte er sich in krümeligen Sand, in dem Jewgenis Untys jetzt schon bis zu den Knöcheln steckten. In den meisten Ländern versuchte man gar nicht erst auf diesem schwierigen Untergrund zu bauen. In Jakutsk gab es keine Wahl. Alle Gebäude standen auf Pfählen. Für jeden einzelnen Pfahl musste man ein Loch tief in den steinharten Boden bohren. Im Sommer taute der Boden maximal bis in eine Tiefe von vier Metern auf. Wie sich anhand des umgestürzten Mastes zeigte, galt diese Regel offenbar nicht mehr. Bei diesem Gedanken wurde ihm flau. Wenn dieser Auftauprozess in diesem Tempo weiterging, drohte ganzen Wohngebieten der Untergang – denn Jakutsk war schließlich sprichwörtlich auf Sand gebaut.

O bosche moi! – Mein Gott! Jewgeni dachte an sein eigenes kleines

Häuschen. Und an Irina, seine Frau, und Dimitrij, seinen Sohn, die darin auf ihn warteten, vermutlich ebenso verängstigt und ratlos wie er selbst. Er musste sofort zu ihnen.

Bevor er das umzäunte und alarmgesicherte Gelände verlassen konnte, musste er sich den üblichen Kontrollen unterziehen, auf die der Konzern selbst an diesem so außergewöhnlichen Tag nicht verzichtete. Um zu verhindern, dass Diamanten aus der Mine geschmuggelt wurden, führte man Jewgeni zunächst in einen unmöblierten Raum, in dem er sich bis auf die Unterhose ausziehen musste. Ein Angestellter mit gepuderten Latexhandschuhen winkte ihn heran und unterzog ihn einer umfassenden Leibesvisitation, die keine Körperöffnung aussparte. Jewgeni schloss die Augen. Diesen Teil der täglichen Routine hasste er. Danach musste er sämtliche Kleidungsstücke anziehen, die er bei sich trug, bevor er vor das Röntgengerät trat. Ungeduldig rieb er sich über die Bartstoppeln. Die Prozedur kam ihm heute entsetzlich langwierig vor. Noch während er durch die Schleuse nach draußen entlassen wurde, zog er sich Jacke und Pullover wieder aus. Die Hitze war unerträglich.

Er ging zur Bushaltestelle vor dem Haupteingang, einem rostigen Unterstand mit löchrigem Wellblechdach. An einem normalen Arbeitstag fuhren die Busse bei Schichtwechsel im Minutentakt. Aber heute war nichts normal.

»Da kommt kein Bus mehr«, sagte ein Kumpel, der offenbar zu Fuß zur Arbeit kam. Wie Jewgeni hielt er Pullover und Jacke in den Händen. Sein Gesicht war gerötet und verschwitzt.

»Sie kommen nicht durch?«, fragte Jewgeni. »Ist es so schlimm?«

Der Kumpel setzte zu einer Antwort an, schüttelte dann nur den Kopf und ging wortlos weiter. Jewgeni zögerte keine Sekunde und machte sich zu Fuß auf den acht Kilometer langen Heimweg.

Er ging die schlammige Straße entlang, auf der vor Tagesanbruch die Räder der Pkws und Busse noch auf dem Eis durchgedreht hatten. Es stank nach faulen Eiern. Jewgeni wusste, dass im Permafrostboden Methan sowie weitere Faulgase gebunden waren, die nun freigesetzt wurden. Die Sonne brannte wie Feuer auf seiner Haut. Um sein Gesicht zu schützen, zog er seine Fellmütze über den Kopf und klappte den Schirm nach unten. Rasch wurde es unter der Mütze brütend heiß, doch der Schutz vor der stechenden Sonne war wichtiger. Sein Unterhemd klebte ihm an Brust und Rücken. In den dicken, mit Rentierfell gefütterten Untys schienen seine Füße zu kochen.

Nach einer halben Stunde erreichte Jewgeni eine lang gezogene Kurve, die in eine Senke führte, und er erkannte die Ursache, weshalb die Busse nicht zu den Minen durchkamen. Wo die Straße in die Senke hinab- und auf der anderen Seite wieder hinaufführte, versank sie auf einem etwa dreißig Meter breiten Teilstück in einem tiefen Tümpel. Offenbar sammelte sich hier das Tauwasser der näheren Umgebung. In der Mitte stand ein Bus bis zu den Fenstern im Wasser. Auf der anderen Seite parkten drei weitere Busse mit laufenden Motoren. Ihre Fahrer standen beisammen, rauchten und debattierten. Sie wirkten ratlos.

Jewgeni kniete sich am Rand des Tümpels nieder. Mit beiden Händen schöpfte er Wasser, klatschte es sich ins Gesicht. Es war die reinste Wohltat. Er nahm seine Mütze ab und strich sich mit nassen Hände die Haare nach hinten. Dann folgte er dem Beispiel einiger Kumpel, die den kleinen Teich auf dessen rechter Seite über eine Anhöhe umgingen.

Auf diese Weise erreichte er schließlich Jakutsk.

Was er sah, übertraf seine schlimmsten Befürchtungen. Fast alle der Häuser am Stadtrand versanken in braunem Schlamm, einige wiesen bereits Schräglage auf. Auf den Straßen herrschte Hektik. Männer diskutierten lautstark und wild gestikulierend miteinander, andere räumten fluchtartig ihre Wohnungen. Frauen, jung wie alt, sahen ihnen zu und jammerten oder beteten. Ein Gebäude brannte. Flammen schlugen aus dem Erdgeschoss. Immerhin war die Feuerwehr vor Ort und begann in diesem Augenblick mit den Löscharbeiten. Vermutlich war durch das einsinkende Gebäude eine Gasleitung beschädigt worden. Falls dies zutraf, drohte diese Gefahr Hunderten weiteren Häusern. Jakutsk würde sich in eine Flammenhölle verwandeln, falls dieser verdammte Auftauprozess nicht bald aufhörte.

Jewgeni bekreuzigte sich. Er dachte an sein Häuschen am östlichen Stadtrand, direkt neben dem Fluss Lena. Ein entsetzlicher Gedanke kam ihm. War es denkbar, dass sich der Flusslauf änderte, wenn sich bestimmte Uferregionen senkten? Was, wenn die Lena über ihre Ufer trat und das ganze Wohnviertel überflutete? Der mächtige Strom würde alles mit sich reißen – Autos, Häuser, Menschen. Irina und Dimitrij schwebten womöglich in Lebensgefahr. Jewgeni beschleunigte seine Schritte.

Er kam am Markt vorbei, an dessen Ständen gestern noch steif gefrorene Fische in den Eimern der Händler aufrecht gestanden hatten und die gefrorene Milch scheibenweise angeboten worden war. Jetzt ließen die Fische die Köpfe hängen, und weiße Flecken auf dem Boden verrieten das Schicksal der Milch. Ein altes Marktweib packte ihn jammernd am Arm und faselte irgendetwas von verdorbenen Waren und dass sie ruiniert sei. Jewgeni stieß sie beiseite. Er verabscheute sich dafür, aber ihm lief die Zeit davon. Er musste zu seiner Familie. Irgendwo aus Richtung Stadtmitte hörte er eine dumpfe Explosion und kurz darauf Sirenengeheul. Eine weitere Gasleitung? So gut es ging, versuchte er die Panik und den Lärm um ihn herum auszublenden. Jakutsk hatte knapp zweihundertsiebzigtausend Einwohner, und sie schienen heute alle auf den Beinen zu sein.

Wenig später erreichte er sein Wohnviertel. Wie die großen Mehrfamilienhäuser steckten auch die kleinen Häuschen bis über die Türschwellen im Schlamm. Lag es doch am Fluss? Hatte die Lena das Erdreich unterspült? Jewgenis Magen krampfte sich zusammen, als er sah, dass auch sein Haus betroffen war. Wässriger Schlamm bahnte sich gurgelnd seinen Weg durch die Spalte in der Eingangstür.

Jewgeni riss die Haustür auf. »Irina! Dimitrij!«

Niemand antwortete.

O bosche moi!, dachte er, als er den Gasgeruch im Haus bemerkte.

3

BREDENSTEDT BEI HANNOVER

Der dritte Sonntag im September war ein traumhafter Tag. Die Sonne brannte vom Himmel und trieb die Temperaturen vermutlich zum letzten Mal in diesem Jahr an die Dreißig-Grad-Marke. Ein besseres Wetter hätten sich die Planer des jährlichen Stadtfestes nicht wünschen können. Laura Wagner saß auf dem Rand des runden Brunnens auf dem Rathausplatz und betrachtete das Treiben durch ihre Sonnenbrille. Sie trug eine cremeweiße Bluse und türkisfarbene Shorts, ihre mittellangen braunen Haare hatte sie auf einer Seite zurückgekämmt und mit einer Spange befestigt. In der Mitte des Brunnens sprudelte eine Fontäne. Glitzernde Wasserspritzer flogen durch die Luft und prickelten angenehm auf Lauras nackten Beinen. Sie tauchte ihre Hand ins Wasser und benetzte ihren Nacken mit dem kühlen Nass. Eine Wohltat. Kurzerhand streifte sie ihre Riemchensandalen ab, tauchte ihre Füße in den Brunnen und wackelte mit den Zehen. Ein verliebtes Pärchen schlenderte händchenhaltend vorbei. Laura sah ihnen hinterher, bis sie in der Menge verschwanden, seufzte verträumt und wandte ihre Aufmerksamkeit wieder den anderen Menschen zu.

Wie jedes Jahr an diesem Tag war die Altstadt für den Verkehr gesperrt. Vor den Geschäften hingen Luftballons, es fand ein Flohmarkt statt. Zig Buden und Imbisswagen sorgten für die Verpflegung, in der Luft hing der Geruch von Grillwürsten und Zuckerwatte. Am Rande des Rathausplatzes stand ein kleines Festzelt, in dem der städtische Musikverein aufspielte. Noch war vom Umzug nichts zu sehen. Laura reckte ihr Gesicht der Sonne entgegen. Ihre Sommersprossen würden wieder voll zur Geltung kommen. Es war ihr egal. Als Teenager hatte sie versucht, die hellbraunen Flecken mit Make-up zu überdecken. Irgendwann hatte sie eingesehen, dass die Sommersprossen zu ihrem Gesicht einfach dazugehörten. Außerdem gab es in ihrem Leben aktuell niemanden, den das möglicherweise interessiert hätte. Ihre Welt drehte sich seit vielen Jahren einzig um Robin, ihren elfjährigen Sohn. Sie konnte es kaum erwarten, ihn endlich in seinem Kostüm zu sehen.

Die Sonne verschwand hinter einer Wolke. Laura nahm ihre Sonnenbrille ab und ließ ihre Blicke schweifen. Das gesamte Wochenende über hielten Konzerte, Ausstellungen und andere Veranstaltungen die Einwohner Bredenstedts auf Trab. Den Höhepunkt stellte ohne Zweifel der Festumzug dar, an dem alle Schulen, Kindergärten und Vereine mitwirkten. Von weit her drang jetzt Musik an Lauras Ohren. Zunächst gedämpft, dann zunehmend lauter und klarer. In die Zuschauer kam Bewegung. Schnell bildeten sie eine Gasse quer über den Rathausplatz. Laura stellte sich auf den Rand des Brunnens, von wo aus sie über alle Köpfe hinweg sah. Etwas jedoch irritierte sie. Sie legte ihren Kopf in den Nacken und blickte in den Himmel.

Die vereinzelte, einsame Wolke, die sich vor die Sonne geschoben hatte, erschien Laura irgendwie sonderbar. Obwohl sich kaum ein Hauch regte, war die Wolke in Bewegung, veränderte sich. Laura konnte dabei zusehen, wie sie aufquoll. Jetzt glich sie einem gigantischen Blumenkohl mit immer neuen Ausbuchtungen. Weitere Wolken bildeten sich wie von Zauberhand, scheinbar aus dem Nichts. Stück für Stück zog sich der Himmel zu. Die

Geschwindigkeit, mit der das Wetter umschlug, war atemberaubend. *Bitte jetzt keinen Regenschauer*, dachte sie.

Endlich rollte der erste Umzugswagen auf den Rathausplatz, ein grüner Traktor, mit Blumen dekoriert, der schwarze Abgaswolken in die Luft jagte. Hinter dem Wagen folgte sogleich die erste Musikkapelle. Die Zuschauer am Wegesrand fingen an, im Takt mitzuklatschen. Noch war Robins Klasse nicht zu sehen, dafür fiel Laura etwas Sonderbares auf: Die Tauben, die den Rathausplatz für gewöhnlich in Scharen bevölkerten, waren nirgendwo zu sehen. Nicht ein einziges Tier. Wohin waren sie verschwunden? Und weshalb?

Wenige Minuten später verkündete ein erneuter Blick nach oben nichts Gutes. Eine tief liegende, schmutzig gelb leuchtende Wolkenwalze näherte sich von Osten. Die Luftfeuchtigkeit war mit einem Mal erdrückend. Lauras Bluse klebte an ihrem Körper. Nun deutete tatsächlich alles auf ein Gewitter hin. Laura verzog das Gesicht. Der Umzug kam nur langsam voran. Immer wieder geriet er ins Stocken. Dann, endlich, kamen die Kinder.

Und mit ihnen kam der Sturm.

Die bedrohliche Wolkenfront erreichte das Stadtzentrum. Wie aus dem Nichts fegten kräftige Böen über den Rathausplatz. Laura ruderte mit den Armen, um auf dem Rand des Brunnens nicht das Gleichgewicht zu verlieren. Ihre Haarspange löste sich, und ihre Haare wirbelten durcheinander. Irgendwo fiel etwas mit einem lauten Klirren zu Boden. Laura zog ein Haargummi aus der Hosentasche und band sich einen Pferdeschwanz. Überall kämpften die Leute mit dem Wind. Pappteller und Servietten stoben durch die Gegend. Eine Jacke wehte über den Rathausplatz, verfolgt von ihrem fluchenden Besitzer.

Zunächst konnte Laura Robin in der Menge der Kinder nirgendwo entdecken. Die Ritter und Burgfräuleins sahen sich auf die Entfernung allesamt ziemlich ähnlich. Erst als sie näher kamen, entdeckte sie ihren Sohn. Er lieferte sich mit seinem Freund Samuel ein spielerisches Gefecht mit seinem Holzschwert. Den Kindern schien der aufkommende Sturm vollkommen egal zu sein. Sie gingen in ihren Rollen auf und vergaßen dabei die Welt um sich herum. Laura beneidete die beiden um ihre Sorglosigkeit. Sie rief Robins Namen und winkte ihm zu. Natürlich hörte und sah er sie nicht. Regen setzte ein. Erste dicke Tropfen platschten vom Himmel. Binnen Sekunden entwickelte sich ein Platzregen, gleichzeitig sank die Temperatur spürbar. Es dauerte nicht lange, bis Lauras Kleider durch und durch nass waren. Sie begann zu zittern, überlegte, ob sie sich irgendwo unterstellen sollte, doch irgendetwas hielt sie davon ab. Laura glaubte an den Mutterinstinkt. Wenn sie gegenüber Andrea und Katrin davon sprach, lachten ihre Freundinnen sie immer aus, doch Laura wusste es besser. Es gab diesen Instinkt, und hier und jetzt, während sie durchnässt und frierend inmitten eines Platzregens auf dem Rand eines Brunnens stand, meldete er sich eindringlich.

Die Tauben fielen ihr ein. Man sagte, Tiere besäßen einen sechsten Sinn. Warum hatte Laura nicht früher daran gedacht? Einmal mehr blickte sie ängstlich hinauf zu der tief hängenden, inzwischen pechschwarzen Wolkendecke. Über dem Stadtrand zuckten Blitze. Plötzlich verspürte Laura den dringenden Wunsch, Robin auf der Stelle in Sicherheit zu bringen. Sie sprang vom Brunnen und lief auf ihren Sohn zu, der sich etwa vierzig Meter Luftlinie entfernt von ihr noch immer mit Samuel im Schwertkampf übte.

»Entschuldigung«, rief sie, während sie sich ihren Weg durch diejenigen Zuschauer bahnte, die in einer *Jetzt-erst-recht*-Einstellung Regen und Sturm trotzten.

Kurz darauf fand sie sich inmitten der Kinder wieder. Sie entdeckte Robin und war mit zwei schnellen Schritten bei ihm.
»Robin!«
»Mama? Was machst du hier?« Auch er triefte vor Nässe. Sein Helm und sein Schild aus Pappmaché wellten sich bereits und waren kurz davor, sich aufzulösen.
»Wir gehen«, sagte Laura.
»Wohin?«
»Nach Hause.«
»Jetzt schon? Wieso?«
»Komm bitte.« Sie packte ihn am Arm.
»Nein.« Er riss sich los. »Die anderen dürfen auch mitlaufen.«
»Das ist mir egal.«
Sie bemerkte, dass sie Aufmerksamkeit erregte. Leute grinsten, hielten sie wohl für überängstlich. Nun, sollten sie. Entschlossen zog sie Robin mit sich. »Komm jetzt!«
»Hat Robin etwas ausgefressen?«, fragte Samuel, der plötzlich vor ihnen stand. Sein Papphelm hing ihm in Fetzen vom Kopf.
»Nein«, antwortete Laura. »Es ist nur …«
Über ihren Köpfen donnerte es. Noch während Laura angespannt den Atem anhielt, schlug direkt vor ihren Füßen ein dicker Eisbrocken auf das Kopfsteinpflaster. Der Aufprall sprengte ihn in Dutzende kleinere Stücke. Erschrocken sprang Laura zur Seite. Weitere Eisklumpen folgten. Die Kinder stießen überraschte Schreie aus. Laura traute ihren Augen nicht. Das, was da vom Himmel auf sie niederging, war Hagel. Aber diese Hagelkörner waren faustgroß.
Auf dem Platz brach Panik aus. Direkt vor Laura wurde ein Mann am Kopf getroffen und ging zu Boden. Verängstigte Kinder schrien und rannten wild durcheinander. Verzweifelt versuchten sich die Menschen in Sicherheit zu bringen. Rasch waren die

wenigen verfügbaren Unterstände an Grillbuden und vor den Cafés belegt. Aber wirklich Schutz bot hier nichts.

Ein heftiger Schlag gegen Lauras Schulter jagte ihr einen stechenden Schmerz über den Rücken. Ein Hagelbrocken hatte sie getroffen. Praktisch im selben Moment hörte sie Robin aufschreien. Er drückte beide Hände auf seinen Kopf und begann zu weinen. Ein dünner Blutfaden sickerte zwischen seinen Fingern hervor. Lauras Herz setzte einen Schlag aus. Als glich dieser Treffer einem Weckruf, löste sie sich aus ihrer Starre. Sie blickte sich hektisch um. An den Unterständen der Grillbuden, sowie den wenigen überdachten Verkaufsständen reichte der Platz längst nicht mehr für die vielen Menschen aus. Auch vor den umliegenden Cafés drängte sich die Menge vor verstopften Türen.

Laura packte mit der einen Hand Robin und mit der anderen Samuel und rannte mit den beiden auf einen Traktor zu, der wenige Meter entfernt mit laufendem Motor mitten auf dem Platz stand. Die Frontscheibe war eingeschlagen, der Fahrer hielt sich mit beiden Händen das blutende Gesicht. Vermutlich hatten ihn Glassplitter verletzt.

»Unter den Anhänger!«, brüllte Laura und drückte die beiden Kinder nach unten. Robin und Samuel verstanden und krochen auf allen vieren unter die Ladefläche. Dann ging auch Laura auf die Knie und robbte unter den Anhänger. Mehrere Erwachsene und Kinder folgten ihrem Beispiel bis es keinen Platz mehr gab. Hoffentlich kam der Fahrer nicht auf die Idee, plötzlich loszufahren. Er schien schwer verletzt zu sein. Wer konnte schon sagen, was in diesem Augenblick in ihm vorging? Ihnen blieb nichts anderes übrig, als das Risiko einzugehen. Die Alternative war gefährlicher.

Während der Hagel unablässig über ihnen auf die Ladefläche

hämmerte, untersuchte Laura Robins Wunde. Behutsam tastete sie seinen Kopf ab, was er mit einem Aufschrei quittierte.

»Schon gut«, sagte sie beruhigend, »ich bin vorsichtig.« Sie teilte seine Haare an der Stelle, an der sie die Wunde vermutete, doch es war zu dunkel, um viel zu erkennen.

»Mein Kopf tut weh«, jammerte Robin.

»Ich weiß, Schatz. Wenn wir zu Hause sind, verarzten wir dich sofort.« Sie drückte ihm einen Kuss auf die Wange und hoffte, er würde ihre eigene Unruhe nicht bemerken. Sobald der Hagel vorbei war, würde sie ihn ins Krankenhaus bringen müssen. Doch bis dahin waren sie zum Warten verdammt. Frierend und zitternd beobachteten sie die schrecklichen Szenen, die sich auf dem Rathausplatz abspielten.

Männer, Frauen und Kinder wurden von Hagelbrocken getroffen und stürzten, viele mit blutenden Platzwunden. Sie hielten die Unterarme schützend über die Köpfe und rollten sich zusammen, um den herabstürzenden Eisklumpen so wenig Angriffsfläche wie möglich zu bieten. Kinder irrten über den Platz und riefen nach ihren Eltern, die wer weiß wo sein mochten. Gleichzeitig rannten Eltern umher, die verzweifelt nach ihren Kindern suchten. Ein älterer Mann stolperte in gebückter Haltung über den Platz. Ein schweres Hagelgeschoss traf ihn im Nacken. Er sackte zusammen und blieb reglos liegen. Zwei kleine Mädchen, keine sechs Jahre alt, kamen in Lauras Sichtfeld. Sie trugen rosa Kleidchen, hielten sich an den Händen und weinten erbärmlich. Wo zum Teufel waren ihre Eltern? Laura brach der Anblick der verstörten Mädchen das Herz. Sie konnte die beiden unmöglich ihrem Schicksal überlassen.

Sie wollte gerade unter dem Anhänger hervorkriechen, da fasste Robin sie angsterfüllt an der Schulter. »Wo willst du hin, Mama?«

»Ich bin gleich wieder da.«

»Nein«, rief er mit aufgerissenen Augen, die rechte Gesichtshälfte blutverschmiert. »Du sollst nicht weggehen.«

»Siehst du diese Mädchen? Ich bringe sie nur schnell zu uns in Sicherheit.«

»Nein! Lass mich nicht allein.« In seinen Augen standen Tränen.

»Sie sollten auf Ihren Sohn hören«, mischte sich ein Mann ein, der neben ihr hockte. »Sie bringen sich nur selbst in Gefahr.«

»Einer muss diesen Mädchen helfen.« Laura ließ sich nicht beirren. »Und *Sie* denken ja offensichtlich nicht daran.«

Der Mann sah skeptisch unter dem Anhänger hervor. »Von welchen Mädchen reden Sie überhaupt?«, fragte er unwirsch.

Sie wollte ihn schon fragen, ob er eigentlich blind sei, als ihr auffiel, dass die Mädchen verschwunden waren.

Der Hagelsturm wütete weiter. Er zerstörte Fenster, Jalousien, Autoscheiben und durchschlug Dachziegel. Er zerfetzte Balkonpflanzen, Dekorationen an Häusern und Umzugswagen sowie die Sonnenschirme vor den Cafés. Auf dem Kopfsteinpflaster bildete sich bereits eine weiße Schicht. Das Schlimmste jedoch waren die Menschen, die über den Platz stolperten und Schutz suchten, wo es keinen gab. Laura schloss die Augen. Sie konnte das alles nicht mehr mitansehen.

Und dann war der Spuk plötzlich vorbei. Das Prasseln auf der Ladefläche des Anhängers ebbte ab. Für einen Augenblick herrschte eine gespenstische Stille. Der Hagelschauer mochte insgesamt nur wenige Minuten gedauert haben. Diese Zeitspanne jedoch hatte gereicht, um Bredenstedt ins Chaos zu stürzen.

Allmählich kehrten die Geräusche zurück, die der Hagel zuvor übertönt hatte. Das Weinen, Schluchzen und Rufen. Laura gab Robin und Samuel ein Zeichen, und gemeinsam krochen sie unter dem Anhänger hervor.

Der Rathausplatz war nicht wiederzuerkennen. Alles war unter einer nun schmelzenden Eisschicht verborgen. Dampfschwaden waberten über den Platz. Unzählige Körper krümmten sich auf dem Boden. Eltern hockten vor ihren Kindern, versorgten notdürftig ihre Wunden.

»Mir ist übel, Mama.« Robin war kreidebleich. Noch immer sickerte Blut aus seiner Wunde am Kopf.

Laura ging vor ihm in die Hocke und umarmte ihn. Sie wollte etwas Beruhigendes zu ihm sagen, doch noch bevor sie den Mund aufmachen konnte, verlor er das Bewusstsein und erschlaffte in ihren Armen.

4

LAKE ALEXANDRIA, SÜDAUSTRALIEN

Obwohl ihnen seit vielen Meilen kein Fahrzeug begegnet war, setzte Riley Dohaney vorschriftsmäßig den Blinker, kurz bevor er die Abzweigung erreichte, die von der Poltalloch Road auf die staubige Zufahrtsstraße zum Leuchtturm führte. Auf der unebenen Piste wurden Riley und sein Beifahrer Steve Jenkins ordentlich durchgeschüttelt. Die Kette mit dem Anhänger des gekreuzigten Heilands, die Riley um den Rückspiegel gelegt hatte, flog von einer Seite zur anderen. Riley verringerte die Geschwindigkeit auf zehn Meilen pro Stunde. Auf ein paar Minuten kam es nicht an. Seit er aus gesundheitlichen Gründen frühzeitig in Pension gegangen war, hatte er jede Menge Zeit. Und jeder neue Tag war für ihn ein Gottesgeschenk. Er bekreuzigte sich. Neben ihm verdrehte Steve genervt die Augen. Riley bemerkte es, sagte jedoch nichts. Auch Steve würde eines Tages erkennen, dass der Sinn des Lebens im Glauben bestand und nicht darin, stundenlang vor dem Fernseher zu hocken, Football anzuschauen und dabei Donuts zu verdrücken.

Sie erreichten ihr Ziel. Der sieben Meter hohe *Point-Malcolm*-Leuchtturm stand seit 1878 an dem kleinen Kanal, der den Lake Alexandria mit dem Lake Albert verband. Sein Erhalt war dem Denkmalschutzverein »Poltalloch Homestead Heritage« zu verdanken, in deren Auftrag Riley zweimal pro Woche ehrenamtlich vor Ort nach dem Rechten sah. Er stellte den Motor ab, und sie stiegen aus. Sofort umwehte sie ein warmer Wind. Eine Libelle flog heran, schwirrte einen Moment lang vor Rileys Kopf herum und klammerte sich dann an die Antenne des Jeeps.

»Hätt' nicht gedacht, dass es heute so heiß wird«, stöhnte Steve. Er liebte es, sich zu beklagen.

»Ziemlich warm, in der Tat.« Nachdenklich setzte Riley seinen breitkrempigen Lederhut auf und zog zur Sicherheit die Schnüre unter dem Kinn fest. Der Wind war stark genug, um den Hut über die Klippen in den See zu wehen.

»Dauert's lang?« Steve kam um den Jeep gewatschelt und rückte seine Baseballkappe der *Adelaide Crows* zurecht.

»Wir sind schneller wieder fort, als ein Schaf geschoren ist.« Riley ließ seine Blicke über das Gelände wandern. Neben dem grellweiß angestrichenen Leuchtturm stand das ehemalige Wärterhäuschen. Ein solider Backsteinbau, der dank regelmäßiger Renovierungsarbeiten gut in Schuss war. Ansonsten gab es außer vertrocknetem Gras, einigen kniehohen Büschen und einem einsamen abgestorbenen Baum nicht viel zu sehen. Die karge Landschaft besaß einen herben Charme. Riley schritt das Gelände ab. Mit dem Leuchtturm und dem Wärterhäuschen war alles in Ordnung. Wie üblich. Doch etwas irritierte Riley. Irgendwie wirkte der Ort verändert.

Ein Kreischen hoch oben am Himmel erregte Rileys Aufmerksamkeit. Ein Adler drehte seine Kreise und stieß kurze, spitze Schreie aus. Unter ihm, deutlich tiefer, segelten vier Brillenpelikane über den See, den Riley von seinem Standpunkt aus jedoch nicht sehen konnte. Dazu stand er zu weit vom Rand der Klippe entfernt. Der Adler kreischte erneut.

»Was ist nun?«, fragte Steve. »Wenn man bei Doc Flanner nicht pünktlich ist, untersucht der einen nicht.«

»Du wirst deinen Termin schon nicht verpassen.« Allmählich bereute Riley es, Steve angeboten zu haben, ihn heute in die Stadt mitzunehmen.

Er drehte sich um und ging zurück zum Jeep. Auf der Kühlerhaube bemerkte er eine Libelle. Sie lag rücklings da und bewegte sich nicht. Zu seinem Erstaunen sah er jetzt weitere tote Libellen auf dem Boden. Er schob seinen Hut in den Nacken und suchte die nähere Umgebung ab. Dutzende tote Libellen lagen rund um den Wagen verteilt im Staub.

»Heilige Scheiße«, hörte er in diesem Moment Steve ausrufen, »das hier musst du dir ansehen!«

Riley fuhr herum. »Wie oft habe ich dir gesagt, dass du nicht fluchen sollst.«

Steve stand am Rand der Klippen und starrte hinunter. »Das musst du dir ansehn, Mann«, wiederholte er nur.

Riley trat neben ihn.

Lake Alexandria war ein seichter See, gespeist von mehreren Flüssen, die allesamt den Osthängen der südlichen Mount Lofty Ranges entsprangen. Bei Goolwa, einige Meilen südwestlich von Point Malcolm, verband die Murray-Mündung den See mit dem Ozean. Bei geringer Wasserführung der Flüsse war diese Mündung in der Vergangenheit häufig von einer Sandbank verschlossen gewesen. Dann hatten Flut und Südweststürme Meerwasser in großen Mengen in den See gedrückt. Um dies zu vermeiden, hatte man eine Reihe von Flutwehren zwischen den Inseln gebaut. Seitdem blieb der Wasserpegel ebenso wie der Süßwassergehalt des Sees konstant. Ein Umstand, der für die Fischpopulation, die größtenteils aus Karpfen bestand, außerordentlich wichtig war. Doch jetzt traute Riley seinen Augen nicht. Der Wasserpegel des Sees war über Nacht um mindestens fünfzehn Meter abgesunken.

»Der See verschwindet«, raunte Steve.

Riley trat einen Schritt näher an die Klippen, um das Ufer direkt unter ihnen betrachten zu können.

»Das ist doch nicht möglich.« Mit seinen Augen fuhr Riley die dunkle, rund um den See verlaufende Linie ab, die, wie er vermutete, die ursprüngliche Uferbegrenzung markierte. Durch den geringen Wasserstand hatte sich der See in Form und Ausdehnung verändert. Wie konnte so etwas über Nacht geschehen?

»Warum glitzert das Wasser so komisch?«, fragte Steve.

»Was meinst du?« Riley sah genauer hin. Jetzt erst bemerkte er, dass die Oberfläche des Sees außergewöhnlich silbern in der Morgensonne glänzte. Je nach Sonnenstand schimmerte das Wasser üblicherweise in einem hellen Türkis oder tiefdunklen Blau. Aber *geglitzert* hatte es bisher nie. Als hätte jemand geriffelte Alufolie vor ihnen ausgebreitet.

Die Erkenntnis traf Riley wie ein Hieb in die Magengrube. Irgendwo weit über ihm kreischte wieder der Adler. Riley nahm kaum Notiz davon. Er starrte auf den See und bekreuzigte sich. »Du meine Güte.«

Er hastete zum Jeep, kramte sein Fernglas aus dem Kofferraum und lief zu den Klippen zurück. Er hob das Fernglas an seine Augen. Und dann sah er es. Seine Schultern sackten nach unten.

»Mann, was ist los mit dir?«, fragte Steve.

Mit starrem Blick reichte Riley ihm das Fernglas.

Kurz darauf stieß Steve keuchend Luft aus. »Heilige Scheiße! Das sind ja alles Fische. Alle krepiert.«

Diesmal maßregelte Riley ihn nicht für seine derbe Wortwahl. Der Anblick des Sees, der nicht nur vor seinen Augen zu verschwinden schien, sondern dessen Oberfläche zudem von zigtausenden toten Fischen bedeckt war, die mit dem Bauch nach oben im Wasser trieben, lähmte ihn. *O Herr, welche Sünden haben wir begangen, dass du uns so bitter bestrafst?*

»Muldjewangk«, flüsterte Steve.

»Wie bitte?«

»Mann, die Geschichte von den Aborigines. Sie sagen, Lake Alexandria wird von einem Monster bewohnt. Von *Muldjewangk*. Und Muldjewangk taucht von Zeit zu Zeit auf und fordert seine Opfer.«

»Unsinn«, kommentierte Riley. »Komm, wir müssen das sofort melden.«

Hinter ihnen prallte etwas mit voller Wucht auf den Boden, als hätte jemand aus großer Höhe eine Bowlingkugel fallen gelassen. Riley und Steve wirbelten herum. Wenige Schritte vom Jeep entfernt lag der Adler, der vor wenigen Minuten noch seine Kreise am Himmel gezogen hatte. Eine Staubwolke hüllte ihn ein, sein Hals war bogenförmig verdreht. Um ihn herum wirbelten Federn durch die Luft, die vom Wind fortgetragen wurden.

Riley Dohaney glaubte nicht an die alten Aborigines-Mythen. Er glaubte an die Macht des Herrn. Für ihn stand fest, dass Gott der Herr hier seine Hand im Spiel haben musste.

Entweder Er oder der Teufel.

5

Laura drückte das Gaspedal ihres Polos bis zum Bodenblech durch und holte aus der alten Mühle heraus, was aus ihr herauszuholen war. Die Bäume am Rand der Landstraße flogen an ihr vorbei. Robin lag bewusstlos auf der Rückbank. Samuel saß neben ihm, verstört und ängstlich. Laura hatte ihn kurz entschlossen mitgenommen. Sie würde ihn später zu Hause abliefern. Jetzt war ihr Ziel das Siloah-Klinikum in Hannover.

Sie fuhr wie eine Verrückte, und als sie für einen Augenblick im Rückspiegel ihr eigenes Gesicht erblickte, fand sie, dass sie mit den herabhängenden nassen Haaren und dem verlaufenen Mascara auch exakt so aussah. Auf der Gegenfahrbahn kamen ihr Krankenwagen mit eingeschalteten Blaulichtern entgegen. Bredenstedt befand sich im Ausnahmezustand und benötigte jede verfügbare Hilfe. Laura hupte wild, scheuchte einen Mercedes zur Seite und überholte ihn an einer unübersichtlichen Stelle. Die Sorge um Robin trieb sie an. Im Rückspiegel warf sie ihm einen sorgenvollen Blick zu. Sein Zustand schien sich zunehmend zu verschlechtern. Der Druckverband, den sie ihm mit einer Mullbinde aus dem Verbandskasten notdürftig angelegt hatte, war bereits rot verfärbt. Laura presste die Lippen aufeinander und kämpfte mit den Tränen.

Endlich erreichten sie das Krankenhaus. Laura bog auf die Zufahrt ab und bremste scharf. Auf die Idee, die nächstgelegene Klinik anzufahren, war offenbar halb Bredenstedt gekommen. Vor dem überdachten Haupteingang standen kreuz und quer Autos. Männer eilten mit Kindern auf den Armen in die Notaufnahme, Erwachsene stützten sich gegenseitig auf dem Weg in das Gebäude. Krankenwagen fuhren vor, luden im Eiltempo Verletzte ab, bevor sie wieder davonbrausten. Sirenen heulten. Ununterbrochen wurde gehupt. Laura sah sich um. Was sollte sie tun? Das Auto gleich hier abstellen und Robin bis zum Eingang tragen? Und Samuel so lange allein lassen?

Sie traf eine Entscheidung und fuhr im Slalom an Autos und Menschen vorbei bis direkt vor den Haupteingang. Sie parkte halb auf der Zufahrt, halb in einem Blumenbeet, damit die Krankenwagen durchkamen. Dann sprang sie aus dem Wagen.

»He! Sie können da nicht stehen bleiben.« Ein Pfleger kam wild gestikulierend angerannt. »Fahren Sie sofort weiter!«

»Helfen Sie mir. Bitte.« Sie öffnete die hintere Tür, deutete auf Robin.

Der Pfleger sah das Kind, seufzte, dann zog er Robin von der Rückbank und hob ihn vorsichtig hoch. »Wie heißt er?«

»Robin Wagner. Ich bin seine ...«

»Ich kümmere mich um ihn. Und Sie fahren jetzt auf der Stelle die Kiste da weg.«

Laura nickte und sah ihm hinterher, wie er mit ihrem bewusstlosen Sohn auf dem Arm in der Notaufnahme verschwand. Als sich die Tür hinter den beiden schloss, begann sich alles um Laura herum zu drehen. Sie stützte sich mit beiden Händen gegen die Karosserie ihres Wagens und atmete tief ein und aus. Der Schwindelanfall verflog. Sie warf Samuel einen Blick zu, setzte sich hinters Steuer und fuhr langsam auf den Klinikparkplatz.

Die Wartezeit zog sich endlos hin. Samuel war längst von seiner Mutter abgeholt worden, die sich überschwänglich bei Laura dafür bedankt hatte, dass sie sich um ihn gekümmert hatte. Jetzt stand Laura vor Robins Krankenbett und sah auf ihre Armbanduhr. Seit über zwei Stunden wartete sie nun schon auf einen Arzt, der ihr etwas über Robins Zustand sagen konnte. Er lag in einem Vierbettzimmer, womit er es besser erwischt hatte als viele andere, die wegen Überbelegung die Nacht auf den Gängen verbringen mussten. In den anderen Betten lagen ausnahmslos Männer, von denen einer schrecklich röchelte. Der Geruch nach Desinfektionsmitteln reizte Lauras Nase. Robin schlief tief und fest. Ein weißer Turban aus Mullbinden umhüllte seinen Kopf. Er war an Überwachungsgeräte angeschlossen, die Puls und Herzfrequenz anzeigten und gelegentlich piepsten. Laura streichelte Robins Hand und betrachtete den Überwachungssensor, den man über seinen Zeigefinger gestülpt hatte.

»Frau Wagner?«

Sie schreckte hoch. Vor ihr stand ein Mann in einem weißen Arztkittel. Ein Stethoskop hing aus einer Seitentasche. Er war höchstens Ende dreißig, obwohl seine Haare bereits vollständig ergraut waren. Irgendwie kam er Laura bekannt vor.

»Ich bin Dr. Fund. Ich habe Ihren Sohn untersucht und den Riss genäht.«

»Wie schlimm ist es?«

»Ich musste mit fünf Stichen nähen, aber das ist nicht das Problem.«

»Sondern?«

»Vielleicht zuerst die gute Nachricht. Wir haben den Schädel Ihres Sohnes geröntgt. Es ist nichts gebrochen. Die Calvaria, das Schädeldach, ist intakt. Auch die Lamina externa und interna sind unverletzt, was sehr gut ist.«

»Aber?«

Dr. Fund legte ihr väterlich eine Hand auf den Unterarm. »Entschuldigung. Ich habe Sie beunruhigt. Das war nicht meine Absicht.« Er musterte sie. »Sagen Sie, Frau Wagner, erinnern Sie sich nicht mehr an mich? Denken Sie ein paar Jahre zurück. Damals waren meine Haare noch schwarz.« Er lächelte.

Laura schlug sich mit der flachen Hand gegen die Stirn. »Dr. Fund. Natürlich ... Bitte entschuldigen Sie. Ich bin etwas durch den Wind.«

»Das ist verständlich. Außerdem sind die Jahre nicht spurlos an mir vorbeigezogen.« Er strich sich durch die Haare.

»Es ist mir trotzdem unangenehm. Schließlich haben Sie Robin damals das Leben gerettet«, und etwas leiser fügte sie hinzu, »und mir vermutlich ebenso.«

»Jetzt übertreiben Sie. Auch wenn ich zugeben muss, dass die Umstände wirklich außergewöhnlich waren.«

Laura erwiderte nichts.

»Die Medien haben die Sache ziemlich aufgebauscht, wenn ich mich recht erinnere«, sagte er nachdenklich. »Wissen Sie, als der Notruf eintraf, kam ich praktisch frisch von der Universität und ...«

»Ich bin Ihnen wirklich sehr dankbar für alles«, unterbrach Laura ihn, »aber ich habe damit abgeschlossen.«

»Natürlich.« Er nickte verständig.

»Was ist mit meinem Sohn? Sie sagten, es gebe auch eine schlechte Nachricht?«

»Robin hat vermutlich eine mittelschwere Gehirnerschütterung erlitten. Genaueres kann ich erst sagen, wenn wir weitere Untersuchungen vorgenommen haben. Darum möchte ich ihn gerne für ein paar Tage zur Beobachtung hierbehalten. Sind Sie damit einverstanden?«

»Habe ich denn eine Wahl?«

»Er ist bei uns in guten Händen. Gehen Sie nach Hause, und schlafen Sie sich aus. Wir sehen uns morgen.« Er schenkte ihr zum Abschied ein Lächeln und verschwand mit schnellen Schritten.

Sie sah ihm nach. Er hatte gut reden. Wie sollte sie nach dem heutigen Tag an Schlaf denken? Zu der Sorge um Robin gesellten sich nun zudem längst verdrängte Erinnerungen, wachgerufen durch einen Arzt, der nur freundlich sein wollte, aber nicht ahnte, was seine Worte in ihrem Inneren auslösten. Die Angst drohte zurückzukehren.

Der röchelnde Mann im Bett gegenüber bekam einen Hustenanfall. Das rasselnde Geräusch seiner Lungen holte Laura in die Gegenwart zurück. Sie zog einen Plastikstuhl heran, setzte sich neben Robins Bett, umschloss seine Hand und wartete darauf, dass die Vergangenheit wieder verblasste. Das tat sie immer. Früher oder später.

6

GAKONA, ALASKA

Brad Ellison staunte nicht schlecht. Touristen verirrten sich nur selten in diese schneebedeckte Einöde. Zwei oder drei Wohnmobile in den Sommermonaten, dazu ein paar einheimische Jäger und Fallensteller während der Jagdsaison. Mehr gab es kaum zu sehen. Ellison machte ein Eselsohr in sein Buch, erhob sich von seinem Stuhl und drückte seine Nase an das beschlagene Fenster des Wachhäuschens, um einen besseren Sichtwinkel zu bekommen.

Das Wohnmobil holperte über die verschmutzte Zufahrtsstraße. Staubwolken wirbelten hinter dem Fahrzeug auf. Es erreichte die Zufahrt der Anlage, wo es stoppte. Wie ein Aufkleber an der Fronseite verriet, stammte der Wagen von »*Fraserway RV*«, einem der größten Wohnmobilvermieter des Landes. Hinter dem Lenkrad saß ein Mann, neben ihm auf dem Beifahrersitz eine Frau. Trotz der verdreckten Scheiben konnte Ellison erkennen, dass sie kupferrotes Haar hatte. Er fragte sich, warum der Fahrer die Scheibenwischer nicht benutzte? Vielleicht waren die Spritzwasserdüsen eingefroren, was bei diesen älteren Modellen häufig vorkam. Aber warum hielten sie hier? Vermutlich hatten sie die Anlage mit dem Campingplatz verwechselt, der sich rund sieben Meilen weiter den Glenn-Highway hinunter befand. Ellison seufzte.

Er zog seinen Parka über, rückte Gürtel und Pistolenhalfter zurecht, trat aus dem Wachhäuschen und postierte sich am Tor. Es war bereits hell, obwohl sich die Morgensonne hinter einer geschlossenen Wolkendecke versteckte. Bis auf einen brummenden Dieselgenerator, der hinter dem Wachhäuschen für Strom sorgte, war es totenstill. Ellison blickte durch die Eisenstäbe des Tors und wartete. Eine geschlagene Minute tat sich gar nichts. Dann öffnete sich die Fahrertür, und der Mann stieg aus. Er war grauhaarig, hatte einen Vollbart und trug eine dicke, dunkelblaue Daunenjacke. In einer Hand hielt er eine halb entfaltete Landkarte. Er blickte abwechselnd auf die Karte und die Straße und diskutierte dabei mit seiner Frau. Immer wieder deutete er die Straße entlang.

Ellison musste grinsen. Die beiden hatten sich tatsächlich verfahren, und vermutlich warf sie ihm vor, dass er die zusätzlichen acht Dollar pro Tag für ein Navigationsgerät hatte sparen wollen. Weshalb die beiden allerdings den Glenn-Highway überhaupt verlassen hatten, war Ellison unbegreiflich.

Der Mann wurde lauter. Sein Atem kondensierte in der eisigen Luft. Er schien Ellison gar nicht zu bemerken. Inzwischen war Ellison sicher, dass die beiden den Campingplatz suchten. Die auf keiner Touristenkarte verzeichnete, rundum eingezäunte Anlage, vor der sie parkten, verwirrte sie.

Ellison verlor die Geduld. »Hey!«, rief er.

Der Mann hob den Kopf und sah zu ihm herüber.

»Kommen Sie!«, rief Ellison und winkte ihn zu sich.

Der Mann zuckte mit den Schultern und kam auf ihn zu. Sein Gang war trotz seiner klobigen Fellstiefel seltsam federnd.

»Suchen Sie den Campingplatz?«, fragte Ellison.

»Man sieht mir den ahnungslosen Touristen wohl auf einen Kilometer an?« Der Mann lächelte und hielt dabei die Landkarte vor sich.

Ellison grinste, öffnete die Tür im Zaun und trat hinaus. »Tja, könnte man so sagen ...«

»Gut«, sagte der Grauhaarige. Nach wie vor lächelnd zog er eine Pistole hinter der Landkarte hervor und richtete sie auf Ellisons Kopf. »Dann habe ich ja alles richtig gemacht.«

Das Grinsen erstarb auf Ellisons Lippen. Ohne dass es einer Aufforderung bedurft hätte, hob er die Hände. Trotz seiner Überraschung identifizierte er die Pistole in Sekundenbruchteilen als eine SIG-Sauer P226, eine der Standardwaffen der Navy Seals. Der Grauhaarige, der nun wahrlich nicht mehr wie ein ahnungsloser Tourist aussah, nahm Ellisons Waffe an sich und steckte sie in eine der Taschen seiner Jacke.

»Was soll das werden?«, fragte Ellison.

»Wonach sieht es denn aus? Du wirst jetzt das Tor öffnen, damit wir das Fahrzeug von der Straße schaffen können.«

Ellison warf einen raschen Blick auf das Wohnmobil. Die Frau schien nicht die Absicht zu haben, ihren Platz im warmen Fahrzeug zu verlassen. »Wisst ihr überhaupt, wo ihr hier seid?«

»In einer der am schlechtesten bewachten militärischen Einrichtungen, die ich kenne. Jetzt öffne das Tor!« Er drückte Ellison die Pistole gegen die Schläfe und schob ihn vor sich her.

Sie betraten das Wachhäuschen. Ellison betätigte den Toröffner. Der Grauhaarige riss ihn an der Schulter herum und stieß ihm die Pistole ins Kreuz. »Raus!«

Ellison wurde zur Beifahrertür des Wohnmobils geführt. Durch die verdreckten Scheiben sah er die Frau. Weshalb rührte sie sich nicht? Ellisons Magen sendete mit einem Mal flaue Signale.

»Aufmachen!«, befahl der Grauhaarige.

Ellison drückte die Türklinke herunter. Kaum hatte er die Tür einen Spalt weit geöffnet, sackte der Körper der Frau zur Seite und stürzte auf ihn zu. Ellison keuchte, spannte seine Muskeln an und fing sie auf. Hinter ihm lachte der Grauhaarige auf.

Verdutzt betrachtete Ellison das Ding in seinen Armen. »Eine Schaufensterpuppe?«

»Die roten Haare sind nicht schlecht, was?«

Ellison betrachtete die Puppe in seinen Händen. »Und jetzt?«

»Wirf sie in den Graben, und dann setz dich ans Steuer.«

Ellison gehorchte. Der Grauhaarige nahm auf dem Beifahrersitz Platz. Sie fuhren bis vor die ehemaligen Wohnhäuser der Anlage. Die flachen Gebäude hatten ihre beste Zeit lange hinter sich, falls sie jemals so etwas wie eine beste Zeit gehabt hatten. Die Farbe an den Wänden war im Laufe vieler strenger Winter verblasst und blätterte großflächig ab. Einige Rollläden waren heruntergelassen, andere hingen auf halber Höhe schief vor den Fenstern. Ein bärensicherer Müllcontainer stand unweit der Eingangstür.

»Aussteigen!« Der Grauhaarige wedelte mit der SIG-Sauer.

»Was wollen Sie hier?«, fragte Ellison, als sie sich vor dem Wohnmobil gegenüberstanden. »Die Anlage ist seit über zwei Jahren stillgelegt. Außer mir ist niemand hier.«

»Ich weiß. Aber wenn die Anlage tatsächlich stillgelegt ist – was machst *du* dann hier?«

Ellison setzte zu einer Antwort an, merkte aber, dass er darauf keine Antwort wusste.

»Siehst du?«, schnaubte der Grauhaarige. »Du bist nichts weiter als eine Marionette, die Befehle ausführt, ohne sie zu hinterfragen.« Damit griff er in seine Haare und zog sie mit einem Ruck vom Kopf. Unter der Perücke kam eine blank polierte Glatze zum Vorschein. Danach riss er sich den falschen Bart ab.

Der Mann, der da vor ihm stand, war kaum dreißig Jahre alt, schätzte Ellison. Allerdings durchzogen tiefe Furchen sein Gesicht. Jetzt öffnete er eine schmale Tür im hinteren Bereich des

Wohnmobils, warf Perücke und Bart hinein und deutete auf fünf backsteingroße Pakete. »Hol die hier heraus, und leg sie auf den Boden.«

Die Konsistenz der ockerfarbenen, knetgummiartigen Pakete kam Ellison vertraut vor. »Ist es das, wofür ich es halte?«

»Diese Anlage wird nie wieder jemand bewachen müssen«, erklärte der Glatzkopf

»Ich nehme an, Sie haben Ihre Gründe, warum Sie ein paar veraltete Computer und ein paar Hundert Antennen in die Luft jagen wollen.«

»Darauf kannst du Gift nehmen.«

»Nun, es ist mir offen gesagt auch egal.« Ellison schluckte. »Lassen Sie mich bitte nur am Leben.«

»Das hängt ganz davon ab, ob du kooperierst.«

Die nächsten Minuten platzierte Ellison auf dem weitläufigen Antennenfeld hinter dem Gebäude mehrere C4-Sprengstoffpakete nach Anweisungen des Glatzkopfs, der unablässig die SIG-Sauer auf ihn gerichtet hielt. Ellison fragte sich, warum er diese Arbeit nicht selbst erledigte. Unter seinen dicken Klamotten schien sich ein durchtrainierter Körper zu verbergen. Und doch wirkten manche seiner Bewegungen seltsam unsicher. Was stimmte mit diesem Kerl nicht?

Nach getaner Arbeit führte der Glatzkopf ihn zum Hauptgebäude, vor dessen Tür ein vollautomatischer 4-4-2-Fingerprintscanner angebracht war. Mit einem Schlag wurde Ellison klar, weshalb er noch am Leben war. Der Scanner war in der Lage, mittels Infrarotsensoren zu unterscheiden, ob ein Finger durch eine lebende Person aufgelegt wurde, oder ob es sich um eine Kopie oder gar um totes Material handelte. Es hätte dem Glatzkopf also nichts genutzt, Ellison zu töten, ihm die Hände abzuhacken und diese auf den Sensor zu legen.

Nach der Anmeldeprozedur entriegelte sich die Tür, und sie traten in einen Gang, von dem alle paar Meter weitere Gänge abzweigten. Das alte Gebäude war unbeheizt. Modriger Geruch nach feuchten Teppichböden und schimmligen Tapeten schlug ihnen entgegen. Auch hier musste Ellison den Sprengstoff in mehreren leer stehenden Räumen platzieren. Einzig im Technikraum standen ein paar alte Computer und Monitore in einem Regal herum. Nachdem Ellison das letzte C4-Paket neben dem ehemaligen Hauptserver deponiert hatte, wurde er nach draußen geführt.

Vor dem Gebäude verengten sich die Augen des Glatzkopfs. »Auf die Knie!«

Ellisons spürte, wie ihm das Blut aus dem Gesicht wich. Alles in ihm verkrampfte sich. »Sir, bitte ... Ich ...«

»Nenn mich nicht *Sir!*«, brüllte der Glatzkopf und hieb ihm die SIG-Sauer gegen die Schläfe.

Ellison ging zu Boden. Er spürte die kalte Nässe des schneematschbedeckten Bodens, die sich durch den Stoff seiner Hose fraß. Mühsam richtete er sich auf. Sein Schädel pochte. »Bitte nicht. Ich bin verheiratet.«

»Jeder macht Fehler im Leben.« Der Glatzkopf richtete seine Waffe auf Ellison und drückte ab.

Ein heftiger Schlag gegen die Brust riss Ellisons Oberkörper zurück. Er spürte, wie das abgefeuerte Projektil glühend heiß in sein Herz fuhr und es zerfetzte. Dann kippte er zur Seite.

Brad Ellison war tot, noch bevor er auf dem Boden aufschlug.

7

Am Morgen nach dem Hagelsturm fuhr Laura auf das Firmengelände der Andra AG. Der Konzern – ein weltweit führendes Unternehmen im Bereich der Hochfrequenztechnik – hatte seinen Sitz in einem modernen Industriebau, im Gewerbegebiet auf dem Tönniesberg in Bornum, am östlichen Stadtrand von Hannover. Auf dem akkurat gestutzten Grünstreifen vor dem Parkplatz stand ein Fahnenmast mit einer auf halbmast gesetzten Bundesflagge. Nach dem verheerenden Tornado von Berlin befand sich die gesamte Republik im Ausnahmezustand. Die furchtbare Katastrophe beherrschte die Medien. Über den Hagel, der bei Hannover niedergegangen war, redete angesichts dieser Tragödie kaum jemand. Er war nur eine Randnotiz.

Laura parkte ihren Polo, stieg aus und kniff die Augen zusammen. Die Sonne schien an einem wolkenlosen Himmel, als wäre am Wochenende nicht das Geringste vorgefallen. Laura dachte an ihre Sonnenbrille, die sie während des Hagelsturms verloren hatte. Sie hatte in der Nacht kaum geschlafen und hätte sie jetzt gut gebrauchen können. Sie strich den Rock ihres Kostüms glatt und schlug die Autotür zu. Der Lack blätterte von der Türkante ab, und nicht nur dort. Neben all den Dellen, die der Hagel in der Karosserie hinterlassen hatte, fiel es jetzt nicht weiter auf. Laura klopfte zweimal auf das Dach, als würde sie einem alten, verdienten Freund aufmunternd auf die Schulter klopfen. Dann machte sie sich auf den Weg in ihr Büro. Furchtbare Dinge waren an diesem Wochenende geschehen, doch Stillstand war im Leben nicht vorgesehen. Die Erde drehte sich weiter. Es war Montag.

Im Laufe des Vormittags nahm die Arbeit Laura voll in Beschlag, und sie vergaß ein wenig ihre Sorgen. Es gab gute Nachrichten. Der Aufwärtstrend in Japan hielt an. Hardenberg würde begeistert sein. Sie sah auf ihre Armbanduhr, eine gebrauchte Longines, La Grande Classique. Lauras ganzer Stolz. Sie hatte die Uhr letztes Jahr zu Weihnachten für 48,22 Euro über Ebay ersteigert.

Schon nach elf Uhr. Wo blieb Hardenberg?

»Was macht Fernost? Laufen die Geschäfte?«

Sie blickte auf.

Henri Seigneur lehnte mit den Händen in den Hosentaschen gegen den Türrahmen und lächelte sie an. Er war erst seit Kurzem in der Firma und kümmerte sich um die technischen Dokumentationen.

»In Japan gehen die Umsätze durch die Decke«, erwiderte sie gut gelaunt.

»Das dürfte Hardenberg gefallen.«

»Natürlich. Es ist sein Verdienst.«

Henri nahm eine Hand aus der Hosentasche und kratzte sich am Kinn. »Weshalb ist er dann in letzter Zeit so schlecht gelaunt?«

»Ist er das?«

»Auf meine Anfragen zu unserem neuen Prototyp bekomme ich jedenfalls keine Reaktion. Warum?«

»Ich fürchte, das musst du schon ihn selbst fragen.« Sie schob ihren Bürostuhl nach hinten und schlug die Beine übereinander. Dabei rutschte ihr der Rock bis übers Knie. Sie bemerkte Henris Blick. Das hatte sie nicht beabsichtigt. Obwohl sie Henri mochte, gefiel ihr die Art und Weise nicht, wie er sie in diesem Augenblick ansah. Sie stand auf. »Gut möglich, dass Dr. Hardenberg momentan etwas überlastet ist.«

»Ja, vielleicht.« Henri stieß sich mit dem Rücken vom Türrahmen ab und schlenderte auf sie zu. Vor ihrem Schreibtisch blieb er stehen. Er nahm das gerahmte Foto in die Hand, das Robin am Tag seiner Einschulung zeigte. Robin umklammerte eine Schultüte, lächelte und entblößte dabei eine Zahnlücke. »Dein Sohn wird einmal sämtliche Frauenherzen brechen.«

Sie lächelte. »Es reicht, wenn er ein einziges Herz erobert. Das richtige.«

Henri sah auf. »Er hat dein Lächeln.«

»Was kann ich für dich tun, Henri?«

»Ich muss wirklich dringend mit deinem Chef über den Prototyp reden.« Er stellte das Foto zurück an seinen Platz. »Das letzte Software-Update des ›Diamond‹-Prototyps ist laut meinen Unterlagen bisher nur unzureichend dokumentiert. Es fehlen Daten. Es ist mir ein Rätsel, wie das sein kann.«

»Ich verstehe, nur ist heute ein denkbar schlechter Tag. Dr. Hardenberg ist in der Nacht aus Peking zurückgekehrt.« Sie warf erneut einen Blick auf ihre Uhr. »Eigentlich sollte er längst hier sein. Wenn du denkst, seine Laune sei in den letzten Wochen schlecht gewesen, dann hast du ihn noch nicht erlebt, wenn er von einem Langstreckenflug zurückkehrt. Ich rate dir, noch ein oder zwei Tage Geduld zu haben.«

Er nickte, als hätte er nichts anderes erwartet.

»Ich muss jetzt weitermachen«, teilte sie ihm mit.

»Klar.« Er ging zur Tür, wo er sich noch einmal umdrehte. »Aber du legst beim Big Boss ein gutes Wort für mich ein?«

»Versprochen.«

Er bedankte sich und verschwand.

Kaum war er zur Tür hinaus, checkte Laura ihr Handy, danach ihre E-Mails auf dem Firmen-PC. Nichts. Keine Nachricht von Hardenberg. Sie versuchte ihn anzurufen, landete in seiner Mailbox und legte auf, ohne eine Nachricht zu hinterlassen. Wenn er sah, dass sie angerufen hatte, würde er zurückrufen.

Ihr nächster Anruf galt Robin, der heute Morgen tief und fest geschlafen hatte, als sie ihn auf dem Weg zur Arbeit im Krankenhaus besucht hatte. Inzwischen waren über vier Stunden vergangen. Es dauerte mehrere Minuten bis sie eine Schwester an den Apparat bekam, die ihr mitteilte, dass sich an seinem Zustand nichts verändert hatte. Man wartete nach wie vor auf die Ergebnisse diverser Untersuchungen. Laura bedankte sich und legte enttäuscht auf. Sie öffnete die oberste Schublade ihres Schreibtisches, griff in eine Tüte Gummibärchen, die sie dort für Notfälle stets vorrätig hielt, und stopfte sich eine Handvoll in den Mund. Dann wandte sie sich wieder ihrer Arbeit zu.

Zwei Stunden später riss sie sich das Headset vom Kopf und schmiss es entnervt auf den Schreibtisch. Sie lehnte sich auf ihrem Stuhl zurück und rieb sich die Schläfen. Mit Asiaten zu telefonieren glich durchzechten Nächten. Unter dem Strich führte es zu nichts, außer zu Kopfschmerzen. Höchste Zeit, dass Hardenberg endlich aufkreuzte. Noch immer hatte er sich nicht gemeldet. Seit seiner Scheidung lebte er allein, Kinder hatte er keine, Freunde nur wenige. Wenn er nicht ans Telefon gehen wollte, dann erreichte man ihn auch nicht. Obwohl es eine letzte Möglichkeit durchaus noch gab.

Laura zögerte. Eigentlich sollte sie das nicht tun. Hardenberg würde ihr gewiss einen Rüffel erteilen, da sie damit gegen eine ihrer Abmachungen verstieß. Nun, dieses Risiko musste sie wohl eingehen.

8

»Weiter nach links.« Daniel Bender blickte von hinten über die Schulter seines Kameramanns auf das Display des Panasonic-4K-Camcorders. Er winkte seinen Interviewpartner weiter, bis dieser exakt da stand, wo er ihn haben wollte. »Stopp! Perfekt. Bleib so.« Er hob seinen Kopf und überprüfte ein letztes Mal die Perspektive.

Der südwestliche Teil des Berliner Olympiastadions, das sich im Hintergrund erhob, glich einer Ruine. Der vom Deutschen Wetterdienst offiziell in die Kategorie F3 eingestufte Tornado hatte vor allem rund um das Marathontor keinen Stein auf dem anderen gelassen. Um sich ein besseres Bild über das Ausmaß der Zerstörungen zu machen, hatte Daniel sich vor wenigen Minuten unter den Absperrungen hindurch in den Innenbereich des Stadions geschlichen. Es sah noch verheerender aus als in seiner Erinnerung. Die Westtribüne erweckte den Eindruck, als hätte man damit begonnen, sie abzureißen, dann aber die Abbrucharbeiten mittendrin gestoppt. Eisenträger ragten aus nacktem Beton, Plastik-Klappsitze lagen im gesamten Stadion verstreut auf dem Boden. Das Runddach wurde nur noch von einigen wenigen verbogenen Stahlträgern in der Luft gehalten. Bislang gab es zweihundertsieben Todesopfer und über vierhundert Verletzte, darunter Dutzende Schwerverletzte, die es vielleicht nicht schaffen würden. Diese Zahlen erschienen unfassbar hoch, doch wenn Daniel in Betracht zog, wie viele Menschen dem Tornado schutzlos ausgeliefert gewesen waren, glich es einem Wunder, dass man nicht mehr Tote beklagen musste. Noch in über hundert Metern Entfernung fanden sich Trümmer, dazwischen versperrten umgeknickte Bäume die Zufahrtswege. Unzählige Arbeiter, Bagger und Schaufellader standen zwei Tage nach der Katastrophe erst am Anfang der Aufräumarbeiten. Gedämpft drang das Rattern und Stampfen der Maschinen über das Maifeld hinweg an Daniels Ohren. Es war fraglich, ob hier jemals wieder ein Fußballspiel stattfinden würde.

Daniel kontrollierte ein letztes Mal die Perspektive und klatschte in die Hände. »Diese Einstellung passt.«

»Du hättest mir sagen können, dass du den kaputten Turm im Hintergrund haben willst«, sagte Yousef Khairy, sein Kameramann, »dann hätte ich mein Equipment gleich hier aufgebaut«.

»Du kennst mich doch. Ich weiß nie, was ich will.« Er zwinkerte Yousef zu und legte einen Arm um dessen Schulter. Mit der freien Hand deutete er auf den Mann im Hertha-Trikot, der zehn Meter vor ihnen unsicher von einem Fuß auf den anderen trat. »Wir beginnen das Interview mit einer Nahaufnahme von mir und Ben. Wenn ich sage, ›*das Ausmaß der Zerstörung ist unbeschreiblich*‹, gehst du in die Totale und schwenkst einmal quer über das Stadion und das Maifeld bis zum zerstörten Glockenturm. Sieh zu, dass du die Bagger beim Stadiontor gut drauf bekommst. Später machen wir noch ein paar separate Aufnahmen von der Glocke. Alles klar?«

»Logisch.«

Mit einem Mikrofon bewaffnet ging Daniel quer über den Rasen auf Ben zu, der sich einverstanden erklärt hatte, vor der Kamera ein Augenzeugen-Interview zu geben. Um mit den

Öffentlich-Rechtlichen und den großen privaten Sendern einigermaßen mithalten zu können, die schon Minuten nach dem Tornado ohne Unterlass aus Berlin gesendet hatten, musste Daniel so früh wie möglich mit seinem Vor-Ort-Bericht auf Sendung gehen. Auf YouTube zählte Schnelligkeit und Originalität.

Zeit ist Geld, dachte er. Dabei fiel ihm siedend heiß ein, dass er Yousef noch Geld für den letzten Dreh schuldete. Seit dem Rauswurf bei Sat.1 war Daniel gezwungen, kleinere Brötchen zu backen. Er zögerte und kehrte dann um.

»Stimmt was nicht?«, fragte Yousef.

»Hör mal, die zweihundertfünfzig Euro ...«

»Du hast sie nicht. Hab ich mir schon gedacht.«

»Ich habe dir nie verheimlicht, dass meine finanziellen Mittel momentan etwas eingeschränkt sind.«

Yousef sah ihn mit einem schiefen Grinsen an.

»Du bekommst dein Geld. Versprochen. Hör mal, vor einer Woche habe ich die Siebzigtausend geknackt.« In Daniels Stimme schwang Euphorie mit. »In drei Monaten werden es mehr als hunderttausend Abonnenten sein. Es geht aufwärts.«

»Schön. Und verdienst du dann auch mal Geld damit?«

Daniel verzog das Gesicht. »Mit YouTube richtig Geld zu verdienen ist nicht so einfach, wie viele denken.«

»Der *Jet-Stream-Weather-Channel* ...«, sagte Yousef mit übertriebener Betonung. »Vielleicht solltest du über einen anderen Namen nachdenken?«

»Meinst du?«

Yousef zuckte mit den Schultern. »Weiß nicht. Mir ist jedenfalls ein Rätsel, warum du nicht mehr Zuschauer hast. Du bist doch so etwas wie ein B-Promi.«

»Die Zeiten sind vorbei«, entgegnete Daniel zerknirscht. »Vielleicht sollte ich ins Dschungelcamp gehen? Steigert den Bekanntheitsgrad enorm.«

»Wie wär's damit: Mach einfach einen guten Job.«

»Genau das hab ich vor.« Daniels Augen begannen zu leuchten. »Ich habe schon den Aufmacher für die Sendung. ›Der Tornado von Berlin – Schicksal, höhere Gewalt, oder steckt mehr dahinter?‹«

»O Mann.« Yousef verdrehte die Augen. »Fang nicht wieder mit deinen Verschwörungstheorien an.«

»Das sind keine ...« Daniel stemmte die Hände in die Hüften. »Du kapierst den Unterschied einfach nicht. Wetterbeeinflussung ist Realität. Jeden Tag werden weltweit hundertfach Eingriffe in den natürlichen Wetterablauf vorgenommen. Die Chinesen, die Russen, die Amerikaner, selbst bei uns in Deutschland wird das Wetter aktiv beeinflusst.«

»Ich meine ja nur ... Deine Zuschauer müssen dich ernst nehmen können.«

»In China gibt es sogar eine eigene staatliche Behörde zur Wetterbeeinflussung.«

»Siehst du?«, seufzte Yousef. »Jetzt fängst du schon wieder an.«

»Urteile nicht über Dinge, von denen du nichts verstehst.«

»Komm wieder runter.«

»Du weißt, wie empfindlich ich reagiere, wenn man mich als Spinner bezeichnet.«

»*Ich* habe dich nie als Spinner bezeichnet.«

»Mark Twain hat gesagt: Jeder redet über das Wetter, aber keiner tut etwas dagegen.« Daniel schnaubte. »Ich sage dir, mein Freund, es gibt durchaus eine Menge Menschen auf der Welt, die etwas dagegen unternehmen.«

»Ist ja gut, Mann. Ich hab's kapiert. Jetzt konzentrier dich auf das Interview, okay?«

Daniel atmete tief durch. »Tut mir leid. Du wirst sehen, nach der heutigen Show werden mir die Sponsoren die Bude einrennen.«

Yousef winkte ab. »Gib mir mein Geld einfach, wenn du es hast.«

»Du bist der Beste.« Daniel grinste und lief hinüber zu Ben. Er platzierte sich neben ihn, zog einen kleinen Taschenspiegel aus der Gesäßtasche und überprüfte seine Frisur. Dann steckte er den Spiegel weg und sah Ben an. »Bereit?«

»Schon seit einer halben Stunde. Kostet dich mehr als nur ein Bier, Kumpel.«

Daniel lachte. »Seit wann begnügen wir uns mit nur einem Bier?« Er schnitt ein paar Grimassen, um seine Gesichtsmuskeln zu lockern, dann hob er das Mikrofon und nickte Yousef zu.

»14. Juli 1894. Im Ebersberger Forst in Oberbayern wütet der erste amtlich dokumentierte Wirbelsturm Deutschlands. Er fordert zwei Tote, mehrere Verletzte und zerstört zweihundert größere Gebäude. 10. Juli 1968: Ein Tornado der Stärke F4 zieht über Pforzheim in Baden-Württemberg hinweg. Er beschädigt über eintausendsiebenhundert Häuser, fordert ebenfalls zwei Menschenleben und hinterlässt in den Waldgebieten rund um die Stadt eine jahrelang sichtbare Schneise der Zerstörung. 5. Mai 2015: In Bützow, im Landkreis Rostock, zerstört ein Tornado der Stärke F3 sechzehn Häuser, schleudert PKWs mehr als siebzig Meter durch die Luft und verletzt dreißig Personen. Im Chaos-Sommer von 2016 wüten innerhalb weniger Tage gleich mehrere Tornados in Schleswig-Holstein und Hamburg. Glücklicherweise gab es keine Toten. Viele Menschen hierzulande denken, Tornados gäbe es nur in den USA. Sie liegen falsch.« Daniel legte eine bedeutungsschwangere Pause ein. »Gestern wurde Deutschland von einer Naturkatastrophe heimgesucht, wie es sie in der Geschichte der Bundesrepublik noch nicht gegeben hat.« Mit ernstem Blick sah er in die Kamera. »Hier ist wieder euer Jet Stream. Heute direkt von dem Ort, an dem sich die Tragödie ereignet hat. Neben mir steht Ben, ein Augenzeuge, der dem Tod ins Auge gesehen hat und ihm nur knapp entronnen ist.« Er wandte sich seinem Kumpel zu. »Ben, wann wurde dir das erste Mal klar, dass da am Samstag nicht nur ein gewöhnliches Gewitter aufgezogen war ...?«

Die nächsten Minuten interviewte Daniel seinen Kumpel routiniert über den Hergang des Unglücks. Er war in seinem Element und ging jetzt ganz in seiner Kunstfigur *»Jet Stream«* auf. Der »smarte Jet«, so hatte ihn die Presse genannt. Damals, als Daniels Welt noch in Ordnung gewesen war und seine Karriere steil nach oben gezeigt hatte. Nach dem Skandal hatten sie andere, weniger schmeichelhafte Worte für ihn gefunden. Doch das lag Monate zurück. Nichts verging in der heutigen medialen Welt so schnell wie Ruhm. Aber ein ausgewachsener Shitstorm war zum Glück ebenso schnell vergessen.

Während Yousef nach dem vereinbarten Stichwort den Kameraschwenk durchführte, wurde Daniels Blick von einer Bewegung am Rande seines Blickfelds abgelenkt. In einiger Entfernung rannte ein Kamerateam in Richtung des zerstörten Marathontors. Dort hatte sich eine Traube aus Arbeitern gebildet, die um irgendetwas herumstanden.

»Cut«, rief er Yousef zu und deutete auf das Team, das in diesen Sekunden am Tor Position bezog. »Die haben was.«

Youssef verstand sofort. Ohne zu zögern begann er, seine Sachen zusammenzupacken.

Daniel wandte sich an Ben. »Danke, Kumpel.«

»Schon fertig?«

»Ja. Wir telefonieren.«

»Klar.«

Daniel klopfte ihm auf die Schulter und rannte los.

Am Marathontor angelangt, zwängte er sich an den Arbeitern vorbei. Trockener, mineralischer Gesteinsstaub hing in der Luft und reizte seine Atemwege. Daniel erkannte in dem dreiköpfigen Kamerateam seine Ex-Kollegen von Sat.1. *Ausgerechnet Gerlach.* Daniel knirschte mit den Zähnen. Mit seiner hageren Statur und dem schlecht sitzenden Anzug sah Karsten Gerlach aus wie eine verkleidete Vogelscheuche. Daniel versuchte seinen ehemaligen Assistenten zu ignorieren und konzentrierte sich auf den Grund für die allgemeine Aufregung. Arbeiter hatten unter einer Schicht Trümmer einen Mann entdeckt. Genau genommen ragten von dem armen Kerl nur ein Arm und eine Hand hervor, der restliche Körper steckte noch in einem Hohlraum unter gewaltigen Betonsteinen. Die Hand bewegte sich nicht.

»Sieh mal einer an«, vernahm Daniel Gerlachs nasale Stimme. »Wer hat dich denn rausgelassen?« Er kam auf Daniel zu. Ein Zahnstocher steckte ihm zwischen den Zähnen.

»Lebt der Mann noch?«, fragte Daniel.

»Mausetot.« Gerlach sah kurz über seine Schulter, als wolle er sich vergewissern, dass sich an der Situation des armen Teufels in den letzten Sekunden nichts verändert hatte. »Zuerst hieß es, man habe einen Überlebenden gefunden, aber das war wohl ein Gerücht. Was machst du hier, *Jet?*«

»Rate mal.«

»Und, wie läuft's so?« Gerlach steckte seine Hände in die Hosentaschen und lächelte süffisant, wobei er den Zahnstocher von einer Seite des Mundes zur anderen rollen ließ.

»Ich sehe, du interessierst dich noch immer für mich und meine Arbeit. Willst du mir auch diese Idee klauen?«

Gerlachs Miene verfinsterte sich. »Gib mir nicht die Schuld für dein Versagen. Du hast es selbst versaut.«

»Du wolltest meine Show von Anfang an.«

»Es ist nicht mehr *deine* Show.« Gerlach schüttelte den Kopf. »Mann, du warst kurz davor, für den Deutschen Fernsehpreis nominiert zu werden, und dann ziehst du so 'ne Scheiße ab ...«

»Misch dich nicht in mein Leben ein!« Daniel wies mit dem Zeigefinger auf Gerlach, sah ihm direkt in die Augen. »Hast du das verstanden?« Damit schnappte er sich Gerlachs Zahnstocher und warf ihn auf den Boden.

Einige der Arbeiter waren auf ihren Disput aufmerksam geworden. Daniel schob sich an Gerlach vorbei und ging zu Yousef, der inzwischen sein Equipment eingepackt hatte.

»Die haben dich völlig zu Recht fertig gemacht«, rief Gerlach ihm hinterher. »Du bist doch nicht ganz dicht.«

»Leck mich«, murmelte Daniel. Wieder einmal hatte er sich von Karsten Gerlach reizen lassen, obwohl er sich so oft geschworen hatte, diesen Blindgänger einfach zu ignorieren.

»Ist das da Gerlach?«, fragte Yousef.

»Ja. Wir machen Schluss für heute.«

»Du musst gelassener werden. Seine Quoten sind im Dauertief. Außerdem hat er bei Jeanette verkackt.«

Daniel grinste. »Tja, wie sagen wir Meteorologen? Bei Frauen und Cirren kann man sich leicht irren.«

Yousef lachte.

Daniel nahm ihm zwei der schweren Taschen ab. »Lass uns die Aufnahmen von der Glocke machen und danach das Filmmaterial sichten. In zwei Stunden muss das Material für die Show fertig geschnitten sein.«

9

Auch nach der Mittagspause blieb der sehnlichst erwartete Rückruf von Hardenberg aus, obwohl Laura ihm das verabredete Stichwort gesimst hatte. Sie warf einen Blick durch die Verbindungstür in sein Büro und betrachtete die Akten sowie den ungeöffneten Stapel Post auf dem Schreibtisch. Er überragte schon fast Hardenbergs alberne vergoldete Winkekatze, die er vor vielen Jahren als Souvenir von seiner ersten China-Reise mitgebracht hatte. Laura hatte ein ungutes Gefühl. Irgendetwas stimmte da nicht.

Laura schnappte sich ihre Autoschlüssel. Sie wollte nicht länger untätig warten.

Vor dem Firmengebäude lief sie Henri Seigneur über den Weg, der mit einem Kollegen rauchend vor der Tür stand. Er bemerkte sie, drückte seine Zigarette in dem Standaschenbecher aus und lief ihr hinterher. »So früh schon Feierabend?« Er roch nach Rauch.

»Schön wär's.«

»Schon was von Hardenberg gehört?«

»Du wirst die Infos über den Prototyp schon bekommen«, sagte sie bestimmt, aber nicht unfreundlich. Sie hielt inne und musterte Henri. Ihr kam eine Idee. »Hast du etwas Zeit? Dauert höchstens eine Stunde.«

»Kommt drauf an, wofür.«

»Wir fahren zu Hardenberg nach Hause.«

»*Zu ihm nach Hause?* Warum?«

Ein verschmitztes Lächeln erschien in ihrem Gesicht. »Willst du deine Infos oder nicht?«

Er zuckte die Schultern. »Klar. Warum nicht.«

Kurz darauf saßen sie in Lauras Wagen, der zwei Versuche benötigte, bevor er ansprang. Henri deutete mit dem Daumen hinter sich auf den Rücksitz, auf dem mehrere Comic-Hefte lagen. »Echt jetzt? Superman und Batman?«

»Die sind für meinen Sohn.« Die Tatsache, dass Robin im Krankenhaus lag, behielt sie für sich. Sie hatte keine Lust, mit Henri darüber zu reden.

Er grinste. »Und dein Sohn heißt ganz zufällig Robin?«

»Robin ist ein ganz normaler Name.«

»Warum wirst du plötzlich so rot?«

»Na ja, ab und zu blättere ich auch mal darin.« Sie zwinkerte ihm zu. Schon als kleines Kind hatte sie, anstatt mit Puppen zu spielen, lieber Comics gelesen, in denen Superhelden gegen Bösewichte antraten. Ihre Leidenschaft dafür hatte sie nie verloren. Seitdem Robin lesen konnte, teilten sie sich jede Woche ein neues Heft. Geteilte Freude war doppelte Freude.

Sie fuhren vom Parkplatz und bogen auf die Nenndorfer Chaussee ab, die mitten durch das Gewerbegebiet führte. Henri kurbelte das Fenster herunter, streckte seine Hand aus dem Wagen und spielte mit seinen Fingern im Fahrtwind. »Okay, Laura, warum fahren wir wirklich zu Hardenberg?«

»Ich mache mir Sorgen um ihn.«

»Nur weil er sich nicht meldet? Vielleicht kämpft er nur mit dem Jetlag und pennt?«

»Vielleicht.«

»Aber? Das ist doch nicht alles.« Er sah sie von der Seite an.

»Hat das was damit zu tun, dass du andauernd auf dein Handy starrst?«

Sie seufzte. »Dir entgeht auch nichts.«

Er grinste. »Hardenberg und ich haben eine Abmachung getroffen«, erklärte sie schließlich. »Normalerweise darf ich ihn in Meetings nicht stören, außer in Notfällen. Dann schicke ich ihm eine bestimmte Botschaft auf sein Handy. In der Regel ruft er daraufhin zügig zurück.«

»Was für eine Botschaft?«

»Wiwi.«

»Wiwi?«

»Die Abkürzung für ›wirklich wichtig‹.«

»Sehr geistreich.«

Sie zuckte mit den Schultern. »Es hat sich bewährt.«

»Ich verstehe«, meinte er. »Heute hat er trotz dringender Botschaft nichts von sich hören lassen?«

»Sonst meldet er sich immer.«

»Du machst dir ernsthaft Sorgen um ihn«, stellte er fest.

»Ich hoffe, ich liege falsch.«

Er lehnte sich in seinem Sitz zurück. »Okay, dann lass uns nachsehen.«

Zwanzig Minuten später hielt Laura vor einem eingeschossigen Klinkerbau aus den Siebzigern, der sich in nichts von den Häusern der Nachbarschaft unterschied. Saubere Fassade, gepflegter Vorgarten, akkurat geschnittene Buchsbaumhecke. In diesem beschaulichen Stadtteil von Hannover kannte man seine Nachbarn, grüßte sich, und am Wochenende wurde gegrillt. Laura schätzte, dass Hardenberg einer der wenigen Anwohner war, der aus diesem Raster herausfiel. Zumindest seit seiner Scheidung, denn seitdem lebte er sehr zurückgezogen.

»Und du hältst das wirklich für eine gute Idee?«, fragte Henri. Er wirkte nervös.

Sie stieg aus und sah zum Haus. »Wir müssen es versuchen.« Er folgte ihr den gepflasterten Weg bis zur Eingangstür. »Ich verstehe immer noch nicht, warum du mich hier dabeihaben willst.«

Sie drückte auf die Klingel. »Entspann dich, Henri.«

Auch nach mehrmaligem Klingeln öffnete niemand. Neben dem Haus befand sich die Garage, dahinter lagen Garten und Terrasse. Als Hardenberg noch verheiratet gewesen war, hatten er und seine Frau einmal eine Gartenparty geschmissen, zu der Laura eingeladen war, daher wusste sie, dass man von dort aus durch eine breite Fensterfront ins Wohnzimmer sehen konnte.

»Das war wohl nichts«, kommentierte Henri. »Lass uns zurückfahren.«

»Warte hier.« Laura ging zur Garage und drehte versuchsweise am Griff. Zu ihrer Verwunderung war das Tor nicht abgeschlossen. Sie zog es auf. Hardenbergs weißer BMW stand in der Garage. Laura legte eine Hand auf die Motorhaube. »Kalt.«

»Also ist er da«, schlussfolgerte Henri.

»Wahrscheinlich. Aber warum meldet er sich dann nicht?« Durch die Tür am anderen Ende der Garage betraten sie den Garten, wo sie einem Weg aus braunen Steinplatten bis zur Terrasse folgten.

»Wir sollten das nicht tun«, flüsterte Henri hinter ihr.

»Was, wenn er in der Badewanne ausgerutscht ist, sich den Kopf gestoßen hat und bewusstlos auf den Fliesen liegt?« Für einen Moment sah sie Robin mit geschlossenen Augen und dem Verband um seinen Kopf im Krankenhausbett liegen.

Sie betraten die Terrasse, auf der ein Holztisch mit vier Stühlen sowie ein zusammengefalteter Sonnenschirm standen. An der

Hauswand rankten Rosen an einem Gitter in die Höhe. Laura schirmte ihr Gesicht mit den Händen ab und sah ins Wohnzimmer. Die Vorhänge waren zugezogen. Nur ein handbreiter Streifen gab den Blick ins Innere frei. Laura brauchte einen Moment, bis sie sich an die Lichtverhältnisse gewöhnt hatte. Dann sah sie auf dem Boden das Bein.

Sie zuckte zurück. Damit hatte sie nicht gerechnet. Ihr Herz schlug heftig.

»Was ist?«, flüsterte Henri.

Sie sah erneut hin. »Hardenberg. Er ...«

»Was?«

Sie sah erneut hin. »O mein Gott!«

Roland Hardenberg lag bäuchlings auf dem Parkett. Er trug eine Anzughose, ein weißes Hemd mit aufgekrempelten Ärmeln, um seinen Hals hing eine lose gebundene Krawatte. Seine Hände lagen seitlich an seinem Körper an, die Handflächen zeigten nach oben, mit klauenartig gekrümmten Fingern, die ins Leere griffen. Sein Oberkörper lag in einer Blutlache, die sich kreisförmig um seine Brust herum ausgebreitet hatte. Sein Kopf war zur Seite verdreht, sein Mund stand offen, als wolle er zu einem letzten Schrei ansetzen, der seiner Kehle jedoch nie mehr entweichen würde. Seine leblosen Augen starrten geradewegs durch Laura hindurch.

10

Der Blick in den Kühlschrank bot keine Überraschung. Allmählich gingen dem Wikinger die Vorräte aus. Kein Wunder. Seit elf Tagen hatte er keinen Schritt mehr vor die Haustür gesetzt. Er steckte gedankenverloren die Hand in den Bund seiner Jogginghose und kratzte sich im Schritt. Mit zusammengepressten Lippen musterte er die verbliebenen Einmachgläser mit selbst gemachter Pflaumenmarmelade. Sie würden höchstens noch vier Tage reichen. Er brauchte dringend Nachschub.

Während er so dastand, genoss er die kalte Luft, die aus dem Innern des Kühlschranks strömte und über seine nackten Füße glitt. Er liebte die Kälte. Wenn ihm seine Großeltern – die Island vor mehr als dreißig Jahren den Rücken gekehrt hatten, um ihr Glück in Deutschland zu suchen – etwas vererbt hatten, dann die Liebe zur Kälte.

Nach einer Weile begann der Kühlschrank zu piepsen. Der Wikinger holte eines der Marmeladengläser heraus und gab der Tür einen Stoß. Er fischte einen gebrauchten Teelöffel aus der Spüle und ging ins Wohnzimmer, wo er unschlüssig auf das Sofa hinabblickte, auf dem ein zerknülltes Bettlaken mitsamt fleckiger Bettwäsche lagen. Seit zwei Jahren schlief er hier. Im Obergeschoss der Villa standen ihm gleich drei Schlafzimmer zur Auswahl, doch sie bargen nur Erinnerungen, auf die der Wikinger keinen gesteigerten Wert legte. Er nieste und wischte sich mit dem Ärmel seines T-Shirts den Rotz von der Nase. Der Anblick des Sofas deprimierte ihn. Er ging ins Arbeitszimmer, ließ sich in seinen Sessel fallen, legte die nackten Füße auf den Schreibtisch und schraubte den Deckel des Einmachglases ab. Gedankenverloren rieb er den Teelöffel an seiner Jogginghose ab und begann in aller Ruhe die Marmelade zu löffeln. Nebenbei checkte er die flimmernde Wand aus 27-Zoll-Full-HD-Monitoren, die auf dem Tisch aufgebaut war.

Noch gab es keine Reaktionen auf seinen neuesten Beitrag, den er vor gut zehn Minuten auf seinem Blog veröffentlicht hatte: *»Tornados und Hagelstürme in Deutschland – Bestehen Zusammenhänge mit Wetterextremen auf anderen Kontinenten? Was steckt wirklich dahinter?«*

Entspannt stopfte sich der Wikinger einen weiteren Löffel klebriger Marmelade in den Mund. Die Reaktionen würden kommen. Sein Blog *Der Wikinger klärt auf* hatte sich im Laufe der letzten Jahre zu einem viel beachteten Forum für kritische Informationen und unabhängige Meinungsbildung in Deutschland entwickelt. Fernab der vorgegebenen Propaganda der gleichgeschalteten Massenmedien recherchierte und schrieb der Wikinger über alle Themen, die ihm wichtig erschienen. Für gewöhnlich ging es um weltpolitische Ereignisse, deren wahre Hintergründe von offizieller Seite unter den Teppich gekehrt, geleugnet oder verdreht wurden. 9/11, das Massaker bei *Charlie Hebdo*, der Absturz des Germanwings-Flugs 9525, die Terroranschläge von Paris und Brüssel – überall gab es Ungereimtheiten, die der Wikinger hinterfragte. Den endgültigen Beweis, dass er mit seinen Theorien den Finger zielgenau in die Wunden legte, hatte er vor wenigen Wochen erhalten. Dabei fiel ihm ein, dass er heute noch gar nicht nach »Dobby« gesehen hatte.

Er schlurfte zur Haustür, blickte durch das kleine Sichtfenster und suchte mit seinen Augen die Straße ab. Der dunkelblaue Passat, der über mehrere Wochen Tag und Nacht schräg gegenüber geparkt hatte, war heute nirgendwo zu sehen. Für wen der Mann arbeitete, der ständig in dem Wagen gesessen hatte, wusste der Wikinger nicht, aber er tippte auf Verfassungsschutz oder BND. Er hatte seinem geheimnisvollen Aufpasser den Namen »Dobby« verpasst, nach dem etwas trotteligen Hauself aus den *Harry Potter*-Romanen.

Der Wikinger kehrte zu seinen Monitoren zurück. Offensichtlich hatten sie es aufgegeben, ihn zu beschatten. Die ganze Aktion war sowieso nichts weiter als ein plumper Einschüchterungsversuch gewesen, sagte er sich. Man hatte ihm zeigen wollen, dass man seine wahre Identität kannte. Vermutlich erhoffte man sich, er würde seine Recherchen einstellen und Ruhe geben. Er grinste. Was man ihm dadurch tatsächlich zeigte, war, dass er mit seinen Theorien richtig lag. Gäbe sich sonst jemand so große Mühe, hinter seine Tarnung zu kommen und ihn ausfindig zu machen?

Sein Blick fiel auf das Diplom an der Wand, das er dort vor vielen Jahren mit Reißzwecken an die Wand gepinnt hatte. Darunter hatte er mit Tesafilm ein Foto aus alten Studientagen geklebt, das ihn mit einem seiner Kommilitonen zeigte. Wieder kam er ins Sinnieren. War der Tornado von Berlin die lang erwartete Gelegenheit, einen seit Ewigkeiten aufgeschobenen Anruf zu tätigen?

Auf einem der Monitore blinkte ein schwarzes Icon auf. Von einer Sekunde auf die andere vergaß der Wikinger alles um sich herum. Jemand wartete im Darknet auf ihn. Es gab nur eine Handvoll User, mit denen er dort kommunizierte. Diese Leute waren technisch äußerst versiert und schätzten die Vorzüge vollkommener Anonymität. Einzig im Darknet waren sie vor Hackerangriffen und Datenphishing der Geheimdienste sicher, da diese im Gegensatz zum herkömmlichen Internet schlichtweg nicht wussten, wo sie suchen sollten. Um die Sicherheit des von ihnen geschaffenen Chatrooms nicht zu gefährden, nahm diese kleine, verschworene Gemeinschaft niemals neue Mitglieder auf. Der Wikinger klickte das schwarze Icon an und schleuste sich in das versteckte Netz ein.

Es war Rousseau, der im Chatroom auf ihn wartete. Selbstverständlich war Rousseau nicht sein echter Name. Im Darknet offenbarte sich niemand. Hier tauschten erfahrene Hacker und Computer-Nerds untereinander Informationen und Daten aus. Von banalen Raubkopien illegaler Musik-Downloads bis hin zu streng geheimen Regierungsdokumenten. Nur die echten Namen derjenigen, die hier verkehrten, kannte niemand.

ROUSSEAU: Interessanter Artikel
WIKINGER: Welcher?
ROUSSEAU: Dein neuer. Über die Wetterextreme
WIKINGER: Danke
ROUSSEAU: Eigene Erkenntnisse oder externe Quellen?
WIKINGER: Hab mehr drauf als die meisten Wetterfrösche. Was gibts?
ROUSSEAU: Interesse an Informationen über das grüne Licht, das überall auftaucht, wo das Wetter verrücktspielt?
WIKINGER: Gegenleistung?
ROUSSEAU: Keine. Freundschaftsdienst
WIKINGER: Wahrheitsgehalt?
ROUSSEAU: Hoch
WIKINGER: Quelle?
ROUSSEAU: Vertraulich
WIKINGER: Schieß los

ROUSSEAU: Ein Insider vermutet künstlich erzeugte Plasmakugeln in der Ionosphäre. Können leicht mit Polarlichtern verwechselt werden
WIKINGER: Insider?
ROUSSEAU: Zum letzten Mal: Vertraulich
WIKINGER: Okay. Theorie, wie das Plasma entsteht?
ROUSSEAU: Durch extrem starke, gepulste Radiowellen
WIKINGER: Beweise?
ROUSSEAU: Es ist technisch machbar. Einwandfrei dokumentiert. Künstliche Polarlichter wurden experimentell schon von HAARP in Alaska erzeugt
WIKINGER: HAARP wurde Juni 2014 stillgelegt
ROUSSEAU: Seit wann glaubst du, was im Internet steht?
WIKINGER: Beweise?
ROUSSEAU: HAARP wurde entgegen offiziellen Statements bis August 2015 durch die Air Force Research Laboratories verwaltet, unterstand de facto also die ganze Zeit dem Militär. Das zivile Programm, das seitdem angeblich stattfindet, ist wahrscheinlich nur zum Schein aufgelegt
Wikinger: Und wer steckt wirklich dahinter?
ROUSSEAU: DARPA. Defense Advanced Research Projects Agency. Eine Behörde für Forschungsprojekte, die direkt dem US-Verteidigungsministerium untersteht. Jahresbudget 3 Milliarden Dollar
WIKINGER: DARPA? Die Erfinder von Arpanet, dem Vorläufer des Internets?
ROUSSEAU: Exakt. GPS, Tarnkappen-Technologie etc. gehen auch auf deren Konto. Jetzt lassen sie Plasmakugeln am Himmel entstehen, und keiner weiß, wozu. Da läuft irgendeine riesige Scheiße ab
WIKINGER: Ich brauche mehr

ROUSSEAU: Projekt »Nimbus«. Ich schick dir dazu ein Datenpaket
WIKINGER: Ich check das
ROUSSEAU: Fang hier an: US-Patent Nr. 4 686 605, August 1987, »Methode und Apparat zur Veränderung einer Region der Erdatmosphäre, Ionosphäre und/oder Magnetosphäre«
WIKINGER: 1987?
ROUSSEAU: Da siehst du mal, wie lange diese Scheiße im Hintergrund schon läuft
WIKINGER: Noch mehr?
ROUSSEAU: US-Patent Nr. 4 999 637, März 1991, »Schaffung künstlicher Ionenwolken über der Erde«
WIKINGER: Okay. Was noch?

Der Cursor auf dem Monitor des Wikingers blinkte in Wartestellung. Rousseau antwortete nicht, obwohl er noch online war. Aus irgendeinem Grund schien er zu zögern. Nach beinahe einer Minute, als der Wikinger schon nicht mehr damit rechnete, kam schließlich doch noch etwas.

ROUSSEAU: Andra
WIKINGER: Wer oder was soll das sein?
ROUSSEAU: Aktiengesellschaft. Produziert unter anderem Elektronenkanonen. Solltest du mal durchleuchten
WIKINGER: Warum?
ROUSSEAU: Wirst schon sehen. Bin jetzt off
WIKINGER: Hast mich am Haken. Ich klemm mich sofort dahinter

Rousseau beendete die Verbindung. Nachdenklich betrachtete der Wikinger die Beschreibungen der Patente. Er wusste, dass man in den USA seit über dreißig Jahren Methoden erforschte, wie man die Ionosphäre manipulieren konnte. Bisher hatte man nur mäßigen Erfolg gehabt. Die große Frage lautete nun, ob man jetzt womöglich einen Durchbruch erzielt hatte? Erneut glitt sein Blick über das Foto unterhalb seines Diploms. Möglicherweise war das Datenpaket, das Rousseau ihm schicken wollte, ebenfalls ein guter Anlass, um eine vergangene Freundschaft wieder aufleben zu lassen und dabei gleichzeitig alte Zwistigkeiten beizulegen.

Ein rotes Dreieck in der linken unteren Ecke des Hauptmonitors blinkte auf. *WARNING!*, stand darin.

Der Wikinger presste die Lippen aufeinander. Ein Infiltrationsversuch. Jemand versuchte in sein Netzwerk einzudringen.

»Dann wollen wir doch mal sehen, was du für einer bist, mein kleiner Freund«, murmelte er.

Die nächsten Minuten machte er den Trojan-Dropper unschädlich, den ihm jemand durch eine Hintertür einschleusen wollte. Dropper waren Programme, die von Hackern eingesetzt wurden, um weitere Trojaner beziehungsweise Viren zu installieren. Manchmal aber sollten sie auch nur die Entdeckung anderer Schadprogramme verhindern. Dropper konnten ziemlich unangenehm sein. Dieser Typus allerdings war relativ simpel konstruiert. Rasch hatte der Wikinger die Sache erledigt.

Aber etwas daran gefiel ihm nicht. Er fuhr sich mit beiden Händen durch die fettigen Haare. War es Zufall, dass ihn jemand zu hacken versuchte, kurz nachdem er Informationen von Rousseau erhalten hatte? Hatte jemand Wind von ihrem geheimen Chatroom bekommen und sie belauscht? Unwahrscheinlich. Der Chatroom im Darknet war sicher. Außer vielleicht...

Der Wikinger erstarrte. Was, wenn es jemand aus seiner eigenen Gruppe war? Missachtete einer von ihnen etwa den Kodex?

Der Wikinger erhob sich, griff nach dem Einmachglas und

stopfte sich die letzten Reste der klebrig süßen Marmelade in den Mund. Er brauchte dringend Zucker, damit sein Gehirn auf Touren kam. Er musste nachdenken. Befand sich womöglich ein Verräter unter ihnen?

Es gab nur einen Weg, das herauszufinden.

11

Als Laura sich mit Henri Seigneur auf der Rückfahrt in die Firma befand, hatte sich der Himmel grau bezogen. Das zuvor in der Mittagssonne noch bunt leuchtende Laub der Bäume hatte seinen Glanz verloren. Die Fahrt verlief schweigend. Laura versuchte, sich so gut es ging auf den Verkehr zu konzentrieren, doch ihre Gedanken kehrten immer wieder zu ihrem toten Chef zurück. In diesem Moment befand sich die Leiche von Roland Hardenberg auf dem Weg in die Rechtsmedizin der Medizinischen Hochschule Hannover. Dort sollte eine Obduktion genauere Aufschlüsse über seine Ermordung geben.

Laura widerstrebte es zutiefst, in die Firma zurückzukehren, da dort eine unangenehme Aufgabe auf sie wartete. Sie sah zu Henri, der sich in seinen Sitz verkrochen hatte. »Jemand muss die Geschäftsführung über Hardenbergs Tod informieren.«

»Und?«

»Ich bin ... Ich war seine Sekretärin. Irgendwie fühle ich mich verpflichtet, diese Nachricht zu überbringen.« Sie seufzte. »Ich werde Herrn Dr. Leinemann informieren. Dabei könnte ich deine Unterstützung gut gebrauchen, Henri.«

»Bitte nimm es mir nicht übel, aber ...«

»Du willst dich drücken?«

Er wischte sich mit der Hand über die Stirn. An seinem Haar-

ansatz glitzerten Schweißperlen. »Mir geht es nicht besonders. Ich meine ... Die Leiche, das viele Blut und dann die Befragung durch die Polizei ...«
»Ach, und du glaubst, mir geht es besser?« Sie bog auf den Firmenparkplatz ab.
»Tut mir leid, Laura. Wenn du willst, sagen wir es Leinemann morgen gemeinsam.«
»Morgen früh erfährt ganz Hannover davon aus der Zeitung.« Sie hielt vor seinem Wagen.
Henri legte die Hand auf den Türgriff, zögerte und stieg dann wortlos aus.
Lasst mich nur alle im Stich, dachte Laura, während sie ihm im Rückspiegel hinterhersah. Wieder einmal war sie auf sich allein gestellt. Das war wohl ihr Schicksal.
Der Vorstandsvorsitzende der Andra AG, Dr. Johann Leinemann, wie auch dessen Stellvertreter, Rüdiger Gauder, befanden sich auf Auswärtsterminen. Laura trug dem Vorstandssekretariat auf, sich unverzüglich bei ihr zu melden, sobald einer der beiden verfügbar war, und sei es nur telefonisch.
Wie betäubt lief sie durch die Flure des Hauptgebäudes. Vor einer deckenhohen Glasfront blieb sie stehen. Sie blickte über die Dächer der weitläufigen Produktionshalle hinweg, hinter der ein schmales Waldstück begann. Die Dämmerung hatte eingesetzt. Bald würde es dunkel werden.
Nie zuvor hatte Laura einen Toten gesehen. Der Anblick von Hardenbergs wächsernem, leblosem Gesicht ließ sie nicht los. Wer hatte ihm das angetan? Und warum? War er ein zufälliges Opfer? Oder handelte es sich um einen geplanten Mord? Letzteres würde voraussetzen, dass er Feinde gehabt hatte. Nun, Hardenberg galt allgemein als »harter Knochen«, der seinen Willen zur Not gegen alle Widerstände durchsetzte. Aber dass er sich auf diese Weise

einen Todfeind gemacht haben sollte, konnte Laura sich nicht vorstellen. Was Hardenbergs Privatleben anging, wusste sie zu wenig, um darüber zu spekulieren.

Vor dem Firmengebäude und auf den Parkplätzen sprang jetzt die Außenbeleuchtung an. Es erinnerte Laura daran, dass sie im Krankenhaus anrufen wollte, bevor die Ärzte in den Feierabend gingen.

Zurück in ihrem Büro, fiel ihr Blick unweigerlich auf die Verbindungstür zu Hardenbergs Büro. Die Geschäftsführung würde bald einen Nachfolger für ihn präsentieren. Womöglich brachte er seine eigene Sekretärin mit? Laura biss sich auf die Unterlippe. Sie konnte es sich nicht leisten, ihren Job zu verlieren.

Sie rief im Siloah-Klinikum an, wo ihr eine der Stationsschwestern mitteilte, dass Dr. Fund vor wenigen Minuten in den OP gerufen wurde. Mit monotoner Stimme erklärte sie, dass sie nicht absehen könne, wann der Herr Doktor wieder erreichbar sei. Die für heute vorgesehenen Untersuchungen habe man aus ihr nicht bekannten Gründen nicht durchführen können. Diese seien nun für morgen angesetzt. Laura bedankte sich zähneknirschend für die Auskunft und beendete das Gespräch.

Was für ein Tag.

12

Laura hatte schon eine ganze Weile wach gelegen, als sie das erste Mal auf die roten Digitalzahlen des Weckers sah. 5:25. Drei Tage nach dem furchtbaren Wochenende, und zwei Tage nachdem sie Hardenbergs Leiche gefunden hatte, schlief Laura immer noch schlecht. Sie gähnte, warf sich auf die andere Seite und zog die Decke über den Kopf. Doch es half nichts. Sie quälte sich aus dem Bett und tapste barfuß im Pyjama zum Fenster. Ein eiskalter Luftzug drang durch die Ritzen des alten Holzfensterrahmens, das sich im Laufe der Jahre verzogen hatte – wie sämtliche Fenster der Wohnung. Den ständigen Beteuerungen ihres Vermieters, die heruntergekommene Wohnung bald zu renovieren, glaubte sie schon lange nicht mehr. Sie zog den Rollladen hoch.

Draußen stürmte es, als wollte der noch junge Herbst beweisen, was er schon alles draufhatte. Die Äste der Bäume bogen sich im Wind. Verfärbte Blätter wirbelten in einem wilden Tanz durch die Luft. Eine heftige Windböe ließ das Fenster erzittern und presste einen weiteren Schwall eiskalter Luft durch den Fensterspalt. Laura zog die Vorhänge zu, widerstand der Versuchung ins warme Bett zurückzukehren, schlurfte stattdessen ins Bad und drehte die Dusche auf. Obwohl sie erst weit nach Mitternacht in den Schlaf gefunden hatte, wollte sie heute früher als üblich ins Büro fahren. Vielleicht konnte sie dann am frühen Nachmittag schon zu Robin ins Krankenhaus fahren. Wenn alles gut lief, so hatte Dr. Fund ihr gestern in Aussicht gestellt, konnte sie ihren Sohn heute mit nach Hause nehmen.

Nachdem sie ein schnelles Frühstück mit einer Tasse heißem Kamillentee zu sich genommen hatte, stand sie an der Tür und knöpfte ihren Mantel zu. Sie schnappte sich die Autoschlüssel von dem Wandhaken und verließ die Wohnung.

Draußen empfing sie ein eiskalter Windstoß. Widerwillig trat sie auf den Bürgersteig. Der Wind zerrte an ihrem Mantel. Laura stellte den Kragen auf und zog die Schultern hoch. Erstaunt blickte sie sich um. Der Sturm trieb weiße Schneeflocken vor sich her. Laura schüttelte den Kopf. Ende September, und es begann zu schneien! Spielte das Wetter in diesem Jahr denn komplett verrückt?

Sie ging mit gesenktem Kopf zu ihrem Wagen, der am Straßenrand parkte. Wie gewohnt brauchte der Motor ein paar Anläufe, bis er ansprang. Das Schneetreiben nahm zu. Laura schaltete die Scheibenwischer ein und fuhr los.

Um diese frühe Uhrzeit waren nur wenige Fahrzeuge unterwegs. Niemand fuhr schneller als mit dreißig, denn auf der Straße bildete sich bereits eine geschlossene Schneedecke. Scheinwerfer und aufleuchtende Bremslichter wurden vom dichten Schneefall fast verschluckt, ebenso wie Ampeln und Verkehrsschilder. Lauras Hände verkrampften sich um das Lenkrad.

Kaum hatte sie Bredenstedt hinter sich gelassen, fegten bereits erste Schneeverwehungen über die Landstraße. Die Scheibenwischer gaben ihr Bestes, aber die Sicht wurde immer schlechter, und sobald Laura versuchsweise stärker aufs Gaspedal drückte, drehten sofort die Vorderreifen durch. *Blitzeis*, schoss es ihr durch den Kopf.

Im Schneckentempo erreichte sie schließlich das Ortsschild

Hannover. Bis hierher war alles gut gegangen. Doch kurz bevor sie ins Gewerbegebiet auf dem Tönniesberg abbiegen wollte, sah sie aufblitzendes Blaulicht. Polizei oder Krankenwagen – was genau es war, war nicht auszumachen. Alles deutete auf einen Unfall hin. Der Verkehr kam zum Erliegen. Nichts ging mehr. Das Blaulicht erinnerte Laura an die Polizeiwagen vor Hardenbergs Haus. Sofort stand ihr wieder der Anblick von Hardenbergs Leiche vor Augen, verbunden mit dem Gefühl tiefer Traurigkeit. Die Nachricht seiner Ermordung hatte in der Firma wie erwartet für Bestürzung gesorgt. Man zeigte sich betroffen über die menschliche Tragödie, die sich offensichtlich zugetragen hatte, aber auch besorgt darüber, wie es nun in der Firma weitergehen würde. Mit einem Fuß auf der Bremse hing Laura diesen Gedanken nach und sah dabei zu, wie die Welt um sie herum im Schnee versank.

Gut zwanzig Minuten später tat sich immer noch nichts. Plötzlich donnerte ein Räumfahrzeug nur Zentimeter an Laura vorbei. Sein Frontpflug schleuderte eine Schneefontäne gegen die Fahrerseite. Laura zuckte zusammen. Mit klopfendem Herzen sah sie dem Fahrzeug nach, dessen Blinklichter die Umgebung in diffuses Orange tauchten. Am Heck spie eine Apparatur Streusalz aus.

Laura sah auf die Uhr. Wenn sie hier noch lange stand, konnte sie den Plan vergessen, heute wegen Robin früher aus dem Büro zu verschwinden. Sie konnte nicht mehr warten. Kurzerhand schlug sie das Lenkrad ein und folgte der Spur des Räumfahrzeugs.

Die Kreuzung war wie erwartet durch einen Auffahrunfall blockiert. Die Fahrer der beiden Wagen diskutierten lebhaft mit der Polizei, die den Unfall aufnahm. Laura beneidete die dick eingemummten Polizisten nicht um ihren Job. Sie war froh, bei diesem Wetter ihrer Arbeit im Warmen nachgehen zu dürfen.

Nach einigen Hundert Metern bog sie ab. Im Schritttempo rollte sie über die geschlossene Schneedecke, unter der sich eine spiegelglatte Eisschicht gebildet hatte.

Durch das lange Herumstehen war es im Wagen kalt geworden. Laura drehte die Heizung stärker auf. Als sie dabei die Temperaturanzeige betrachtete, glaubte sie ihren Augen nicht zu trauen: minus zweiundzwanzig Grad! Konnte das angehen? In Deutschland?

Der Schneefall hatte unterdessen zugenommen, auch der Wind offensichtlich, denn der Wagen wurde regelrecht durchgeschüttelt. Laura kniff die Augen zusammen und klammerte sich fester ans Lenkrad. Eine massive Böe drückte den Wagen auf der spiegelglatten Fahrbahn merklich nach links. Erschrocken steuerte Laura dagegen. Im gleichen Augenblick spürte sie, dass sie das Lenkrad einen Tick zu weit nach rechts gerissen hatte.

Der Wagen brach aus.

Das Heck des Polos drehte sich über die Mitte der Straße hinweg nach vorne. Hektisch kurbelte Laura am Lenkrad. Im Bruchteil einer Sekunde erkannte sie, dass sie auf der vereisten Fläche erneut einen Fehler begangen hatte. Vor Lauras Augen begann sich die Welt zu drehen. Schneegestöber. Entgegenkommende Scheinwerfer. Dunkelheit. Wieder die Scheinwerfer, diesmal greller. Wildes Hupen. Ein Schatten, der nur Zentimeter neben ihr vorbeirauschte. Sie schrie erschrocken auf. Direkt vor ihr tauchte wie aus dem Nichts ein Graben auf, dahinter erhob sich ein Schneewall. Laura drückte die Bremse bis aufs Bodenblech durch. Vergeblich. Unerbittlich rutschte sie auf den etwa einen Meter tiefen Graben zu. Sie schloss die Augen.

Der Aufprall war kurz und hart. Laura wurde in den Gurt gepresst, der schmerzhaft in ihre Brust schnitt. Der Motor erstarb, mit einem Mal herrschte Stille. Laura öffnete die Augen.

Die Motorhaube des Polos steckte bis zur Hälfte in einer Wand aus Schnee. Mit dem Motor waren gleichzeitig die Scheinwerfer ausgefallen. Im Nu bedeckte eine dünne Schneeschicht die Frontscheibe. Laura atmete tief durch. Zum Glück war sie nur Schritttempo gefahren. Mit dem abgewürgten Motor versiegte auch die warme Luftzufuhr aus dem Gebläse. Vergeblich versuchte Laura, den Motor wieder zu starten. Außer einem rhythmischen Klackern unter der Motorhaube, das beinahe im Sturmgeheul unterging, tat sich nichts. Scheinwerferlicht tauchte im Rückspiegel auf, kam näher, zog langsam an ihr vorbei und verschwand in der Dunkelheit. Kurz darauf wiederholte sich dieses Schauspiel. Laura wurde klar, dass bei diesem Wetter niemand anhalten würde, um ihr zu helfen. Vermutlich konnte man von der Straße aus nicht einmal erkennen, dass da ein Wagen im Graben steckte. Was sollte sie tun?

Allmählich begann Laura zu zittern. Es hatte keinen Sinn länger im Auto sitzen zu bleiben. Bis jemand sie fand, war sie erfroren. Obwohl sich alles in ihr dagegen sträubte, schlug Laura den Kragen ihres Mantels hoch, atmete tief durch und stemmte die Tür gegen den Wind auf.

Schnee peitschte ihr entgegen und raubte ihr sofort die Sicht. Mit beiden Händen schirmte Laura ihre Augen ab. Auf einem umzäunten Grundstück unweit der Straße befand sich ein Containerdepot. Immerhin wusste Laura jetzt, wo sie war. Das Gelände befand sich gut zwei Kilometer vom Betriebsgelände der Andra AG entfernt. Voller Hoffnung sah sie sich um, doch weit und breit waren keine Scheinwerfer auszumachen. Wo zum Teufel waren all die Autos geblieben? Eben hatte doch noch ein geradezu reger Verkehr geherrscht? Laura spürte, wie ihr Körper auskühlte. Sie klapperte mit den Zähnen. Zwar hatte sie am Morgen instinktiv ihre Stiefeletten angezogen, aber keine besonders dicken Socken. Auch an eine Mütze hatte sie nicht gedacht. Wieder sah sie sich um. Hilfe war nirgendwo in Sicht. Sie musste sich zu Fuß durchkämpfen. Sie schlang ihre Arme um den Körper, stemmte sich gegen den Wind und marschierte los.

Im dichten Schneetreiben kam Laura nur langsam voran. Praktisch blind folgte sie mit gesenktem Haupt der Straße. Ihr Gesicht brannte, ebenso ihre Lungen. Entlang der Straße wuchsen die Schneeverwehungen weiter an. Von den Sträuchern und Büschen am Wegesrand stachen inzwischen nur mehr die Spitzen heraus. Ein Knistern hoch oben, so durchdringend, dass es sogar den heulenden Wind übertönte, ließ Laura zusammenzucken. Sie legte den Kopf in den Nacken. Die Überlandstromleitungen, die zu einem nahe gelegenen Umspannwerk führten, waren von Eis komplett umhüllt. Mit einem mulmigen Gefühl stapfte sie weiter vorwärts. Nur wenige Augenblicke später knallte es so laut, als hätte jemand einen Feuerwerkskörper gezündet.

Sie wirbelte herum.

Eine der Stromleitungen war in der Mitte durchgerissen und fiel funkensprühend zu Boden. Blaue Elektrizitätsentladungen schossen knisternd durch die Luft, als das Kabel auf der schneebedeckten Straße landete. Ein zweiter Knall ertönte, und ein weiteres Kabel fiel herab. Wie zischende Schlangen wanden sie sich auf der Straße. Laura wandte sich zum Gehen, doch ein tiefes, dumpfes Knirschen ließ sie innehalten. Auf der angrenzenden Wiese stand der Hochspannungsmast, zu dem die gerissenen Leitungen führten. Auch er war von oben bis unten von einer dicken Schicht Eis umhüllt. Laura traute ihren Augen nicht, als sich der Stahlkoloss mit ohrenbetäubendem Lärm zur Seite neigte. Offenbar war das tonnenschwere Eis zu viel für die Konstruktion. Der Hochspannungsmast knickte ein und krachte mit Wucht zu

Boden. Eine Schneewalze wirbelte empor. Laura zuckte zusammen. Sie musste sich endlich in Sicherheit bringen. Sie kämpfte sich weiter voran. Trockene Schneeflocken bohrten sich wie Eisspitzen in ihr Gesicht. Jeder Atemzug stach in ihren Lungen. Sie spürte ihre Füße nicht mehr, Rotz war ihr an der Nase gefroren. Mit kurzen, hastigen Schritten stapfte sie über die endlos erscheinende verlassene Straße. Weshalb fuhren hier seit ihrem Unfall keine Autos mehr entlang? Allmählich stieg Panik in ihr auf. Längst zitterte sie unkontrolliert. Ihre Bewegungen wurden fahriger.

Sie trat auf eine Eisplatte, rutschte aus und fiel. Schmerzhaft landete sie auf dem Rücken. Beim Versuch, wieder auf die Beine zu kommen, verkrampfte sich ihre Wade. Laura stöhnte auf. Sie versuchte, auf die Beine zu kommen, doch ihr unterkühlter Körper gehorchte ihr immer weniger. Ein weiterer Krampf deutete sich an, diesmal in ihrem rechten Oberschenkel.

Laura begann zu wimmern.

Scheinwerfer tauchten hinter ihr auf und erfassten sie. In ihrem Rücken hörte sie einen kräftigen Motor blubbern. Sie wollte sich zu dem Wagen umdrehen, doch ihre Muskeln versagten. Laura fühlte sich wie in einem Albtraum gefangen. Sie wollte aufstehen, aber sie konnte nicht. Erschöpft schloss sie die Augen.

Dann vernahm sie ein Knirschen im Schnee. Kräftige Hände packten sie unter den Achseln und hoben sie hoch. Sie wurde auf die Rückbank eines Pick-up-Trucks gelegt und in eine Decke eingewickelt. Autotüren wurden zugeschlagen. Der Wagen rollte an. Warme Luft hüllte Laura ein.

Bald schon kehrte Leben in Lauras steife Glieder zurück, und ihr Blick klarte sich. Auf den Vordersitzen saßen zwei Männer. Der Fahrer trug eine schwarze Wollmütze, unter deren Rand fettige schwarze Haare hervorlugten. Er starrte konzentriert nach vorne. Der Beifahrer schüttelte sich Schneeflocken aus den blonden Haaren, wandte sich zu ihr um und betrachtete sie mit sorgenvoller Miene. Er kam Laura bekannt vor.

»Keine Sorge. Wir bringen Sie ins Krankenhaus«, sagte er.

»Nicht nötig.« Sie hustete und setzte sich auf. Ihr taten sämtliche Knochen weh. »Das wird schon wieder.«

»Sind Sie sicher?«

»Ich hoffe doch. Am Ende der Straße befindet sich die Andra AG. Könnten Sie mich bitte dort absetzen?«

Der Mann lächelte. »Das trifft sich gut. Dorthin müssen wir auch.«

13

GROSSES HINGGAN-GEBIRGE, CHINA

Mit hinter dem Rücken verschränkten Armen stand Huang Zhen auf dem Balkon seines Appartements, das sich über das gesamte oberste Stockwerk des Wohnkomplexes erstreckte. Von hier oben besaß er einen uneingeschränkten Rundumblick über die Heilongjiang-Anlage, die dank seiner Einflussnahme inmitten dieses unzugänglichen Tals im weitläufigen Großen Hinggan-Gebirge errichtet worden war. Voller Stolz betrachtete Zhen die dreitausendsechshundert haushohen Antennen, die in Reih und Glied vor ihm in den Himmel ragten. Es hatte ihn viele Monate Überzeugungsarbeit gekostet, dazu obszöne Summen an Bestechungsgeldern, um seine Genossen Parteifunktionäre von der Notwendigkeit dieser Anlage zu überzeugen. Letzten Endes war das Projekt nur genehmigt worden, weil Zhen rücksichtslos alle Mittel eingesetzt hatte, die ihm dank seines hochrangigen Amtes im Ministerium für Staatssicherheit zur Verfügung standen. Nur wenige Männer konnten es sich leisten, ihm, dem Leiter der Geheimpolizei der Provinz Anhui, einen Gefallen zu verwehren. Er hatte die richtigen Fäden gezogen, Parteifreunde und Gönner auf seine Seite gebracht, und trotz einiger Fehlschläge in den letzten Wochen stand er nun unmittelbar vor der Vollendung seines Plans. Die Chinesische Volksrepublik würde dank ihm zu alter Stärke zurückfinden und in frischem Glanz heller erstrahlen als je zuvor. Vor wenigen Minuten hatte Zhen den Befehl gegeben, alles Nötige vorzubereiten, um den schwarzen Drachen zu wecken – früher als geplant, denn die Umstände erforderten es.

Unmittelbar vor Sonnenaufgang herrschten noch Minustemperaturen. Obwohl Zhen außer einem dünnen traditionellen Seidenkimono nichts weiter am Leib trug, nahm er die Kälte kaum wahr. Er genoss diese einzigartigen Minuten, kurz bevor der Tag anbrach, wenn die Nebelschwaden von den Berghängen hinunter ins Tal waberten, die Feuchte der Nacht noch zu schmecken war und aus der Ferne die Balzschreie der Birkhühner hallten. In diesen Stunden schien alles möglich zu sein. Karl Marx hatte gesagt, die Philosophen hätten die Welt nur verschieden interpretiert, es käme aber darauf an, sie zu verändern. Während Zhen sich mit Daumen und Zeigefinger den schmalen Oberlippenbart glatt strich, verfinsterte sich seine Miene. Die Veränderung würde kommen. Schon bald.

Sein Blick schweifte abermals über die Antennen, die mit ihren Storchenbeinen in fünfzig Reihen in den Himmel ragten. Dahinter erhoben sich die dicht bewaldeten Hänge des Hinggan-Gebirges, das sich tausendvierhundert Kilometer durch den Norden Chinas und die Innere Mongolei erstreckte. Mit mehr als eine Milliarde Kubikmetern Holzreserven befand sich hier eines der wichtigsten Forstwirtschaftsgebiete Chinas. Die nächstgelegenen Forstbetriebe waren jedoch weit genug entfernt, um die Heilongjiang-Anlage zuverlässig geheim halten zu können. Keine Straße führte hierher, nicht einmal einen Versorgungsweg hatte Zhen in die Wälder schlagen lassen. Die gesamte Belieferung, auch der Transport der wenigen handverlesenen Männer, die in der Anlage arbeiteten, fand auf dem Luftweg, per Helikopter, statt. Hierher verirrte sich niemand. Trotzdem war ein Starkstromzaun rund um das Gelände errichtet worden. Es durfte nichts dem Zufall überlassen werden.

Zhen suchte mit den Augen den hinteren Waldrand ab. Immer seltener sah er dort Fasane, Elche und Rentiere, Braunbären fast gar keine mehr. Die Tiere hatten rasch gelernt, sich vom Zaun fernzuhalten. Er sog ein letztes Mal tief Luft ein und betrat dann das Esszimmer.

Er schritt auf die Frühstückstafel zu, vorbei an den kunstvollen Wandmalereien, die allesamt Gottheiten und Szenen der chinesischen Mythologie darstellten. Unter ihnen befand sich auch eine farbenprächtige Abbildung des Baums des Lebens, dessen Philosophie der Unsterblichkeit Zhen besonders gefiel.

Auf der Tafel warteten die herrlichsten Köstlichkeiten des traditionellen chinesischen Frühstücks auf Zhen – seiner einzigen Mahlzeit des Tages, die er entsprechend zelebrierte. Nacheinander bediente er sich aus Schüsseln mit Shenjianbao, Xiaolongbao und Shaomai – Teigtaschen gefüllt mit Reis, Sojasoße, Fleisch und Pilzen. Danach gönnte er sich etwas heiße Reissuppe. Der verführerische Duft frischer Baozi und Youtiao stieg ihm in die Nase, und er stopfte sich zwei der langen, frittierten Teigstangen in den Mund.

Dann widmete er sich wie jeden Morgen dem Höhepunkt seines Frühstücks. Er nahm das noch warme Balut in die Hand. Die angebrüteten gekochten Enteneier stammten ursprünglich von den Philippinen, wo man ihnen potenzsteigernde Wirkung nachsagte. Zhen sah weitaus mehr in ihnen. Er schrieb Baluts magische Kräfte zu und war überzeugt, in ihnen das Universalheilmittel für ein langes Leben gefunden zu haben. Seitdem er täglich ein Balut-Ei zum Frühstück verspeiste, war er nicht mehr krank gewesen.

Vorsichtig entfernte er das obere Drittel der Schale. Der darin befindliche neunzehn Tage alte Embryo war nur zu erahnen. Zhen streute etwas Salz über das Ei und schlürfte die Flüssigkeit heraus. Danach pellte er das ganze Ei und würzte es mit Salz und Sojasauce. Der Schnabel des Entenkükens war nun deutlich zu erkennen. Genüsslich biss Zhen in den Embryo. Dickflüssiger Saft lief ihm den Mundwinkel hinab. Das bräunliche Fleisch war weich, Schnabel und Federn dagegen waren deutlich bissfester. Zhen ließ sich Zeit, kaute langsam.

Eine halbe Stunde später begab er sich in sein Büro. Es wurde Zeit, eine äußerst unerfreuliche Sache zu regeln.

Er bestellte seinen Cousin Xian Wang-Mei zu sich, den er aus Peking herbeordert hatte. Während Zhen wartete, streifte sein Blick die beiden gekreuzten Dao-Säbel an der Wand, die er vor vielen Jahren von einem Abgesandten der Mongolischen Volkspartei geschenkt bekommen hatte. Sie erfüllten nicht nur einen dekorativen Zweck. Zhen verstand durchaus mit ihnen umzugehen. Mit ihren extrem scharfen, zur Spitze hin breiter geschmiedeten Klingen, konnte er fallendes Papier zerteilen. Gut möglich, dass Wang-Mei heute eine Kostprobe ihrer Schärfe bekommen würde. In wenigen Minuten würde Zhen entscheiden, ob er seinem Cousin eine Gnadenfrist einräumte oder ob Wang-Mei das nächste Neujahrsfest nicht mehr erleben würde. Es hing allein vom schwarzen Drachen ab.

»Tritt ein!«, forderte er seinen Cousin auf, als dieser in der Tür erschien – dicker und feister denn je.

»Mögen die drei Erhabenen dir heute wohlgesonnen sein, verehrter Cousin Zhen«, begrüßte Wang-Mei ihn mit der traditionellen Verbeugung, bei der seine linke Hand die rechte Hand oberhalb seines prallen Bauches umschloss.

Zhen erwiderte die Geste. Am liebsten hätte er seinem Cousin den Gruß heute verweigert, doch in einer Zeit, in der schädliche westliche Einflüsse zunehmend das Verhalten des chinesischen Volkes infiltrierte, war es wichtig, die traditionellen Gebräuche zu bewahren.

»Deine Einladung kam überraschend«, sagte Wang-Mei. Er sah sich um, als stünde er zum ersten Mal in diesem Raum. »Ich hatte fast vergessen, wie prächtig die Wandverzierungen sind.« Er deutete auf die Abbildung eines bärtigen Mannes, der nur mit einem Kimono bekleidet auf einem blau-goldenen Drachen über mächtige Wellen hinwegritt. »Eine wunderbare Darstellung.«

»Fluten werden sich bis zum Himmel türmen«, zitierte Zhen den Flutmythos aus der Zeit Kaiser Yaos, einem der drei Erhabenen. »Ich habe dieses Motiv nicht ohne Hintergedanken ausgewählt.«

»Ein Meisterwerk.« Wang-Mei wandte sich wieder Zhen zu. »Ich hatte zudem beinahe vergessen, wie beschwerlich die Anreise hierher ist. Der Flug im Helikopter. Dazu diese grässliche Kälte.«

»Es wäre vielleicht ratsam gewesen, wenn du öfter hier nach dem Rechten gesehen hättest.«

»Du bist hier und leitest das Projekt mit größter Umsicht und Geschick. Warum sollte ich …?«

Zhen ließ ihn nicht aussprechen. »Du weißt, weshalb ich dich rufen ließ?«

»Ich hörte, die Probleme, die unser Projekt verzögerten, seien gelöst.«

»Tatsächlich stehen wir kurz vor der Vollendung. Bald schon wird China in neuem Glanz erstrahlen. Wir werden den Wohlstand unseres Volkes mehren, daran gibt es keine Zweifel. Doch mich haben außerordentlich besorgniserregende und zugleich betrübliche Nachrichten aus Peking erreicht.«

»Aus Peking? Was für Nachrichten?«

»Deine Person betreffend.«

Wang-Mei setzte eine überraschte Miene auf. »Sicherlich Gerüchte.«

»Konfuzius sagt, der Mensch hat dreierlei Wege, klug zu handeln. Durch Nachdenken ist der edelste, durch Nachahmen der einfachste, durch Erfahrung der bitterste.« Zhen baute sich vor Wang-Mei auf. »Ich habe dir deine mannigfaltigen Verfehlungen nie zum Vorwurf gemacht, obwohl ich die Art und Weise zutiefst verachte, wie du dein Leben verschwendest. Ständig auf der Suche nach kurzweiligen Vergnügungen. Alkohol, Drogen, Frauen. Sieh dich an, Cousin, was aus dir geworden ist.« Er musterte Wang-Mei abfällig. »Ein fettes Schwein, das sich den ganzen Tag im Dreck suhlt.«

Wang-Mei lief rot an. »Wie redest du mit ...«

»Schweig! Diesmal bist du zu weit gegangen. Du hast Heilongjiang in ernsthafte Gefahr gebracht. Du wirst deswegen den dritten Weg – den bitteren – kennenlernen, um für deine Verfehlungen geradezustehen.«

»Zügle deinen Zorn, verehrter Cousin. Ich versichere dir, was immer dir zu Ohren gekommen ist, es handelt sich nur um Gerüchte. Gerede von Bauern.«

»Meine Urteile ebenso wie meine Handlungen gründen niemals auf Gerüchten.« Zhen schritt um den kunstvoll verzierten Mahagonischreibtisch herum und nahm den Hörer eines antiquierten Telefons von der Gabel. »Du kannst eintreten«, sagte er.

Zhen hatte kaum aufgelegt, da öffnete sich die Tür zu einem Nebenraum. Ein Europäer trat ein, Mitte zwanzig, groß gewachsen und schlank. Er trug einen braunen Tweed-Anzug mit dazu passendem schwarz-beige kariertem Halstuch. Seine Haare hatte er zu einem akkuraten Seitenscheitel gekämmt, seine blasse Haut verriet, dass sie selten Sonne sah.

»Ich habe Charles zu uns gebeten«, erklärte Zhen. »Er wird uns aus erster Hand berichten.«

»Das hätte ich mir denken können«, presste Wang-Mei hervor. Die Adern an seinem Hals schwollen sichtbar an.

Charles St. Adams trat vor Zhen und deutete eine Verbeugung an. Wang-Mei ignorierte er.

Zhen erwiderte den Gruß. »Lass uns beginnen.«

»Selbstverständlich.« St. Adams zückte eine DVD und warf Wang-Mei einen verächtlichen Blick zu.

Während St. Adams sich zu einem Flachbildschirm begab, der auf einem niedrigen Bord an der Wand stand, beobachtete Zhen seinen Cousin, dessen Gesicht einer Maske glich. Doch die verräterische Rötung seiner Wangen konnte er nicht verbergen. Zhen fiel es schwer, seine Verachtung nicht offen zu zeigen. Männer wie Wang-Mei besaßen weder Ehre noch Stolz, und doch bekleidete Wang-Mei als Direktor des Staatlichen Chinesischen Wetteränderungsamtes eine angesehene, hohe Position. Die Speichellecker in Peking redeten ihm nach dem Mund und umschmeichelten ihn. Innerhalb der Partei aber war das Urteil längst gefällt. Die Neubesetzung von Wang-Meis Posten war nur eine Frage von Monaten. Zhen musste die verbleibende Zeitspanne nutzen. Danach wurden die Karten neu gemischt.

»Bereit?«, fragte St. Adams, der die DVD in das Abspielgerät eingelegt hatte. Ohne eine Antwort abzuwarten, drückte er auf den Startknopf der Fernbedienung.

Die Bilder einer Überwachungskamera erschienen auf einem Fernseher. Sie zeigten eine luxuriöse Hotelsuite, in der sich zwei Männer und zwei Frauen in üppigen Polstersesseln gegenübersaßen. Ein Beistelltisch trennte sie. Auf ihm standen eine Whisky-Flasche sowie vier halb volle Gläser. Die beiden Männer unterhielten sich. Die Frauen, in ihren billigen Fummeln und mit dicker

Schminke im Gesicht unschwer als Prostituierte zu erkennen, saßen schweigend daneben.
Zhen hatte diese Aufnahme bereits gesehen. St. Adams hatte sie ihm vorgestern zukommen lassen. Anstatt auf das Geschehen im Fernseher zu achten, konzentrierte er sich auf Wang-Mei, der sichtlich erbleicht war.
»Nur Gerüchte also, mein lieber Cousin?«
Wang-Mei erwiderte nichts. Wie paralysiert starrte er auf den Fernseher. Schweiß lief ihm die Schläfe hinab. Spätestens jetzt musste er sich eingestehen, dass seine Chancen, diesen Raum lebend zu verlassen, verschwindend gering waren.

14

Mit einem Zischen schlossen sich die Schiebetüren des Haupteingangs. Das Windgeheul draußen war jetzt nur noch gedämpft zu hören. Gefolgt von den beiden Männern, die ihr womöglich das Leben gerettet hatten, betrat Laura das Foyer der Andra AG. Der Blonde, der Laura seltsam bekannt vorkam, sah sie besorgt an. »Sie zittern ja am ganzen Leib. Sollen wir nicht doch einen Arzt rufen?«

»Danke, aber es geht schon wieder.« Mit steifen Gliedern stakste sie zur Sitzgruppe des Wartebereiches, wo sie auf einem der Ledersessel niedersank.

Der Mann folgte ihr. »Sind Sie sicher? Sie sehen aus wie eine wandelnde Leiche.«

»Sie wissen, wie man einer Frau Komplimente macht.« Die Wärme im Foyer tat gut. Heiße Wellen durchfluteten Lauras Körper. Ihre Hände und Füße begannen zu kribbeln. Ihr Gesicht brannte.

»Warten Sie.« Der Blonde kehrte zu seinem Kumpel zurück, der bei der Tür wartete. Sie wechselten ein paar Worte miteinander. Jetzt erst bemerkte Laura, dass beide dicke Winterkleidung inklusive gefütterter Stiefel trugen. Die Zwei waren eindeutig besser auf dieses Wetter vorbereitet gewesen als sie. Der Fahrer entledigte sich jetzt seiner Jacke, die Mütze aber behielt er auf.

Dann schlurfte er zum Empfangstresen. Der Blonde kam zurück und setzte sich Laura gegenüber auf ein modernes Ledersofa. »Langsam bekommt Ihr Gesicht wieder Farbe.«

Laura betastete ihre brennenden Wangen. »Vermutlich sehe ich aus, wie dieses Mädchen aus der Rotbäckchen-Werbung.«

»Eine gewisse Ähnlichkeit ist durchaus vorhanden.« Er lächelte. Sympathische Lachfältchen bildeten sich in seinen Augenwinkeln.

Laura legte ihren Kopf schief. »Sagen Sie, kennen wir uns von irgendwoher?«

Er lächelte nur. »Mein Name ist Daniel Bender.« Er streckte ihr die Hand entgegen.

»Laura Wagner. Ich bin Sekretärin hier.« Sein Händedruck war fest. Für einen Augenblick fürchtete Laura, ihre steifen Finger könnten zerbrechen.

Er musterte sie. »Sie zittern noch immer. Warten Sie.« Er sprang auf und lief zu dem Getränkeautomaten, der im Eingangsbereich stand.

Kurz darauf hielt er Laura einen braunen Plastikbecher mit dampfender Suppe vor die Nase. Der Geruch von Maggi lag in der Luft. »Diese Automaten-Brühe ist vielleicht keine kulinarische Offenbarung, aber sie wärmt und stärkt.« Er nickte ihr auffordernd zu.

Sie nahm den Becher, nippte an der Suppe und verzog das Gesicht. »Heiß ist sie auf jeden Fall.«

Er lächelte.

»Ich möchte mich bei Ihnen bedanken. Sie beide hat der Himmel geschickt.« Sie nippte erneut an der Suppe. »Hätte ich heute Morgen besser mal das Radio eingeschaltet, bevor ich losgefahren bin.«

»Kaum einer hat diesen Wetterumschwung kommen sehen.«

In seiner Stimme schwang Verärgerung mit. »Viele meiner Kollegen wollten die Wetterlage nicht einmal wahrhaben, als die ersten Sturmböen schon über Schleswig-Holstein fegten. Glauben Sie mir, ich habe deswegen eine Menge Anrufe getätigt, aber niemand wollte auf mich hören. Wie üblich.«

»Wer rechnet auch schon um diese Jahreszeit mit so etwas?«

»Tja, wer? Gute Frage.« Er setzte eine unergründliche Miene auf und blickte zu seinem Begleiter, der am Empfangstresen am anderen Ende des Foyers stand und eine lebhafte Diskussion mit dem Portier führte.

»Sind Sie Meteorologen?« Sie nahm den letzten Schluck aus dem Becher. Allmählich kehrten ihre Lebensgeister zurück.

»Na ja«, überlegte er, »in gewisser Weise.«

»In gewisser Weise?«

Er wich ihrem Blick aus. »Leif und ich haben Meteorologie studiert. Ist eine halbe Ewigkeit her.«

Lauras Miene hellte sich auf. »Jetzt weiß ich, woher ich Sie kenne. Sie sind Jet Stream.«

Er verzog das Gesicht. »Der bin ich nur auf YouTube. Nennen Sie mich bitte Daniel.«

»Meinetwegen. Ich bin Laura. Aber wieso YouTube? Hatten Sie nicht eine Show auf RTL?«

»Es war Sat.1, und das ist lange her. Ich möchte nicht darüber reden.«

»Okay.« Laura sah hinüber zu seinem Begleiter, den er Leif genannt hatte. Offenbar gab es Schwierigkeiten. Leif gestikulierte heftig, schlug einmal sogar mit der Faust auf den Tresen. Der Portier schüttelte vehement den Kopf und deutete dann auf den Ausgang.

»Leif!« Daniel signalisierte seinem Kumpel, dass er sich beruhigen solle. Leif verdrehte die Augen, holte tief Luft, dann setzte er das Gespräch deutlich ruhiger fort.

Laura fiel auf, dass niemand das Gebäude betreten hatte, seitdem sie hier saßen. Auch auf dem Parkplatz tat sich nichts. Kein Scheinwerferlicht, keine Räumfahrzeuge auf den Straßen vor dem Firmengelände. »Wie kommt es eigentlich, dass Sie beide als Einzige auf der Straße unterwegs waren? Bevor ich meinen Wagen in den Graben gesetzt habe, fuhren noch Autos.«

»Ein zweiter Unfall an der Kreuzung vor der Einfahrt ins Gewerbegebiet. Die Straßen sind blockiert.« Ein schiefes Grinsen breitete sich auf seinem Gesicht aus. »So etwas hält Leif nicht auf. Sein Pick-up hat Allradantrieb. Wir haben die Unfallstelle über einen kleinen Hügel umfahren.«

»Wieso denken Sie, dass sie beiden die einzigen sind, die diesen Kälteeinbruch vorhergesehen haben?«

Daniel nickte. Ihm schien erst jetzt aufzufallen, dass er immer noch seine dicke Jacke trug. Er zog sie aus und warf sie auf den Sessel neben ihm. »Die Wetterlage über Skandinavien hat sich rasend schnell geändert. Es blieb kaum Zeit, um verlässliche Prognosen zu erstellen. Bis uns klar wurde, worauf es hinauslaufen würde, stießen beide Systeme bereits zusammen, was zu diesem waschechten Blizzard führte.«

»Ein Blizzard? Ich dachte, so etwas gibt es nur in Amerika?«

Daniel schüttelte den Kopf. »Das dachte man in Deutschland lange Zeit auch von Tornados. Wie wir sehen, gibt es hier in Europa durchaus Blizzards, wenn auch eher selten. Spontan fällt mir da der Chaos-Winter von 1978/1979 ein. Damals fielen die Temperaturen innerhalb weniger Stunden um mehr als zwanzig Grad Celsius. Dann setzte ein Schneesturm ein, der fünf Tage andauerte und mit Windstärke zehn das ganze Land unter einer weißen Schicht verschwinden ließ.«

»Fünf Tage?« Sie sah ihn mit großen Augen an.

Er nickte. »Aber Sie haben recht. *Echte* Blizzards gibt es definitionsgemäß tatsächlich nur in Amerika. Hier in Europa sprechen wir Meteorologen von Blizzard-ähnlichen Zuständen.«

»Und worin besteht der Unterschied?«, fragte sie.

Daniel sah sich um. »Das erkläre ich Ihnen gern. Aber vorher brauche ich erst mal einen Kaffee.« Er stand auf. »Nehmen Sie auch einen? Oder noch eine Suppe?«

Laura lachte. »Bloß nicht noch eine Suppe. Tee wäre wunderbar. Ohne Zucker.«

Wenig später kam Daniel mit zwei dampfenden Bechern zurück. Er reichte Laura den Tee.

Sie lächelte. »Ich höre.«

»Schön. Also – normalerweise fallen Schneestürme in unseren Breiten harmloser aus, da die Temperaturunterschiede selten stark genug ausgeprägt sind.« Er lehnte sich auf dem Sofa zurück. »Die Verteilung der Land- und Wassermassen in Europa spielt dabei eine Rolle und auch die Ausrichtung der Alpen.«

»Was haben die Alpen damit zu tun?«

»Die Gebirgsketten stellen für nord-süd-strömende Luftmassen ein Hindernis dar, weshalb polare Luft nur selten direkt auf feuchte, subtropische Luft trifft.«

»Aber genau das ist heute Nacht geschehen?«, riet Laura.

Er nickte. »Ein Tiefdrucksystem über dem Rheinland, Belgien und Teilen Ostfrankreichs ist über der Ostsee mit einem extremen Hochdrucksystem über Skandinavien zusammengestoßen. In Nordrussland und Nordskandinavien herrschen aktuell Temperaturen von unter minus dreißig Grad. Luft aus Hochdruckgebieten strömt generell in Gebiete mit Niedrigdruck. Und schon haben wir einen massiven Kälteeinbruch. Aktuell kommen allerdings ein paar Sonderfaktoren dazu.«

»Nämlich?«

»Interessiert Sie das wirklich?«, fragte er.

»Ich bin da draußen fast erfroren. Natürlich interessiert mich das.«

Er nippte an seinem Kaffee. »Über der südlichen Ostsee hat sich gegen Mitternacht in Rekordzeit eine scharfe Luftmassengrenze ausgebildet. Temperaturen von bis zu minus vierzig Grad aus Nordschweden sind auf mitteleuropäische Warmluft mit einer hohen relativen Luftfeuchte von annähernd neunzig Prozent gestoßen. Dies und die extremen Luftdruckgegensätze sorgen nun für einen Nordostwind in Sturmstärke, der diese unfassbaren Schneemassen mit sich bringt.«

»Weshalb hat das niemand vorhergesehen?«, fragte Laura, die mit beiden Händen den Plastikbecher umklammerte. »Ich meine, bei den heutigen technischen Möglichkeiten?«

Daniel warf seinem Kumpel Leif einen kurzen Blick zu, dann beugte er sich vor und senkte seine Stimme. »Jetzt kommt das Seltsame an dieser Geschichte.«

Unwillkürlich beugte Laura sich ebenfalls vor. »Und zwar?«

»Dieses extreme Hochdruckgebiet über Skandinavien hat sich innerhalb nur weniger Stunden gebildet. Nichts, aber auch gar nichts, hat im Vorfeld darauf hingedeutet. Bis zu diesem Zeitpunkt herrschte dort oben im Norden eine vollkommen normale Wetterlage.« Daniel richtete sich wieder auf, holte tief Luft. »Ohne erkennbaren Grund begann der Luftdruck ab Mitternacht rasant anzusteigen. Entgegen allen Vorhersagen. Es war Zufall, dass Leif und ich diesen Vorgang quasi in Echtzeit über unsere Systeme verfolgen konnten. Wir saßen gerade zusammen und sprachen über das Unwetter vom Wochenende in Berlin ...«

»Verstehe.«

Er nickte. »Aber was wir dann sahen, war einfach unglaublich. Es war, als bildete sich mit einem Mal aus dem Nichts eine gigantische Hochdruckblase. Dieses Wort gibt es nicht, aber ich weiß nicht, wie ich dieses Phänomen sonst beschreiben sollte. Diese Blase ist so extrem, dass sie sogar den Strahlstrom der oberen Troposphäre ablenkt. Und zwar massiv. Denn wo einerseits extreme Hochdruckgebiete entstehen, bilden sich zwangsläufig anderswo ebenso extreme Tiefdruckgebiete. Diese Blase hat enormen Einfluss auf die Großwetterlage der gesamten nördlichen Hemisphäre. Und das, wie gesagt, bis hinauf zum Jetstream.«

»Jet Stream?«

Er verdrehte die Augen. »Der offizielle Terminus für Strahlstrom. Der Kerl da drüben hat mir diesen Spitznamen während des Studiums verpasst.« Er deutete auf Leif, der mit verschränkten Armen und grimmiger Miene noch immer vor dem Empfangstresen stand, während der Portier telefonierte. Entweder hatte Leif einen Teilerfolg errungen – oder der Portier rief den Sicherheitsdienst, um den nervigen Kerl mit der Wollmütze endlich rauszuschmeißen zu lassen. Die nächsten Minuten würden es zeigen.

Laura sah Daniel forschend an. »Weshalb sind Sie hier? Haben Sie geschäftlich mit Andra zu tun?«

Er leckte sich über die Lippen. »Leif und ich, wir sind da einer Sache auf der Spur. Das Ganze erscheint ziemlich abgefahren, aber ...«

»Inwiefern abgefahren?«

Daniel zögerte. Dann, als habe er gemerkt, dass er ein wenig zu redselig geworden war, schien er sich einen Ruck zu geben und fuhr fort: »Dieser Blizzard beruht möglicherweise nicht auf natürlichen Ursachen.«

»Wie meinen Sie das?«

»Ich beschäftige mich schon seit Längerem mit einer zunehmenden Anzahl an rätselhaften Wetteranomalien weltweit. Seit zwei Jahren treten in immer kürzeren Abständen Phänomene auf, die Meteorologen auf allen Kontinenten vor große Rätsel stellen. Für viele dieser Phänomene hat bisher niemand plausible Erklärungen gefunden.«

»Wie zum Beispiel für diesen Blizzard?«

In diesem Moment begann das Neonlicht im Foyer zu flacken. Wenige Sekunden später ging es aus. Schlagartig herrschte Dunkelheit. Auch auf den verschneiten Parkplätzen und Wegen rund um das Gebäude fiel die Beleuchtung aus. Die einsetzende Dämmerung war noch zu schwach, um sich gegen die dichten Wolken und den Schneesturm durchzusetzen. Daniel Bender war zu einer schwarzen Silhouette geworden.

»Das war zu erwarten«, seufzte er.

Laura dachte an die zerrissenen Stromkabel und den umgestürzten Hochspannungsmast. »Vermutlich hat es weitere Masten erwischt. Ich dachte immer, für solche Fälle gäbe es hier ein Notstromaggregat?«

»Darauf wette ich«, sagte jemand direkt neben ihrem Ohr.

Laura stieß einen Schrei aus und fuhr herum. Flackernd erwachte das Licht wieder zum Leben. Neben ihr stand Daniel Benders Freund Leif. Er hielt seine Wollmütze in einer Hand und strich sich mit der anderen durch die fettigen schwarzen Haare. Er sah überhaupt ein wenig ungepflegt aus, fand Laura, jedenfalls im Vergleich zu seinem Kollegen.

»Sag ich doch!« Er schnalzte mit der Zunge. »Ich tippe auf mindestens zwei fette Ako-Diesel-Aggregate im Keller.«

»Schleichen Sie sich immer so an?«

»Sind Sie immer so schreckhaft?«

»Leif, bitte.« Daniel Bender winkte ihn zu sich. »Das ist Laura Wagner. Sie arbeitet hier als Sekretärin.«

»Aha.« Er taxierte sie. »Vielleicht kann sie uns ja behilflich sein.«

»Das kommt ganz drauf an.« Laura sah von einem zum anderen.

»Wir sind hier, um jemanden zu treffen.« Er deutete in Richtung des Portiers, der ihm missbilligende Blicke zuwarf. »Leider ist dieser Hampelmann am Empfang ziemlich störrisch.«

»Haben Sie denn einen Termin?«

»Nein.«

»Tja ...« Laura sah ihn irritiert an. Seine Zunge fuhr unablässig von einem Mundwinkel zum anderen. Dieser Typ schien irgendwie nicht ganz richtig zu ticken.

»Kümmere du dich darum, Jet.« Er fläzte sich in einen der Sessel und wuchtete einen schwarzen Rucksack hoch, der auf dem Boden gestanden hatte. Schwungvoll zog er den Reißverschluss auf und packte einen Laptop aus. »Hab jetzt zu tun.«

»Was machst du?«, fragte Daniel.

»Muss nach Rousseau sehen.« Er klappte den Laptop auf. Ohne Laura anzusehen, fragte er: »Sie haben nicht zufällig den WLAN-Code?«

»Wir sind hier nicht bei Starbucks.«

»Egal, ich bin auch so gleich drin.« Er begann, auf die Tasten einzuhämmern.

Laura fehlten die Worte. Selbst Daniel Bender rieb sich peinlich berührt über den Nacken. Sie trank ihren Tee aus. Es wurde Zeit zu gehen. Mit Leifs Auftauchen hatte sich die Stimmung verändert. Laura fühlte sich unwohl in der Gegenwart dieses grobschlächtigen Kerls. Sie konnte sich nur schwer vorstellen, dass diese beiden derart unterschiedlichen Typen alte Freunde sein sollten. Sie wollte gehen, mochte Daniel aber nicht einfach so stehen lassen. »Zu wem wollen Sie denn überhaupt?«, fragte sie daher.

»Zu einem gewissen Lars Windrup.«

»Der ist von der IT-Abteilung«, überlegte Laura. »Mit den IT-Leuten habe ich praktisch nichts zu tun. Ist er denn schon im Haus?«

Leif sah auf. »Nein, aber das hätte mir der Blindgänger da vorne am Empfang auch ein bisschen früher sagen können.«

Laura zuckte mit den Schultern.

»Na dann«, sagte sie schließlich an Daniel gewandt, »danke nochmals, und viel Glück bei Ihren Recherchen.«

Dann ging sie fort in Richtung Treppenhaus. Um nichts in der Welt betrat sie einen Aufzug, der von einem Notstromaggregat betrieben wurde.

Laura nahm zwei Stufen auf einmal. Auf sie wartete eine Menge Arbeit, und wenn sie heute Nachmittag früher zu Robin wollte, sollte sie sich allmählich ranhalten.

In ihrem Büro angekommen, begann sie, die eingegangenen E-Mails der letzten Tage zu sichten. Anfragen, Reklamationen, Angebote, dazwischen Spam, der durch die Firewall geschlüpft war. Mechanisch verschob Laura Mail um Mail in die entsprechenden Ordner.

Plötzlich stutzte sie. Mit der letzten Mail, die sie gedankenverloren als Spam markiert hatte, stimmte etwas nicht. Laura war nicht ganz bei der Sache gewesen, hatte die Kopfzeile nur flüchtig betrachtet, doch ihr Unterbewusstsein meldete sich eindringlich. Sie setzte sich aufrecht hin und öffnete den Spam-Ordner.

manekineko2008@hotmail.com

Die Namenswahl des Absenders sowie die Tatsache, dass es sich um eine kostenlose Hotmail-Adresse handelte, deuteten auf Spam hin. Dann jedoch las Laura den Betreff. Ihre Nackenhaare stellten sich auf. Der Betreff bestand aus vier Buchstaben: *wiwi*

Ungläubig starrte Laura auf das Kürzel, das sie und Hardenberg sich vor über zwei Jahren ausgedacht hatten. Ihr Magen krampfte sich zusammen, als sie die Mail öffnete. Sie hielt die Luft an. Das war kein Spam. Diese Mail war für sie bestimmt. Und sie stammte von Hardenberg.

15

Huang Zhen stand in seinem Büro und verfolgte gemeinsam mit seinem Cousin und Charles St. Adams das Geschehen auf dem Fernseher.

Man sah Wang-Mei und Roland Hardenberg, die soeben den Austausch der üblichen Höflichkeiten zur Begrüßung beendet hatten. Die beiden Chinesinnen, die aufreizend gekleidet zu beiden Seiten der Männer auf den Sesseln hockten, betrachteten gelangweilt ihre Fingernägel. Mit einem feisten Grinsen im Gesicht deutete Wang-Mei auf die Prostituierten und sagte in gebrochenem Englisch: *»Für später, wenn das Geschäftliche erledigt ist.«*

Hardenberg musterte die Frauen. Sie bemerkten, dass man über sie sprach, setzten ein gekünsteltes Lächeln auf und wiegten ihre Körper aufreizend hin und her, als tanzten sie zu einer Musik, die nur sie hören konnten. Hardenberg nickte anerkennend.

»Dann lassen Sie uns keine Zeit verlieren.«

»Haben Sie das, worum ich Sie gebeten habe?«

Hardenberg griff in sein Jackett, zog einen USB-Stick hervor und überreichte ihn Wang-Mei. *»Der Quellcode. Damit sollten Ihre Probleme vom Tisch sein.«*

»Sollten?« Wang-Mei drehte den Stick prüfend in seiner Hand.

»Ich bin weder Mathematiker noch IT-Experte. Ich bin nur der Lieferant.«

»Ein außerordentlich gut bezahlter Lieferant«, erinnerte Wang-Mei

ihn. Er steckte den USB-Stick ein. »*Ihnen ist bekannt, dass wir das finale Software-Update spätestens in vier Wochen benötigen. Werden Sie diesen Termin einhalten können?*«

»*Ich bin zuversichtlich.*«

»*Mir wäre ein eindeutiges Ja lieber.*« Jetzt lächelte Wang-Mei, doch jeder, der einmal mit Chinesen am Verhandlungstisch gesessen hatte, wusste, dass sich hinter dem freundlichsten Lächeln ein Dolch verbarg, der zustach, sobald man eine Schwäche zeigte.

»*Ja*«, sagte Hardenberg, dem klar sein musste, dass sein Gegenüber nur eine einzige Antwort akzeptieren würde.

»*Es freut mich, das zu hören.*«

»*Habe ich Sie jemals enttäuscht, verehrter Chang?*«

Wang-Mei zuckte nicht einmal mit der Wimper, als Hardenberg ihn mit dem falschen Namen ansprach, den Wang-Mei ihm bei ihrem ersten Treffen genannt hatte. »*Sie haben Ihre Zuverlässigkeit bisher stets unter Beweis gestellt.*«

Hardenberg lehnte sich zurück und schlug seine Beine übereinander. »*Ihre Auftraggeber müssen sehr zufrieden mit Ihnen sein.*«

Wang-Mei zog einen Aktenkoffer hinter seinem Sessel hervor, platzierte ihn auf dem Tisch, drehte ihn mit dem Verschluss zu Hardenberg und lehnte sich dann ebenfalls zurück. »*Sehen Sie selber nach, wie zufrieden wir sind.*«

Hardenberg zog den Koffer heran und ließ die Verschlüsse aufspringen. Vorsichtig, beinahe andächtig, hob er den Kofferdeckel an.

»*Die vereinbarte Summe*«, erklärte Wang-Mei.

Mit zufriedener Miene klappte Hardenberg den Koffer zu.

»*Mit der nächsten Lieferung endet unsere Zusammenarbeit. Ich nehme an, daran hat sich nichts geändert?*«

»*Nein. Ich möchte jedoch nicht ausschließen, dass wir irgendwann erneut auf Ihre Dienste zurückgreifen, Mr. Hardenberg.*«

Hardenberg griff nach dem halb vollen Glas vor ihm auf dem Tisch. *»Darauf trinken wir.«*

»Damit kommen wir also zu unseren reizenden Damen«.

Der Wang-Mei im Fernseher grinste und gab den Prostituierten einen Wink.

St. Adams stoppte die Wiedergabe, und das Bild gefror.

»Sind wir jetzt fertig?«, fragte Wang-Mei.

»Nein.« St. Adams zupfte sein Halstuch zurecht. »Ich bin mir nämlich nicht sicher, inwiefern Sie sich an den weiteren Verlauf dieses Abends erinnern. Sie werden überrascht sein.«

St. Adams wechselte einen Blick mit Zhen. Die Installation der Überwachungskamera in Roland Hardenbergs Hotelsuite war St. Adams' Idee gewesen. Seit Längerem schon vertraute der Engländer Wang-Mei nicht mehr und hatte damit den richtigen Riecher bewiesen.

»Weiter!«, entschied Zhen.

Das Bild erwachte wieder zum Leben. Die beiden Chinesinnen gingen vor den Männern auf die Knie. Geübt öffneten sie deren Gürtel. Wang-Mei und Hardenberg prosteten sich währenddessen grinsend zu. Dann jedoch geschah etwas Unerwartetes. Während Wang-Mei den Kopf in den Nacken legte und den Chivas Regal hinunterkippte, schüttete Hardenberg den Inhalt seines Glases seitlich neben dem Sessel in einen Blumenkübel mit bunten Kunstpflanzen. Weder Wang-Mei noch die beiden Prostituierten, die sich devot ihren Aufgaben widmeten, bemerkten etwas.

»Ich habe etwas für uns vorbereitet«, sagte Hardenberg und stellte sein Glas ab. *»Verehrter Chang, ich fürchte, Sie müssen sich zunächst alleine um die beiden Damen kümmern.«* Er bugsierte die Chinesin zu seinen Füßen in Wang-Meis Richtung. Sie begriff und rutschte auf Knien neben ihre Kollegin, die sich mit dem schlaffen Penis des Chinesen abmühte.

»Wie könnte ich Ihren Wunsch abschlagen?«, kicherte Wang-Mei und goss zwei weitere Drinks ein. Wieder kippte er sein Glas in einem Zug hinunter, wieder schüttete Hardenberg seinen Whisky neben sich in den Blumentopf.

Während die beiden Prostituierten Wang-Mei mit dem Mund verwöhnten, zückte Hardenberg eine kleine Tüte aus der Innentasche seines Jacketts. Langsam ließ er das darin befindliche weiße Pulver auf den Tisch rieseln. Mit dem Nagel seines kleinen Fingers formte er zwei Linien, zog einen Geldschein aus dem Aktenkoffer, rollte diesen auf und hielt ihn Wang-Mei hin. *»Diese Feier soll alle bisherigen übertreffen.«*

Wang-Meis Augen leuchteten. Er schob die beiden Prostituierten zur Seite und beugte sich über den Tisch, was ihm mit seinem massigen Bauch nicht leichtfiel. Er riss Hardenberg den Geldschein aus der Hand und zog sich geräuschvoll eine Linie durch die Nase.

»Dieses Koks stammt aus Macao«, erklärte Hardenberg. *»Erstklassige Ware.«*

Wang-Mei ließ seinen Kopf kreisen, gab ein undefinierbares Geräusch von sich, griff in die Haare der beiden Prostituierten und zwang deren Köpfe zurück in seinen Schritt. Währenddessen tat Hardenberg so, als zöge er sich die verbliebene Linie durch die Nase. Tatsächlich aber wischte er das Koks mit der Innenfläche seiner Hand von der Tischplatte. Es rieselte auf den flauschigen Teppich.

»Noch eine Prise?«

Wang-Mei sah auf. Seine Pupillen waren geweitet, sein Gesicht gerötet. Auf seiner Stirn glänzten Schweißperlen. *»Diese Damen werden uns die ganze Nacht über zur Verfügung stehen. Ich hoffe, Sie haben genügend Vorrat dabei?«*

Der deutsche Geschäftsmann in dem Video lächelte. *»Denken Sie etwa, ich weiß nicht, was sich gehört?«*

16

Laura starrte auf ihren Monitor. Sie brauchte einen Moment, bis sie begriff, was sie da vor sich hatte. Hardenberg hatte ihr kurz vor seinem Tod eine Mail geschickt.

Liebe Laura,
meine letzte Geschäftsreise nach Peking hat alles verändert. Ich werde mir eine Auszeit nehmen und für einige Tage nicht erreichbar sein. Falls ich mich innerhalb von zwei Wochen nicht wieder gemeldet haben sollte, kümmern Sie sich bitte um meine Katze. Ich weiß, dass sie bei Ihnen in guten Händen ist.
R. H.

Laura las die Nachricht dreimal. Sie verstand das nicht. Warum hatte Hardenberg eine anonyme E-Mail-Adresse benutzt? Er musste doch damit rechnen, dass die Nachricht im Spam landete? Reiner Zufall, dass Laura sie entdeckt hatte. Die Eingangszeit der Mail war mit 3:23 Uhr angegeben. Laura atmete tief aus. Eines der letzten Dinge, die Roland Hardenberg in seinem Leben getan hatte, war, ihr eine Mail zu schreiben. Was hatte das alles nur zu bedeuten? Nervös knetete sie ihre Finger. Anhand der Zeitangaben des Providers würde man den Todeszeitpunkt weiter eingrenzen können. Die Polizei würde sich für diese Mail garantiert interessieren. Das sonderbarste aber war, dass Hardenberg eine Katze erwähnte. Laura wusste nicht viel über das Privatleben ihres Chefs, aber das eine wusste sie: Eine Hauskatze besaß er nicht.

manekineko2008@hotmail.com. Das klang japanisch. Laura hatte das Gefühl, diesen Namen schon einmal gehört zu haben. Existierte vielleicht ein Geschäftspartner mit diesem Namen? Sie loggte sich in Hardenbergs Terminkalender ein, überflog seine gespeicherten Kontakte, fand aber keinen entsprechenden Eintrag. Danach durchsuchte sie die Firmendatenbank. Ebenfalls Fehlanzeige.

Nachdenklich trat sie ans Fenster. Draußen wütete noch immer der Schneesturm. *Der Blizzard*, wie sie inzwischen wusste. Vor dem Haupteingang, ein Stockwerk unter ihr, sah sie den Hausmeister. Er hatte seine Schneefräse aus dem Sommerschlaf geholt und versuchte den Eingang mitsamt dem Zuweg frei zu halten, so gut es ging. Als er sich prüfend umsah, erblickte er Laura. Er hob eine Hand, die in einem Fäustling steckte, und winkte ihr. Dann fuhr er mit seiner Arbeit fort. Laura erwiderte seinen Gruß und sah ihm hinterher. Mit einem Mal kam ihr die Erkenntnis. Sie schlug sich mit der flachen Hand gegen die Stirn und eilte hinüber in Hardenbergs Büro.

Dort sah sie die vergoldete Winkekatze neben dem Stapel mit ungeöffneter Post. Sie stand dort, so lange Laura zurückdenken konnte. Vorsichtig nahm sie sie in die Hand. Sie war aus Plastik mit einem beweglichen Arm zum Winken. Maneki-nekos stammten ursprünglich aus Japan, waren inzwischen aber auch in China und Thailand beliebte Glücksbringer. Das hatte Hardenberg ihr selbst einmal erzählt, und auch, dass vergoldete Katzen Reichtum anlocken sollten.

Laura drehte sie um. Auf der Unterseite befand sich ein Deckel. Offensichtlich das Fach für die Batterien, die nötig waren, um den Winkmechanismus in Gang zu setzen. Laura öffnete das Fach und hielt unwillkürlich die Luft an. Jemand hatte die Batterien entfernt und in dem frei gewordenen Raum einen silbernen USB-Stick deponiert und mit einem Klebestreifen fixiert.

Sie löste ihn und betrachtete ihn nachdenklich. Warum wollte Hardenberg, dass sie diesen Stick fand? Wieso ausgerechnet sie?

Laura schluckte trocken. In was auch immer ihr ehemaliger Chef verwickelt gewesen sein mochte – mit diesem Stick zog er sie unweigerlich in seine Angelegenheiten mit hinein.

Plötzlich schwang die Tür auf. Laura schrak zusammen und ließ die Katze fallen.

Dörte Hein aus dem Sekretariat betrat mit einem Stapel Akten in Händen schwungvoll das Zimmer. Seitdem sie von ihrer Hüftoperation genesen war, wirbelte sie wieder wie in ihren besten Jahren durch die Firma. Sie blieb abrupt stehen. »Entschuldigung. Ich dachte, es ist niemand hier.«

»Haben Sie mich erschreckt!«, stieß Laura aus. Sie schob den Stick in die Gesäßtasche ihrer Hose, bückte sich und hob die Katze auf.

»Tut mir leid.« Dörte Hein presste die Akten gegen ihre Brust. »Ist etwas kaputt gegangen?«

»Nein, nichts passiert.« Laura holte tief Luft und schloss für einen Moment die Augen.

»Ist alles in Ordnung, Frau Wagner? Sie sehen blass aus.«

»Mir geht es gut, danke.« Laura stellte die Katze zurück auf den Schreibtisch und streckte die Arme aus. »Geben Sie her. Ich kümmere mich darum.« Sie nahm Dörte Hein die Ordner aus der Hand und legte sie auf Hardenbergs Bürosessel.

Die Sekretärin wandte sich zum Gehen. Bei der Tür drehte sie sich noch einmal um. Sie sah Laura freundlich an. »Sie wirken überarbeitet, meine Liebe«, sagte sie. »Hier sind alle über den plötzlichen Tod von Dr. Hardenberg bestürzt. Versuchen Sie trotzdem, es etwas ruhiger angehen zu lassen. Wenn der neue Chef kommt, werden Sie in der ersten Zeit vermutlich mehr Überstunden schieben müssen, als Ihnen lieb sein wird.«

»Gibt es denn schon einen Nachfolger für Dr. Hardenberg?« Dörte Hein schüttelte den Kopf. »Ich habe nur gehört, dass der Vorstand bereits mit potenziellen Kandidaten spricht.« Damit verschwand sie.

Laura richtete ihr Augenmerk wieder auf den USB-Stick. Was hatte Hardenberg geheim zu halten versucht?

17

Charles St. Adams hatte den Schnellvorlauf des DVD-Players betätigt. Schweigend betrachteten die Männer im Zeitraffer das weitere Geschehen in Hardenbergs Hotelsuite.

Zhen strich sich über den Oberlippenbart. Was Wang-Mei sich geleistet hatte, war ungeheuerlich. Nicht nur war er in alte Gewohnheiten zurückgefallen, sondern er hatte sich von diesem Deutschen auch noch vorführen lassen wie ein dummer Junge.

List und Taktik waren in China nicht nur Bestandteile der Kriegskunst, sondern auch jeder guten Verhandlungsführung. Jedes Kind in China kannte die Schrift *Sanshiliu Ji,* die »Sechsunddreißig Strategeme«, die dazu dienten, im Krieg wie in Verhandlungen siegreich zu bleiben. Während die Aufnahme im Zeitraffer ablief, fielen Zhen drei Strategeme auf, die Hardenberg instinktiv angewandt hatte. Das erste Strategem war: »Verrücktheit mimen, ohne sein Ziel aus den Augen zu verlieren.« Das zweite war »Die List der schönen Frau«, die für Ablenkung sorgte. Ursprünglich hatte Wang-Mei die beiden Prostituierten für Hardenberg engagiert, doch der Deutsche reichte sein Geschenk einfach an Wang-Mei zurück. Diese List entsprach denn auch dem dritten Strategem: »Die Rolle des Gastes in die des Gastgebers umkehren«. Ab einem gewissen Punkt hatte in dieser Nacht nicht mehr Wang-Mei das Geschehen bestimmt, sondern Hardenberg. Zhen konnte nicht umhin, dem Deutschen dafür Respekt zu zollen. Zhen betrachtete wie schon so häufig an diesem Vormittag die beiden Dao-Säbel an der Wand. Gute Waffen waren in einer Schlacht unabdingbar, entscheidend für den Ausgang eines Krieges aber waren sie nicht.

»So, jetzt wird es interessant«, durchbrach St. Adams die Stille, und ließ die Aufnahme wieder in normaler Geschwindigkeit ablaufen.

Wang-Mei gab nur ein verächtliches Schnauben von sich, protestierte aber nicht. Zhen erkannte erste Anzeichen von Resignation im Verhalten seines Cousins.

Laut der Zeitanzeige war knapp eine Stunde vergangen, seit Wang-Mei und Hardenberg den ersten Whisky gekippt hatten – jeder auf seine Weise. Jetzt hing Wang-Mei ermattet in seinem Sessel, gezeichnet vom Alkohol und Koks. Die beiden Prostituierten zogen sich ins Bad zurück.

Hardenberg saß nach wie vor aufrecht da und betrachtete den dicken Chinesen. »*Unser Geschäft ist abgeschlossen*«, sagte er nach einer Weile des Schweigens. »*Beide Seiten sind zufrieden. Wäre es nicht an der Zeit, dass Sie mir jetzt Ihren Kontaktmann bei Chenlong Industries präsentieren?*«

Wang-Mei lachte laut auf. Er prustete und verschluckte sich dabei fast.

Hardenberg schenkte ihm einen weiteren Whisky ein.

»*Danke*«, krächzte der Chinese und kippte die braune Flüssigkeit hinunter.

»*Weshalb belustigt Sie mein Vorschlag?*«

Wang-Mei knöpfte sich die Hose zu. Sein fetter Wanst quoll über den engen Hosenbund. »*Sie wissen genau, dass Chenlong nur eine Strohfirma ist.*«

»*Ich dachte es mir.*«

»Warum also fragen Sie?«

»Ich bitte Sie, verehrter Chang, ich habe bewiesen, dass ich vertrauenswürdig bin. Und ich möchte auch zukünftig Geschäfte mit Ihnen machen. Das kann ich aber nur, wenn ich weiß, wer dahintersteckt.«

»Wieso jetzt auf einmal?«

»Bei Andra wird man misstrauisch und stellt zunehmend Fragen. Ich brauche mehr Hintergrundwissen, damit ich alles plausibel darlegen kann.«

Wang-Mei schmunzelte. Ihm war förmlich anzusehen, dass er sein Geheimnis nur schwer für sich behalten konnte. *»Vielleicht würde Ihnen nicht gefallen, was Sie zu hören bekämen.«*

Hardenberg klopfte auf den Aktenkoffer vor sich auf dem Tisch. *»Hier drin ist alles, was für mich zählt.«*

Wang-Mei grinste und winkte Hardenberg zu sich heran – eine lächerlich konspirative Geste. *»In Ordnung. Ich verrate Ihnen etwas. Weil ich Sie gut leiden kann.«*

Hardenberg lächelte. *»Ich fühle mich geehrt.«*

Wang-Mei warf einen Blick auf die geschlossene Badezimmertür und rutschte auf seinem Sessel vor. *»Charles St. Adams, diese englische Schwuchtel, ist nicht der harmlose Kontaktmann, für den er sich bei Ihrem ersten Treffen ausgegeben hat.«*

Hardenberg wirkte überrascht. *»An St. Adams habe ich seit Monaten keinen Gedanken mehr verschwendet. Welche Rolle spielt er denn?«*

»Er ist einer der beiden Hauptgeldgeber für den schwarzen Drachen.«

»Der schwarze Drache?«

Wang-Mei schmunzelte. *»Sie denken vermutlich, wir wollen die Technik des Prototyps kopieren und an die Konkurrenz verkaufen.«*

»Wozu sollten Sie den Prototyp sonst benötigen?«

»Lassen Sie Ihre Fantasie spielen! Wer ist grundsätzlich an neuer Technologie interessiert, die – nun, sagen wir, vielseitig einsetzbar ist?«

Hardenbergs Augenbrauen zogen sich zusammen. *»Reden Sie etwa vom chinesischen Militär?«*

Wang-Mei hob abwehrend die Hand. »*Nein.*« Er gönnte sich einen weiteren Schluck Chivas Regal und starrte Hardenberg an. »*Aber die Richtung stimmt. Wir benötigen den Prototyp für die Entwicklung einer neuartigen Waffe.*«

Hardenberg sah sein Gegenüber entsetzt an. »*Eine Waffe?*«

»*Hier in China gibt es ein Sprichwort. Wenn ein Drache steigen will, muss er gegen den Wind fliegen.*« In Wang-Meis Augen trat ein euphorischer Glanz. »*Dank Ihnen, Mr. Hardenberg, verfügen wir über einen Drachen, der fliegt, wohin wir es ihm befehlen. Dieser Drache wird einen Sturm entfesseln, der unsere Feinde mit Haut und Haaren verschlingt.*«

»*Ich fürchte, ich kann Ihnen nicht folgen.*«

Wang-Mei rülpste. »*Der Westen betrachtet China immer noch als rückständig. Vor allem die USA weigern sich, uns als gleichberechtigten Handelspartner anzuerkennen. Hinter der Maske der Diplomatie herrscht Krieg.*«

»*Inwiefern?*«

»*2015 haben die USA ein Freihandelsabkommen mit elf Staaten vereinbart.*« Wang-Meis Miene verfinsterte sich. »*Unter anderem mit Japan, unserem Erzfeind. Das ist eine Beleidigung Chinas. Auch wenn über die Ratifizierung dieses Abkommens in den Staaten immer wieder diskutiert wird: Amerika versucht zunehmend, seinen Einfluss in Asien zu sichern und die Machtstellung Chinas zu brechen. Daran besteht kein Zweifel.*«

»*Sehen Sie das nicht etwas einseitig?*«

Wang-Mei hieb mit der Faust auf die Tischplatte. »*Seit Jahren stehlen Japan, Vietnam, Taiwan und sogar die Philippinen meinem Land Inseln und Meeresgebiete, unter denen sich enorme Rohstoffvorkommen befinden. Amerika versucht mit allen Mitteln, Chinas ökonomischen Aufstieg zur neuen Supermacht zu verhindern. Darüber hinaus werfen sie uns vor, wir würden unsere Rüstungsaktivitäten hochschrauben. Dabei sind es die USA, die immer mehr Kriegsschiffe nach Ostasien verlegen, um ihre Macht zu demonstrieren!*«

Sein verbaler Ausbruch hatte ihn Kraft gekostet. Erschöpft ließ er sich in den Sessel zurücksinken, bevor er fortfuhr:

»In China gibt es eine politische Gruppierung, die nicht länger schweigend zusehen wird, wie Diplomaten für Stillstand in unserem Land sorgen. Mein Cousin ...«

Er stockte, als bemerkte er, dass er sich verplappert hatte.

»Reden Sie weiter«, forderte Hardenberg ihn auf.

»Es gibt nichts weiter zu sagen. Die Ignoranz der Vereinigten Staaten von Amerika wird ihr Untergang sein. Der schwarze Drache wird über dieses Land hereinbrechen und es dem Erdboden gleichmachen.«

Hardenberg sah Wang-Mei skeptisch an. *»Sie sprechen in Rätseln, Chang.«*

»Wir machen uns die Erde untertan«, fuhr Wang-Mei fort. *»Die Erde ist die mächtigste Waffe von allen. Wer die Naturgewalten unter seine Kontrolle bringt, ist der wahre Herrscher der Welt.«*

»Reden Sie von – Geoengineering?«

Wang-Mei winkte ab. Er beugte sich wieder vor, senkte seine Stimme. *»Ich rede von Stürmen, mein Freund. Mächtigen Stürmen, wie sie diese Welt noch nicht erlebt hat. Ich rede von Regen, der ganze Länder unter Wasser setzt. Ich rede von Dürren, die Hungersnöte auslösen. Wir werden unsere Feinde bekämpfen, ohne dafür einen einzigen Krieger opfern zu müssen. Der schwarze Drache ist die mächtigste Waffe in der Geschichte der Menschheit.«*

Man sah Hardenberg an, dass er sich in seiner Haut unwohl fühlte. Der Mann vor ihm, redete wie im Rausch, und dieser Rausch rührte nicht allein vom Koks her. *»Sie wollen das Wetter manipulieren?«*

»Das tun wir doch bereits seit vielen Jahren.« Wang-Mei rülpste erneut. *»Doch jetzt betreten wir eine neue Stufe. Mit dem Erwachen des schwarzen Drachen wird die ganze Welt eindrucksvoll erfahren, wozu wir tatsächlich in der Lage sind.«*

»Das ist doch nicht Ihr Ernst, Chang. Sie scherzen.«

»Sie haben gefragt.« Wang-Mei zeigte mit dem Finger auf Hardenberg. »Am 22. November ist es so weit. Der schwarze Drache wird mächtige Winde entfachen und verheerende Fluten entfesseln, und er wird über die Vereinigten Staaten von Amerika hereinbrechen und ihren Untergang besiegeln.«

Jetzt sah man, wie der Deutsche sich einen Whisky eingoss und ihn diesmal auch trank – auf ex. In seinem Gesicht spiegelte sich blankes Entsetzen wider.

St. Adams schaltete den DVD-Player aus.

»Ich denke, das reicht«, sagte er und wandte sich zu Wang-Mei um. »Zu Ihrer Information – kurz darauf, als Sie auf der Toilette waren, hat Hardenberg Ihr Jackett durchsucht und Ihre Brieftasche herausgeholt. Dabei dürfte er Ihren richtigen Namen in Erfahrung gebracht haben. Der verehrte Zhen und ich haben keine andere Möglichkeit gesehen, als den Deutschen zu eliminieren.«

»Leider gibt es ein Problem«, ergänzte Zhen. »Unmittelbar nach deiner kleinen Party, hat der Deutsche ein Sprachmemo verfasst. Wir konnten den Wortlaut nicht verstehen, müssen aber davon ausgehen, dass er vor seinem Tod Maßnahmen getroffen hat, die unser Projekt gefährden könnten.«

»Hardenberg ist *tot*?« Wang-Meis Stimme war kaum mehr als ein Flüstern.

»Machen Sie sich lieber Gedanken darüber, wo das Sprachmemo abgeblieben ist«, entgegnete St. Adams. »Weder auf Hardenbergs Laptop noch auf seinem Smartphone hat unser Kontaktmann vor Ort eine entsprechende Datei gefunden.«

Zhen hatte genug gehört und vor allem gesehen. Er baute sich vor seinem Cousin auf. Seine Halsschlagader pochte. »Du bist eine Schande für unsere Familie und für unser Volk. Wie konntest du mich nur so hintergehen?«

Wang-Mei senkte seinen Blick. »Vergib mir.«

Zhen spuckte ihm ins Gesicht. »Auf die Knie!«

Wang-Mei gehorchte. Auf seiner Stirn glitzerten Schweißperlen. Zhens Speichel lief ihm unterhalb des linken Auges den Nasenflügel hinab.

Zhen wirbelte herum. Er riss einen der beiden Dao-Säbel aus der Wandhalterung und presste die Klinge gegen Wang-Meis Halsschlagader. Sofort bildete sich ein dünner Blutfaden dort, wo die rasiermesserscharfe Klinge ins Fleisch drückte.

»Gnade.« Wang-Mei kniff die Augen zusammen. »Ich kann dir immer noch gute Dienste leisten. Mein Einfluss in Peking ist ungebrochen. Wie willst du es schaffen, die uns wohlgesonnenen Funktionäre bei Laune zu halten?«

»Das lass nur meine Sorge sein«, zischte Zhen. »Es ist besser, auf neuen Wegen zu stolpern, als auf alten Pfaden auf der Stelle zu treten.«

»Gnade!«

Zhen atmete schwer. Kleine Speichelbläschen platzten in seinem Mundwinkel. Seine Wut drohte ihn zu überwältigen, doch er durfte jetzt nicht die Beherrschung verlieren. Es oblag einzig dem schwarzen Drachen, ein Urteil über Wang-Mei zu fällen. Zhen würde es lediglich vollstrecken. »Niemals werde ich dir deinen Verrat vergeben. Ich gewähre dir dennoch eine Chance, dein jämmerliches Leben fortzusetzen.«

»Sag mir, was du von mir verlangst, verehrter Cousin, und ich werde deinen Wunsch erfüllen.«

»Ich werde dein Leben verschonen, sobald sich der schwarze Drache erhoben hat.«

Wang-Mei öffnete die Augen. Erstmals keimte leise Hoffnung in seinem Blick auf. »Wann?«

»Noch heute.«

»Aber das ist unmöglich. Wir sind noch nicht so weit.«
»Ich habe bereits vor zwei Stunden den Befehl gegeben, alles vorzubereiten. Die Systeme sind so weit.«
»Es ist noch zu früh«, widersprach Wang-Mei verzweifelt, sichtlich hin und her gerissen zwischen dem Versuch, Aufrichtigkeit zu demonstrieren, und dem Wunsch, sein Leben zu retten. »Uns fehlen abschließende Tests. Wir müssen die Präzision von ›Diamond‹ erhöhen. Wir wissen doch, was sonst passiert.« Er sah flehentlich zu Zhen auf. »Denk an Russland, Australien. Und jetzt Europa ... Wir haben schon zu viel Aufmerksamkeit auf uns gezogen.«

Zhen erhöhte den Druck der Klinge. Wang-Mei zuckte zusammen. Das Blut floss stärker.

»Deswegen ist es auch zu riskant, bis zum 22. November zu warten«, zischte Zhen. »Das ist einzig und allein deine Schuld. Also sorge dafür, dass sich der Drache noch heute erhebt, oder du stirbst – hier und heute.«

»Wie du wünschst.« Wang-Mei schlug die Augen nieder, denn er wagte nicht zu nicken.

18

Laura steckte den silbernen Stick in den USB-Eingang an der Vorderseite ihres PC. Auf dem Monitor erschien die übliche Sanduhr, kurz darauf öffnete sich ein Fenster mit dem Datei-Verzeichnis des Sticks. Es gab zwei Dateien: ein Sprachmemo, das mit *laura_1* betitelt war, sowie eine Datei mit der Bezeichnung *sup_diam_fin*. Datum und Uhrzeit nach zu urteilen hatte Hardenberg *laura_1* in Peking aufgenommen. Die zweite Datei schien, dem Datum zufolge, vor drei Wochen auf diesem Stick gespeichert worden zu sein. Laura schnappte sich ihr Headset, das neben dem Monitor lag, und setzte es auf. Dann spielte sie das Sprachmemo ab.

Zu Beginn war schweres Atmen zu hören, dann erklang Hardenbergs kräftiger Bariton aus den Kopfhörern: »*Was bin ich doch für ein Narr…*« Laura erschauerte, als ihr bewusst wurde, dass sie die Stimme eines Toten vernahm. »*Hätte ich geahnt, wozu die Chinesen den Prototyp tatsächlich benötigen, hätte ich mich nie darauf eingelassen. Aber ich suche weder eine Entschuldigung für meine Taten noch Absolution. Das Geld hat mich verführt. Jetzt sitze ich hier und muss mich dem Wahnsinn stellen, dem ich so leichtfertig Tür und Tor geöffnet habe.*« Es folgte eine Pause, in der nur sein stoßweise gehender Atem zu hören war. »*Ich hoffe zwar, diese Sache alleine in den Griff zu bekommen, aber ich kann für nichts garantieren. Ich bin kein Idiot. Sobald dieser Fett-*

wanst morgen früh nüchtern ist, würde es mich nicht wundern, wenn er versucht, mich auszuschalten. Falls es ihm gelingen sollte, will ich wenigstens auf diese Art und Weise reinen Tisch machen.« Hardenberg holte tief Luft. *»Vor einem Jahr lieferte Andra unter meiner Federführung ›Diamond‹ – Sie wissen schon, den Prototyp des neuen Gyrotrons – an eine chinesische Firma namens Chenlong Industries.«*

Laura horchte auf. Sie erinnerte sich an dieses Geschäft und daran, dass es unter allerhöchster Geheimhaltung abgelaufen war. Weniger als fünf Personen bei Andra waren darin involviert gewesen. Selbst Laura war nicht in Details eingeweiht gewesen, obwohl sie als Hardenbergs Assistentin bei solchen Geschäften üblicherweise die Abwicklung überwachte. Hardenberg hatte es damals vorgezogen, dies selbst zu übernehmen. Laura hatte sich damals nichts weiter dabei gedacht. So etwas kam immer mal wieder vor. Jetzt war sie neugierig zu erfahren, wohin Hardenbergs *Beichte* – oder wie man es nennen sollte – führen würde.

»Der Kontakt zu Chenlong kam etwa sieben Monate vor dem eigentlichen Deal zustande. Damals kontaktierte mich ein Engländer, über den ich schließlich Chang kennenlernte, der den Deal abwickelte. Seit wenigen Minuten erst kenne ich übrigens Changs echten Namen, Xian Wang-Mei.« Hardenberg seufzte. Dann schien er etwas zu trinken, bevor er fortfuhr: *»Ich war immer davon ausgegangen, dass sich hinter Chenlong ein Konkurrenzunternehmen verbirgt, das auf unsere Patente scharf war. Hätte ich geahnt, dass der Prototyp zur Entwicklung einer neuartigen Wetterwaffe dient, hätte ich dieses Geschäft niemals abgeschlossen. Ich weiß, wie verrückt sich das anhören muss, aber ich bin schuld daran, wenn am 22. November etwas Furchtbares geschieht. Ich glaube, diese Leute planen an diesem Datum einen verheerenden Anschlag. Auch wenn ich keine Ahnung habe, wie oder wo ...«*

Laura klickte auf die Pausentaste. Hatte sie das richtig verstanden? Roland Hardenberg, der ihr immer als ein Inbegriff von

Aufrichtigkeit und Integrität erschienen war, hatte Industriespionage betrieben? Zumindest interpretierte sie seine Worte so. Und was war eine *Wetterwaffe?* Vielleicht würde sich das im weiteren Verlauf der Aufzeichnung klären. Laura klickte auf die Starttaste. Ein paar Sekunden rauschte und knarzte es, als wäre die Aufnahme fehlerhaft, dann hörte Laura im Hintergrund die aufjaulenden Turbinen eines startenden Flugzeugs.

»*Hallo, Laura.*« Sie zuckte zusammen, als sie ihren Namen hörte. »*Ich bin zurück in Hannover. Während der letzten Stunden im Flugzeug hatte ich ausreichend Gelegenheit, über alles nachzudenken. Ich habe Scheiße gebaut, aber das ist jetzt nicht mehr zu ändern. Hören Sie mir jetzt gut zu, Laura, denn das ist wichtig.*« Sie hörte Hardenberg tief Atem holen. »*Falls mir irgendetwas zustoßen sollte, müssen Sie dafür sorgen, dass die Software des Prototyps zerstört wird. Chenlong hat dank mir Zugriff auf das Andra-Intranet. Von dort ziehen sich Wang-Meis Leute die jeweiligen Updates. Zusammen mit diesem Sprachmemo lasse ich Ihnen eine weitere Datei zukommen. Dabei handelt es sich um einen Virus, der die Software von ›Diamond‹ zerstört und den Prototyp für Chenlong unbrauchbar macht. Laura, Sie müssen dafür sorgen, dass dieser Virus, als notwendiges Update getarnt, ins Intranet gestellt wird. Chenlong wird darauf anspringen.*« Wieder eine kurze Pause, dann fuhr er zerfahren fort: »*Reden Sie mit Lars Windrup von der IT. Er wird wissen, was zu tun ist. Gehen Sie damit keinesfalls zur Polizei. Es würde nichts nutzen. Niemand würde Ihnen glauben.*« Bei dem Namen Lars Windrup horchte Laura auf. »*Sehen Sie sich vor, Laura! Diese Männer sind gefährlich. Sie sind nicht nur außerordentlich mächtig, sondern werden auch alles unternehmen, um ihre ... nun, ihre Sache zu schützen. Gehen Sie keine Risiken ein, Laura. Mir ist bewusst, welche Last ich Ihnen aufbürde. Glauben Sie mir, ich hätte meinen Fehler liebend gerne selbst ausgebügelt, aber wie die Dinge nun offensichtlich liegen, wird daraus leider nichts.*« Die Aufnahme endete.

Laura nahm das Headset ab. Ihr Herz schlug schnell, in ihrem Nacken stellte sich das vertraute Gefühl beginnender Kopfschmerzen ein. Sie konnte kaum glauben, was sie soeben gehört hatte, aber war Hardenbergs Ermordung nicht der beste Beweis für den Wahrheitsgehalt seiner Worte?

Sie zog den USB-Stick aus dem PC und betrachtete ihn nachdenklich. Ihr erster Impuls war, ihn der Polizei zu übergeben. Doch was, wenn Hardenbergs Warnung zutraf, und ihr die Polizei nicht glaubte? Was, wenn niemand etwas unternahm und am 22. November tatsächlich Menschen sterben würden? Wie könnte sie damit leben? Sie rieb sich die Schläfen und verfluchte im Stillen Hardenberg dafür, sich auf krumme Geschäfte mit den Chinesen eingelassen zu haben. Und dafür, dass er ausgerechnet ihr die Last aufbürdete, die Angelegenheit wieder auszubügeln.

Sie stand auf. Hardenberg hatte Lars Windrup von der IT erwähnt. Was hatte es zu bedeuten, dass ausgerechnet zwei Meteorologen heute mit ihm sprechen wollten? Laura konnte sich keinen Reim darauf machen. Sie wusste nur, dass sie zu ihm musste. Sie steckte den USB-Stick in ihre Hosentasche und verließ das Büro.

Sie ging ein Stockwerk höher in die IT-Abteilung. Normalerweise saßen dort an die zwanzig Personen in einem Großraumbüro vor ihren Monitoren. Heute war der Raum fast leer. Nur Marc Bauer, ein übergewichtiger Kerl, den Laura ab und zu in der Kantine traf, hatte den Weg in die Firma geschafft. Inmitten des hell erleuchteten, beinahe menschenleeren Büros kam Laura sich seltsam fehl am Platz vor.

Sie trat neben Bauers Schreibtisch, auf dem zwei leere Cola-Flaschen standen, dazu lag ein halb aufgegessener Schokoriegel neben der Tastatur. Die Ringe unter Bauers Augen, sein zerknittertes Commodore-64-T-Shirt sowie der Schweißgeruch, der ihn umgab, ließen darauf schließen, dass eine Nachtschicht hinter ihm lag. Laura fragte nach Lars Windrup.

Bauer sah sich demonstrativ um. Er grunzte: »Sehen Sie hier sonst noch jemanden? Ich wollte längst zu Hause sein, aber ich muss hier wohl die Stellung halten, bis dieser verdammte Schneesturm nachlässt.«

Laura kam eine Idee. Sie hielt Bauer den USB-Stick unter die Nase. »Ich habe da eine Datei, die ich nicht öffnen kann. Könnten Sie vielleicht mal nachschauen, was da drauf ist?«

Bauer verdrehte die Augen, streckte aber seine Hand aus. »Geben Sie her.« Ein paar Sekunden später starrte er mit zusammengekniffenen Augen auf seinen Monitor. »Wo haben Sie das her?«

»Von Dr. Hardenberg«, antwortete sie wahrheitsgemäß.

»Was genau ist das?«

»Sagen Sie es mir. Ich weiß nur, dass Hardenberg diese Datei mit höchster Priorität versehen hat und wollte, dass sie heute hochgeladen wird.«

»Diese Datei ist mit keinem entsprechenden Zertifikat versehen, woraus dies ersichtlich wäre.«

»Bitte! Die Sache ist sehr wichtig.«

»Ihnen fehlt dazu leider die Berechtigung.« Bauer musterte sie misstrauisch. »Es gibt gute Gründe, weshalb nur bestimmte Personen Dateien in das Firmennetzwerk einspielen dürfen.«

»Das ist mir bekannt, aber ...«

»Tut mir leid, ich werde ganz sicher nicht irgendeine Datei hochladen. Kommen Sie mit einer offiziellen Genehmigung wieder, und die Sache sieht anders aus.«

»Die Sache eilt aber«, beharrte Laura.

Marc Bauer drehte sich in seinem Bürostuhl zu ihr um und sah sie finster an. »Sie gehen jetzt besser. Und ich vergesse, dass dieses Gespräch jemals stattgefunden hat.«

Laura hob beschwichtigend die Hände. »Okay, ich habe verstanden.« Sie bedankte sich bei Bauer für seine Geduld und bat ihn, Windrup auszurichten, er möge sich dringend bei ihr melden, falls er doch irgendwann aufkreuzen sollte. Bauer murmelte eine unverständliche Antwort und wandte sich wieder seinem Monitor zu.

Laura ärgerte sich über sich selbst. Es war naiv von ihr gewesen, es auf diese Art und Weise zu versuchen. Ihr blieb nichts anderes, als zu warten, bis Lars Windrup auftauchte.

Sie kehrte in ihr Büro zurück und starrte einmal mehr aus dem Fenster. Draußen wütete der Blizzard mit unverminderter Stärke. Das dichte Schneetreiben machte es unmöglich, weiter als bis zu den ersten Parkplatzlaternen zu sehen, deren Lichtkegel kaum den Boden erreichten. Der Hausmeister kämpfte erneut – oder noch immer – mit den Schneemassen, doch seine Fräse war völlig überfordert. Nirgendwo auf dem gesamten Parkplatz sah Laura frische Reifenspuren im Schnee. Vermutlich würde sich daran so rasch nichts ändern. Nachdenklich trommelte sie mit den Fingern auf das Fensterbrett. Erneut dachte sie an Daniel Bender und seinen Begleiter. Kurz entschlossen ging sie zu ihrem Telefon und wählte die Nummer des Portiers.

»Hier Laura Wagner«, sagte sie, als sie ihn in der Leitung hatte. »Sagen Sie, erinnern Sie sich an den Mann mit der Wollmütze von heute Morgen?«

»Machen Sie Witze? Der Kerl hat mir den letzten Nerv geraubt.«

»Haben Sie zufällig gesehen, wann er und sein Begleiter die Firma verlassen haben?«

»Wieso verlassen? Die beiden hängen immer noch hier rum. Aber was soll ich machen? Ich kann sie unter diesen Umständen schlecht rausschmeißen. Haben Sie das nicht mitbekommen? Die Behörden haben ein absolutes Fahrverbot verhängt.«

»Das wusste ich nicht.«

»Die Stadt kann kaum die Versorgung durch Krankenwagen, Notärzte und Polizei sicherstellen. Der öffentliche Fern- und Nahverkehr ist komplett zusammengebrochen.«

»Du meine Güte. Ich wusste nicht, wie schlimm es wirklich ist.«

»Ganz Nordeuropa ist betroffen«, fuhr der Portier fort. »Bis an die Mittelgebirge versinkt alles unter einer dicken Schneedecke. In Osteuropa herrschen Temperaturen bis zu minus fünfunddreißig Grad ...«

»Hören Sie«, unterbrach Laura den Portier. »Wo befinden sich die beiden Männer jetzt?«

»Hier unten im Foyer. Wo sonst?«

»Danke.«

Laura legte auf und lief zum Büro hinaus. Im Foyer angekommen, sah sie als Erstes einen verdreckten Stiefel, der hinter einer Sofalehne hervorlugte. Daniel Bender lag mit geschlossenen Augen und mit über dem Bauch verschränkten Händen auf dem Sofa. Sein Kollege hockte im Schneidersitz hinter einem der Sessel auf dem Boden und balancierte seinen aufgeklappten Laptop auf den Oberschenkeln.

»Bequem?«, fragte sie.

Daniel Bender öffnete ein Auge. »Ich habe schon schlechter geschlafen.«

»Haben Sie mitbekommen, was auf den Straßen los ist?«

»Natürlich.« Er gähnte herzhaft und setzte sich auf. »Leif hält mich auf dem Laufenden.«

Laura setzte sich ihm gegenüber. »Wie lange geht das noch so weiter?«

»Schwer zu sagen. Diese Wetterlage kann durchaus noch ein paar Tage anhalten.«

»O nein.« Laura machte ein entsetztes Gesicht. Sie dachte an Robin. Er erwartete, dass sie ihn heute aus dem Krankenhaus abholte.

Daniel Bender legte seinen Kopf in den Nacken und ließ ihn einmal kreisen, begleitet von beängstigenden Knackgeräuschen.

Laura beobachtete ihn eine Weile, dann beschloss sie, mit der Tür ins Haus zu fallen. »Erzählen Sie mir von diesen unerklärlichen Wetterphänomenen, die Sie heute Morgen erwähnt haben.«

Er hob die Augenbrauen. »Jetzt auf einmal?«

Sie zuckte mit den Schultern. »Scheint ein langer Tag zu werden.«

»Okay.« Er fuhr sich durch die Haare und kratzte sich unter dem Kinn. »Es sind vor allem drei Ereignisse, die unsere Aufmerksamkeit erregt haben. Im Nordosten Russlands tauten vor Kurzem innerhalb eines einzigen Tages riesige Permafrostgebiete bis in mehrere Meter Tiefe auf. Teilweise versanken Häuser sprichwörtlich im Morast. Am nächsten Tag herrschten wieder die üblichen Minusgrade. Etwa zur selben Zeit verschwand in Australien ein riesiger See innerhalb von vierundzwanzig Stunden.«

»*Verschwand?*«

»Das Wasser verdunstete vermutlich aufgrund extremer Hitzeeinwirkung.«

Laura sah ihn fragend ans. »Und was ist mit dem Tornado von Berlin? Und dem Hagelsturm vom Wochenende?«

»Meteorologisch betrachtet sind beide Vorfälle durchaus nicht unerklärlich. Ungewöhnlich ist allerdings die Geschwindigkeit, mit der das Wetter umgeschlagen ist. Von daher würde ich sagen ... ja, der Tornado wie auch der Hagelsturm fallen ebenfalls in die Kategorie ›Wetteranomalie‹.«

»Und natürlich dieser Blizzard.«

»Selbstredend.«

»Aber Sie sprachen von drei Beobachtungen.«

»Richtig. Im Emirat Abu Dhabi kam es Anfang August zu heftigen Regenfällen, mitten in der Wüste. Um diese Jahreszeit fällt dort praktisch nie Regen.« Er sah sie eine Weile prüfend an, bevor er fortfuhr: »Jemand hat nachgeholfen. Augenzeugen zufolge bildeten sich die Regenwolken bei vollkommen klarem Himmel.«

»Nachgeholfen? Wie soll man sich das vorstellen? Gibt es dafür Beweise?«

»Es gibt Handyvideos. Finden Sie alles auf Nachrichten-Websites oder auf YouTube.«

Sie lehnte sich vor. »Ich verstehe das nicht. Man kann Regen erzeugen?«

»Oh, es ist heutzutage keine große Kunst mehr, in einem begrenzten Gebiet Wolken abregnen zu lassen. Doch darum geht es hier gar nicht.«

»Sondern?«

»Wir reden hier von etwas wesentlich Größerem.« Erneut betrachtete er sie mit prüfendem Blick. Er schien zu überlegen, ob er weiterreden solle. Schließlich setzte er sich aufrecht hin. »Alles begann mit einer ungewöhnlichen Hitzeperiode 2015 im Irak ...«

19

ALDERNEY, VOR DER FRANZÖSISCHEN KÜSTE

Fred Bishop saß nackt auf einer Holzpritsche und hielt sein linkes Bein in der Hand. Das flackernde Licht der Fackeln an den Wänden und Säulen ließ die Schatten an der Decke des Gewölbekellers tanzen. Der spartanisch eingerichtete Raum war Teil eines größeren Anwesens, das – so hieß es – im Zweiten Weltkrieg eine unrühmliche Rolle gespielt hatte. Angeblich hatte die Totenkopf-Division der deutschen Waffen-SS während der Besatzung Frankreichs hier eine geheime Kommandozentrale unterhalten. Der Gedanke gefiel Bishop nicht. Aber davon abgesehen war der Unterschlupf seines Auftraggebers nicht zu verachten. Bishop hatte hier alles, was er brauchte. Eine Schlafgelegenheit, fließend Wasser und einen geräumigen Schrank für seine Utensilien.

Erneut tauchte Bishop einen Waschlappen in milde Seifenlauge und rieb über die Prothese, bis das leichte, aber bruchfeste Karbon wieder mattschwarz glänzte. Während seiner Abstecher nach Alaska und Deutschland innerhalb von zwei Tagen hatte Bishop wenig Zeit für die Pflege seiner Prothese gehabt. Etwas mehr Sorgfalt als üblich konnte nicht schaden. Er richtete seine Aufmerksamkeit auf das komplizierte mehrachsige Kniegelenk, dessen Hydraulik speziell auf seinen Körper abgestimmt war. Das Zusammenspiel der einzelnen Komponenten mit dem im

Gelenk integrierten Computerchip sorgte für ein harmonisches und dynamisches Gangbild, selbst bei wechselnden Ganggeschwindigkeiten. Inzwischen konnte Bishop damit erstaunlich schnell laufen, falls es die Situation erforderte. Selbst auf unebenem Gelände kam es praktisch nie vor, dass er stolperte, und nur einem geübten Beobachter fiel auf, dass sein Gang leicht federnd wirkte. Und nicht aufzufallen war eine der wichtigsten Voraussetzungen in Fred Bishops Job.

Er legte den Waschlappen beiseite, nahm ein sauberes Tuch und entfernte die Seifenrückstände. Es hatte Jahre gedauert, bis er gelernt hatte, die Prothese als einen Teil von sich zu akzeptieren. Viele dunkle Monate hatte er mit seinem Schicksal gehadert, wie alle seine Kameraden, die eines Tages in einem Lazarett aufgewacht waren und festgestellt hatten, dass ihnen ein Körperteil fehlte. *Warum ausgerechnet er?* Diese Frage hatte ihn monatelang umgetrieben. Mehr als einmal hatte er damals daran gedacht, seinem Leben ein Ende zu setzen. Insbesondere nachdem Heather ihn für einen anderen Mann verlassen hatte. Und das nur, weil ihm, Bishop, unter Alkoholeinfluss ein- oder zweimal die Hand ausgerutscht war. *Lächerlich.* Er besah die saubere Prothese. Zum Glück gab es heute Hightech-Karbongestelle. Mit ihrer Hilfe hatte er zurück ins Leben gefunden.

Bishop legte die Prothese behutsam zur Seite, damit sie vollständig trocknen konnte. Dann widmete er sich seinem Stumpf. Seitdem ihm in einer gottverlassenen Felswüste in Afghanistan von einer Tretmine das Bein direkt unterhalb der Hüfte weggesprengt worden war, gehörte auch diese Aufgabe zu seinen täglichen Pflichten. Wenn er den vernarbten Stumpf nicht regelmäßig pflegte, stank er rasch nach faulen Eiern.

Zuerst untersuchte Bishop die Haut aufmerksam auf Druckstellen und Rötungen. Dazu benutzte er einen kleinen Handspiegel, damit er auch wirklich keine Stelle übersah. Wo der Stumpf auf den Prothesenschaft drückte, war die Haut besonders sensibel. Er nahm den Waschlappen, tunkte ihn in einen zweiten Eimer mit pH-neutraler Seife und wusch das vernarbte Gewebe. Mit dem Handrücken schob er seinen Schwanz zur Seite, damit er die Narben in seinem Schritt besser erreichte. Immerhin war ihm wenigstens sein Schwanz geblieben. Bishop kannte Männer, die nicht so viel Glück gehabt hatten und jetzt aus Schläuchen in Plastikbeutel pissten.

Nach dem Waschen spülte er mit klarem, kaltem Wasser nach und frottierte den Stumpf ab. Danach rieb er ihn mit einem selbst hergestellten Extrakt aus Kamillenblüten und Roßkastaniensamen ein, um die Haut geschmeidig zu halten. Diesen Tipp hatte Bishop in der Reha-Klinik von einem Kameraden erhalten, der im Dienst für Uncle Sam gleich beide Beine verloren hatte. Und seinen gottverdammten Schwanz dazu. *Verfluchte Army!* Bishop spuckte aus.

Aus seiner Sporttasche, die neben der Pritsche stand, ertönte ein Klingeln. Da es hier unten keinen Netzempfang gab, musste es sich um einen VoIP-Anruf handeln, der über das gesicherte WLAN weitergeleitet wurde. Bishop zog eines seiner drei Smartphones hervor und warf einen Blick auf das Display. Im Wissen, dass die Verbindung verschlüsselt war, nahm er das Gespräch an. »Ja?«

Er erkannte die Stimme seines Auftraggebers. Es gab mal wieder ein Problem. Fred Bishop hörte aufmerksam zu. Dann sagte er: »Ich kümmere mich darum« und beendete das Gespräch.

Missmutig sah er vor sich hin. *Verdammte Amateure.*

Wenig später trat er mit angelegter Prothese und in unauffälliger Straßenkleidung vor den Schrank, in dem auf mehreren Regalen diverse Beinprothesen und allerlei Zubehör lagerten. Von

Ersatzgelenken über Werkzeuge bis hin zu Computerchips und Diagnosegeräten war alles vorhanden, um autark zu handeln, wenn Wartungen oder eventuelle Reparaturen anstanden. Bishops Job brachte es mit sich, dass er mit einer defekten Prothese nicht einfach in die nächste orthopädische Werkstatt spazieren konnte. Vor allem das Einschussloch im Prothesenschaft, das er der Kugel eines ehemaligen Navy-Offiziers zu verdanken hatte, konnte zu unangenehmen Fragen führen. Schon deswegen löste Bishop auftretende Probleme lieber selbst.

Gedankenverloren fuhr er sich über den kahl rasierten Schädel, dann widmete er sich einem weiteren Regal, das sein persönliches Waffenarsenal beherbergte. Von kleinkalibrigen Pistolen über Schrotflinten bis hin zu modernen Präzisionsgewehren, vollautomatischen Waffen und sogar einem Granatwerfer ließ die Auswahl keine Wünsche offen. Nach kurzem Abwägen entschied er sich für eine Beretta M9, prüfte ihre Funktion und steckte sie samt Munition in seine Sporttasche. Für seinen nächsten Auftrag, der ihn – wie er soeben telefonisch erfahren hatte – unvorhergesehen zurück nach Deutschland führte, sollte eine einfache Pistole genügen. Bishop verfluchte die Nachlässigkeit seines Auftraggebers. Man hätte diesen Hardenberg von Anfang an besser unter Kontrolle haben müssen. Nun musste wieder er, Bishop, richten, was andere verbockt hatten. Auch der Abstecher nach Alaska war zu diesem frühen Zeitpunkt noch nicht vorgesehen gewesen. Bishop hatte improvisieren müssen. Der vorgezogene Zeitplan gefiel ihm überhaupt nicht. In den letzten Tagen war er um die halbe Welt geflogen. Er war müde, doch wie es aussah, würde sein Körper noch eine Weile ohne Schlaf auskommen müssen. Er sah nach, ob sich die Koffeintabletten in seiner Sporttasche befanden, und nickte zufrieden. *Was für eine Ironie*, dachte er. Jahrelang hatte er nicht einschlafen können, und wenn, hatte er unter Albträumen gelitten. Während der Reha hatten sie ihn mit Medikamenten vollgepumpt, um ihn wenigstens für ein paar Stunden ruhigzustellen. Heute warf er sich Tabletten ein, um wach zu bleiben.

Sein Smartphone piepste, und das Gesicht einer Frau erschien im Display. Sie besaß ein nettes Lächeln und mittellange braune Haare, die sie zur Seite gekämmt und mit einer Spange befestigt hatte. Sie war zu jung, um zu sterben. Doch die Entscheidung war gefallen.

Unter dem Foto erschien ein Name.

Laura Wagner.

20

»In jenem Sommer herrschten in Bagdad wochenlang Temperaturen von über fünfzig Grad.« Daniel Bender stützte die Ellenbogen auf seine Knie und legte die Fingerspitzen zusammen. Er sah Laura mit ernster Miene an. »Mitte November sorgte dann ein über mehrere Tage anhaltender Hagelsturm für einen kilometerlangen Fluss aus Eiswasser mitten in der irakischen Wüste.«

»Das wird ja immer skurriler«, meinte Laura.

»Auch darüber finden Sie Berichte im Internet. Aber das war nur der Anfang.« Er sah sich um, als wolle er sich vergewissern, dass ihnen niemand zuhörte. »Ähnliches geschah im Osten Australiens. Ein ungewöhnlicher Kälteeinbruch mit heftigen Schneefällen überzog das Land bis an die Grenze zu Queensland. Straßen mussten gesperrt werden, Orkanböen beschädigten Häuser noch weit im Landesinneren.«

»Und Sie sehen da eine Verbindung?«

»Ja.« Er sah sie lange an. »Was wir seit Wochen erleben, ist vermutlich erst der Anfang.«

»Der Anfang von was?«

Daniel Bender suchte nach den richtigen Worten. »Ich glaube, dass uns noch etwas viel Schlimmeres als dieser Blizzard droht.«

Durch das verglaste Foyer warf Laura einen Blick auf den zugeschneiten Firmenparkplatz, dann hefteten sich ihre Augen wieder auf Daniel Bender. »Wir reden hier noch immer über das Wetter, richtig?«

Er nickte.

Hinter Lauras Stirn begann es zu pochen. Dieses Gespräch lief in eine Richtung, die ihr nicht gefiel. Hier saß ein Mann vor ihr, der von einer seltsamen Häufung von Wetteranomalien sprach, der sagte, dass man Regen erzeugen könne und *uns etwas Schlimmes erwartete*. Sie hätte diesen Mann keine Sekunde für voll genommen, wenn da nicht Hardenberg gewesen wäre – sein Sprachmemo, sein grausamer Tod. Noch konnte sie keinen direkten Zusammenhang zwischen Hardenberg und Daniel Benders Geschichten erkennen, doch an einen Zufall glaubte sie nicht.

»Sie befürchten, etwas Schlimmes könnte geschehen«, begann sie von Neuem. »Denken Sie, die Natur ist aus dem Gleichgewicht geraten und zahlt uns Menschen nun alles heim, was wir ihr seit Jahrhunderten antun?«

»Interessanter Gedanke. Aber nein.« Er fuhr sich nervös über den Nacken. »Wenn ich Ihnen offen sagen würde, was ich denke, würden Sie mich für verrückt erklären.«

»Um ehrlich zu sein, dazu hätte ich auch so schon Grund genug.«

Er zögerte.

»Keine Sorge. Sie können mir vertrauen«, setzte sie nach.

An seiner Schläfe pulsierte eine kleine Ader. »Also schön. Meine Theorie ist kurz gesagt, dass jemand versucht, das Wetter zu kontrollieren.«

Laura sah ihn unverwandt an. Sie musste an Hardenbergs Sprachmemo denken. Wenn Daniel Bender ein durchgedrehter Verschwörungstheoretiker war, dann war Roland Hardenberg offensichtlich auch einer gewesen.

»Ich scherze nicht.« Er richtete sich auf dem Sofa auf. Offenbar deutete er ihren Gesichtsausdruck als Skepsis. »Jemand versucht das Wetter zu manipulieren, und diese unerklärlichen Phänomene weltweit sind eine Folge davon. Die entscheidende Frage ist, was genau mit diesen Manipulationen bezweckt werden soll. Das heißt, wer könnte ein Interesse ...«

Er brach ab, da Laura ihn nach wie vor mit ausdruckslosem Gesicht ansah.

»Sie glauben mir nicht. Sie halten mich für einen Spinner.«

»Nein, nein – wie kommen Sie drauf?«

»Ich sehe es Ihnen an. Ich kenne diesen Blick.«

Einen Augenblick spielte sie mit dem Gedanken, ihm von Hardenbergs Erwähnung einer »Wetterwaffe« zu erzählen. Vielleicht konnte er etwas damit anfangen? Sie entschied sich dagegen. Immerhin kannte sie diesen Mann kaum. Er war ihr zwar sympathisch, aber konnte sie ihm wirklich vertrauen?

»Ich kann es Ihnen nicht verübeln, dass Sie mir nicht glauben«, fuhr Bender fort. »Aber ich kann Ihnen garantieren, am 22. November werden Sie an unser Gespräch zurückdenken. Dann werden Sie erkennen, dass ich recht hatte.«

Laura zuckte zusammen, als habe ihr jemand einen Stromstoß verpasst. »Was haben Sie da gerade gesagt? Wie kommen Sie auf dieses Datum? Was geschieht an diesem Tag?«

Er runzelte die Stirn und sah sie fragend an. »Was wissen Sie über den 22. November?«

»Das frage ich Sie!« Laura hatte lauter gesprochen als beabsichtigt. Sie sah sich schuldbewusst um, aber da war nach wie vor niemand, der auf sie hätte aufmerksam werden können. Nur Leif, und der hockte vor seinem Laptop und schien die Welt um sich herum völlig vergessen zu haben.

»Weswegen sind Sie und Ihr Freund hier?«, wollte sie von

Daniel Bender wissen. »Was wollen Sie ausgerechnet bei Andra? Weshalb wollen Sie mit Lars Windrup sprechen?«

Daniel Bender erhob sich. Er sah sich in dem verwaisten Foyer um, dann wandte er sich an Laura. »Sagen Sie, könnten wir uns nicht irgendwo anders hinsetzen? Wo es ein bisschen lauschiger ist als in dieser Bahnhofshalle hier. Ich bin übrigens Daniel.« Er streckte ihr die Hand hin und lächelte.

Laura sah ihn verdutzt an. Dann erhob sie sich, nahm seine Hand. »Laura, angenehm. Warten Sie einen Moment.«

Sie ging zum Portier und ließ ihn zwei Besucherausweise ausstellen, dann führte sie Daniel und seinen Kollegen die Treppen hinauf in den ersten Stock und dort weiter in den kleinsten der vier Besprechungsräume. Der Raum bot knapp einem runden Konferenztisch und sechs schwarzen Lederstühlen mit niedriger Lehne Platz. Auf dem Tisch standen mehrere Gläser auf dem Kopf, daneben Flaschen mit Mineralwasser, Apfelsaft und Cola. In einer Ecke befand sich ein Flipchart. Es war kalt. Laura drehte die Heizung höher und verschränkte die Arme vor der Brust.

»Also?«, sagte sie und sah zu Daniel und Leif, die sich gesetzt hatten und sich mit Getränken bedienten.

»Wie viel Zeit hast du?«, fragte Daniel.

Sie blickte aus dem Fenster. »Wie es aussieht, mehr als genug.«

»Wo fange ich an?« Er überlegte. »Das Wetter zu beherrschen ist einer der ältesten Träume der Menschheit ...«

»Glaubt man Platon, haben schon die Bewohner von Atlantis versucht, mittels Kristallenergie das Wetter zu beeinflussen«, fiel Leif ihm ins Wort. »Vielleicht haben sie es dabei übertrieben und Atlantis ist deshalb untergegangen. Schon mal darüber nachgedacht?« Er schenkte sich Cola ein und trank das Glas gierig aus.

Einmal mehr fragte sich Laura, was im Kopf dieses etwas verwahrlost wirkenden, bleichen Mannes vorgehen mochte. Er hielt sein leeres Glas in der Hand, starrte Laura mit durchdringendem Blick an und erweckte nicht den Anschein, als habe er einen Witz machen wollen.

»Lasst uns bei den Fakten bleiben«, ermahnte Daniel ihn. »Die Regentänze der Indianer zum Beispiel waren keineswegs nur abergläubische Rituale. Da war durchaus so etwas wie Technik mit ihm Spiel. Vermutlich unbewusst, aber das spielt keine Rolle. Während der Regentänze wurde nämlich nicht nur getanzt.« Er nahm ebenfalls einen Schluck von seinem Getränk.

»Sondern?« Laura tat ihm den Gefallen, nachzufragen.

»Es gab immer auch Lagerfeuer. Zum Teil recht große Feuer. Die dabei entstehenden Rauchpartikel stiegen in die Atmosphäre auf. Dort wurden sie unter günstigen Bedingungen zu sogenannten Kondensationskernen, die tatsächlich zu Wolkenbildung und schließlich zu Regen führen konnten.«

Laura zog einen Stuhl heran und setzte sich. »Kondensationskerne?«

»So nennt man winzige Partikel in der Atmosphäre, an denen die in der Luft vorhandene Feuchtigkeit kondensiert. Das können natürliche Partikel wie Staub, Sand oder Ähnliches sein. Heutzutage auch bestimmte Chemikalien.« Er bemerkte ihren fragenden Blick und fügte hinzu: »Vereinfacht gesagt, heftet sich die vorhandene Luftfeuchtigkeit an diese Partikel, und aus winzigen, ultraleichten Tröpfchen werden große, schwere Tropfen, die dann als Regen zu Boden fallen.«

Laura nickte. So etwas in der Art hatte sie schon mal gehört. Nur dass es sie bislang nicht interessiert hatte.

»Das ist wichtig«, sagte Daniel, »um zu verstehen, wie man Wolken künstlich abregnen lassen kann.«

»Regenmachen funktioniert also tatsächlich?«

»In welchem Jahrhundert lebst du?«, fragte Leif kopfschüttelnd. Er öffnete seinen Rucksack und packte seinen Laptop aus. »Schon vor knapp hundert Jahren hat man aus Flugzeugen Sand auf Wolken gestreut, um Regen zu erzeugen. Um 1935 hat man in Frankreich gewaltige Dampfschornsteine gebaut, um sich das Prinzip der Indianer und ihrer Lagerfeuer zunutze zu machen.«

»Beide Methoden haben aber nicht richtig funktioniert«, ergänzte Daniel. »Erst 1946 kam der Durchbruch. Irving Langmuir, seines Zeichens Chemie-Nobelpreisträger, entwickelte die sogenannte Wolkenimpfung. Er ließ Luft in eine Tiefkühlkammer strömen und gab etwas Silberiodid hinzu. Kurz darauf rieselten kleine Eiskristalle wie aus dem Nichts zu Boden.«

»Okay, aber was hat das alles mit Andra zu tun?«

»Dazu kommen wir noch«, meinte Leif, der mit dem Stromkabel seines Laptops in der Hand verzweifelt auf der Suche nach einer Steckdose war.

Laura verdrehte die Augen. »Unter dem Tisch im Boden.«

Während Leif unter den Tisch kroch, nahm Daniel den Faden wieder auf: »Wettermanipulationen werden heutzutage ganz legal und offiziell überall auf der Welt durchgeführt.«

Laura sah ihn mit zusammengekniffenen Augen an. »Hier geht es aber nicht um Chemtrails oder so einen Blödsinn?«

»Nein, ganz und gar nicht.« Daniel schüttelte energisch den Kopf. »Wir reden hier von mehr oder weniger offiziellen Tatsachen. Hauptsächlich in China, Russland und den USA wird das Wetter regelmäßig beeinflusst. Aber auch Länder wie Australien oder Thailand sind diesbezüglich sehr aktiv.«

»Thailand?«

»Tja, sollte man nicht für möglich halten, was? Aber der thailändische König Bhumibol war einer der Vorreiter, was künstlichen Regen betrifft. 1956 ist er in den Nordosten Thailands gereist und hat festgestellt, dass die am Himmel vorhandenen

Wolken einfach nicht abregnen wollten. Daraufhin verschrieb er sich seinem großen Ziel, Regen zu erzeugen.«

»Und, hat er es geschafft?«

Daniel zuckte mit den Schultern. »Unter Bhumibols Leitung entwickelten thailändische Chemiker dreizehn Jahre später eine ungiftige Chemikalie, die tatsächlich künstlichen Regen auslösen kann. Es gibt heute eine offizielle königliche thailändische Regenmacherflotte. Sie fliegt an die tausend Einsätze pro Jahr im ganzen Land.«

»Klingt wie Science-Fiction.«

»Ist es aber nicht.« Leif kroch unter dem Tisch hervor und blickte zufrieden auf die blinkende LED an seinem Laptop.

Daniel fuhr fort: »In Süddeutschland gab es bereits 1958 im Landkreis Rosenheim eine Hagelabwehr. Damals schoss man Silberiodid mit Raketen in die Wolken, damit diese abregneten, bevor sich Hagelkörner bilden konnten. Heute steigen kleine Propellermaschinen auf, sobald ein Hagelsturm droht. Diese sogenannten Hagelflieger sprühen das Silberiodid direkt in die Wolken. Dadurch verteilt sich die Feuchte auf sehr viel mehr Kondensationskerne. Meistens geht der Niederschlag dann als harmloser Graupelschauer nieder, bevor gefährlicher Hagel entstehen kann.«

Laura dachte an Robin, an die vielen Verletzten und nicht zuletzt an die gewaltigen Schäden, die der Hagelsturm in Bredenstedt hinterlassen hatte. Sie ballte die Faust. »Wo waren diese Hagelflieger am Sonntag?«

»Die gibt es fast nur in den großen Weinanbaugebieten Baden-Württembergs«, seufzte Daniel.

»Warum?«

»Wie immer geht es nur ums Geld.« Leif sah von seinem Laptop auf. »Ich habe gehört, dass Daimler an der Finanzierung einiger Hagelflieger rund um Stuttgart beteiligt sein soll. Die Flieger sollen die vielen tausend Neuwagen schützen, die dort unter freiem Himmel stehen.«

»Na bravo«, schnaubte sie. »Hätten wir in Hannover einen großen Autohersteller, läge mein Sohn jetzt nicht mit einer schweren Gehirnerschütterung im Krankenhaus.«

»Was ist passiert?«, fragte Daniel überrascht.

»Er ist vom Hagel am Kopf getroffen worden.«

Leif schüttelte den Kopf. »Eine Hagelabwehr hätte hier nichts ausrichten können. Selbst wenn man etwas hätte unternehmen wollen, das Unwetter kam einfach viel zu plötzlich. Wir wissen, dass entsprechende Warnungen vom Deutschen Wetterdienst erst wenige Minuten vor dem Eintreffen des Ereignisses ausgegeben wurden.«

»Wie kann das angehen, mit all der modernen Computertechnologie?«, hakte Laura nach. »Ich meine, rühmt ihr Meteorologen euch nicht, dass ihr heutzutage das Wetter für sechs Tage so präzise vorhersagen könnt wie früher für vierundzwanzig Stunden?«

»Ja«, nickte Daniel, »und das ist auch so. Ich behaupte, uns Meteorologen trifft selten die Schuld an falschen Prognosen. Niemand kann *unvorhergesehene Ereignisse* prognostizieren. Das impliziert schon der Begriff.«

»Ihr denkt, falsche Wettervorhersagen sind das Resultat von Wettermanipulationen?«

»Natürlich nicht alle, aber doch sehr viele.«

»Und es werden stetig mehr«, fügte Leif hinzu. »Alleine in den USA und in Russland sorgen schon heute Dutzende Firmen auf Bestellung für künstlichen Regen.«

Laura deutete zum Fenster hinaus. »Was ist mit diesem Unwetter da draußen?«

Daniel zögerte. »Wir vermuten, der Blizzard ist eine unerwünschte Nebenwirkung eines Wetterexperiments.«

»Nebenwirkung?« Laura überlegte. »Moment. Ihr bezeichnet diesen Blizzard da draußen als Nebenwirkung eines Eingriffs in das natürliche Wettergeschehen. Gleichzeitig aber behauptet ihr, dass praktisch seit Jahrzehnten am Wetter herumgespielt wird. Wenn dem so ist, warum gab es Phänomene wie in Sibirien oder Australien dann nicht bereits früher? Warum jetzt?«

Daniel sah sie herausfordernd an. »Wer sagt, dass es sie nicht gab?«

Leif ließ ein Schnauben vernehmen. »Unerklärliche Wetterphänomene häufen sich nachweislich seit Jahren. Die Frage ist eher: Warum zeigen die Medien so auffällig wenig Interesse an diesen Storys? Warum findet man in den Medien nur eine Handvoll Berichte darüber, obwohl in Internetforen seit Jahren darüber diskutiert wird? Was weißt du zum Beispiel über die grünen Plasmakugeln am Himmel?«

»Grüne Plasmakugeln?«

»Siehst du? Du hast keine Ahnung! Unsere zentral gesteuerte Lügenpresse vertuscht doch alles, was …«

»Leif!«, ermahnte Daniel ihn.

»Schon gut«, sagte Laura.

Daniel räusperte sich. »Was Leif meint, ist in etwa Folgendes. Allgemein hat sich der Konsens durchgesetzt, dass ein vermehrtes Auftreten von Tornados in Deutschland eine direkte Folge des Klimawandels sei und man sich in Zukunft vermehrt auf derartige Wetterkapriolen einstellen müsse.«

»Und, ist das etwa nicht so?«, wollte sie wissen.

»Hinter dem Schlagwort vom ›Klimawandel‹, auf das sich alle geeinigt haben, spielen sich noch ganz andere Geschichten ab.«

»Gezielte Wettermanipulationen, die zu Anomalien führen, die sich nie und nimmer mit der These von der Erderwärmung erklären lassen«, ergänzte Leif. »Aber es ist immer dasselbe. Alternative Sichtweisen werden ignoriert oder durch den Komplex aus Wirtschaft, Politik und Medien als Verschwörungstheorie gebrandmarkt!«

»Beruhig dich.« Daniel warf Leif einen düsteren Blick zu. »Laura, es geht längst nicht mehr nur darum, über einem relativ überschaubaren Gebiet ein paar Wolken abregnen zu lassen. Wir reden von massiven Eingriffen in die planetarische Zirkulation unserer Atmosphäre, die verheerende globale Auswirkungen nach sich ziehen.«

»Aber zu welchem Zweck?« Sie fixierte Daniel. »Was hat das alles mit dem 22. November zu tun?«

Daniel atmete tief durch. »Wir sind im Besitz von Informationen, dass am 22. November dieses Jahres eine verheerende Naturkatastrophe erzeugt werden soll.«

»So eine Art Terroranschlag?«

»Es scheint so, ja. Und unsere Erde soll dabei als Waffe benutzt werden.«

21

Huang Zhen stand auf der eindrucksvollen Beobachtungsbrücke in drei Metern Höhe. Bodentiefe, schalldichte Glasscheiben sorgten für eine perfekte Sicht auf den Kontrollraum der Heilongjiang-Anlage. Die graue Betonwand hinter Zhen war mit breiten, roten Spruchbändern und Fahnen dekoriert, die Glück bringen sollten. In der Luft hing der Geruch von Räucherstäbchen, die auf einem kleinen Beistelltisch abbrannten.

Zhen trug einen goldfarbenen Seidenkimono mit schwarzem Drachenmuster. Er hatte den Kimono extra für diesen Tag anfertigen lassen. Zu Zeiten seiner Vorfahren war es einzig dem Kaiser erlaubt gewesen, ein Gewand mit Drachenmuster zu tragen. Mit dem Erwachen des schwarzen Drachen stieg Zhen nun in einen Rang empor, der nur dem Kaiser vergleichbar war, und dieses Gewand symbolisierte diesen Augenblick in angemessener Weise.

In einer Hand eine Tasse mit grünem Tee, blickte Zhen zufrieden auf den mächtigen Monitor im Kontrollraum, der die Ausmaße einer Autokinoleinwand besaß. Dort liefen in diversen Fenstern alle relevanten Informationen der laufenden Mission zusammen – gebündelt dargestellt in Form von blinkenden Ziffern, Diagrammen und Symbolen. Eine Weltkarte zeigte die aktuelle Position und Flugroute der Chenlong-Drohne als blinkende Raute auf einer wellenförmigen Kurve an. Die Drohne transportierte den Prototyp der »Diamond«-Serie, der von einem dreiköpfigen Team gesteuert und überwacht wurde. Zufrieden schlürfte Zhen seinen Tee. Bisher lief alles nach Plan.

Im Kontrollraum befanden sich drei halbkreisförmig angeordnete Reihen mit Schreibtischen, an denen rund zwanzig Techniker vor ihren Monitoren, Tastaturen und Bedienpaneelen saßen. Dahinter thronte Xian Wang-Mei leicht erhöht auf einem Podest und bellte Befehle in ein Headset. Als habe er Zhens bohrenden Blick in seinem Rücken gespürt, wandte er sich jetzt um und blickte nach oben. Er hob den Daumen und nickte. Ohne eine Miene zu verziehen, strich Zhen mit Daumen und Zeigefinger über seinen Oberlippenbart. Wang-Mei wandte sich ab und konzentrierte sich wieder auf seinen Monitor.

Für einen Moment schloss Zhen die Augen und sog den Duft der Räucherstäbchen ein. Endlich war der Moment gekommen. Er würde den schwarzen Drachen zum Leben erwecken. In wenigen Stunden würde er die verheerendste Naturgewalt entfesseln, die man auf dieser Welt kannte.

Charles St. Adams betrat die Brücke. Wie üblich trug er einen braunen Tweed-Anzug mit passender Weste, nur hatte er heute zu seinem Anzug ein orange-blau kariertes Halstuch gewählt.

»›Diamond‹ übertrifft unsere kühnsten Erwartungen«, sagte er.

Zhen lächelte schmallippig. »Ein langer Weg liegt hinter uns. Endlich werden unsere Bemühungen von Erfolg gekrönt sein.«

»In der Tat. Es gab mehr als nur einen Fehlschlag.«

»Fehlschläge waren einkalkuliert.«

»Ich nehme an, du hast mitbekommen, was in Europa los ist?«, wollte St. Adams wissen.

»Das Schneechaos? Das interessiert mich nicht. Eine Tasse Tee?« Er bedeutete St. Adams, sich auf einen der beiden Sessel neben dem niedrigen Tisch zu setzen, auf dem die Räucherstäbchen abbrannten.

»Die Blätter für diesen Tee stammen aus meiner Heimatprovinz Anhui«, erklärte Zhen, während er ihnen aus einer dickbauchigen Porzellankanne einschenkte. »Diese Sorte zeichnet sich dadurch aus, dass ausschließlich die Blätter der Teepflanze verwendet werden. Weder Knospen noch Stängel.«

»Vorzüglich«, urteilte St. Adams, nachdem er gekostet hatte. »Ich schmecke keine Bitterstoffe. Dies hier ist also bereits der zweite Aufguss?«

»Du hast in den letzten Monaten viel über meine Kultur und die Gepflogenheiten meines Volkes gelernt«, bemerkte Zhen wohlwollend. »Schon damals in der Schweiz zeichnete dich ein ausgeprägtes Feingefühl im Umgang mit fremden Kulturen aus. Eine seltene Eigenschaft für einen Briten.«

St. Adams lachte höflich.

»Ich meine es ernst«, fuhr Zhen fort. »Das hat dich von den anderen Snobs unterschieden. Niemand außer dir wäre als Partner für Heilongjiang in Frage gekommen.«

»Ich fühle mich geehrt.«

Zhen lehnte sich in seinem Sessel zurück. »Als wir uns vor zwei Jahren zum ersten Mal nach so langer Zeit wieder trafen, war ich mir, offen gesagt, nicht sicher, ob du immer noch dieselben Gesinnungen in dir trägst. Die Zeiten, in denen wir nächtelang über Politik philosophiert haben, sind lange her.«

»Was hat dich überzeugt?«

»Überzeugt, dass du mein Vertrauen verdienst?«

»Ja.«

»Ich kann Menschen gut einschätzen. Ich erkenne, wer lügt und wer versucht, mir etwas vorzumachen.«

»Natürlich. Für einen Augenblick vergaß ich, dass ich nicht nur

mit einem guten Freund spreche, sondern auch mit einem hochrangigen Mitarbeiter des chinesischen Ministeriums für Staatssicherheit.« Er nippte an seinem Tee. »Wie hält sich Wang-Mei?«
»Er ahnt, was ihn erwartet, sollte er versagen.«
»Und wenn wir Erfolg haben?«
»Ich habe ihm mein Wort gegeben, dass ich sein Leben verschone.«
»Du bist ein ehrbarer Mann. Gemeinsam werdet ihr viel für euer Volk erreichen.«
»Nur wird dies niemand jemals erfahren.« Zhen blickte durch St. Adams hindurch, als würde sich hinter dessen Rücken die Vision einer verheißungsvollen Zukunft manifestieren. »Die nächste Generation meines Volkes wird chinesisches Ackerland bestellen, wo heute noch karge und unfruchtbare Böden das trockene Land zu Wüsten verkommen lässt. Unser Regen wird den Staub und Dreck von Jahrhunderten hinfortwaschen. Niemand wird sich daran erinnern, wie hart es einst war, das karge Ödland zu bestellen, wenn aus fruchtbarem Boden Nahrung erwächst, geboren mit Hilfe von lebensspendendem Regen, den Heilongjiang bringen wird.«
»Ein großes Ziel, zweifellos.« St. Adams zupfte sein Halstuch zurecht. »Dir ist klar, nehme ich an, dass die massiven Eingriffe deines Landes in das Wetter in der Summe Auswirkungen weit über China hinaus haben werden. Sieh dir die Bilder aus Nordeuropa an.«
»Was interessiert mich das? Für mich ist einzig von Belang, dass mein Volk nicht hungern muss.« Zhens Miene verfinsterte sich. »Die Abkehr von der Ein-Kind-Politik war ein großer Fehler des Zentralkomitees. Mein Land wird eine Bevölkerungsexplosion erleben. Wenn sich die Geburtenrate erwartungsgemäß verdoppelt, wird Chinas Landwirtschaft in spätestens zehn Jahren

das eigene Volk nicht mehr ernähren können. Bereits heute steigen unsere Lebensmittelimporte kontinuierlich an. Wir müssen *jetzt* die Weichen für unsere Zukunft stellen.«

»Wäre das zu entscheiden nicht Sache des Zentralkomitees?«

»Ganz offensichtlich ist dort keiner in der Lage, über den Tellerrand hinauszublicken. Weder debattiere noch paktiere ich mit Parteibonzen, die nur ihr eigenes Wohl im Sinn haben.« Zhen ballte die Faust. »Ich handle. Zum Wohle Chinas. Viele Parteigenossen stehen hinter mir.«

»Ich verstehe dich nur zu gut«, entgegnete St. Adams. »Es wird jedoch nicht ausbleiben, dass irgendwann Fragen gestellt werden.«

»Den schwarzen Drachen entsenden wir zukünftig nur, wenn es absolut notwendig werden sollte. Darüber hinaus rechne ich nicht damit, dass unsere sonstigen Maßnahmen auf globaler Ebene von großer Bedeutung sein werden. Wir lassen es nur ein wenig mehr regnen als üblich.«

Ein kaum merkliches Lächeln umspielte St. Adams' Mundwinkel. »Du bist zu intelligent, um eine derart vereinfachte Schlussfolgerung zu ziehen. Ihr werdet euern Nachbarstaaten auf diese Weise Wasser vorenthalten.«

Zhens Kiefermuskeln zuckten. »Nur weil wir über China Wolken künstlich abregnen lassen, bedeutet das nicht automatisch, dass dieses Wasser über fremden Territorien niedergegangen wäre. Die geimpften Wolken könnten sich auch ohne unser Zutun über unserem Land abregnen.« Zhen lächelte kalt. »Wer will das Gegenteil beweisen?«

»Regierungen benötigen keine Beweise, um Kriege zu führen.«

Zhen sprang auf und zeigte mit ausgestreckter Hand auf den Kontrollraum unter ihnen. »Genau deswegen entsende ich den schwarzen Drachen. Du kennst meine Beweggründe. Die zunehmende Militarisierung durch die USA vor unserer Haustür, sind

Angriffe auf Chinas Vormachtstellung im pazifischen Raum. Wir setzen uns nur zur Wehr.«

»Das Zentralkomitee hätte dies verhindern müssen«, stimmte St. Adams ihm zu. »China wird geschwächt.«

»Deswegen müssen wir unsere Macht demonstrieren. Sämtliche Versuche auf diplomatischem Wege waren erfolglos. Es ist ohne Zweifel notwendig, die USA in die Schranken zu weisen.« Zhen redete sich in Rage. »Dieses Land versteht keine andere Sprache. Wollen wir künftig noch mehr Kriegsschiffe in unseren Hoheitsgewässern dulden? Der schwarze Drache wird diese selbstgerechte Weltpolizei daran erinnern, dass es Mächte gibt, die stärker sind als Menschenwerk.«

»Aber werden die Vereinigten Staaten dies auch verstehen?«

Zhen fixierte ihn mit stechendem Blick. »Sie werden lernen müssen, zu verstehen.«

»Aber was, wenn nicht?«

Mit geballter Faust hieb Zhen auf seine Teetasse ein. Das kostbare Porzellan zerbarst, heißer Tee spritzte umher. Winzige Splitter hatten sich in Zhens Fleisch gebohrt. Doch Zhen schenkte dem keine Beachtung. »Um Schlangen aufzuscheuchen muss man aufs Gras schlagen. Amerika *wird* lernen. Soeben erfolgt die erste Lektion, und falls nötig, werden weitere folgen.«

22

Laura war aufgesprungen, ging nervös auf und ab und warf dabei einen Blick zum Fenster hinaus. Auf dem Parkplatz türmten sich die Schneemassen auf. Laura rechnete nicht damit, Lars Windrup heute noch zu sehen. Sie wandte sich an Daniel. »Ihr denkt tatsächlich, jemand ist dazu in der Lage, unsere Erde als Waffe einzusetzen?«

»Ja.« Daniels Miene verfinsterte sich. »Dieser Traum ist nicht neu. Bereits 1957 hat der Ratsausschuss des US-Präsidenten ausdrücklich davor gewarnt, dass Wettermanipulationen zu einer bedeutenderen Waffe als Atombomben werden könnten.«

»Und hat man es denn schon einmal versucht?«, wollte Laura wissen.

»Was meinst du?«, fragte er.

»Na, das Wetter als Waffe zu missbrauchen …«

Er nickte. »1966, während des Vietnamkriegs, versuchten die Amerikaner im Rahmen von Operation ›Popeye‹ die Regenzeit mittels massiver Silberiodid-Impfungen künstlich zu verlängern. Das Ziel war, die Schlammmenge auf dem Ho-Chi-Minh-Pfad zu erhöhen, über den der Feind Truppen und Versorgung koordinierte.«

»Hat es funktioniert?«

»Unter Wissenschaftlern herrscht Einigkeit darüber, dass sich die Regenmenge während dieser Zeit verdreifacht hat.«

»Generell hält sich das Militär natürlich sehr bedeckt, was solche Operationen angeht«, fügte Leif hinzu. »Aber das Planungsamt der Deutschen Bundeswehr hat sich erst 2012 ausführlich mit den Themen Geoengineering und Wettermanipulationen befasst. In dieser Analyse kam man zu dem Schluss, dass Wettermodifikationen zukünftig häufiger sowie großflächiger zum Einsatz kommen könnten.«

»Okay«, meinte Laura, »aber habt ihr denn auch eine konkrete Spur?«

Daniel nickte. »Ja, könnte man sagen. Wir wissen von Experimenten in der Wüste in der Al-Ain-Region, im Emirat Abu Dhabi. Dort hat man weitläufige Felder mit mehreren elf Meter hohen Luft-Ionisierern aufgebaut. Diese Ionisierer strahlen elektromagnetische Wellen aus negativ geladenen Teilchen ab, die in die niedrigeren Schichten der Atmosphäre aufsteigen und dort Staubpartikel anziehen.«

Er stand auf, ging zum Flipchart und schnappte sich den roten Filzschreiber von der Ablage. Er zeichnete einen langen, senkrechten Strich, dann fügte er an dessen oberes Ende vier kürzere Striche an, die in spitzen Winkeln nach unten zeigten. Diese verband er miteinander.

»So in etwa sehen die Antennen aus.«

»Sieht aus wie ein Cocktail-Schirmchen«, kommentierte Laura.

Von der Spitze der Antenne zeichnete Daniel eine gestrichelte Linie nach« oben, darüber eine Wolke. »Die Striche stellen Staubpartikel dar. In der näheren Umgebung dieser elektrisch geladenen Partikel kondensiert Feuchtigkeit. Wolken bilden sich. Sobald ein ausreichend großer Grad an Kondensation erreicht wird, regnen die Wolken ab.« Er zeichnete Regentropfen unter die Wolke und sah Laura an.

»Hier«, sagte Leif, »damit du siehst, dass wir uns das nicht alles ausdenken.«

Seine Finger flogen über die Tastatur seines Laptops. Ein Fenster öffnete sich. Laura trat hinter ihn, um Details erkennen zu können, doch Leifs markanter Körpergeruch ließ sie angewidert zurückzucken.

»Das ist die offizielle Website einer Schweizer Firma namens MetoSys«, erklärte er. »Sie hat das Projekt in der Al-Ain-Region durchgeführt. Darüber hinaus betreibt MetoSys aktuell fünf weitere vergleichbare Projekte.« In Windeseile klickte er sich durch die Website, bis eine Collage mehrerer Fotos aus diversen Wüstenregionen erschien. Die weitläufigen Areale mit den Antennen waren gut zu erkennen. An den Spitzen der einzelnen Antennen zweigten jeweils vier Streben in alle Himmelsrichtungen schräg nach unten ab.

»MetoSys hat eine Technologie entwickelt, die sie WetTec nennen«, fuhr Leif fort. »Wenn die geografischen Rahmenbedingungen stimmen, bietet WetTec eine prozentual deutlich höhere Wahrscheinlichkeit auf Regen als herkömmliches Wolkenimpfen. Noch dazu vollkommen ohne Chemie.«

»Und, wo ist der Haken an der Sache?«, fragte Laura.

Daniel setzte sich wieder an den Tisch. »Der Haken ist, dass während des Sommers 2010, exakt in dem Zeitraum, als die Versuche in Al-Ain durchgeführt wurden, im nur wenige Hundert Kilometer entfernten Pakistan die heftigsten Monsunregenfälle seit mehr als achtzig Jahren niedergingen und das Land mit großflächigen Überflutungen zu kämpfen hatte.«

»Offiziell waren mehr als vierzehn Millionen Menschen davon betroffen«, fügte Leif mit finsterer Miene hinzu. »Mehr als tausendsiebenhundert Menschen kamen ums Leben. Fast 1,8 Millionen Häuser wurden beschädigt.«

»Ihr vermutet einen direkten Zusammenhang?«

»Worüber reden wir denn hier die ganze Zeit?« Leif riss die Hände in die Höhe, nur um sie sogleich scheinbar kraftlos wieder fallen zu lassen. »Die betroffenen Regionen liegen geografisch so nahe beieinander, dass sich die Wettersysteme gegenseitig beeinflussen *müssen*.«

»Mir ist immer noch nicht klar, was das alles mit Andra zu tun hat.«

Leif nickte, während er eine neue Website aufrief. »Allein das Al-Ain Projekt hat bisher über zehn Millionen Euro verschlungen. Da stellt sich natürlich die Frage nach der Finanzierung.« Er drehte den Laptop in ihre Richtung. »Sieh dir das an.«

»Was soll das darstellen?«, kommentierte Laura den Wust an chinesischen Schriftzeichen.

»Das ist die Website einer Firma aus Singapur, die 2009 Mehrheitseigner von MetoSys wurde und das Unternehmen nach den erfolgreichen Testläufen von Al-Ain schließlich komplett übernommen hat.« Er grinste. »Diese Information findest du nirgendwo im Internet.«

»Ich dachte, du bist hier im Internet?«

»Noch nie etwas vom Darknet gehört?«, fragte er erstaunt, winkte jedoch im gleichen Augenblick schon wieder ab. »Auf jeden Fall gibt sich diese Firma aus Singapur allergrößte Mühe, die Verbindung zu MetoSys über Briefkastenfirmen in Panama, diverse Treuhänder und Stiftungen zu verschleiern.«

»Und dieser ganze Aufwand«, gab Daniel zu bedenken, »obwohl WetTec im Prinzip funktioniert und Milliarden machen könnte, mit ganz offiziellen Aufträgen. Da stellt sich doch die Frage: Weshalb tun sie es nicht?«

Laura sah erwartungsvoll von einem zum anderen. »Und, warum?«

Daniel hob resigniert die Hände. »Wir haben darauf noch keine Antwort. Aber sagt dir der Firmenname Chenlong etwas?«

Laura nickte. »Mit denen hat Andra einen großen Deal abgewickelt.«

Daniel nickte. »Etwa zur gleichen Zeit, als Chenlong MetoSys übernommen hat.«

Laura schnappte sich einen Stuhl und setzte sich. »Woher wisst ihr davon? Alles, was mit Chenlong zusammenhängt, unterliegt hier der höchsten Geheimhaltung.«

»Leif ist gut in solchen Dingen«, sagte Daniel und lächelte. »Was weißt du darüber?«

Sie musterte ihn. »Wie kommst du darauf, dass ich etwas darüber weiß? Mein Chef, Dr. Hardenberg, hat mit den Chinesen verhandelt.«

»Dieser Dr. Hardenberg ...« Daniel sah Laura erwartungsvoll an. »Meinst du, wir könnten mit ihm reden?«

Laura sah zu Boden. Sie rang einen Moment um Fassung. Dann schüttelte sie den Kopf.

»Dr. Hardenberg wurde ermordet.« Ihre Stimme klang heiser. Sie räusperte sich.

»Ermordet?« Ungläubig starrte Daniel sie an. »Wann?«

»Seine Leiche wurde am Montag gefunden. Dr. Hardenberg war derjenige, der den Verkauf des Protoyps mit Chenlong initiiert und abgeschlossen hat.«

Leif machte große Augen. »Was für ein Prototyp? Was macht er? Was kann er?«

»Das weiß ich nicht. Andra entwickelt und produziert ganz unterschiedliche Geräte – Oszillatoren, Hochfrequenzkathoden, Elektronenbeschleuniger. Wozu diese Geräte im Einzelnen dienen, das weiß ich nicht. Sie werden ja in den verschiedensten Bereichen eingesetzt ...«

»Wir haben versucht, rauszufinden, um was es bei diesem Deal ging, stoßen aber immer wieder gegen Mauern«, sagte Daniel. »Laut Eintragung im chinesischen Handelsregister wurde Chenlong 2009 gegründet. Alleiniger Eigentümer ist angeblich ein chinesischer Rechtsanwalt.«

»Angeblich?«

»Der Kerl ist dreiundneunzig Jahre alt. Zumindest steht das im Register.«

»Darf man mit dreiundneunzig keine Firma mehr besitzen?«

»Prinzipiell schon, nur ist dieser Kerl wie aus dem Nichts aufgetaucht.«

»Er hat keine Vergangenheit«, fügte Leif an. »Jedenfalls konnten wir nichts über ihn herausfinden. Ein betagter Unternehmer und Anwalt muss irgendeine Art von Vergangenheit haben. Aber nichts da – Fehlanzeige.«

»Interessant dagegen ist einer der Geschäftsführer«, sagte Daniel. »Ein Engländer. Stinkreich.«

»Apropos Geschäftsführer ...« Leif sah Laura schräg von der Seite an. »Wer außer deinem ehemaligen Chef hatte mit der Abwicklung dieses Geschäfts zu tun?«

»Der Deal lief direkt über den Vorstand.«

»Wie gut kennst du die Vorstandsmitglieder?«

»Praktisch gar nicht. Wieso?«

Er dachte nach, dann winkte er ab. »Das hat Zeit. Ich muss da zuerst was überprüfen.«

»Ihr glaubt also, dass Chenlong kriminelle Machenschaften verfolgt und dazu Wettermanipulationen als Waffe einsetzen will?«, fragte sie. »Wie kommt ihr darauf?«

Daniel sah kurz zu Leif, bevor er schließlich antwortete: »Keine Nation ist so darauf versessen, das Wetter zu kontrollieren, wie China. Als einziges Land der Erde unterhalten die Chinesen seit einigen Jahren ein staatliches Wetteränderungsamt. Dieses sorgt seit vielen Jahren für Regen und dafür, dass an Feiertagen und während Großveranstaltungen, wie zum Beispiel Olympia 2008, schönes Wetter herrscht. Aber auch ohne besondere Anlässe werden in Peking immer wieder Chemikalien in den Himmel geballert, um den Smog aufzulösen.«

»Inzwischen begnügt man sich längst nicht mehr mit herkömmlichen Methoden«, ergänzte Leif und schüttete ein weiteres Glas mit Cola gierig hinunter. »Am 17. Dezember 2014 hat die Nationale Entwicklungs- und Reformkommission, gemeinsam mit Chinas Wetterdienst, einen Entwicklungsplan für die Nationale Wettermodifikation bis 2020 vorgestellt. China will jährlich mehr als sechzig Milliarden Kubikmeter Niederschlag künstlich auslösen, und zwar auf einem Gebiet von 540 000 Quadratkilometern.« Er breitete seine Arme aus. »Wir reden hier von einer Fläche, die größer ist als Deutschland, Österreich und die Schweiz zusammen. Dafür bildete man einen Sonderetat in Höhe von umgerechnet zwanzig Millionen Euro.«

Für einen Moment herrschte Stille im Raum. Laura fragte sich, ob Hardenberg von alldem gewusst hatte, als er den Deal mit Chenlong abgeschlossen hatte. Sie deutete auf das Satellitenbild mit den Antennen. »Die Chinesen arbeiten also mit WetTec?«

Daniel nickte. »Sie forschen zumindest in dieselbe Richtung. Aber Tatsache ist, dass die Technologie der Schweizer noch nicht voll ausgereift ist. WetTec allein kann also nicht für die Wetteranomalien der letzten Monate verantwortlich sein.«

»Es muss eine neue Komponente geben, die wir noch nicht kennen«, schlussfolgerte Leif. Er und Daniel starrten sie an.

»Der Prototyp von Andra«, murmelte sie.

Daniel nickte. »Ganz genau.«

Laura stand auf, trat ans Fenster und betrachtete nachdenklich die Eisblumen, die sich an den Fensterrahmen gebildet hatten.

»Das alles klingt ziemlich beängstigend.«

»Willst du wissen, wie beängstigend es wirklich ist?« Sie drehte sich um und sah ihn fragend an.

»1952 ereignete sich in einem Dorf in England eine der schwersten Hochwasserkatastrophen in der britischen Geschichte«, teilte er ihr mit. »Tagelang ging im Umland von Lynmouth sintflutartiger Regen nieder. Fünfunddreißig Menschen ertranken, vierhundertzwanzig wurden obdachlos, nachdem die Royal Air Force im Rahmen von Projekt Cumulus in den Tagen zuvor dort massiv Wolken geimpft hatte, um den militärischen Nutzen der Regenerzeugung zu erproben.« Er erhob sich und trat neben sie.

»1972 gab es über den Black Hills in South Dakota, unweit der Stadt Rapid City, einen tagelangen Wolkenbruch, während Wissenschaftler des Instituts für atmosphärische Wissenschaft nur unweit davon versuchten, Wolken künstlich abregnen zu lassen. Dies hatte eine Überschwemmung zur Folge, unter deren Druck der Damm eines Bergsees brach. Zweihundertachtunddreißig Menschen starben.«

»Wie schrecklich.« Lauras Stimme war nur ein Flüstern.

»Übrigens haben auch die Chinesen schon mindestens einmal die Quittung für ihre ausufernden Wettermanipulationen erhalten«, meldete sich Leif zu Wort. »2009 versprühte das Wetteränderungsamt massenhaft Chemikalien, um eine Dürre im Pekinger Umland zu beenden. Diesmal jedoch trat nicht das gewünschte Ergebnis ein. Ein heftiger Schneesturm ließ Peking drei Tage lang im Chaos versinken. Es fielen sechzehn Millionen Tonnen Schnee. Die Stromversorgung brach zusammen, Flüge und Zugverbindungen fielen aus. Ähnlich wie heute hier bei uns.«

»Es gibt viele solcher Ereignisse«, sagte Daniel sichtlich zerknirscht. »Es gibt heutzutage einfach zu viele Forschungsprojekte, die Einflüsse auf die atmosphärische Zirkulation unseres Planeten haben.« Er ging zurück an Leifs Laptop, ließ sich auf einen Stuhl fallen, lud einige Fotos aus dem Internet herunter und drehte den Bildschirm dann in Lauras Richtung. »Das hier ist das US-amerikanische ›High Frequency Active Auroral Research Program‹, kurz HAARP.«

Laura stellte sich neben ihn, beugte sich vor und roch dabei sein Aftershave, eine Mischung aus Zitrone und frischen Gräsern. Er roch eindeutig besser als Leif.

Das Foto auf dem Bildschirm zeigte ein rechteckiges, umzäuntes Areal inmitten dichter Wälder. Eine Straße führte an einer Seite des Zauns entlang, daneben befanden sich mehrere niedrige Flachdachbaracken, etwas abseits ein größeres, zweistöckiges Gebäude. Auf dem Areal selbst standen merkwürdige Stangen in Reih und Glied.

»Sind das Kreuze?«, fragte sie.

»Die Auflösung ist leider ziemlich mies«, erwiderte Daniel, »aber allzu viele echte Fotos dieser Anlage gibt es nicht.«

»Was meinst du mit *echt*?«

»Es gibt mehrere Varianten dieser Luftaufnahme«, klärte er sie auf. »Die meisten sind in irgendeiner Form bearbeitet. Die US-Regierung hat lange Zeit ein großes Geheimnis um diese Anlage gemacht. Inzwischen findet man sie sogar über Google Maps, aber früher hättest du an dieser Stelle nur dichten Wald gesehen.«

Laura rückte näher heran. »Warum das?«

Er zuckte die Schultern. »Warum baut man eine Forschungsanlage buchstäblich am Arsch der Welt?«

»Verstehe. Was genau geschieht dort?«

Er deutete auf die Stangen. »Was du für Kreuze gehalten hast, sind phasengesteuerte Gruppenantennen, und zwar insgesamt hundertachtzig Stück.« Er zoomte das Foto weiter heran, doch die Auflösung wurde rasch so schlecht, dass Details nicht mehr zu erkennen waren. »Durch die Anordnung und Zusammenschaltung der einzelnen Antennen wird eine Bündelung der Strahlungsenergie erreicht und somit eine starke Richtwirkung.«

Sie lehnte sich auf ihrem Stuhl zurück. »Aber wozu dient das? Ich meine, was macht diese Anlage?«

»Offiziell untersucht man mit Hilfe von gepulsten Radiowellen die Ionosphäre. Das ist ein Teil unserer Atmosphäre, in etwa achtzig bis achthundert Kilometern Höhe.« Er machte eine vage Handbewegung. »So genau kann man das nicht sagen, da sich die Ausdehnung der Ionosphäre ständig verändert. Manchmal um bis zu mehreren Hundert Kilometern. In dieser Schicht entstehen übrigens auch die Polarlichter.«

»Was gibt es dort oben so Interessantes?«

»Zum Beispiel werden in der Ionosphäre die Kurzwellen unseres weltweiten Funkverkehrs reflektiert.«

»Da hast du gleich einen der Gründe, weshalb die Anlage vom US-Militär finanziert wird«, fügte Leif hinzu. »Auch wenn das offiziell natürlich bestritten wird.«

»Okay, aber was haben Funkwellen mit dem Wetter zu tun?«, fragte Laura irritiert.

Daniel drehte sich um und deutete auf seine Zeichnung am Flipchart. »Es gibt Theorien, nach denen man mittels sehr starker gepulster Energiebestrahlung der Ionosphäre bestimmte Prozesse hervorrufen kann, die Einfluss auf das Wetter haben können.«

»Theorien?« Leif sah Daniel an, als hätte dieser soeben angezweifelt, dass sich die Erde um die Sonne dreht. »Das sind Fakten. Es gibt sogar Patente dazu, und das weißt du ganz genau.«

»Das Problem dabei ist«, entgegnete Daniel zögerlich, »dass es für derartige Vorgänge fast nie Beweise gibt.«

Leif schüttelte energisch den Kopf. »Es ist inzwischen unbestritten, dass mittels hochfrequenter, punktgenauer Bestrahlung der Ionosphäre künstliche Polarlichter sowie Plasmakugeln erschaffen werden können.«

»Das grüne Leuchten am Himmel, von dem ihr gesprochen habt?«

Daniel nickte. »Interessanterweise decken sich die Berichte weltweit, was diesen Punkt betrifft. Fast immer ging einem unerklärlichen Wetterphänomen in den letzten Wochen ein grünes Leuchten am Himmel voraus.«

Sie dachte nach. »Die Patente, die Leif erwähnt hat – um was geht es da?«

»Ich habe mich vor vielen Jahren eingehend mit dieser Thematik beschäftigt.« Daniel lächelte, als würde er an gute, alte Zeiten zurückdenken. »Ich gebe dir ein Beispiel. Man könnte – entsprechend starke Anlagen vorausgesetzt – gezielt den Jetstream beeinflussen. Also die Starkwinde rund um die Erde, in mehreren Kilometern Höhe. Dadurch könnte man aktiv Hoch- und Tiefdruckgebiete beeinflussen.«

»Wow.« Laura sah unwillkürlich zum Fenster. Immer wieder prallten Windböen gegen die Fenster und ließen die Scheiben erzittern. »Denkt ihr, HAARP ist für diesen Blizzard verantwortlich?«

»Nein«, entgegnete Daniel. »HAARP hätte dazu nicht genügend Ausgangsleistung. Außerdem wurde die Anlage im Juni 2014 offiziell geschlossen.«

Leif lachte auf. »Von wegen. Bisher wurde keine einzige Antenne abgebaut, wie ursprünglich angekündigt.«

Daniel zuckte mit den Schultern. »Glaubt man den Gerüchten, betreibt DARPA, die Forschungsabteilung des US-Militärs, die Anlage weiter.«

»Gerüchte?«, echote Leif. »1994 hat ein Unternehmen namens E-Systems die Patente für die Technologie gekauft, auf die sich HAARP stützt. E-Systems arbeitet nachweislich eng mit der CIA und dem Militär zusammen. Gemeinsam macht man mehr als 800 Millionen Dollar Jahresumsatz mit sogenannten verdeckten Projekten. Nicht einmal der amerikanische Kongress wird darüber informiert, wozu dieses Geld ausgegeben wird.«

»Und wo ist der Zusammenhang zwischen Nachrichtendienst und Wetterexperimenten?«, wollte Laura wissen.

»E-Systems hat seine Finger in vielen Bereichen im Spiel«, erklärte Leif. »Unter anderem ist diese Firma für Projekte wie den Doomsday-Plan verantwortlich.«

»Was ist das?«

»Ein System, das dem US-Präsidenten die Leitung eines voll automatisierten Atomkriegs ermöglicht, falls Amerika durch eine Cyber-Attacke angegriffen und handlungsunfähig gemacht werden sollte. DARPA hat hierbei ebenfalls kräftig mitgemischt.«

Leifs Augen huschten zwischen Laura und Daniel hin und her. »Nur ein Jahr nach der Übernahme von HAARP durch E-Systems wurde die Firma von Raytheon aufgekauft, einem der Hauptlieferanten des US-Verteidigungsministeriums.«

Daniel kratzte sich nachdenklich im Nacken. »Da stellt sich doch die Frage, was ein Hersteller von Waffen und Militärtechnik mit diesem Kauf bezweckte?«

»Ha!«, rief Leif aus. »Es wird sogar noch besser: DARPA übernahm in der Folge die Kontrolle über HAARP. Vorübergehend, wie es hieß. *Vorübergehend* dauert nun schon einige Jahre an. DARPA verfügt offiziell über einen zweistelligen Millionenetat pro Jahr für Experimente physikalischer Art. Ein Schelm, wer Böses dabei denkt.«

»Wie auch immer«, sagte Daniel, »ich bin mir trotzdem sicher, dass wir woanders suchen müssen.«

»Weshalb?«, fragte Laura.

»Wie gesagt, die Leistung von HAARP wäre viel zu schwach, um solche Effekte hervorzurufen.«

»Wenn du den offiziellen Presse-Bullshit glaubst«, echauffierte sich Leif. »Richard Williams, ein bekannter Physiker, ist der festen Überzeugung, es gäbe eine zweite, geheime Stufe von HAARP, die deutlich mehr Energie in die Ionosphäre einbringen könnte. Das würde zu erheblichen Störungen in der globalen Atmosphäre führen, die sich jahrelang verbreiten und auswirken könnten.«

»Dennoch«, erwiderte Daniel. »Eine Anlage, die das hier bewirken könnte, müsste um ein Vielfaches größer und stärker sein als HAARP.«

»Woher kennst du dich mit dieser Thematik so gut aus?«, wollte Laura wissen.

Er winkte ab. »Das ist eine lange Geschichte.« In seine Augen trat ein seltsamer Glanz.

Laura entschied, nicht weiter nachzubohren. Stattdessen fragte sie: »Gibt es denn solche Anlagen?«

»Es gibt viele. Vergleichbare Anlagen wie HAARP schießen seit einigen Jahren weltweit wie Pilze aus dem Boden. Auch hier in Deutschland. Allerdings handelt es sich hierbei nur um relativ kleine Stationen, die einzig der Forschung dienen.«

»Anders sieht es in Norwegen aus«, warf Leif jetzt ein. »In Tromsø wird bald eine Anlage stehen, die HAARP verblassen lässt. EISCAT 3D wird aus insgesamt fünfzigtausend Antennen bestehen.« Er schüttelte den Kopf. »Verrückt. Wenn man mit den hundertachtzig Antennen von HAARP künstliches Plasma am Himmel erzeugen kann, will ich mir gar nicht ausmalen, wozu eine Anlage mit fünfzigtausend Antennen imstande sein wird.«

Laura dachte nach. »Aber da dieses EISCAT 3D noch nicht einsatzbereit ist, muss es eine weitere Anlage dieser Größenordnung geben. Habe ich das richtig verstanden?«

»Ganz genau.« Leif nickte. Dann setzte er sich aufrecht hin und skandierte mit theatralischer Geste: »*Denn von heute an in sieben Tagen will ich es regnen lassen auf Erden, vierzig Tage und vierzig Nächte, und vertilgen vom Erdboden alles Lebendige, das ich gemacht habe.*«

Laura und Daniel sahen sich ratlos an.

Leif sackte wieder auf seinem Stuhl zusammen. Er grinste. »Erstes Buch Mose, Kapitel 7,4.«

Daniel holte tief Luft. »Hör zu, Laura. Jemand bei Andra hat seine Finger mit im Spiel. Wir haben aus einer sicheren Quelle erfahren …«

In diesem Moment flog die Tür auf.

Ein weißhaariger, braun gebrannter Mann in einem Maßanzug und mit einer eckigen Brille mit Bügel aus dunklem Leder auf der Nase, stand im Türrahmen. Mürrisch musterte er die Anwesenden im Zimmer.

»In mein Büro, Frau Wagner«, knurrte er schließlich.

Laura schluckte. Das verhieß nichts Gutes. Bisher hatte sie mit Dr. Johann Leinemann, dem Vorstandsvorsitzenden, nicht viel zu tun gehabt, aber die wenigen Male hatten ihr gereicht.

»Wir sind hier in einer Minute fertig«, erwiderte sie.

Er nahm seine Brille ab und fixierte sie mit strengem Blick. »Sofort!«

»Selbstverständlich.«

So selbstbewusst wie möglich stand sie auf. Daniel und Leif hatten sich ebenfalls erhoben. Laura wollte gehen, doch Leif trat ihr in den Weg. Er deutete eine Umarmung an, als wollte er sich von ihr verabschieden. Dabei raunte er ihr etwas ins Ohr. Sein Geruch widerte Laura an, doch nicht deswegen sträubten sich ihr die Nackenhaare. Es waren seine Worte, die Laura wie ein Peitschenhieb trafen.

Unmittelbar danach ließ er sie los und gab den Weg frei.

Laura schritt an Leinemann vorbei in den Flur. Hinter ihr zog er die Tür zu. Gemeinsam gingen sie wortlos den Gang entlang. Wie ein stetig wiederkehrendes Mantra hallten Leifs Worte in Lauras Kopf nach:

Er steckt mit drin.

23

Dr. Johann Leinemanns Büro befand sich im obersten Stockwerk des Andra-Gebäudes. An schönen Tagen bot es eine herrliche Aussicht auf den nahen Wald. Heute verschluckte der Schneesturm die Sicht bereits nach wenigen Metern. Die Einrichtung war edel, aber schlicht und wurde dominiert von einem großen gläsernen Schreibtisch, auf dem ein silbernes Macbook sowie das firmeneigene Telefon standen.

Leinemann ließ sich in seinen gepolsterten Sessel aus dunkelbraunem Leder nieder und deutete mit einer knappen Handbewegung auf einen Freischwinger. »Furchtbare Sache, das mit Hardenberg.«

Laura setzte sich. »Ja.«

»Muss ein schlimmer Anblick gewesen sein. Wie geht es Ihnen?«

»Na ja, wissen Sie, es …«

»Ich hatte schon immer ein komisches Gefühl bei Hardenberg.« Er faltete seine Hände vor dem Bauch. »Ich ahnte, dass mit ihm irgendetwas nicht stimmt. Wir waren uns nie besonders grün. Sie beide dagegen pflegten eine recht enge Verbindung. Könnte man das so sagen?«

»Ich bin mir nicht sicher, wie Sie das meinen«, entgegnete sie vorsichtig.

»Sie wissen schon. Es heißt, Sie waren eine der wenigen Kolleginnen, mit denen Hardenberg auch privat verkehrte.«

Laura dämmerte, worauf dieses Gespräch hinauslief. »Die Verbindung war rein beruflicher Natur.«

»Ach ja?«

»Er hat mich einmal zu sich nach Hause eingeladen, und das ist Jahre her. Da war er noch verheiratet.«

Leinemann nahm seine Brille ab, holte ein Putztuch aus seiner Jacketttasche und rieb damit über die Gläser. »Prinzipiell ist es mir egal, was meine Angestellten in ihrer Freizeit treiben. Auch wenn ich Affären von leitenden Angestellten mit Sekretärinnen nicht gutheiße.«

»Dr. Hardenberg und ich hatten keine Affäre.«

»Wie Sie meinen«, sagte er in einem Ton, der deutlich machte, dass er ihr nicht glaubte. »Was wissen Sie über Hardenbergs Verbindung zu einer Firma namens Chenlong?«

Der plötzliche Themenwechsel traf Laura kalt. Ihr erster Impuls war, Leinemann von dem USB-Stick zu erzählen. Doch dann dachte sie an Leifs Worte und zögerte. Ihr Herz schlug schneller.

»Ich weiß nicht viel darüber. Nur das, was allgemein bekannt ist. Chenlong hat den Prototyp der ›Diamond‹-Serie gekauft.«

»Hat Hardenberg mit Ihnen, sagen wir, privat über dieses Thema gesprochen?«

»Nein, wieso sollte er? Dieses Geschäft unterlag einer speziellen Geheimhaltung.«

Leinemann schürzte die Lippen, hielt die Brillengläser prüfend gegen das Licht und setzte die Brille dann wieder auf. »Was ist das für ein Meeting?«

»Welches Meeting?«

»Die beiden Männer im Besprechungsraum.«

»Oh, das …« Laura zwang sich zu einem Lächeln. »Das sind

nur zwei Leute, die mir heute Morgen aus der Patsche geholfen haben, nachdem ich mit meinem Auto im Schneesturm stecken geblieben war. Seitdem hängen sie hier selber fest.«

»Dann sind diese Männer keine Angestellten?«

»Nein.«

Leinemann beugte sich vor und griff zum Telefon. »Schicken Sie jemandem vom Wachdienst in den Besprechungsraum«, bellte er in den Hörer. »Die beiden Männer dort verlassen diesen Raum nicht ohne meine Genehmigung.«

Während er der Antwort lauschte, sah er Laura, ohne ein einziges Mal zu blinzeln, in die Augen

»Mir ist egal, ob heute nur zwei Mitarbeiter des Sicherheitsdienstes zur Arbeit erschienen sind«, fuhr Leinemann fort. »Jemand soll sich sofort auf den Weg machen. Wer braucht bei diesem Wetter schon Security in den Produktionshallen? Die verdammten Maschinen stehen alle still.« Er legte auf.

»Das ist nicht nötig«, sagte Laura und erhob sich. »Ich bringe diese Männer nach unten ins Foyer, wenn Sie das gerne wünschen.«

»Wir sind noch nicht fertig!«

Langsam sank Laura zurück auf ihren Stuhl.

»Wer sind die Männer? Was haben sie hier zu suchen?« Sein Blick sezierte Laura förmlich.

»Sie haben mir geholfen. Ich wäre fast erfroren, und ...«

»Verkaufen Sie mich nicht für dumm, Frau Wagner.« Er schlug mit der Hand auf den Schreibtisch. »Ich habe Sie eben angetroffen, wie sie gemeinsam vor einem Laptop saßen. Außerdem ist mir die Zeichnung auf dem Flipchart nicht entgangen.« Er sah sie streng an. »Was geht dort unten vor? Und diesmal die Wahrheit bitte.«

»Zum Dank für ihre Hilfe habe ich den beiden Getränke und

einen warmen Aufenthaltsraum zur Verfügung gestellt«, erklärte sie und hoffte, ihre Stimme würde nicht allzu sehr zittern. »Ich denke, das ist das Mindeste.«

»Weshalb der Laptop?«

»Wir haben Wetterberichte angesehen. Die beiden sitzen hier seit Stunden fest.«

»Und die Zeichnung?«

»Die war schon da. Vermutlich aus einem vorhergehenden Meeting.«

Leinemann legte einen Finger auf seine Lippen und dachte nach. Die Sekunden zogen quälend langsam vorüber. Schließlich nickte er. »Ich will offen sein, Frau Wagner. Mein Vertrauen in Hardenberg ist in den letzten Monaten mehr und mehr geschwunden.«

»Darf ich fragen, warum?«

Er zögerte. Seine strengen Gesichtszüge entspannten sich ein wenig, und zum ersten Mal wirkte er beinahe menschlich. »Was ich Ihnen jetzt sage, bleibt unter uns. Haben Sie das verstanden? Kein Wort zu niemandem, oder Sie können sich einen neuen Job suchen.«

»Selbstverständlich.« Ihre Fingerspitzen kribbelten. Sie fragte sich, worauf Leinemann hinauswollte.

»Ich bin davon überzeugt, dass Hardenberg in krumme Geschäfte verwickelt war. Es würde mich nicht überraschen, wäre sein Tod, so tragisch er auch sein mag, eine direkte Folge dieser Geschäfte.«

Laura saß mit versteinerter Miene da. Ihr Herz pochte.

»Im Vorstand hatten wir Hardenberg schon einige Zeit im Verdacht, private Vorteile aus seiner Position zu ziehen«, fuhr Leinemann fort. »In den letzten Monaten wussten wir nie wirklich, was er auf seinen vielen Reisen tatsächlich trieb. Das einzig Konstante waren seine horrenden Spesenabrechnungen. Seine Berichte wurden zusehends nichtssagender, und abgesehen vom Chenlong-Deal kamen kaum neue, brauchbare Kontakte in Asien zustande.«

»Ich fürchte, ich kann Ihnen nicht folgen«, erwiderte Laura vorsichtig.

Leinemann wischte ihren Einwand mit einer unwirschen Handbewegung fort. »Ich rede von Weitergabe von Geschäftsgeheimnissen gegen Geld, Frau Wagner.«

»Sie bezichtigen Dr. Hardenberg der Industriespionage?«

»Und ich möchte, dass Sie Beweise dafür finden.«

Laura starrte den Vorstandsvorsitzenden an. Ihre Gedanken überschlugen sich. Sie konnte Hardenbergs USB-Stick in ihrer Hosentasche spüren. Wenn sie Leinemann den Stick jetzt übergab und wahrheitsgemäß alles berichtete, was sie in den letzten Stunden herausgefunden hatte, besaß sie gute Chancen, ihren Job zu behalten. In dieser Situation musste sie auch an sich denken. Sie war auf diesen Job angewiesen. »Was erwarten Sie von mir?«

»Sie erhalten Zugang zu Hardenbergs Personalakte. Checken Sie zunächst seine Spesenabrechnungen auf Unregelmäßigkeiten. Danach erhalten Sie weitere Anweisungen.«

Sie sah ihn hilflos an. »Woher weiß ich ...«

»Sie werden es erkennen, wenn es Unregelmäßigkeiten gibt.«

Sie nahm all ihren Mut zusammen. »Ich bin mir nicht sicher, ob ich dazu in der Lage bin.«

Leinemann hob die Augenbrauen. »Ich dagegen bin mir sicher.«

Lauras Gedanken rasten. Falls Leinemann tatsächlich mit den Chinesen gemeinsame Sache machte, weshalb bat er dann sie, Laura, Beweise für Hardenbergs geheime Geschäfte zu finden? Sprach das nicht vielmehr dafür, dass Leinemann ahnungslos war? Oder hatten die beiden gemeinsame Sache gemacht, und Leinemann wollte Hardenbergs Tod jetzt dazu benutzen, um ihm elegant die alleinige Schuld in die Schuhe zu schieben. Sie biss sich auf die Unterlippe. Wem konnte sie vertrauen? Daniel und Leif, die sie erst vor wenigen Stunden kennengelernt hatte? Oder Dr. Leinemann, einem verdienten Vorstandsmitglied der Andra AG, der mit seinem persönlichen Einsatz das Unternehmen im Laufe der letzten Jahre zu einem internationalen Marktführer gemacht hatte? Sie dachte an Robin, und der Gedanke, dem Jungen erzählen zu müssen, dass seine Mutter leider arbeitslos sei, war ihr unerträglich.

Laura sah auf und nickte. »Also schön.«

24

NATIONAL HURRICANE CENTER, MIAMI

»Und was macht diese blöde Ziege dann?« Emilio Sánchez sah abwartend in die Runde, bevor er die Antwort lieferte. »Sie grinst mich mit ihren falschen Zähnen an, die ich bezahlt habe, und zeigt mir den Mittelfinger.«

Wie immer, wenn Sánchez über seine Ex-Frau herzog, stieg sein Puls in schwindelerregende Höhen. Er fuchtelte wild mit den Armen umher, ohne dabei an den Pappbecher in seiner Hand zu denken. Lauwarmer Kaffee schwappte heraus und platschte nur Zentimeter neben Selma Coopers Füßen auf den Linoleumboden des Aufenthaltsraums des NHC.

»Scheiße«, murmelte Sánchez.

»Nichts passiert«, sagte Selma Cooper nach einem prüfenden Blick auf ihren dunkelblauen Hosenanzug und ihre Halbschuhe.

»Komm wieder runter, Emilio.« Brandon LaHaye grinste. »Wenn du einen Herzinfarkt bekommst, hat deine Ex auf der ganzen Linie gewonnen.«

»Den Gefallen tu ich ihr ganz sicher nicht. Meine Pumpe arbeitet tadellos.« Sánchez klopfte sich auf die Brust.

Selma Cooper stellte ihren Kaffeebecher auf die Theke. »Ich muss zurück an meinen Platz. Das Tiefdruckgebiet im Südpazifik könnte weiter in Richtung Baja California ziehen. Ich will da dran bleiben.«

»Mach das«, sagte Sánchez.

»Brandon hat recht, Emilio, du musst cooler werden.« Sie zwinkerte ihm zu. »Wir sehen uns, Jungs.«

Die beiden Männer sahen ihr hinterher. Ein Lächeln umspielte Sánchez' Lippen. »Denkst du, ich sollte sie mal nach einem Date fragen?«

»Träum weiter.« LaHaye trank einen Schluck Wasser aus einer Plastikflasche.

»Wieso? Ich bin noch keine vierzig und topfit.«

LaHaye musterte ihn von oben bis unten. »Du könntest Selmas Vater sein. Außerdem warst du schon besser in Form.« Er klopfte Sánchez scherzhaft gegen dessen leichten Bauchansatz.

Sánchez' Smartphone klingelte. Er nahm das Gespräch an und hörte aufmerksam zu. »Ich bin auf dem Weg.«

»Was ist los?«, fragte LaHaye.

»Das war der Neue. Verdammt, ich kann mir seinen Namen einfach nicht merken. Irgendetwas stimmt mit einer Messboje südlich der Bermuda-Inseln nicht.«

LaHaye nickte. »Okay, Pause vorbei.«

Sánchez leerte seinen Kaffee in einem Zug und warf den Pappbecher in den Mülleimer. Dann verließen sie den Raum und gingen gemeinsam rüber ins HSU Center, der Hurricane Specialist Unit des NHC. Dieses wiederum war der NOAA unterstellt, der Nationalen Ozean- und Atmosphärenverwaltung der Vereinigten Staaten. Die Aufgabe des NHC bestand in der Voraussage und Überwachung von tropischen Wirbelstürmen im Atlantischen und Pazifischen Ozean. Obwohl es sich um eine US-amerikanische Regierungsbehörde handelte, wurde das NHC von der unabhängigen World Meteorological Organization offiziell als zentrale Informationsstelle für diese Gebiete betrachtet. Sánchez und seine Leute trugen eine große Verantwortung. Ihre Arbeit war für

Millionen Amerikaner, die an den Küsten lebten, von geradezu lebensnotwendiger Bedeutung. Um die vielfältigen Aufgaben zu erfüllen, war das NHC in mehrere unabhängige Einheiten unterteilt, die eng zusammenarbeiteten.

An der Abzweigung zum Büro der Storm Surge Unit trennten sich ihre Wege. Brandon LaHaye, dessen Team im Ernstfall über Evakuierungsmaßnahmen entschied, bog links ab. Sánchez ging nach rechts und betrat einige Meter weiter die HSU.

Selma Cooper und der Neue standen ratlos vor dem größten der sieben Monitore. Sánchez schnappte sich ein Klemmbrett mit den neusten Wetterdaten und ging auf die beiden zu.

Die Hurricane Specialist Unit, deren Leitung er vor gut einem Jahr übernommen hatte, beobachtete rund um die Uhr die Wetterlagen in den hurrikangefährdeten Gebieten im östlichen Nordatlantik und im nordpazifischen Becken. Mehrmals täglich erstellten sie Prognosen über die voraussichtliche Wetterentwicklung der nächsten fünf Tage. Seit dem Siegeszug des Internets verbreiteten sie diese Prognosen über alle möglichen Kanäle. Heutzutage konnte praktisch jedermann im Minutentakt qualifizierte Informationen über das Wetter erhalten. Das NHC postete zudem mehrmals täglich Satellitenfotos, Prognosen und Warnungen auf Facebook. Auf eines konnte man sich dabei immer verlassen: Sobald sich ein tropisches Tief zu einem Hurrikan ausbildete, ließen Sánchez und seine Leute das Sturmsystem nicht mehr aus den Augen, bis es sich wieder auflöste. Dies konnte Stunden, manchmal aber auch Tage dauern.

»NDBC-Boje *41049 South Bermuda* meldet extreme Temperaturanstiege von Luft und Wasser«, sagte Selma Cooper, als Sánchez zwischen sie und den Neuen trat. Sie deutete auf einen der Monitore. Dutzende gelbe Pfeilsymbole blinkten inmitten eines

Satellitenbildes des Nordamerikanischen Beckens. Ein Pfeil jedoch blinkte rot.

»Wie lautet die genaue Meldung?«, fragte Sánchez.

Selma Cooper zuckte mit den Schultern. »Es kann sich nur um einen Defekt handeln. Oberflächentemperatur des Ozeans 26,6 Grad Celsius – und steigend ... Jetzt 26,7 Grad. Viel zu warm, dazu ...«

»Was?«

»Die Umgebungstemperatur der Luft ist ebenfalls zu hoch.« Sie sah ihn an. »Das kann überhaupt nicht angehen.«

»Wie lautet denn der übermittelte Wert?«

Selma trat näher an den Monitor. »44,7 Grad Celsius.«

»Quatsch.« Sánchez verzog seinen Mund und kniff die Augen zusammen, um das winzige Symbol auf dem Monitor besser erkennen zu können. Die NDBC-Messboje gehörte zu einem Frühwarnsystem, das mehrere Dutzend Messbojen im Atlantik und dem Golf von Mexiko umfasste. An bestimmten Koordinaten fest am Meeresgrund verankert, lieferten sie Daten wie Luft- und Wassertemperaturen, Windgeschwindigkeiten, Meeresströmungen, Wellenhöhen und vieles mehr. Die Bojen wurden regelmäßig alle zwei Jahre gewartet. Allerdings war die finanzielle Situation der NOAA seit Jahren angespannt, worunter vor allem die äußerst kostspielige Wartung und Instandhaltung der Bojen litt. Seit 2012 waren mehr als die Hälfte der fünfundfünfzig Bojen im Pazifik ausgefallen. Die Situation vor der Ostküste war diesbezüglich zwar etwas besser, doch wie es aussah, hatten sie es nun auch hier mit einem ersten Ausfall zu tun.

»Da ist noch etwas«, sagte Selma. »Das wird dir nicht gefallen.«

»Raus mit der Sprache.«

»*41049 South Bermuda* meldet zudem einen extremen Luftdruckabfall. Letzte Meldung 976 Millibar, davor noch 1012. Dazu

Windgeschwindigkeiten von 136 Stundenkilometer.« Sie hielt ihm einen Computerausdruck unter die Nase. »Die Wellenhöhen nehmen ebenfalls zu.«

»Soll das ein Witz sein?« Er überflog die Zahlenkolonnen. »*41049 South Bermuda* liegt 295 nautische Meilen südsüdöstlich der Bermuda-Inseln. Aktuelles GOES-Satellitenbild aus dieser Region?«

»Nichts Ungewöhnliches zu erkennen«, antwortete der Neue. Jetzt fiel Sánchez auch dessen Name wieder ein – Zachary Haffernan. »Leichte Bewölkung, zunehmende Dichte in den letzten Stunden, ansonsten keine Auffälligkeiten.«

»Letzte Aktualisierung?«

»Vor zwölf Minuten.«

»Okay, dann wissen wir in drei Minuten vielleicht mehr, wenn die aktuellen Bilder reinkommen.« Sánchez schmiss die Computerausdrucke auf den Schreibtisch.

Ein schriller Alarm ließ alle im Raum zusammenzucken.

»Was ist das?«, rief Sánchez.

»Nicht gut.« Haffernan setzte sich an den Schreibtisch, tippte hektisch auf seiner Tastatur herum, woraufhin der Alarm verstummte. »Ich leg die Meldung auf den Hauptbildschirm.«

Sánchez wirbelte herum. Auf dem NBDC-Monitor blinkte ein weiterer Pfeil rot auf.

»*41421 North St. Thomas* meldet ebenfalls extreme Temperaturanstiege von Luft und Wasser.« Haffernan rief die aktuellen Messdaten der Boje ab. »Luftdruck 974 Millibar, stark fallend. Windgeschwindigkeit 142 Kilometer pro Stunde. Ozean 26,8 Grad, steigend, Lufttemperatur …« Er starrte Sánchez an. »46,3 Grad, steigend.«

»Teufel noch mal.« Sánchez kratzte sich im Nacken.

»Zwei Ausfälle in so kurzer Zeit? Nicht sehr wahrscheinlich, oder?«, meinte Selma Cooper.

Sánchez nickte. Erneut überflog er die Computerausdrucke, immer noch ergaben die Werte keinen Sinn. Unter keinen Umständen heizte sich die Oberflächentemperatur des Meeres innerhalb weniger Stunden so stark auf. Blieb einzig der rasch fallende Luftdruck, der unter bestimmten Umständen durchaus realistisch sein konnte. Voraussetzung dafür wäre allerdings ein kräftiges tropisches Tief gewesen – eine Wetterlage, von der weit und breit keine Spur zu sehen war. Ein Blick auf die sichtbaren und infraroten GOES-Satellitenbilder sowie das aktuelle Isobarendiagramm ergab nach wie vor keine Hinweise auf eine tropische Depression oder einen Sturm.

Eine seltsame Unruhe erfasste Sánchez. Er traute diesen Daten nicht.

»Was denkst du?«, fragte Selma Cooper.

»Ich denke an ›Wilma‹. Im Oktober 2005 bildete sich ›Wilma‹ innerhalb weniger Stunden und damit schneller als alle anderen beobachteten Wirbelstürme im Nordatlantik bis heute.«

»Worauf willst du hinaus?«

»Möglicherweise haben wir es hier mit einem ähnlichen Phänomen zu tun.«

»Dazu bräuchten wir aber erst einmal ein tropisches Tief in dieser Region.« Selma deutete auf die Satellitenaufnahmen. »Siehst du hier irgendwo ein Anzeichen für …«

Erneut ertönte das schrille Piepsen. Sánchez' Herz setzte einen Schlag aus. Er starrte auf den NBDC-Monitor.

»Jetzt auch noch *41420 North Santo Domingo*«, keuchte Haffernan. »Umgebungstemperatur 49,1 Grad Celsius – steigend!«

»Wollt ihr mich eigentlich verarschen?«, knurrte Sánchez. »Okay, wo ist die verdammte versteckte Kamera?«

Haffernan blickte ihn entgeistert an. »Luftdruck 965 Millibar, stark fallend. Windgeschwindigkeit 186 Stundenkilometer.«

Sánchez fluchte.

Kaum hatte Haffernan den Alarm abgeschaltet, ertönte er erneut.

»*41046 East Bahamas!*« Selma Cooper zeigte auf den Bildschirm.

»Was geht da vor sich?«

»Das wüsste ich auch gerne«, knurrte Sánchez. »Aber was immer es auch ist, es kommt näher.«

In diesem Augenblick wurde die viertelstündliche Aktualisierung des GOES-Satellitenbildes eingespielt. Sánchez' Augenbrauen zogen sich zusammen. »Was zum Teufel ist das?«

Vor wenigen Minuten noch hatte Emilio Sánchez gedacht, seine Scheidung sei zur Zeit sein größtes Problem. Ihm wurde klar, dass er sich geirrt hatte.

25

Laura stand am Fenster ihres Büros und sah dem dick eingemummten Hausmeister zu, der vor wenigen Minuten erneut auf der Bildfläche erschienen war, um mit seiner Schneefräse den aussichtslosen Kampf gegen die Natur weiterzuführen. Die vereinzelten Autos auf dem Parkplatz waren längst unterm Schnee verschwunden. Laura dachte an Robin, der am Telefon traurig geklungen hatte, weil sie ihn heute nicht wie verabredet abholen konnte. Sie vermisste ihn furchtbar. Sie massierte ihren Nacken und ließ ihren Kopf kreisen.

Es klopfte. Marc Bauer aus der IT-Abteilung steckte den Kopf zur Tür herein. Er schnaufte, als hätte er eine Bergwanderung hinter sich. »Die Behörden haben das Fahrverbot verlängert. Es soll die ganze Nacht über aufrechterhalten werden. Wir richten im großen Konferenzraum provisorische Schlafstätten ein.«

Laura seufzte leise. »Danke für die Info.«

Bauers Blick fiel auf die offen stehende Verbindungstür zu Hardenbergs Büro. »Haben Sie die Genehmigung für den Upload Ihrer Datei inzwischen erhalten?«

Laura schüttelte den Kopf. »Ich konnte mich noch nicht darum kümmern.«

Er sah sie erneut mit diesem misstrauischen Blick an.

»Ich melde mich«, sagte sie betont beiläufig, um die unangenehme Situation möglichst elegant aufzulösen.

»Okay.« Er schickte sich an, die Tür zu schließen.

»Lars Windrup ist nicht mehr aufgetaucht, oder?«, fragte sie rasch.

»Haben Sie mir nicht zugehört? Kein Mensch ist heute da draußen unterwegs.« Er verdrehte die Augen und verschwand.

Laura kehrte an ihren Schreibtisch zurück, auf dem sich Berge von Spesenabrechnungen und Unterlagen von Hardenbergs Geschäftsreisen türmten. Keine zehn Minuten nachdem sie Leinemanns Büro verlassen hatte, hatte Hardenbergs Personalakte auf ihrem Schreibtisch gelegen. Die Suche nach Auffälligkeiten in seinen Abrechnungen war stupide und langweilig, zumal Laura nicht einmal wusste, wonach sie überhaupt suchen sollte. Sie nahm einen Beleg in die Hand. Einer von zahllosen Restaurantbesuchen, diesmal in Hamburg-Altona, in einem mondänen Jacht-Club, eine weitere Spesenabrechnung, dazu ein weiterer öder Bericht über ein Meeting mit einer Dr. Marie van der Zee, einem der vielen Namen, die Laura nichts sagten. 687 Euro für ein Geschäftsessen zu zweit. Alleine der Rotwein hatte 190 Euro gekostet, pro Flasche, von denen zwei auf der Rechnung standen. Hardenberg hatte von Genügsamkeit offenbar nicht viel gehalten. Vielleicht aber waren solche Summen für ein Abendessen in diesen Kreisen auch normal? Laura wusste es nicht. Müde massierte sie sich die Nasenwurzel. Bisher war ihr kein einziger Beleg untergekommen, der in irgendeiner Form auffällig gewesen wäre. Außerdem waren alle Ausgaben durch die Geschäftsführung abgezeichnet worden. Was versprach sich Leinemann von dieser Aktion?

687 Euro für ein Abendessen. Diese Summe ließ sie nicht los. Dafür konnte sie für sich und Robin einen ganzen Monat lang Essen kaufen. Ihr wurde bewusst, in welch unterschiedlichen

Welten sie und Hardenberg gelebt hatten. Hummer in Shanghai, Austern in Peking, Champagner in Seoul, sündhaft teure Whiskeys in Hotelbars verteilt über ganz Asien. Hardenberg hatte sein Spesenkonto nicht geschont.

Mit der Zeit verschwammen die Buchstaben und Zahlen vor Lauras übermüdeten Augen. Sie brauchte eine Pause. Sie stand auf, streckte sich und stellte sich vor, wie es sein würde, wenn sie Robin morgen in die Arme schloss. Hoffentlich hoben die Behörden das Fahrverbot bis dahin auf. Im Internet fand man dazu widersprüchliche Meldungen. Was Daniel Bender wohl dazu meinte?

Sie beschloss, ihm einen Besuch abzustatten. Er hielt sich zusammen mit Leif noch immer im Besprechungsraum auf. Seit Laura Leinemanns Büro verlassen hatte, hatte sie die beiden nicht wieder gesehen.

Vor der Tür zum Besprechungsraum hockte ein Wachmann auf einem Stuhl. Er hatte die Beine von sich gestreckt, die Hände über seinem Bierbauch gefaltet, das Kinn auf die Brust gelegt und schien zu schlafen. Doch als Laura vor ihm stand, öffnete er die Augen.

»Sind die zwei noch da?«, wollte sie wissen.

»Äh, klar.« Er steckte sich einen Finger ins Ohr und kratzte sich.

Laura lächelte freundlich. »Ich geh mal kurz rein und frage, ob sie was brauchen.« Sie zwinkerte ihm zu und trat ein.

Daniel hatte seine Schuhe ausgezogen, die Füße auf den Tisch gelegt und hielt sein Smartphone in der Hand. Leif kauerte ihm gegenüber hinter seinem Laptop.

Daniels Miene hellte sich auf. »Ich dachte schon, wir hätten dich mit unseren Geschichten vergrault.«

»Dr. Leinemann hat mich mit Arbeit zugeschüttet. Braucht ihr was? Getränke? Was zu essen?«

»Nein.«

»Ist der Gorilla noch draußen?«, fragte Leif mit scharfer Stimme.

»Ja, tut mir leid. Aber immer noch besser, als wenn sie euch rausgeschmissen hätten, oder?« Sie versuchte, optimistisch zu klingen

Daniel winkte ab. »Schon okay. Ob wir nun hier festsitzen oder woanders.«

»Habt ihr etwas herausgefunden?«

Er nahm seine Füße vom Tisch, setzte sich aufrecht hin und sah sie aufmerksam an.

»Was habt ihr?«, fragte Laura und sah von einem zum anderen.

»Können wir dir vertrauen?«, fragte Daniel.

»Wieso fragst du das?« Sie setzte sich zu ihm.

»Ich muss wissen, ob ich auf deine Verschwiegenheit zählen kann.«

Laura zuckte mit den Schultern. »Ich weiß nicht, was ihr von mir erwartet, aber ich verspreche, nichts von dem weiterzugeben, was ihr mir erzählt.«

Daniel nickte. »Wir denken, dass Hardenberg beim Deal mit Chenlong Rückendeckung von ganz oben hatte.«

»Dr. Leinemann?«

Er nickte. »Leinemann hat Dreck am Stecken. Deswegen ist er auch so misstrauisch.« Er sah zu Leif. »Zeig ihr den Vertrag.«

»Ich warte auf Rousseau«, grunzte der bleiche junge Mann schlecht gelaunt. »Wir waren schon vor einer Stunde zum Chat verabredet. Scheiße, der Kerl ist seit gestern wie vom Erdboden verschluckt.«

»Irgendwann wird er schon auftauchen«, meinte Daniel. »Zeig ihr jetzt den Vertrag.«

Leif bewegte den Cursor, klickte geräuschvoll und drehte ihnen den Bildschirm zu. Die Kopie eines Schriftstücks erschien. Leif scrollte abwärts bis zur letzten Seite. »Das hier ist Leinemanns Unterschrift unter dem Vertrag mit Chenlong. Für die Gegenseite« – er deutete mit dem Finger auf eine verschnörkelte Unterschrift – »hat ein gewisser Hao Chang unterschrieben. Zumindest steht dieser Name darunter.«

Bei dem Namen horchte Laura auf. Bei Hao Chang musste es sich um Hardenbergs Kontaktmann handeln, der in Wahrheit Xian Wang-Mei hieß, wie Laura inzwischen wusste.

»Leinemann weiß Bescheid«, stellte Daniel fest.

»Das beweist nichts«, widersprach sie ihm. »Ein Geschäft in dieser Größenordnung wird natürlich mit Wissen des Vorstands abgeschlossen.« Nachdenklich betrachtete sie den Flipchart mit Daniels Zeichnung der WetTec-Antennen und abregnenden Wolken.

»Woran denkst du?«, hörte sie ihn fragen.

»Warum lässt Leinemann mich nichtssagende Berichte und Quittungen durchforsten, falls er längst über alles im Bilde sein sollte? Das ergibt doch keinen Sinn.«

»Zwei Möglichkeiten. Entweder er hat Angst, dass Hardenberg verräterische Hinweise hinterlassen haben könnte, und benutzt dich, um dies herauszufinden. Oder er will dich von uns fernhalten und ablenken.«

»Vielleicht seht ihr aber auch nur Gespenster«, überlegte sie.

Der Kopf des Wachmannes erschien in der Tür. »Dr. Leinemann will Sie sprechen.«

»Ich komme«, entgegnete sie.

Der Wachmann nickte und schloss die Tür wieder.

Daniels Miene verfinsterte sich. »Kaum bist du bei uns, schon schickt er dir den Gorilla hinterher. Glaubst du immer noch an Zufälle?«

In Lauras Kopf breitete sich ein zunehmender Druck aus. Sie rieb sich die Schläfen. »Ich komme wieder.«

Sie stand auf, ging in Richtung Tür, zögerte, drehte sich dann um und sagte: »Findet etwas über einen gewissen Xian Wang-Mei heraus.«

26

Emilio Sánchez starrte auf das Satellitenbild des nördlichen karibischen Meeres, auf dem mittlerweile fünf rote Pfeilsymbole blinkten. Vor wenigen Minuten hatten die Systeme erneut extreme Temperaturanstiege im Messbereich einer NDBC-Boje übermittelt, diesmal *41047 North East Bahamas*. Obwohl die Klimaanlage auf Hochtouren lief, stand Sánchez der Schweiß auf der Stirn. *41047 North East Bahamas* lag deutlich näher an der Ostküste Floridas als die bisherigen Bojen.

Einmal mehr ging Sánchez die Daten durch, studierte die Satellitenbilder, prüfte und verglich Zahlenkolonnen, doch nichts brachte ihn weiter. Stets landete er bei dem Versuch einer plausiblen Erklärung für diese absurde Situation in einer Sackgasse. Die Systeme des NHC konnten mit den unkonventionellen Daten, die in kein bekanntes Raster fielen, nichts anfangen.

Selma Cooper trat neben ihn und tippte mit dem Finger auf das Satellitenbild, das eine ungewöhnlich rasche Zunahme der Bewölkung in den letzten Stunden zeigte. »Was geht da vor?«

Anstatt zu antworten, drehte Sánchez sich um und rief quer durch den Raum: »Wann kommen die aktuellen Satellitenbilder?«

»NOAA-19 funkt gerade«, teilte ihm Zachary Haffernan von seinem Platz aus mit. »Ich schalte auf den Hauptmonitor.«

Sánchez nickte. Die veralteten NOAA-Wettersatelliten konnten mit den GOES-Aufnahmen eigentlich nicht mithalten. Ihr einziger Vorteil lag in einer besseren Bildauflösung. Sánchez blickte auf den Hauptmonitor, der an der Betonwand hing. Eine Infrarotaufnahme des Nordamerikanischen Beckens wich einer hochaufgelösten Darstellung der Region um Florida. Nebeneinander erschienen vier Bilder, aufgenommen im Abstand von jeweils wenigen Minuten. Sánchez stieß einen leisen Pfiff aus.

Er trat vor den Monitor, stemmte die Hände in die Hüften und betrachtete die ersten Anzeichen einer spiralförmigen Wolkenformation. Noch vor wenigen Stunden hatte nicht das Geringste auf eine derartige Entwicklung hingedeutet. »So etwas habe ich in meinem ganzen Leben nicht gesehen. Was immer dort draußen vor sich geht – es geschieht rasend schnell.«

Er wandte sich an Haffernan. »Schicken Sie die Hurricane Hunters los. Ich brauche verlässliche Daten und Bilder.«

»Geht klar.« Haffernan griff zum Telefon.

Sánchez gönnte sich einen Schluck Wasser und schloss für einen Moment die Augen. Er wünschte, die speziell für die NOAA umgebaute Global Hawk befände sich nicht mehr in der Erprobungsphase und wäre endlich einsatzbereit. Die vierzehn Meter lange, autonom fliegende Drohne hätte ihnen schneller Echtzeitbilder vom Ort des Geschehens liefern können, dazu in besserer Qualität, als die Flugzeugstaffel der Hurricane Hunters. Doch noch ersetzte die Hawk leider keinen bemannten Flug in einen Hurrikan. Es hieß also warten.

Während Haffernan im Hintergrund den Einsatz der Hunters organisierte, fiel Sánchez eine Anweisung ein, die in all seinen Jahren beim NHC für ihn noch nie relevant geworden war. Er seufzte. Wie es schien, musste er sich heute wohl oder übel damit auseinandersetzen.

»Freigabe für die Hunters erteilt.« Haffernan hob den Daumen. »Bis die P-3 startet und das Zielgebiet erreicht, vergehen voraussichtlich vier Stunden.«

»Hier.« Selma Cooper hielt Sánchez einen Ausdruck unter die Nase. »Die neuesten GOES-Satellitenbilder untermauern die NOAA-19-Daten. Emilio, ich glaube inzwischen, dass die Bojen nicht defekt sind.«

Resigniert ließ Sánchez sich in seinen Bürostuhl sinken. »Ich verstehe das nicht. Dort draußen braut sich ein Monstrum zusammen. Und zwar aus sprichwörtlich heiterem Himmel.«

Selma nickte. Sie rief eine Abfolge der GOES-Aufnahmen der letzten Stunden auf und ließ diese hintereinander in einer Endlosschleife abspielen. Die Aufnahmen aus dem All liefen im Zeitraffer ab und zeigten ein Band diffuser schwacher Bewölkung, das sich zu einem dicken weißen Knäuel zusammenzog und ungewöhnlich schnell die rundliche Form eines Hurrikans inklusive dem Auge in der Mitte ausbildete. Nachdenklich legte sie einen Finger an ihre Lippen. »Die ersten Aufnahmen dieser Sequenz sind erst ein paar Stunden alt. Unsere Daten zeigen für diesen Zeitraum keinerlei Anomalien, keinerlei Anzeichen eines ausgeprägten Tiefs oder gar einer vorausgehenden tropischen Depression. Nichts.«

»Sag ich doch – aus heiterem Himmel«, knurrte Sánchez.

»Aber so schnell?«, wiederholte sie fast schon trotzig.

»Ich kann es mir doch auch nicht erklären«, blaffte er sie an. Er holte tief Luft. Er musste sich beruhigen und einen klaren Kopf behalten. »Vergleichen wir die Situation noch einmal mit ›Wilma‹. In ›Wilmas‹ Zentrum herrschte der niedrigste Luftdruck, der jemals auf dem Atlantik gemessen wurde. 882 Millibar. Zudem intensivierte sich ›Wilma‹ innerhalb nur weniger Stunden von einem tropischen Sturm zu einem Hurrikan der Kategorie fünf.«

»Nur fehlt uns hier, wie gesagt, das tropische Tief«, beharrte Selma Cooper

»Ich weiß, ich weiß!« Er warf ihr einen grimmigen Blick zu. Eine geschlagene Minute starrte Sánchez schweigend auf den Monitor, dann deutete er auf die aufkeimende spiralförmige Wolkenformation, die sich langsam auf die Ostküste der Vereinigten Staaten zuschob. »Ich habe keine Ahnung, aber was ich sehe, genügt mir. Dafür brauche ich keine weiteren Daten. Wir geben eine Hurrikan-Warnung heraus.«

»Deine Entscheidung.«

»Verdammt richtig.« Er ging zu einem Tisch, auf dem drei altmodische Tastentelefone aus den Siebzigern standen. Jedes Telefon besaß eine andere Farbe, oberhalb der Tastaturen hatte jemand Aufkleber mit Telefonnummern und Codes angebracht, die man in Ernstfällen wie diesem benötigte. Sánchez hob den Hörer des rosafarbenen Telefons von der Gabel. »Ich informiere diesmal zuerst die FEMA.«

»Das Protokoll sieht aber vor …«

»Ist mir egal. Ich bin dafür verantwortlich, dass der Katastrophenschutz mindestens sechsunddreißig Stunden vor einem möglichen Landfall die Evakuierung des betroffenen Küstenabschnitts anordnen kann.« Er deutete auf die blinkenden Pfeile auf dem NDBC-Monitor. »Noch kennen wir die Zuggeschwindigkeit nicht, mit der dieser Hurrikan auf uns zukommt, aber ich weiß, dass *41047 North East Bahamas* keine fünfhundert nautischen Meilen vor Miami verankert ist. Das ist verdammt nah. Dieser Hurrikan wird uns schneller erreichen, als uns lieb sein kann.«

»Emily««, sagte Haffernan.

»Wie bitte?«

»Für Hurrikan Nummer fünf dieses Jahr ist der Name *Emily* vorgesehen.«

»Meinetwegen.«

»In welche Kategorie stufen wir ›Emily‹ ein?« Selma Cooper sah Sánchez fragend an.

Der kratzte sich im Nacken. Eine gute Frage. Die Saffir-Simpson-Skala verwendete zur Einordnung die Windgeschwindigkeiten. Stufe eins stand dabei für Windgeschwindigkeiten ab 119 km/h, bis hin zu Stufe fünf, die ab 252 km/h ausgerufen wurde. Bei tropischen Wirbelstürmen traten die größten Windgeschwindigkeiten im unteren Bereich, relativ dicht über der Meeresoberfläche auf. Die Daten der Messbojen wären daher als erste Einschätzung sehr wertvoll gewesen. Allerdings traute Sánchez den Bojen heute nicht. Zu seinem Leidwesen lagen ihm andere, verlässlichere Daten aber nicht vor.

»Ich brauche ein paar Minuten«, verkündete er, setzte sich an seinen Schreibtisch und tat etwas, das er lange nicht mehr getan hatte: Er wendete die Dvorak-Methode an, um Emilys potenzielle Stärke abzuschätzen. Dabei verglich er die verfügbaren Satellitenbilder des Wolkenwirbels und untersuchte diese auf mögliche Muster – Spiralbänder, Schermuster sowie unterschiedliche Wolkendichten. Danach verglich er Infrarotaufnahmen und versuchte, die Temperaturdifferenz zwischen dem warmen Auge und den tieferen Temperaturen der Wolkenoberflächen einzuschätzen. Je größer diese Differenz, desto stärkere Winde traten auf. Schließlich setzte Sánchez alle Muster in Relation und erhielt als Ergebnis zwei Kennziffern. Er setzte die T-Nummer und die CI-Nummer in eine Tabelle ein und erhielt eine Antwort auf Selma Coopers Frage. Nun ja, zumindest erhielt er einen groben Richtwert. Er seufzte. Diesen Hurrikan in eine Kategorie einzuordnen glich einem Vabanquespiel, aber er musste eine Entscheidung treffen. Er kehrte zu Selma Cooper und Zachary Haffernan zurück. »Kategorie drei.«

Sie hob eine Augenbraue. »Sicher?«

»Zumindest nach Dvorak.«

»Nur Dvorak? Sonst nichts? Was ist mit den Bojen?«

»Denen traue ich nicht.«

»Na gut, aber ...«

»Kategorie drei!« Er wedelte mit seinen Berechnungen in der Luft, bis Selma sie ihm abnahm, dann tätigte er den längst überfälligen Anruf bei Amy Winter von der FEMA, der Katastrophenschutzbehörde der USA.

Keine fünf Minuten später knallte er den Hörer auf die Gabel und atmete tief durch. Amy Winter würde ihm Ärger machen, das konnte er jetzt schon riechen. Aber damit musste er leben.

»Selma, bereite die Hurrikan-Meldung vor, damit ich sie unterschreiben kann, wenn ich wieder zurück bin«, ordnete Sánchez an. »Haffernan, Sie lassen die Monitore keine Sekunde aus den Augen. Ich will über jede neue Entwicklung sofort informiert werden.«

»Wo willst du hin?«, fragte Selma Cooper.

»In die Storm Surge Unit. Ich muss mit Brandon LaHaye reden.«

»Warum rufst du ihn nicht an? Hältst du es für klug, uns hier jetzt alleine zu lassen? Amy Winter wird wissen wollen, warum wir diesen Hurrikan nicht früher haben kommen sehen. Die Behörden werden uns mit Fragen bombardieren, die ich nicht beantworten kann.«

»Ich kann diese Fragen genauso wenig beantworten«, gab Sánchez zurück. »Und eben darum kann ich Brandon auch unmöglich am Telefon erklären, warum er unverzüglich die gesamte Unit mobilisieren soll.«

Er verließ die HSU bevor Selma ihn weiter nerven konnte. Verdammt, ihm lag dieser Hurrikan schon jetzt quer im Magen. *Emily*, rief er sich in Erinnerung. So hieß das Miststück. Bald würde dieser Name für Schlagzeilen sorgen. Sánchez eilte den Gang entlang, an dessen nackten Betonwänden Satellitenfotos der schwersten und gewaltigsten Hurrikane der letzten Jahrzehnte hingen. Sein Gefühl sagte Sánchez, dass in einigen Monaten ebenfalls ein Foto von Emily hier hängen würde. Er wischte sich den Schweiß von der Stirn. Plötzlich hatte er das dringende Bedürfnis, ein wenig frische Luft zu schnappen.

Er ging an der Storm Surge Unit vorbei, erreichte das Ende des Gangs, drückte die Tür auf und trat hinaus. Vor ihm lag der Parkplatz. Der Asphalt flirrte in der Mittagssonne. Mit einer Hand schirmte Sánchez die Augen ab und blickte zum Himmel. Noch war von dem herannahenden Monster keine Spur zu sehen. Ohne die genaue Zuggeschwindigkeit des Sturmsystems zu kennen, war es unmöglich abzuschätzen, wie viel Zeit ihnen für die Evakuierungsmaßnahmen blieb. Die Hurricane Hunters würden ihnen diese Daten liefern. Allerdings erst in einigen Stunden. Sánchez dachte an die Millionen Amerikaner, die an der Ostküste lebten. Ein Hurrikan, gleich welcher Stärke, stellte für sie eine ernste Bedrohung dar. Viele Menschen lebten nur in Holzhäusern ohne Fundament oder gar in Wohnwagen aus Aluminium. Sánchez trat einen Schritt zurück in den beschatteten Eingangsbereich. *Verdammte Hitze!*

In diesem Moment fiel ihm die Anweisung ein, die vor sieben Jahren für alle überraschend von höchster Stelle implementiert worden war. Er hatte sie im Laufe der Zeit beinahe vergessen. Besser, er brachte es hinter sich, bevor man ihm später irgendwelche Vorwürfe machte. Er zückte sein Smartphone und tippte eine kurze Nachricht. Diese schickte er an eine Mail-Adresse, von der er gedacht hatte, er würde sie nie im Leben benötigen.

27

Als Laura aus Leinemanns Büro in den Besprechungsraum zurückkehrte, sah sie Daniel sofort an, dass er etwas herausgefunden hatte. Mit zwei raschen Schritten war er bei ihr, kaum dass sie die Tür zugezogen hatte.

»Was wollte Leinemann?«, fragte er.

»Wissen, wie ich mit Hardenbergs Spesenabrechnungen vorankomme.«

»Was hast du ihm gesagt?«

»Die Wahrheit. Dass ich bisher nichts Auffälliges entdeckt habe. Und ich schätze mal, ich werde auch weiterhin nichts finden.« Sie sah sich zu Leif um. »Und ihr?«

»Volltreffer«, verkündete Leif.

»Xian Wang-Mei?«

Er nickte und fragte: »Woher hast du eigentlich diesen Namen?«

»Von Hardenberg.«

»Aha. Da schau.« Er drehte ihr den Laptop zu.

Das Porträt eines pausbackigen Chinesen prangte auf dem Monitor. Er hatte kurz geschorenes schwarzes Haar und trug eine filigrane Nickelbrille, hinter der seine schmalen Augen mehr zu erahnen als zu sehen waren. Er blickte ernst in die Kamera. Seine wulstigen Lippen erinnerten Laura an einen Karpfen, sein dicker Hals passte kaum in den Hemdkragen.

»Ist er das?«, fragte sie.

Daniel trat neben sie. »Ja. Wang-Mei ist ein einflussreicher Funktionär der Kommunistischen Partei. Er ist keiner von den ganz hohen Tieren, aber sein Name taucht immer wieder in Parteibeschlüssen auf. Im Internet war darüber nur wenig zu finden, aber ...«, er klopfte Leif auf die Schulter, »dafür haben wir ja unseren Experten hier.«

Lief gab nur ein Knurren von sich und schenkte sich eine Cola ein.

»Das Beste aber kommt noch«, fuhr Daniel fort. »Wang-Mei bekleidet ein ziemlich interessantes Amt, das ihm von der Partei für die Dauer von drei Jahren zugewiesen wurde.« Er sah Laura triumphierend an. »Er ist der Leitende Direktor des Staatlichen Chinesischen Wetteränderungsamtes.«

Laura starrte auf das Konterfei des dicken Mannes, der weniger einem Politiker glich als vielmehr einem Bauern, den man vom Reisfeld geholt und in einen Anzug gesteckt hatte. Andererseits hatte sie unter Hardenberg gelernt, Asiaten niemals nach deren Äußeren zu beurteilen – abgesehen davon, dass Wang-Mei viel zu fett für einen Reisbauern war.

Laura sah Daniel an. »Ich frage mich, ob es einen Zusammenhang zwischen Wang-Meis Funktion als Direktor dieses Amtes und dem Deal mit Chenlong gibt?«

»Ist das dein Ernst?« Leif sah sie an, als käme sie vom Mond. »Seit Monaten nehmen extreme Wetterereignisse zu, und dank deinem ehemaligen Chef haben wir hier einen direkten Hinweis auf eine chinesische Behörde, die nachweislich mehr Wettermodifikationen vornimmt als alle anderen Nationen weltweit zusammen. Welche Beweise brauchst du noch?«

»Hardenberg hat Wang-Mei lediglich in Verbindung mit Chenlong erwähnt. Die Tatsache, dass er Direktor des Wetteränderungsamtes ist, hat Hardenberg nicht erwähnt. Vielleicht, weil es keine Rolle spielt?«

»Vielleicht, weil Hardenberg keine Ahnung hatte?«

»Es ist nicht ungewöhnlich«, erklärte Laura, »dass Politiker mit Unternehmen verflochten sind, auch wenn sie dies nur selten öffentlich zugeben. Möglicherweise agiert Wang-Mei in diesem Fall als Privatperson?«

»Mach dich nicht lächerlich«, entgegnete Leif. »Niemand in so einer Position agiert als Privatperson. Schon gar nicht in China. Ich sage dir, Chenlong steckt hinter dem geplanten Terroranschlag. Möglicherweise sogar mit hochrangiger politischer Unterstützung.«

»Ich bin skeptisch«, beharrte Laura und verschränkte die Arme vor der Brust. »Ist euch klar, was das bedeuten würde?«

»Die Amerikaner wären wenig erfreut darüber«, mutmaßte Daniel.

Laura lachte bitter auf. »Falls man chinesische Politiker mit einem Anschlag auf die USA in Verbindung bringt, könnte das zu Krieg führen.«

»Vermutlich«, entgegnete Daniel nachdenklich.

»Eben deswegen kann ich mir nicht vorstellen, dass die Partei dahintersteckt.« Sie deutete auf Wang-Meis Konterfei. »Da läuft etwas im Hintergrund ab, von dem wir nichts wissen.«

Einen Augenblick lang hing jeder seinen Gedanken nach. Plötzlich schnappte Leif seinen Laptop und setzte sich an die gegenüberliegende Seite des Tisches.

»Was machst du?«, fragte Daniel.

»Geht dich nichts an«, sagte er, ohne vom Monitor aufzublicken.

»Du wirst nichts über unsere Erkenntnisse zu Wang-Mei bloggen. Ist das klar?«

Er erwiderte nichts.

»Ich kenne dich, Leif. Lass das bleiben.«

»Du hast mir nicht zu sagen, was ich zu tun und zu lassen habe.«

»Willst du riskieren, aufzufliegen?«, fragte Daniel sichtlich verärgert. »Denkst du etwa, diese Leute beobachten das Netz nicht sehr genau? Es ist zu viel geschehen, als dass sie die Netzgemeinde ignorieren könnten. Hast du *Dobby* vergessen? Mann, die haben dich auf dem Kieker. Du wirst kein Wort darüber bloggen, haben wir uns verstanden?«

»Scheiße«, fluchte Leif und klappte seinen Laptop wütend zu. Er schnappte sich die angebrochene Cola-Flasche und trank sie in einem Zug aus.

Daniel wandte sich ab und ging zum Fenster. Schweigend sah er hinaus.

»Wer ist Dobby?«, fragte Laura.

Leif winkte ab.

»Woher habt ihr diese ganzen Infos eigentlich?« Sie trat zu Daniel ans Fenster. »Von eurem Kontaktmann? Dem Kerl aus den Darknet?«

Die beiden Männer wechselten einen Blick. Dann sagte Leif: »Das ist ja das Problem. Rousseau ist verschwunden.«

»Verschwunden?«

»Er meldet sich nicht mehr.«

»Warum?«

»Woher soll ich das wissen?«, giftete er sie an. »Vielleicht hat man ihn kaltgestellt.«

»Kaltgestellt?« Laura sah wieder Hardenbergs Leiche vor sich. Seine aufgerissenen Augen, die reglos vor sich hingestarrt hatten.

»Ja. Mich wundert langsam nichts mehr.« Er klemmte sich seinen Laptop unter den Arm, schnappte sich das Ladekabel und ging zur Tür. »Ich muss mal pinkeln.«

»Wozu brauchst du dabei den Laptop?«, fragte Daniel misstrauisch.

»Solange die hier ist«, er zeigte auf Laura, »lass ich mein Baby nicht unbeaufsichtigt.« Er riss die Tür auf und trat hinaus in den Gang. Es folgte eine kurze Diskussion mit dem Wachmann, der Leif schließlich zur Toilette begleitete.

»Idiot«, murmelte Laura.

Daniel seufzte. »Diplomatie gehört nicht zu seinen Stärken. Aber ohne ihn wäre ich aufgeschmissen.«

»Wenn du es sagst«, meinte sie gedankenverloren. »Denkst du, dass jemand diesen Rousseau ...«, sie zögerte, »... umgebracht hat?«

Er zuckte mit den Schultern. »Ich denke eher, Leif hat gemeint, dass Rousseau keinen Zugang mehr zum Darknet hat. Wer immer Rousseau sein mag – wir werden es vermutlich nie erfahren.«

»Falls ihn wirklich jemand aus dem Verkehr gezogen hat, kennt zumindest *einer* seine Identität.« Sie sah zur Tür. »Der Wachmann ist fort. Was meinst du, wollen wir uns ein wenig die Beine vertreten?«

»Warum nicht?«, erwiderte er und lächelte matt. »Ein wenig Bewegung kann nicht schaden.«

Ohne Ziel spazierten sie durch die leeren Flure des Gebäudes, das in seinem verwaisten Zustand einen trostlosen Eindruck machte. Sie betraten die Kantine mit ihrem Edelstahltresen, der im matten Licht der Notbeleuchtung silbern schimmerte, und gelangten schließlich in den langen Hauptkorridor, der den Verwaltungsbereich mit den Produktionshallen verband. Sie waren nur wenige Schritte gegangen, als am anderen Ende ein Mann um die Ecke bog. Er sah Laura und blieb stehen. Sein blondgelocktes Haar hing ihm wild ins Gesicht, wie bei einem kalifornischen Surfer, der soeben vom Strand kam. Seine Gesichtszüge waren scharf geschnitten. Unter seiner dicken Winterjacke schien sich ein muskulöser Körper zu verbergen.

Laura war sich absolut sicher, dass sie diesen Mann nie zuvor bei Andra gesehen hatte. Instinktiv spürte sie, dass er nicht hierhergehörte. Die Art, wie er sie ansah, jagte ihr Angst ein. Unwillkürlich blieb sie ebenfalls stehen.

»Was hast du?«, fragte Daniel irritiert.

»Ich weiß nicht.« Sie starrte den Mann am anderen Ende des Korridors an. Der setzte sich wieder in Bewegung, ohne seinen Blick abzuwenden. Sein Gang war seltsam federnd.

Daniels Augenbrauen zogen sich zusammen. »Wer ist das?«

»Keine Ahnung.«

Er kam näher. Mit der linken Hand zog er jetzt den Reißverschluss seiner Jacke nach unten, während seine rechte Hand in die Öffnung glitt. Laura spürte, wie eine Gänsehaut ihre Arme überzog. Als der Mann seine Hand wieder hervorzog, umklammerten seine Finger den Griff einer Pistole.

Laura riss die Augen auf.

Ohne seine Schritte zu verlangsamen, fingerte er aus einer Jackentasche einen Schalldämpfer und schraubte diesen mit geübten Händen auf die Waffe.

»Was zum Henker …?«, stieß Daniel aus. Dann überschlugen sich die Ereignisse.

Etwa in der Mitte des Gangs schwang die Tür zur Männertoilette auf, und Leif trat heraus. Auf seinem Gesicht lag ein zufriedener Ausdruck. Er rieb sich die Hände an seiner Jeans trocken, erblickte Daniel und Laura und grinste. Für den Bruchteil einer Sekunde hatte Laura den Eindruck, dass an diesem Bild etwas nicht stimmte, doch angesichts eines Mannes, der mit einer Waffe in der Hand auf sie zuschritt, blieb kein Platz für andere Gedanken, außer an Flucht.

»Pass auf!«, brüllte Daniel und zeigte auf den Mann in Leifs Rücken. Doch es war zu spät.

Der Mann erreichte Leif. Mit einer geschmeidigen Bewegung steckte er die Waffe zurück in seine Jacke. Endlich schien Leif zu begreifen, dass jemand hinter ihm stand. Er drehte sich um. Mit beiden Händen packte der Mann Leifs Kopf an den Schläfen und riss ihn brutal zur Seite. Das grässliche Knacken, das bis zu Laura drang, konnte nur von Leifs brechenden Halswirbeln stammen. Wie ein gefällter Baum kippte er um und schlug auf dem Boden auf. Sein verdrehter Kopf zeigte in ihre Richtung, seine toten Augen starrten ins Nichts.

Laura wollte schreien, aber ihr versagte die Stimme.

Leifs Mörder zog erneut seine Waffe.

Daniel starrte wie gelähmt auf seinen toten Freund. Laura packte ihn am Oberarm und riss ihn mit sich. »Renn!«

Und sie rannten.

Mit zwei schnellen Schritten erreichten sie die Abzweigung zu dem Korridor, aus dem sie gekommen waren, und liefen ums Eck. Hinter ihnen spritzte Beton aus der Wand. Laura zuckte zusammen. Sie hatte die Schüsse nicht einmal gehört.

Die nächste Abzweigung befand sich etwa zwanzig Meter vor ihnen. Lauras Herz pochte schmerzhaft. »Schneller!«

Sie bogen in einen weiteren Korridor, danach hasteten sie die Treppen ins Erdgeschoss hinunter. Überrascht registrierte Laura, dass Leifs Mörder offenbar nicht besonders schnell zu Fuß war. Wie es schien, hatten sie ihn abgehängt. Vorerst.

Sie rannten ins Foyer, vorbei an der Sitzgruppe, an der sie vor wenigen Stunden noch gesessen und über den Blizzard geredet hatten. Im Eingangsbereich war weit und breit niemand zu sehen.

Laura ging um den Empfangstresen herum und betrachtete die Telefonanlage. Kein einziges Lämpchen leuchtete oder blinkte. Sie hob den Hörer an ihr Ohr. Nichts. »Die Anlage ist tot.«

»Mist. Das war entweder der Sturm oder dieser Kerl.«

»Wer ist das?«, fragte sie.

»Keine Ahnung. Darüber zerbrechen wir uns später den Kopf. Jetzt müssen wir erst mal von hier verschwinden.«

»Nach draußen können wir nicht.« Laura überlegte fieberhaft. »Wir müssen in die Produktionshalle. Sie ist unübersichtlich, wenn man sich nicht auskennt.«

»Einverstanden.«

Sie eilte zu den Treppen. »Hier geht's lang.«

»Nein.« Er holte sie ein und hielt sie am Arm zurück. »Da oben ist dieser Kerl.«

Sie schüttelte seine Hand ab. »Er könnte genauso gut längst irgendwo hier unten sein. Das müssen wir riskieren.«

Sich vorsichtig umblickend, kehrten sie in den ersten Stock zurück. Laura ging voran. Nach einer Abzweigung hielt sie abrupt inne. Einige Meter vor ihnen, in der Mitte des Gangs, lag Leifs lebloser Körper auf dem Boden. Laura schluckte trocken. Der Weg in die Produktionshalle führte an seiner Leiche vorbei.

Als sie ihn erreichten, kniete Daniel neben seinem toten Freund nieder und schloss dessen Augenlider. »Mach's gut, durchgeknallter Kerl.«

Laura starrte auf Leifs Hände, die er vor wenigen Minuten an seiner Jeans abgewischt hatte, als er aus der Toilette getreten war. Plötzlich erkannte sie, was sie an diesem Anblick irritiert hatte.

»Ich bin gleich wieder da«, sagte sie und lief zur Männertoilette.

»Bist du irre? Was willst du da? Wir müssen weiter!«

»Nur eine Sekunde.« Sie stürmte in die Toilette und sah sich um.

Im hinteren Bereich, abgetrennt durch einen halbrunden Durchgang, hingen Pissoirs an der Wand, gegenüber befanden sich die Kabinen. Direkt vor Laura hing ein Spiegel, aus dem ihr eine zutiefst verstörte Frau entgegenstarrte, die nichts mehr mit der fröhlichen jungen Mutter gemein hatte, die noch am Wochenende gut gelaunt auf dem Rand eines Brunnens gesessen und auf den Beginn des Festumzugs gewartet hatte. Unterhalb des Spiegels waren ein Waschbecken und ein Seifenspender auf einem Unterschrank platziert. Darüber befanden sich zwei Steckdosen. In einer davon steckte ein schwarzer Netzstecker. Das dazugehörige Kabel verschwand in einer Tür des Unterschrankes, die lediglich angelehnt war. Laura kniete nieder und öffnete den Unterschrank.

»Was zum Teufel treibst du hier?«, rief Daniel von außerhalb der Eingangstür. »Der Kerl kann jeden Moment hier auftauchen. Wir müssen abhauen!«

Sie zog Leifs Laptop hervor. »Nachdem du Leif verboten hattest, online zu gehen, verschwand er kurz darauf auf die Toilette. Ich dachte mir nichts dabei, dass er seinen Laptop mitgenommen hat. Er hat ihn ja praktisch nie aus den Augen gelassen. Vorhin aber kam er mit leeren Händen aus der Toilette, folglich musste der Laptop noch hier sein.«

»Warum hat er ihn hier zurückgelassen?«, überlegte Daniel stirnrunzelnd. »Das sieht ihm gar nicht ähnlich.«

Sie zog den Stecker aus der Steckdose. »Er musste den Laptop laden.«

»Leif hätte den Laptop niemals unbeaufsichtigt gelassen.«

»Keine Ahnung, warum er das getan hat …«

»Ist ja auch egal.« Er sah sich hektisch um. »Jetzt aber los! Wir haben schon zu viel Zeit verplempert.«

»Haben wir nicht. Ohne die Daten auf diesem Laptop wird uns niemand glauben.«

»Richtig.« Er nickte. »Gut gemacht.«

Sie liefen jetzt den Gang entlang, aus dem Leifs Mörder gekommen war. Die Tür zu einem der Abstellräume, in denen die Putzkolonnen ihre Utensilien aufbewahrten, stand einen Spalt weit offen. Lauras Blick fiel auf zwei aufrecht stehende Schuhe. Sie riss die Tür auf. Der Wachmann saß mit geschlossenen Augen mit dem Rücken gegen die Wand gelehnt im Eck, wie ein abgestellter Müllsack. Hemd und Jacke waren auf Brusthöhe blutdurchtränkt. Lauras Lippen begannen zu zittern.

»Komm schon!«, drängte Daniel.

Sie rannten weiter und bogen noch zweimal ab, bis sie die Sicherheitstür erreichten, durch die man in die Produktionshalle gelangte. Durch ein Sichtfenster in der Tür sah man die Umrisse großer Maschinen und Apparaturen in der spärlich beleuchteten Halle. Laura hielt ihren Firmenausweis vor das elektronische Schloss. Klickend wurde die Tür entriegelt.

In der Halle roch es nach Öl und Maschinenfett, und es war empfindlich kalt. Sämtliche Maschinen standen still, nicht das geringste Geräusch war zu hören. Die wenigen Male, die Laura bisher hier gewesen war, hatte sie stets Ohrenschützer tragen müssen. Hinter ihnen verriegelte sich die Tür. Laura atmete tief durch. Ihr Atem kondensierte vor ihrem Mund.

»Ich rufe die Polizei an.« Sie zückte ihr Handy. »Mist. Kein Netz.«

Daniel sah sich um. »Und jetzt?«

»Diese Tür wird ihn aufhalten.«

»Darauf dürfen wir uns nicht verlassen. Was, wenn er eine Zugangskarte besitzt? Wir müssen von hier verschwinden.«

»Okay. Die Halle ist groß. Wir suchen uns ein gutes Versteck.«

»Ich meinte damit, dass wir hier rausmüssen, Laura. Raus aus dieser Halle, so weit fort wie möglich von Andra.«

Sie riss die Augen auf. »In den Blizzard hinaus?«

»Ich sehe keine Alternative.«

Hinter ihnen knallte etwas gegen das Sichtfenster der Schutztür. Sie wirbelten herum. Durch das Sichtfenster sahen sie Leifs Mörder. In seiner ausgetreckten Hand hielt er die Waffe. Seine versteinerte Miene zeigte keinerlei Regung, während er mehrere Kugeln in kurzer Abfolge hintereinander in ihre Richtung abfeuerte. Die Projektile prallten gegen die Tür. Wo sie auf das Glas trafen, blieben kreisförmige Zersplitterungen zurück, in deren Mitte blumenartige Metallrückstände der zerplatzten Kugeln das Glas grau färbten.

Daniel keuchte auf. »Los, weg von hier!«

Im Halbdunkel flohen sie zwischen Maschinen, Förderbändern und quaderförmigen Pressen bis ans andere Ende der Halle. Neben einem großen Tor für Lkw-Anlieferungen befanden sich ein Aufenthaltsraum sowie die Umkleiden und Spinde der Arbeiter.

»Warte hier.« Laura drückte Daniel den Laptop in die Hand und verschwand in einer der Umkleiden. Neben den Spinden hingen an einer Garderobe dicke Arbeitsjacken. Laura zog eine der Jacken an, eine andere brachte sie Daniel.

Am anderen Ende der Halle krachte es fürchterlich. Das Geräusch splitternden Glases hallte von den Wänden wider.

Mit der flachen Hand hieb Laura auf den Türöffner. Das Lkw-Tor rollte ratternd nach oben. Sofort stob Schnee in die Halle. Irgendwo hinter ihnen fiel etwas scheppernd zu Boden.

»Er kommt«, stieß Daniel hervor.

Sie traten ins Freie. Eiseskälte und aufgepeitschte dicke Schneeflocken schlugen ihnen ins Gesicht.

»Wo geht es zum Parkplatz?«, rief Daniel ihr durch den Sturm zu.

»Hier entlang.«

Durch kniehohen Schnee stapften sie los. Immer wieder warf Laura einen hastigen Blick zurück, doch außer dichtem Schneetreiben sah sie nichts und niemanden. Leifs Pick-up stand unweit des Haupteingangs. Doch wie alle Fahrzeuge lag er unter einer dicken Schneeschicht begraben. Eiszapfen hingen von den Stoßstangen und Seitenspiegeln. Laura verzog das Gesicht. Hoffentlich war die Batterie des Pick-ups besser in Schuss als die ihres Polos. Sollte der Wagen nicht anspringen, saßen sie in der Falle.

28

Nachdem Laura und Daniel wenig später mit den Unterarmen die gröbsten Schneemassen von den Fensterscheiben gerieben hatten, öffnete Daniel die Türen, und sie erklommen die Fahrerkabine. Gleich beim ersten Anlassen heulte der V8-Motor auf. Daniel drückte das Gaspedal mehrmals kräftig durch, was der Fünf-Liter-Motor mit sattem Brüllen quittierte.

Er legte den ersten Gang ein und gab Gas. Kurz drehten die Räder durch, dann griffen sie, und der Wagen machte einen Satz nach vorne. Langsam rollten sie über den zugeschneiten Parkplatz der Ausfahrt entgegen. Die Frontscheibe war vereist, man sah die Fahrbahn nur verschwommen, und auch der Asphalt unter dem Schnee war spiegelglatt. Gleich in der ersten Kurve kam der Pick-up ins Rutschen, und Daniel musste sachte gegenlenken.

Sie fuhren aus dem Industriegebiet hinaus. Keiner von ihnen wusste, ob die Straßen vor ihnen passierbar waren. Der dichte Schneefall verschluckte das Scheinwerferlicht schon nach wenigen Metern. Die Scheibenwischer kratzten über das Eis. Laura konnte nur hoffen, dass Daniel mehr sah als sie.

Sie blickte in den Rückspiegel. »Er scheint uns nicht zu verfolgen.«

Unvermittelt stieß Daniel einen lauten Schrei aus und hämmerte mit der Faust wie ein Irrer gegen das Dach.

Laura zuckte zusammen. »Was ist los?«

»Der Typ hat Leif kaltblütig ermordet.« Seine Lippen zitterten vor Wut. »Wer ist dieses Arschloch?«

»Das weiß ich nicht. Aber ich bin mir ziemlich sicher, es ist derselbe Kerl, der Hardenberg ermordet hat.«

»Möglich. Und warum taucht er bei Andra auf?«

Sie zuckte mit den Schultern. »Keine Ahnung.«

»Komm schon, das ist kein Zufall. Ich habe bemerkt, wie er dich angesehen hat.«

»Was willst du damit andeuten?«

Er zögerte. »Er könnte deinetwegen gekommen sein.«

Sie sah aus dem Beifahrerfenster und schwieg. Tief im Innern wusste sie, dass Daniel recht hatte. Irgendwie mussten die Drahtzieher Wind davon bekommen haben, dass Laura im Besitz von Hardenbergs USB-Stick war. Doch wie war das möglich? Unauffällig betastete sie den Stick in ihrer Hosentasche. Noch hatte sie Daniel nichts davon erzählt. Sie entschied, damit zu warten, bis sie in Sicherheit waren. Nervös rutschte sie auf ihrem Sitz hin und her. Die Vorstellung, dass jemand in der Gegend umherlief, der ihren Tod wollte, erschien Laura unfassbar.

»Was sollen wir jetzt tun?«, fragte Daniel, in dessen Stimme ein Anflug von Resignation mitschwang.

»Wir müssen zur Polizei gehen.« Sie zückte ihr Handy. »Mist. Immer noch kein Netz. Fahren wir zum nächsten Revier. Ich weiß, wo das ist.«

»Also schön.«

Allmählich heizte sich das Innere des Wagens auf. Laura öffnete den Reißverschluss der ölverschmierten Jacke und ertastete dabei in einer Innentasche einen langen, harten Gegenstand, der sich als Schraubenzieher herausstellte. Sie zog die Jacke aus und legte sie neben sich.

Sie kamen an eine Kreuzung. Mehrere Pkw blockierten die Straßen, hier und da leuchteten Warnblinkanlagen. Die meisten Wagen waren verlassen, in einem jedoch hockte ein Mann bei laufendem Motor, eingehüllt in eine dicke Decke des Roten Kreuzes. Ihre Blicke trafen sich. Per Handzeichen wollte Laura wissen, ob sie ihn mitnehmen sollten, doch er schüttelte mit zerknirschtem Gesichtsausdruck den Kopf.

»Wohin?«, fragte Daniel. »Ich kenne mich in Hannover nicht aus.«

»Da vorne im Kreisverkehr – die zweite Ausfahrt.«

Sie kamen nur langsam voran. Immer wieder mussten sie liegen gebliebenen Pkw ausweichen, die bis an die Motorhauben in Schneewehen steckten. Die Straßenlaternen waren ausgefallen, in den Fenstern der Häuser brannte nur vereinzelt Licht. Laura fragte sich, ob bei einem Stromausfall auch die Heizungen ausfielen? Ein städtisches Räumfahrzeug mit orange blinkenden Lichtern und Schneeketten auf den Reifen kam ihnen entgegen. Seine Schaufel kratzte Schnee und Eis vom Asphalt und warf beides in hohem Bogen zur Seite. Ohne die Geschwindigkeit zu verringern, donnerte der Koloss an ihnen vorbei.

»Wir nehmen die nächste Abfahrt«, wies sie Daniel an.

Schon von Weitem sah Laura die Blaulichter am Fuße des Rundbunkers inmitten des Deisterplatzes. Die Schneemassen auf dem über dreißig Meter hohen Bunkerturm wölbten sich gefährlich weit über das spitz zulaufende Dach. In Schrittgeschwindigkeit näherten sie sich dem Kreisel. Vor dem Bunker standen zwei Polizeifahrzeuge und ein Krankenwagen. Auf der zweispurigen Straße hatte sich eine Massenkarambolage ereignet. Beamte und Sanitäter versuchten die Lage in den Griff zu bekommen. Langsam rollten Laura und Daniel an ihnen vorbei. Durch die offen stehenden Hecktüren des Krankenwagens sah Laura einen Notarzt bei der Reanimation eines Mannes. Der Atem des Arztes ging stoßweise und kondensierte in der eiskalten Luft. Ein zweiter Arzt beugte sich aus dem Heck zu einem Polizisten hinunter und schüttelte den Kopf. Er tat dies mit einer Entschiedenheit, die keiner weiteren Erklärungen bedurfte. Betrübt wandte Laura ihren Blick ab.

Die nächstmögliche Abfahrt vom Westschnellweg war aufgrund einer umgestürzten Ampel blockiert. »Unter diesen Umständen fahren wir am besten über die Leine und nehmen dann den Bremer Damm«, sagte Laura. »Der führt uns auch ins Zentrum.«

Abseits der zweispurigen Straße säumten jetzt schneebedeckte Bäume die Straße. Im Licht der Scheinwerfer leuchteten sie gespenstisch auf. Das Gewicht des Schnees bog ihre Äste weit nach unten.

Laura deutete voraus. »Dort geht es auf die Brücke.«

Ein tiefes, durchdringendes Hupen erscholl. Gleißend helle Scheinwerfer tauchten wie aus dem Nichts auf und blendeten sie. Laura hob eine Hand vor die Augen.

»Verdammt«, fluchte Daniel und trat mit voller Kraft auf die Bremse. Es half nichts, der Pick-up rutschte weiter vorwärts.

Das lang gezogene Hupen schwoll an. Durch ihre gespreizten Finger hindurch sah Laura einen Lastwagen auf sie zurutschen. Seine Front war mit Schneematsch bedeckt, von den Stoßstangen und Seitenspiegeln hingen Eiszapfen. Hinter der verschmierten Frontscheibe sah Laura den Fahrer am Lenkrad kurbeln. Sie wusste aus eigener Erfahrung, wie nutzlos seine Bemühungen waren. Er musste ins Rutschen gekommen und dabei auf die Gegenfahrbahn geraten sein.

Laura krallte sich in ihren Sitz.

»Scheiße!« Daniel löste seinen Fuß von der Bremse und riss das Lenkrad herum.

Der Pick-up bockte und brach aus. Im letzten Augenblick rutschten sie seitlich am Lastwagen vorbei. Ihre Stoßstangen verfehlten sich nur um Zentimeter. Doch die Erleichterung darüber währte nur kurz. Vor ihnen gabelte sich die Straße, dazwischen türmte sich eine kolossale Schneewehe auf.

»Festhalten!«, rief Daniel.

Der Pick-up rauschte frontal in die Schneewehe und prallte gegen die darunter verborgene Leitplanke. Laura wurde in den Gurt gepresst. Mit einem Zischen erstarb der Motor, die Scheibenwischer erstarrten mitten in der Bewegung. Ein Déjà-vu überkam Laura.

Einen Moment herrschte Stille.

»Alles okay?«, fragte Daniel schließlich. Seine Hände umklammerten noch immer das Lenkrad.

»Ja. Bei dir?«

»Mir geht's gut.« Er löste seinen Gurt. »Wo zum Teufel kam dieser Lkw her?«

»Ich weiß nur, dass wir schnellstmöglich ins Warme müssen«, erwiderte sie. Frischer Schnee begann bereits, die Frontscheibe zu bedecken.

Daniel schlug den Kragen seiner Jacke hoch. »Kennst du dich in dieser Gegend aus?«

»Ich bin schon mal hier langgefahren.«

»Also nein.«

Sie zog ihre Jacke an. »Bereit?«

»Ja.«

Er zog den Rucksack mit Leifs Laptop vom Rücksitz, und sie stiegen aus. Sofort trieb ihnen eiskalter Wind Schnee ins Gesicht. Daniel schirmte seine Augen ab und sah die Straße entlang. »Wo ist der Lkw abgeblieben?«

»Keine Ahnung, aber wir müssen hier weg.« Sie sah sich um

und meinte sich dunkel daran zu erinnern, dass hinter dem kleinen bewaldeten Park vor ihnen ein Wohngebiet lag. Sie stapfte los.

Außer ihnen war niemand unterwegs, also liefen sie mitten auf der Straße. Dort reichte ihnen der Schnee nur bis an die Knöchel. Sicher war hier vor Kurzem ein Räumfahrzeug vorbeigekommen.

Sie erreichten eine dicht gewachsene Baumreihe, dahinter erstreckte sich ein Park mit Laubbäumen, die in der stockdunklen Nacht nur zu erahnen waren. Den Park zu durchschreiten kostete Kraft. Der Schnee lag hier wieder kniehoch. Lauras Stiefeletten boten keinen großen Schutz. Innerhalb kürzester Zeit waren ihre Füße nass und schmerzten vor Kälte. Zu allem Überfluss stellten sich die Arbeitsjacken als weit weniger warm heraus, als deren dicke Polsterung es versprochen hatte. Laura begann zu zittern.

Einige Minuten später befanden sie sich unterhalb der Brücke. Laura drehte sich um ihre eigene Achse. Nichts als Bäume um sie herum, über ihnen spannten sich Tonnen von Beton. In welche Richtung liefen sie überhaupt? Laura fluchte leise. Sie musste sich eingestehen, dass sie die Orientierung verloren hatte.

»Bist du sicher, dass wir hier richtig sind?«, fragte Daniel, der mit den Händen auf seine Oberarme schlug, um sich zu wärmen.

»Versuchen wir es dort drüben.« Sie wies zu einer Lichtung, auf der sich die Umrisse eines flachen Hauses abzeichneten.

»Sieht verlassen aus.« Daniel keuchte.

»Wir haben keine Alternative. Komm.«

Wenig später standen sie vor einem schmucklosen Backstein-Bungalow. Die Fenster zu beiden Seiten der Eingangstür waren mit grünen Läden verschlossen. Auf dem Dach türmte sich der Schnee, von den Regenrinnen hingen dicke Eiszapfen herab. Rechter Hand schloss sich ein länglicher Holzschuppen an. Über der Eingangstür befand sich ein Schild: *Ruderverein Hannover von*

1911 e. V. Hangabwärts erkannte Laura das verschneite Ufer der Leine.

»Da ist niemand«, stellte Daniel fest.

»Ich habe mich komplett vertan«, gab Laura zähneknirschend zu. »Wir sind in die falsche Richtung gelaufen. Tut mir leid.«

»Wie weit ist es von hier bis zum nächsten Wohngebiet?«

»Bei diesen Wetterbedingungen? Mindestens eine halbe Stunde. Eher mehr.« Sie sah Daniel verzweifelt an. »Aber ich schaffe das nicht, Daniel. Ich bin völlig durchgefroren. Ich spüre meine Zehen nicht mehr …«

»Wir bleiben hier«, unterbrach er sie. »Keine Angst. Wir finden einen Weg hier hinein.«

Sie nickte.

Daniel sah sich um, dann stapfte er voraus zum Holzschuppen. Laura folgte ihm. Die Tür des Schuppens war mit einem einfachen Vorhängeschloss gesichert. Daniel warf sich mit voller Kraft dagegen und stöhnte schmerzerfüllt auf. Die Tür hatte keinen Zentimeter nachgegeben. Laura fiel der Schraubenzieher in ihrer Jacke ein. Sie trieb die Spitze des Schraubenziehers so weit es ging in den Spalt zwischen Tür und Rahmen, direkt neben dem Schloss. Dann stemmte sie sich mit Gewalt dagegen und hebelte die Tür aus. Die Halterung des Schlosses brach aus dem morschen Holz, und die Tür schwang auf. Laura stieß einen Triumphschrei aus.

»Nicht übel«, grinste Daniel.

Im Innern des Schuppens war es stockdunkel, es roch modrig, durchmischt mit dem Geruch von Terpentin, Farben und Lacken. Daniel fingerte sein Smartphone hervor und benutzte es als Taschenlampe. Er ließ den schmalen Lichtkegel durch den Raum wandern.

»Sieh mal einer an«, sagte Laura.

Der Holzschuppen stellte sich als Lagerraum für die Ruderboote und Kajaks des Vereins heraus. An den Wänden waren Eisengestelle montiert, auf denen rund zwei Dutzend Boote übereinandergestapelt lagen, daneben standen Paddel und Holzriemen aufrecht in Gitterboxen. Die Rückwand nahm ein Kunststoffschrank ein sowie ein Regal voller Werkzeuge, Farb- und Lackdosen. Inmitten des Raums waren zwei Ruderboote aufgebockt, an denen man während der Wintermonate offensichtlich Reparaturarbeiten durchführte.

Daniel zog ein Paddel aus der Gitterbox und rammte das Blatt in den Türspalt, um die Tür zu sichern.

»Nicht besonders gemütlich«, meinte Laura, »aber es ist trocken, und wir sind vom Sturm geschützt.« Sie sah sich um. »Leuchte da hin«, bat sie Daniel, während sie zu dem Schrank in der Ecke ging und dessen unverschlossene Tür öffnete. Neoprenanzüge, Rettungswesten und Seile flogen ihr entgegen. Im untersten Regal entdeckte sie ein paar Wolldecken sowie eine Sturmlampe. Daneben fand sie Petroleum und Streichhölzer. Sie zündete die Lampe an und stülpte das Schutzglas darüber. Die auflodernde Flamme tauchte den Schuppen in ein warmes, rötliches Licht. Laura kam eine Idee.

»Lass uns aus den Kajaks Betten bauen«, schlug sie vor.

»Betten?« Er sah sie fragend an, folgte dann aber ihren Anweisungen. Sie schoben die Böcke mitsamt den Ruderbooten zur Seite und verteilten die Neoprenanzüge auf dem Boden, als Isolierung gegen die Kälte aus dem Erdreich. Dann zogen sie zwei Kajaks von den Gestellen und legten sie nebeneinander auf die Neoprenanzüge. Sie stellten die Sturmlampe zwischen die Kajaks und legten deren Sitze und Fußräume mit den Wolldecken aus. Zu guter Letzt stiegen sie jeder in ein Kajak und wickelten sich die restlichen Decken um ihre Oberkörper.

»Kaum zu glauben«, grinste Daniel, »aber mir wird schon warm. Zwar unbequem, aber man kann nicht alles haben.«

Laura war weniger euphorisch. Stocksteif saß sie auf dem harten Plastiksitz und wickelte sich die Decke bis über die Ohren. Immerhin tauten ihre Zehen allmählich auf.

Erschöpfung machte sich breit, und eine Weile sprach keiner ein Wort.

»Wir sollten versuchen, etwas zu schlafen«, sagte Daniel schließlich. »In ein paar Stunden wird es hell, dann brauchen wir frische Kräfte.«

»Schlafen? Machst du Witze?« Laura schnaubte. Eine Dampfwolke schoss aus ihrer Nase und hüllte ihren Kopf ein. »Ich kann hier kein Auge zumachen.«

Ein herzzerreißendes Miauen ertönte vor der Tür.

Erstaunt sahen sie sich an. Ohne zu zögern, wand Daniel sich aus seinen Decken, stieg mühsam aus dem Kajak und öffnete die Tür einen Spalt weit.

Ein roter Kater schoss herein. Schnee glitzerte auf seinem Fell. Er lief zur Petroleumlampe, schüttelte sich, setzte sich und begann, sich das Fell zu lecken.

»Du armer Kerl«, sagte Laura und streckte ihre Hand nach ihm aus.

Der Kater ignorierte sie.

Daniel wickelte sich im Kajak erneut in die Wolldecken, sparte jedoch ein kleines Loch aus und nickte dem Kater zu. »Na, komm.«

Das Tier lief auf ihn zu und verschwand in der warmen Höhle. Kurz darauf hörte Laura es zufrieden schnurren.

»Sein Fell ist eiskalt«, bemerkte Daniel, der den Kater unter der Decke kraulte. »Ich glaube nicht, dass er da draußen noch lange überlebt hätte.«

Sie betrachtete Daniel, der unter seiner Decke den Kater streichelte. Der flackernde Schein der Petroleumlampe ließ Schatten über sein Gesicht tanzen. »Erzähl mir etwas von dir«, sagte sie.

»Was interessiert dich denn?«

»Warum wurde deine Show wirklich abgesetzt?«

Er sah sie erstaunt an. »Okay ...« Er dachte einen Moment nach. »Meine Show wurde nicht abgesetzt. Ich wurde gefeuert. Die Show selbst läuft noch.«

»Ich weiß, aber ohne dich ist es nicht dasselbe.«

Er lächelte.

»Ich mochte die skurrilen Showeinlagen«, sagte Laura. »Einmal gab es da diese Pudel, die in rosa Röckchen zu den Weather-Girls auf den Hinterbeinen tanzten. *It's raining men! Halleluja!*«

»Hör mir auf mit den Kötern! Die haben uns ins Studio gepinkelt.«

Sie lachten, und für einen Moment vergaß Laura, wo sie war und welche Gefahr ihnen drohte.

»Damals wurde ich sogar für den Deutschen Fernsehpreis nominiert«, fuhr er fort. Seine Miene verdüsterte ich. »Kurz nach der Nominierung behauptete meine Assistentin Jenny Kampers öffentlich, ich hätte das Konzept für die Show von ihr gestohlen.«

»Gestohlen?«

»Leider konnte ich diese Lüge nicht widerlegen. Tja, und das war es dann im Grunde auch schon. Damit endete meine Karriere. Ein paar Wochen später fand ich heraus, dass Jenny zu diesem Zeitpunkt längst heimlich mit meinem damaligen Co-Moderator Karsten Gerlach zusammen war, der – o Zufall – meine Show übernommen hat. Ich habe zu spät bemerkt, dass ich auf ein abgekartetes Spiel hereingefallen bin.«

»Warum konntest du Jenny Kampers' Behauptungen nicht widerlegen?«

Er zog seine Rechte unter der Decke hervor und kratzte sich

verlegen im Nacken. »Ich hatte mal was mit ihr. Jenny hat mir den Kopf verdreht. Ich war verliebt und habe nicht bemerkt, dass sie mich von Anfang an nur benutzt hat. Sie hat meine ursprünglichen Konzeptideen und Unterlagen aus meiner Wohnung mitgehen lassen. Ich war so ein Idiot.«

»Aber die Beweislast …?«

»Vergiss es.« Er winkte ab. »Für die Medien war ich der Schuldige, dagegen kommst du nicht an. Selbst wenn alle Beteiligten wissen, dass nichts an der Sache dran ist. Die Skandalgeschichte bringt Quote, nicht die Wahrheit.«

Draußen heulte der Wind. Laura sah starr vor sich. Sie wirkte tief in Gedanken versunken.

»Was ist, glaubst du mir nicht? Glaubst du, ich würde nur die Schuld auf andere abwälzen?«, wollte Daniel wissen.

»Nein«, sagte Laura mit leiser Stimme. »Ich glaube dir, und ich weiß nur zu gut, wie du dich gefühlt haben musst.«

»Wie das?«, fragte er verwundert.

Sie starrte in die dunklen Ecken des Schuppens, in die der flackernde Schein der Sturmlampe nicht vordrang. Ihr war bewusst, dass sie bereits zu viel gesagt hatte, um jetzt noch einen Rückzieher machen zu können. Sie atmete tief durch.

»Ich war vierzehn Jahre alt. Thorsten siebzehn. Er besaß eine dieser Motocross-Maschinen, die damals so angesagt waren. Ich war bis über beide Ohren in ihn verknallt. Nach drei Monaten hatte er mich so weit. Auf einer Gartenparty im August, hinter dem Geräteschuppen seiner Eltern, auf dem feuchten Rasen, verlor ich meine Jungfräulichkeit.« Sie seufzte. »Wochenlang hatte er mich bedrängt und immer öfter damit gedroht, Schluss zu machen, falls ich nicht endlich mit ihm schlafen würde. Also trank ich mir an diesem Abend mit zwei Gläsern Sekt Mut an, legte mich auf den Rücken und ließ ihn machen. Zehn Sekunden, dann war es vorbei. Es kam, wie es kommen musste – ich wurde schwanger.«

Daniel sog hörbar tief Luft ein.

»Als der zweite Strich auf dem Schwangerschaftstest erschien, habe ich einen Heulkrampf bekommen«, fuhr sie mit monotoner Stimme fort. »Ich sprach mit niemandem darüber. Aus Scham, aber auch aus Angst vor meinen Eltern. Ich wusste nicht, was ich tun sollte oder an wen ich mich wenden konnte. Mit fortschreitender Schwangerschaft wurde es immer schwieriger, meinen Bauch zu verstecken. Zunächst schwänzte ich nur den Sportunterricht, später ging ich gar nicht mehr in die Schule. Ich zog mich sowohl von meiner Clique als auch von Thorsten zurück.«

»Du hast ihm nichts gesagt?«

»Nein.« Sie dachte nach. »Zumindest nicht sofort. Nach einigen Monaten hatte ich keine Kraft mehr zu lügen. Wieder bedrängte er mich. Ich sollte abtreiben. Ich weigerte mich, obwohl ich wusste, dass ich mir damit viele Probleme erspart hätte. Doch das konnte ich nicht mit meinem Gewissen vereinbaren. Außerdem hätte ich dazu die Zustimmung meiner Eltern benötigt.«

»Hast du es denn nicht versucht?«

»Was versucht?«

»Mit deinen Eltern darüber zu reden.«

Sie lachte bitter auf. »O nein.«

»Du hast dich ihnen also nicht anvertraut?«

»Undenkbar.« Sie schüttelte heftig den Kopf. »Meine Mutter hätte kein Wort mehr mit mir gesprochen, und mein Vater hätte mich wohl einfach verprügelt. Naiv, wie ich mit meinen vierzehn Jahren war, legte ich mir einen anderen Plan zurecht. Heute weiß ich, dass er natürlich nie und nimmer funktionieren konnte.«

»Was für ein Plan?«

»Ich wollte das Kind heimlich zur Welt bringen und nach der

Geburt zur Adoption freigeben. Frag mich bitte nicht, wie ich mir das vorgestellt hatte. Ich habe keine Ahnung.« Gedankenverloren starrte sie in die Flamme der Petroleumlampe. Abgesehen vom Sturm war eine ganze Weile nur das Schnurren des Katers zu hören.

»Wie ging es weiter?«, fragte Daniel schließlich.

»Gegen Ende des siebten Schwangerschaftsmonats ging ich eines Tages ins Kaufhaus. Ich brauchte weite Hosen und Blusen, weil mir nichts mehr passte. In der muffigen Umkleidekabine geschah es dann.« Sie stockte. »Ich sehe alles noch deutlich vor mir. In einer Ecke stand ein Hocker. Jemand hatte Fanta darauf verschüttet. Die eingedrückte Dose lag noch auf dem Boden. Ich betrachtete mich im Wandspiegel, meine Hände lagen auf meinem gewölbten Bauch, über den sich ein schwarzes T-Shirt meines Vaters spannte. Dann setzten völlig unerwartet diese höllischen Schmerzen ein. Als würde mir jemand ein Messer in den Unterleib rammen.« Sie schloss die Augen. Sie zwang sich, ruhig und gleichmäßig zu atmen. »Mein Unterleib krampfte sich zusammen. Ich schrie auf. Klebriges, schmieriges Blut lief meine Schenkel hinab. Ein Schwall Fruchtwasser ergoss sich auf den Boden. Ich erbrach mich. Irgendwann sank ich zu Boden, in die Lache aus Blut, Erbrochenem und Fruchtwasser. Diesen Geruch werde ich nie vergessen.«

»Du musst mir das nicht erzählen«, sagte Daniel leise. Seine mitfühlenden Blicke sprachen Bände.

»Zu diesem Zeitpunkt wusste ich natürlich längst alles über das Thema Schwangerschaft«, fuhr sie fort. »Mir war sofort klar, was los war. Panik ergriff mich. Ich hatte wahnsinnige Angst zu sterben.« Sie holte tief Luft. »Eine Mitarbeiterin des Kaufhauses hörte mich stöhnen und weinen und brach schließlich die Kabine auf. Zu diesem Zeitpunkt war die Geburt bereits unaufhaltsam.«

Laura schälte ihre Arme aus der Wolldecke und strich die Haare zurück, die ihr ins Gesicht gefallen waren. »Ich brachte mein Kind in einer verdammten Umkleide in einem beschissenen Kaufhaus zur Welt. Kannst du dir vorstellen, wie ich mich dabei gefühlt habe? Es war demütigend. Irgendwann kamen Sanitäter und ein junger Arzt. Sie schnallten mich auf eine Bahre, legten Robin in einen mobilen Brutkasten und rollten uns mitten durch das Kaufhaus zum Ausgang. Umringt von Dutzenden Schaulustigen, luden sie uns in den Krankenwagen.« Laura lachte bitter auf. »Natürlich ging diese Geschichte wie ein Lauffeuer durch unsere Stadt. Die Lokalzeitung berichtete in aller Ausführlichkeit. Sogar ein privater TV-Sender tauchte im Krankenhaus auf, um eine Reportage über mich zu bringen.« Ihre Stimme klang belegt, als sie fortfuhr. »Plötzlich war ich die größte Schlampe der Stadt. Niemand wollte mehr etwas mit mir zu tun haben.«

Daniel sah sie mitfühlend an.

»Aber weißt du was?« Ihre Stimme gewann wieder an Selbstbewusstsein. »Am nächsten Tag, als man mir Robin zum ersten Mal in die Arme legte, wurde mir sofort klar, dass ich ihn niemals zur Adoption freigeben würde. Diese Entscheidung veränderte mein Leben. Mit knapp fünfzehn Jahren wurde ich in die Welt der Erwachsenen gestoßen. Ohne dies gewollt zu haben und ohne deren Regeln zu kennen. Zum Glück hatte ich meinen Onkel Martin, der mir damals beistand und half.«

»Wie ging es mit dir und deinen Eltern weiter?«

»Wir haben keinen Kontakt mehr. Für meine Eltern existieren Robin und ich nicht.«

»Tut mir leid, das zu hören.«

»Ich bin lange drüber hinweg.«

»Was ist mit Robins Vater?«

»Er ist kurz nach Robins Geburt abgehauen. Ich weiß nicht,

was aus ihm geworden ist, und ich will es auch gar nicht wissen. Robin und ich, wir kommen gut zurecht.«

Daniel nickte.

Laura fühlte sich ermattet, aber doch auch ein wenig erleichtert. Zum ersten Mal seit vielen Jahren hatte sie wieder über die dunkelste Zeit ihres Lebens gesprochen. Die Erinnerungen schmerzten noch immer, doch von Daniel fühlte sie sich aus irgendeinem Grund verstanden und akzeptiert.

»Ich glaube, ich werde ein wenig die Augen zumachen«, sagte sie schließlich und ließ sich tiefer in den Kajaksitz rutschen.

»Tu das«, meinte er sanft.

Bevor Laura wegdämmerte, sah sie noch, wie Daniel Leifs Laptop aus dem Rucksack zog. Dann forderten die letzten Tage ihren Tribut, und Laura fiel in einen tiefen, traumlosen Schlaf.

29

Fred Bishops Kleidung war für ein derartiges Unwetter eindeutig nicht geeignet. Der Wind fuhr ihm durch die Jacke bis unters T-Shirt. Spitze Eiskristalle bohrten sich in sein Gesicht, während er sich gegen das Gittertor stemmte, das den Zugang zur schmalen Brücke versperrte. Seine Hände schienen an dem eiskalten Metall festzufrieren. Es kostete Kraft, das Tor aufzuschieben. Schwer atmend kehrte Bishop zu dem Mietwagen zurück und ließ sich in den beheizten Sitz fallen. Langsam rollte er mit dem Audi über die Brücke. Der Schnee knirschte unter den Reifen, das Licht der Xenonscheinwerfer kroch über das weitläufige, gottverlassene Areal einer ehemaligen Reifenfabrik. Im Schritttempo näherte Bishop sich dem großen Backsteinkomplex mit seinen Rundbogenfenstern. Jedes einzelne davon war im Laufe der Jahrzehnte von Halbstarken oder Betrunkenen eingeworfen worden. Bis hinauf in den ersten Stock überzogen Graffiti die Fassade. Der Anblick erinnerte Bishop an sein altes Viertel in Brooklyn. Er hasste dieses Gebäude jetzt schon. Allerdings stellte es die beste Option für ein paar Stunden ungestörten Schlaf dar.

Nach der missglückten Operation bei Andra war er mit seinem Wagen eine Weile umhergefahren, um einige Kilometer zwischen sich und den Tatort zu bringen. Einmal mehr stieg Gallensaft wie glühende Lava seine Speiseröhre empor. Dieser Idiot, der im denkbar ungünstigsten Moment in diesem Gang aufgetaucht war, hatte die ganze Operation versaut. Bishop versuchte stets, Kollateralschäden zu vermeiden, doch in diesem Fall war ihm keine andere Möglichkeit geblieben, als diesen Volltrottel aus dem Weg zu räumen. Nur wegen ihm hatte sich die Operation von einem Routinejob in eine erheblich aufwendigere Angelegenheit verwandelt. Die Zielperson war nun gewarnt. Das fest eingeplante Frühstück, zu Hause in den eigenen vier Wänden, musste warten.

Bishop rollte das lang gestreckte Gebäude entlang, bis der Lichtkegel der Scheinwerfer eine breite Öffnung erfasste. Die Überreste eines abgerissenen Garagentors hingen von der Decke. Bishop hielt an und sah sich um. Unweit von ihm ragte ein dicker Turm in die Höhe, der in Bodennähe ebenfalls rundum mit Graffiti bedeckt war. Mittendrin hing ein verrostetes Schild mit dem Schriftzug *Conti*. Kurzerhand fuhr Bishop in die verfallene Lkw-Garage, die früher vermutlich zum Verladen der Reifen gedient hatte.

Solange der Blizzard tobte, war er zum Warten verdammt. Zudem benötigte sein Körper nach über zweiunddreißig Stunden ohne Schlaf eine Ruhepause. Dabei stellten sich zwei Probleme. In der Annahme, Laura Wagner sei ein einfacher, schneller Job, hatte Bishop darauf verzichtet, Utensilien einzupacken, die es ihm erlaubten, sein Äußeres zu verändern – abgesehen von der blonden Perücke, die er noch immer trug, da sie seinen kahlen Schädel wärmte. Er hätte sich für diese Nachlässigkeit ohrfeigen können, denn dadurch wurde es zu riskant, um diese Uhrzeit eine Pension oder ein Hotel aufzusuchen. Er würde also im Auto schlafen müssen. Und da er den Motor laufen lassen musste, um im Schlaf nicht zu erfrieren, schieden öffentliche Parkplätze aus. Eine vorbeifahrende Streife konnte auf ihn aufmerksam werden. Dasselbe galt für Parkhäuser, wo ein laufender Motor für Ärger sorgen konnte. Die halb verfallene Fabrikruine war perfekt. Bishop hatte schon an weitaus schlechteren Orten übernachtet. Die rückwärtige Garagenmauer war eingefallen, wie Bishop jetzt sah. Langsam manövrierte er den Audi hindurch und gelangte so ins Innern des Hauptgebäudes. Er schlug das Lenkrad ein. Die Front des Wagens sollte zum Ausgang zeigen, um bei Gefahr unverzüglich durchstarten zu können. Der Lichtkegel des Audis wanderte langsam über graffitibedeckte Mauern und – über das Gesicht eines Mannes.

Bishop trat auf die Bremse.

Vor ihm, in der Ecke der großen Halle, schlief ein Penner. Seine untere Körperhälfte steckte in einem schmuddeligen Schlafsack, sein Oberkörper war in einen zerschlissenen Mantel gehüllt. Eine Plastikplane bedeckte Kopf und Schultern und schützte ihn vor herabtropfendem Wasser. Neben ihm stand ein Bunsenbrenner, daneben lag ein Löffel. Mehr musste Bishop nicht wissen. Drei Meter weiter lag ein weiterer Typ auf einer schmierigen Matratze unter mehreren Lagen Decken begraben. Die Augen geschlossen, das Gesicht weiß wie der Schnee vor dem Gebäude.

Bishop starrte die beiden Junkies an. Sie hätten ihm vollkommen egal sein können, doch ihr Anblick inmitten dieser Szenerie katapultierte ihn viele Jahre zurück. Durch den Stoff seiner Hose betastete er seinen Beinstumpf. Die Phantomschmerzen kehrten zurück. Und mit ihnen flammten Erinnerungen auf.

Nach seiner Rückkehr aus Afghanistan und dem anschließenden monatelangen Aufenthalt in der Reha-Klinik, wo er mühsam wieder laufen gelernt hatte, war er schließlich wieder in sein altes Leben zurückgekehrt. Nur dass dieses Leben nicht mehr existierte. Von seiner Verlobten verlassen, ohne Aussicht auf einen Job oder jegliche Zukunft, vollgepumpt mit Opiaten, versank Fred Bishop in dunkle Depressionen. Wochenlang verließ er sein Zimmer nicht. Jede Nacht suchten ihn Albträume heim. Bilder sterbender Kameraden, abgerissener Gliedmaßen, heraushängender Gedärme. Aber auch Bilder sterbender Kinder – erschossen oder von Minen und Granatwerfern bis zur Unkenntlichkeit verstümmelt. Bishop umklammerte das Lenkrad so fest, dass seine Fingerknöchel knackten. Er hatte immer davon geträumt, als Held aus dem Krieg heimzukehren, stattdessen hatten sie ihn als Krüppel in die Heimat zurückgeschickt. In seiner Naivität hatte Bishop erwartet, Uncle Sam würde ihn für seinen Einsatz und Patriotismus ehren. Stattdessen schwieg das Militär das Desaster der Operation »Python« im Shahi-Kot-Tal jahrelang tot. Die einzige Form von Anerkennung erhielt Bishop in Form eines lächerlichen Schecks für sein verlorenes Bein. Stundenlang hatte er damals auf den Briefumschlag gestarrt, in dem dieser Scheck steckte. Sie hatten sogar seinen Namen falsch geschrieben – »*Bishopp*«. War das zu fassen? Er hatte für sein Land sein Bein geopfert, und dieses Land hatte sich zum Dank nicht einmal die Mühe gegeben, seinen verfickten Namen richtig zu schreiben!

Dieser Ausdruck tiefster Verachtung für einen Menschen, der zusammen mit einem Körperteil auch seine Seele im Glauben an eine gute, gerechte Sache in einer staubigen Felswüste am Arsch der Welt geopfert hatte, brachte das Fass zum Überlaufen. Die Erkenntnis war wie eine reinigende Katharsis über Bishop gekommen, und wie Phönix aus der Asche war er emporgestiegen – diesmal jedoch getrieben von purem Hass auf Uncle Sam.

Bishop kehrte in die Gegenwart zurück. Er merkte, wie er noch immer auf die beiden Junkies starrte. Sein Atem ging schwer. Kalter Schweiß bedeckte seine Haut. Derlei Flashbacks überkamen ihn immer wieder. Aber sie wurden seltener. Er entschied, die Junkies am Leben zu lassen, auch wenn er bezweifelte, ihnen damit einen Gefallen zu tun.

Er schaltete das Abblendlicht aus, senkte die Rückenlehne und schloss die Augen. In drei Stunden würde er die Jagd auf Laura Wagner von Neuem eröffnen. Diesmal würde er die Sache anders angehen, und er wusste auch schon, wie. Wenigstens in dieser Hinsicht hatten ihn seine Auftraggeber mit nützlichen, aktuellen Hintergrundinformationen versorgt. Bishop atmete tief aus. Hoffentlich fand er rasch Schlaf. Sein Körper war bereit, seine Seele noch lange nicht.

30

Laura schreckte aus dem Schlaf hoch. Ein Geräusch hatte sie geweckt. Die Petroleumlampe war erloschen. Ein heller Streifen Mondschein fiel durch ein kleines Fenster neben der Eingangstür. Der Sturm schien vorüber zu sein, das Heulen des Windes war nicht mehr zu hören. Daniel hing schief in seinem Kajak, eingemummt in seine Wolldecke. Der Kater war nirgendwo zu sehen. Laura richtete ihren verspannten Oberkörper auf. Ihr steifer Nacken und ihre Schultern quittierten jede Bewegung mit einem schmerzhaften Stechen. Ein erneutes Geräusch an der Tür ließ sie zusammenzucken. Vor dem Fenster huschte eine Gestalt vorbei. Mit einem Schlag war Laura hellwach.

»Daniel«, flüsterte sie. »Wach auf!«

Er reagierte nicht. Sie wickelte sich aus ihrer Decke, stieg aus dem Kajak und rüttelte ihn wach. »Draußen ist jemand.«

Er gähnte. »Was?«

»Draußen ist ...«

Jemand trat mit Wucht gegen die Tür.

Die rostigen Angeln brachen aus dem morschen Holz, und die Tür flog auf. Zwei Gestalten sprangen in den Schuppen. Grelles Licht aus starken Taschenlampen blendete Laura.

»Hände über den Kopf!«, befahl eine Männerstimme.

»Schon gut.« Daniel hob die Hände, und Laura tat es ihm gleich.

»Leif Gundarsson?«, fragte die Stimme.

»Wie bitte?« Daniel klang verwirrt. Verständlich, denn Laura erging es nicht anders.

»Sind Sie Leif Gundarsson?«, wiederholte der Unbekannte. Seine Stimme hatte einen leichten englischen oder amerikanischen Akzent.

»Äh, nein. Leif ... Er ist nicht hier.«

»Wo ist er?«, vernahm Laura jetzt eine Frauenstimme. Ihre Stimme klang, als würde Schmirgelpapier über eine rostige Säge gezogen. Sie besaß einen ähnlichen Akzent wie der Mann.

»Was wollen Sie von Leif?«, fragte Daniel. »Wie kommen Sie darauf, Leif sei hier?«

»Beantworten Sie die Frage.«

»Mein Name ist Daniel Bender. Die Frau neben mir ist Laura Wagner.«

»*Sie* sind Daniel Bender?« Überraschung lag in der Frauenstimme. Sie trat vor Daniel, der ebenso wie Laura noch immer im Kajak hockte. Sie musterte ihn. »Könnte Bender sein.«

»Würden Sie mir endlich erklären, was das hier soll?«, fragte Daniel.

Der Mann und die Frau wechselten einen raschen Blick. Schließlich senkten beide die Taschenlampe. Erst jetzt bemerkte Laura, dass die beiden Waffen trugen, die sie nun wegsteckten.

»Sie können die Hände herunternehmen und aufstehen«, meinte die Frau.

Laura musterte die beiden Fremden. Die Frau war Mitte dreißig, besaß ein herbes Gesicht und eine teigige Haut. Ihre weinroten Haare trug sie zu einem Long Bob frisiert, was ihrem leicht maskulinen Äußeren eine weiche Note verlieh. Sie trug einen dunklen Hosenanzug. Der Mann war etwas älter. Er war groß, hatte kurze, schwarze Haare und über der Nasenwurzel zusammengewachsene Augenbrauen. Auch er trug einen dunklen Anzug.

»Sie sind auf der Suche nach Leif?«, fragte Daniel.

»Nicht direkt«, antwortete die Frau. »Leif Gundarsson interessiert uns nur sekundär. Eigentlich sind wir auf der Suche nach Ihnen beiden.«

Laura und Daniel sahen sich verwundert an.

»Wir werden Ihnen alles erklären«, sagte der Mann. »Am besten in unserem Van. Im Wagen ist es warm, und es gibt heißen Kaffee.«

»Was garantiert uns, dass wir Ihnen vertrauen können?«, wollte Laura wissen.

»Keine Garantie«, sagte der Mann.

Die Frau schaltete sich ein. »Es ist in Ihrem eigenen Interesse. Wir können Sie beschützen.«

»Beschützen? Vor wem?«

»Vor dem Mann, der hinter Ihnen her ist.«

»Woher wissen Sie von ihm? Wer ist dieser Mann?«

Die Frau holte tief Luft. »Ein gewisser Fred Bishop, aber ...«

»Wir werden alle Ihre Fragen zu gegebener Zeit beantworten«, unterbrach der Mann sie. »Bitte kommen Sie jetzt.«

Erneut musterte Laura die beiden Fremden, die nicht den Eindruck erweckten, als würden sie ein Nein akzeptieren. Schließlich sah sie zu Daniel hinüber. Er wirkte keineswegs überzeugt, doch was blieb ihnen anderes übrig? Wenn der Mann, der Leif auf dem Gewissen hatte, nach wie vor hinter ihnen her war, schwebten sie in Gefahr und waren auf jede Hilfe angewiesen.

Der Mann warf einen raschen Blick auf seine Armbanduhr. »Also?«

»Einverstanden«, nickte Laura.

Daniel erwiderte nichts.

Sie folgten dem Mann und der Frau durch die demolierte Tür des Bootshauses ins Freie. Der Blizzard hatte sich tatsächlich gelegt. Die Luft war klar und rein, am Himmel leuchteten vereinzelt Sterne.

Am Van angekommen, deutete der Mann auf die Seitentür. »Bitte steigen Sie ein.«

Am Steuer saß ein weiterer Mann in einem dunklen Anzug. Er verzog keine Miene, als sie das Wageninnere betraten und Platz nahmen. Die Frau schloss die Schiebetür und gab dem Fahrer ein Zeichen. Der Van setzte sich in Bewegung. Die Wärme im Innern des Wagens fühlte sich gut an.

»Wohin fahren wir?«, fragte Daniel, der Laura einen zornigen Blick zuwarf, als sei es ihre Schuld, dass sie diesen Leuten auf den Leim gegangen waren.

»Zum Flughafen«, antwortete der Mann und schüttete Kaffee aus einer Thermoskanne in vier Pappbecher.

»Wer sind Sie? Für wen arbeiten Sie?«, fragte Laura, während sie einen dampfenden Becher entgegennahm. Die heiße Flüssigkeit wärmte angenehm ihre eiskalten Hände.

»Mein Name ist Fenton Link«, antwortete der Mann. »Meine Kollegin heißt Jennifer West. Wir arbeiten für die amerikanische Regierung.«

Laura und Daniel warfen sich einen ungläubigen Blick zu.

»Was haben Sie mit uns vor?«, fragte Laura.

»Machen Sie sich keine Sorgen«, sagte der Mann, der sich ihnen als Fenton Link vorgestellt hatte. »Bei uns sind Sie in Sicherheit.«

»Ich steige in kein Flugzeug«, verkündete Daniel.

Weder Fenton Link noch Jennifer West gingen darauf ein. Link erhob sich und begab sich nach vorn zum Fahrer, während seine Kollegin ihr Smartphone herausholte und aufmerksam betrachtete. Es war klar, dass von den beiden vorerst keine Antwort zu erwarten war. Laura sah zu Daniel, doch der blickte nur mürrisch aus dem Fenster. Auf den Straßen lag nach wie vor eine geschlossene Schneedecke, die für den Van jedoch kein Problem darstellte. Die Morgendämmerung hatte eingesetzt. Die ersten Fahrzeuge waren trotz der frühen Morgenstunden bereits unterwegs, hauptsächlich Räumfahrzeuge im Einsatz. Liegen gebliebene und zugeschneite Pkw dominierten das Stadtbild.

Laura versuchte sich zu orientieren. Tatsächlich fuhren Sie jetzt auf die A2 und wenig später auf die A352 in Richtung Flughafen, wo sie nacheinander sämtliche drei Terminals passierten. Laura dachte schon, sie würden den Flughafenbereich wieder verlassen, da bog der Fahrer ab und hielt vor einem Tor. Er tippte einen Code in ein Tastenfeld ein, und das Tor schob sich zur Seite. Sie fuhren auf ein umzäuntes Gelände, vorbei an mit grauen Plastikplanen abgedeckten Containern, und hielten vor dem unscheinbaren Eingang eines schmucklosen Gebäudes. Ein großes, fettes *D* prangte in dunkler Farbe auf der Fassade.

»Terminal D?«, fragte Laura verwundert.

»Was ist damit?«, wollte Daniel wissen.

»Es ist seit einigen Jahren kein offizielles Terminal für Fluggäste mehr.« Sie dachte kurz nach. »Die Briten nutzen es noch, glaube ich. Als Airbase für die Royal Air Force.«

Daniel wandte sich an Jennifer West. »Stimmt das?«

Er bekam keine Antwort.

Der Wagen hielt. Fenton Link stand auf und öffnete von außen die Schiebetür. Die beiden Regierungsbeamten führten Laura und Daniel zügigen Schritts auf das Gebäude zu.

Im Innern gingen sie durch hell erleuchtete Flure. Vor einer Tür hielten sie an.

»Sie warten hier«, sagte Link an Laura gewandt und öffnete die Tür.

In dem ockerfarbenen Raum befand sich nichts als ein Tisch mit zwei Stühlen. Darüber hing eine Lampe von der Decke. In Lauras Magen breitete sich ein ungutes Gefühl aus. Sie drehte sich um und sah noch, wie Jennifer West Daniel weiter den Flur entlang bugsierte.

»Ich muss Sie bitten, mir Ihr Mobiltelefon auszuhändigen«, sagte Link. »Sie bekommen es wieder, sobald ich zurückkomme.«

Laura zögerte, doch tief im Innern wusste sie, dass Widerstand zwecklos war. Resigniert holte sie ihr Handy aus der Jackentasche. Link nahm es an sich und schloss hinter sich die Tür.

Ein Anflug von Panik befiel Laura. Niemand wusste, wo sie sich aufhielt. Was, wenn diese Leute nicht waren, was sie zu sein vorgaben? Was, wenn man Daniel und sie aus irgendeinem Grund aus dem Verkehr ziehen wollte?

Mit einem Schritt war Laura bei der Tür und drückte die Klinke. Die Tür war verschlossen.

31

Die Wartezeit zog sich quälend lange dahin. Laura dachte schon, man habe sie vergessen, als sich die Tür endlich wieder öffnete. Fenton Link trat ein. Laura fiel auf, dass er seinen Anzug gewechselt hatte und eine perfekt gebundene Krawatte trug. Seine schwarzen Schuhe glänzten frisch poliert. Seine braunen Augen fixierten Laura. Tiefe Falten verliefen um seine Mundwinkel. Unterhalb seines rechten Ohrs zog sich eine wulstige Narbe seitlich den Hals hinab.

Link öffnete den obersten Knopf seines Jacketts und setzte sich. »Bitte nehmen Sie Platz.«

»Wo ist Daniel?«, wollte Laura wissen.

»Sie können gleich zu Mr. Bender. Vorher habe ich noch ein paar Fragen.«

Laura setzte sich zögerlich. »Was möchten Sie wissen?«

»Wie kam es dazu, dass wir Sie zusammen mit Mr. Bender angetroffen haben?«

In knappen Worten fasste Laura die Ereignisse zusammen, die sie und Daniel in den Bootsschuppen geführt hatten. Als Laura geendet hatte, lehnte er sich zurück und faltete die Hände auf dem Tisch.

»Erzählen Sie mir etwas über die ›Diamond‹-Serie.«

Laura schluckte.

»Was meinen Sie?«, fragte sie ausweichend.

»Verkaufen Sie mich nicht für dumm. Sie haben mit Dr. Hardenberg zusammengearbeitet. Wir wissen, dass er den Prototyp der ›Diamond‹-Serie an eine Firma namens Chenlong Industries verkauft hat. Was wissen Sie darüber?«

Nervös kaute Laura auf ihrer Unterlippe. Sie dachte an den USB-Stick, der nach wie vor in ihrer Hosentasche steckte. Sollte sie diesem Mann davon erzählen? Hardenbergs Anweisung hatte gelautet, den Stick niemand anderem als Lars Windrup zu überreichen. Sie beschloss, die Sache vorerst nicht zu erwähnen.

»Also?«, drängte Link.

»Der Deal zwischen Andra und Chenlong unterlag strengen Geheimhaltungsvorschriften. Einzelheiten sind mir also nicht bekannt.«

Link musterte sie. »Na schön. Was wissen Sie über den ›Diamond‹-Prototyp?«

»Nicht viel«, antwortete sie wahrheitsgemäß. »Bei ›Diamond‹ handelt es sich um ein Hochleistungs-Gyrotron. Eine Weiterentwicklung der Vorgänger-Serie, die in Greifswald beim Wendelstein-7X-Projekt eingesetzt wird.«

»Weiter«, forderte Link sie auf.

»›Diamond‹ ist sehr viel leistungsfähiger als alle Geräte, die bisher auf dem Markt sind.«

»Das alles ist uns bekannt.«

Laura zuckte die Schultern. »Mehr weiß ich nicht.«

Er sah sie einen Moment an, dann stand er auf. »Folgen Sie mir.«

Sie gingen einen langen Gang entlang und betraten an dessen Ende einen Raum, der ebenso karg eingerichtet war wie derjenige, in dem Laura die letzte Stunde verbracht hatte. Daniel saß an einem Tisch, vor sich einen geriffelten Pappbecher, aus dem

Dampf aufstieg. Seine Stirn lag in Falten. Jennifer West stand in der hinteren Ecke mit dem Rücken gegen die Wand gelehnt. Fenton Link schloss die Tür.

Daniel bemerkte Laura, sprang auf und kam auf sie zu. »Alles in Ordnung mit dir?«

Sie nickte. »Daniel, was geht hier vor?«

Er zog sie zur Seite. »Diese Leute gehören einer amerikanischen Bundesbehörde an – der NOAA, der Nationalen Ozean- und Atmosphärenbehörde.«

Laura sah sich zu den beiden Regierungsbeamten um. »Was wollen die von uns?«

»An der amerikanischen Ostküste werden gerade dramatische klimatische Anomalien beobachtet. Man möchte meine Meinung als Experte hören.« Er kratzte sich hinter dem Ohr. »Dass sie auch etwas von dir wollen, ist mir neu.«

»Und wieso du?«, fragte sie.

»Keine Ahnung, aber es muss einen guten Grund dafür geben, und ich bin verdammt neugierig, mehr zu erfahren.«

Fenton Link kam auf sie zu. »Nun, wie lautet Ihre Entscheidung, Mr. Bender? Werden Sie uns begleiten?«

»Wohin sollst du diese Leute begleiten?«, fragte Laura Daniel.

»Sie dürfen gerne ebenfalls mit nach Frankfurt kommen, Frau Wagner. Ihre Anwesenheit dort wurde vor wenigen Minuten genehmigt.«

»Frankfurt? Was sollen wir in Frankfurt?«

Link sah sie eindringlich an. »Sie werden Ihre Antworten erhalten. Aber die Zeit drängt.«

Daniel legte eine Hand auf ihren Arm. »Mir wäre wohler, wenn du mitkämst.« Er sah sie mit einem Blick an, den sie nur schwer deuten konnte. Als wollte er ihr etwas sagen, aber nicht vor den beiden Amerikanern.

Laura sah abwechselnd von Fenton Link zu Jennifer West. Sie konnte die beiden nicht einschätzen, doch wenn sie ihr und Daniel etwas antun wollten, hätten sie es längst getan.

»Einverstanden«, sagte sie schließlich und wandte sich an Link. »Ich begleite Sie. Aber auf einer Sache muss ich bestehen.«

Link sah sie fragend an.

Sie streckte ihm ihre geöffnete Hand entgegen. »Mein Handy. Ich muss meinem Kind Bescheid sagen. Robin. Er liegt im Krankenhaus. Ich sollte ihn eigentlich gestern schon abholen ...«

Er musterte sie, zog dann Lauras Handy aus seiner Hosentasche und drückte es ihr in die Hand. »Machen Sie es kurz.«

Sie nahm das Handy und wählte die Nummer von Robins Station. Wie es schien, funktionierten die Mobilfunknetze wieder. Zumindest für den Moment. Sie musste lange warten, bevor eine Schwester abnahm. Diese teilte Laura mit, dass Robin nicht auf Station, sondern bei einer diagnostischen Untersuchung sei. Laura sagte, dass sie später noch einmal anrufen werde, und legte auf. Sie fragte sich, seit wann man im Krankenhaus so früh mit Untersuchungen anfing, verdrängte diesen Gedanken jedoch sogleich wieder.

»In einer Viertelstunde geht es los«, verkündete Link, gab seiner Kollegin einen Wink, und gemeinsam verließen sie den Raum.

Kaum waren sie allein, fragte Laura: »Glaubst du wirklich, dass diese Leute von einer Umweltbehörde sind?«

Er verzog das Gesicht. »Ich gehe zumindest davon aus, dass sie *für* die NOAA arbeiten.«

»Wie konnten die uns finden?«

Daniel nickte, als hätte er sich darüber ebenfalls bereits Gedanken gemacht. »In der Nacht, als Leif und ich zusammensaßen und zusahen, wie der Blizzard heraufzog, hat er mir ein paar Dinge erzählt.«

»Was für Dinge?«

»Leif behauptete, seit Wochen observiert zu werden. Ich habe ihm nicht geglaubt.« Daniel griff nach seinem Pappbecher und schüttete den restlichen Kaffee in sich hinein. »Leif hat mir auch erzählt, dass jemand versucht hat, sein Netzwerk mit einem Trojaner zu infiltrieren. Er meinte zwar, er habe den Trojaner sofort unschädlich gemacht, aber inzwischen bezweifle ich das.«

»Weshalb?«

»Ich vermute, dieser Dropper war nur ein Ablenkungsmanöver. Während Leif mit ihm beschäftigt war, hat jemand ein Überwachungs-Tool in Leifs Netzwerk eingeschleust.«

Laura ging ein Licht auf. »Du hast den Laptop im Bootsschuppen benutzt. Dabei wurde vermutlich ein Funksignal übertragen.«

»Exakt. Übrigens habe ich dabei festgestellt, dass Leif von Andra aus doch über den Deal mit Chenlong gebloggt hat, obwohl ich es ihm verboten hatte.«

»Auf der Toilette! Dieser Idiot.«

Daniel nickte.

In diesem Augenblick kündigte Lauras Handy vibrierend den Eingang einer SMS an. Sie sah auf das Display. Die SMS stammte von Robin. Laura las die Nachricht und schüttelte verständnislos den Kopf. »Soll das ein Scherz sein?«

»Was ist los?«

Statt zu antworten, wählte sie mit versteinerter Miene Robins Nummer. Was dachte er sich nur dabei? Fand er das etwa witzig? Am anderen Ende der Leitung klickte es.

»Sie haben meine SMS erhalten«, sagte eine tiefe Männerstimme auf Englisch.

Laura zuckte zusammen. Ihr wurde schwindlig, und sie sank auf den nächstbesten Stuhl nieder. »Wer sind Sie? Wo ist Robin?«

»Ihrem Sohn geht es gut.«

»Sind Sie Arzt? Ich will sofort mit Robin reden.« Sie versuchte, so bestimmt wie möglich zu klingen, doch ihre Hand, die das Handy hielt, zitterte und ebenso vermutlich ihre Stimme.

»Sie besitzen etwas, das ich gerne haben möchte. Sobald Sie mir Hardenbergs Aufzeichnungen übergeben, bekommen Sie den kleinen Hosenscheißer zurück.«

Lauras Herz raste. Übelkeit stieg in ihr auf. Die SMS war kein Scherz gewesen.

»Ich muss wissen, dass es Robin gut geht. Ich will seine Stimme hören!«

Ein Rascheln in der Leitung, dann wie aus weiter Entfernung: »Mama?«

»Robin! Mein Schatz, geht es dir gut?« Tränen schossen Laura in die Augen.

»Das genügt«, sagte die Stimme. »Sie werden sämtliche vorhandenen Kopien des Sprachmemos löschen. Ich gebe Ihnen dazu eine Stunde. Danach werde ich Sie wieder kontaktieren und Ihnen Zeit und Ort nennen, an dem Sie mir das Original übergeben werden. Danach werden Sie Ihren Sohn zurückbekommen.«

»*Sie* haben Leif getötet«, stellte Laura fest.

»Eine Stunde.«

»Sie bekommen alles, was Sie verlangen, Mr. Bishop, nur tun Sie meinem Sohn nichts an.«

Am anderen Ende der Leitung herrschte einen Moment Stille. Laura konnte ein schweres Atmen hören. »Woher haben Sie diesen Namen?«

Laura versteifte sich. Eiskalt lief es ihr den Rücken hinunter. Sie erkannte, dass sie einen Fehler begangen hatte. »Ich …« Ihr versagte die Stimme.

»Woher?«, brüllte die Stimme.

Laura fiel nichts ein, was einer plausiblen Erklärung auch nur ansatzweise nahe gekommen wäre. Tränen liefen ihr die Wangen hinab. Sie presste das Smartphone gegen ihr Ohr und wartete wie betäubt darauf, dass er etwas erwiderte.

Die Verbindung wurde beendet.

Laura ließ das Handy auf den Tisch fallen und schlug die Hände vors Gesicht. Was hatte sie nur getan!

Daniel ging vor ihr in die Hocke und sah sie besorgt an. »Du meine Güte, Laura, wer war das? Was ist los?«

»Das war Leifs Mörder.« Ihre Stimme war kaum mehr als ein Flüstern. »Er hat Robin aus dem Krankenhaus entführt. Und ich bin daran schuld, wenn er ihm etwas antut.«

32

Der Medienraum des NHC platzte aus allen Nähten. Vor Emilio Sánchez, der auf einem Podium stand, saßen etwa fünfzig Personen in acht Stuhlreihen dicht gedrängt nebeneinander. Wie üblich war der verglaste Raum in eine Englisch und eine Spanisch sprechende Seite unterteilt. In den Mienen der NHC-Angestellten sowie der ausgewählten Journalisten war die Anspannung zu erkennen. Es herrschte absolute Stille. Selma Cooper, die hinter der letzten Reihe stand, nickte Sánchez ermutigend zu. Sie wusste, was er gleich verkünden musste. Brandon LaHaye von der Storm Surge Unit und Amy Winter vom Katastrophenschutz saßen direkt vor ihm und blickten ihn erwartungsvoll an.

»*Ladies and Gentlemen,* vor wenigen Minuten hat Hurrikan ›Emily‹ mit Windgeschwindigkeiten von 258 Stundenkilometern Stufe fünf der Saffir-Simpson-Skala erreicht«, sagte Sánchez schließlich. »Die Daten stammen von Abwurfbojen der Hurricane Hunters und sind verifiziert. Eine weitere Einheit der Hunters ist in diesem Augenblick mit einer Lockheed-WP-3 *Orion* in der Luft, um exakte Messungen im Innern des Hurrikans vorzunehmen. Doch das ist noch nicht alles.«

Er warf einen bedeutungsschwangeren Blick in die Runde und zupfte an seinem Hemd. Es klebte ihm am Rücken. Sánchez suchte Augenkontakt mit Amy Winter, die mit übergeschlagenen

Beinen und vor der Brust verschränkten Armen dasaß und ihn mit ihrem Blick sezierte. Sie trug ihre schwarzen Haare zurückgekämmt und mit einer breiten Haarnadel am Hinterkopf fixiert. Sie war nicht geschminkt, ihre hohen Wangenknochen stachen aus ihrem schmalen Gesicht hervor. Die weite Jeans und die zu große Bluse konnten ihre hagere Statur kaum verbergen. Sánchez ließ sich von ihrem zerbrechlichen Äußeren nicht täuschen. Amy Winter konnte ihm echte Probleme bereiten.

»Sollen wir jetzt raten, was als Nächstes kommt, oder rücken Sie endlich damit heraus?«, fuhr Amy Winter ihn an. »Die Uhr tickt.«

»Ich bedaure, dass ich Sie aus einer Familienfeier herausgerissen habe, Miss Winter.« Sánchez kochte innerlich. Er besaß das Recht, die Koordinatorin des Katastrophenschutzes zu jeder Tages- und Nachtzeit zu kontaktieren. Teufel, es war sogar seine verdammte Pflicht, wenn das Leben Tausender Menschen in Gefahr war.

»Kommen Sie endlich zum Punkt, Sánchez. Nach allem, was ich bisher gesehen und gehört habe, bekommen wir ein echtes Zeitproblem im Hinblick auf eventuelle Evakuierungen. Ich bin sehr gespannt, wie Sie mir erklären werden, warum das NHC nicht früher Alarm geschlagen hat.«

Sie funkelte Sánchez wütend an.

Er schluckte einen Kommentar hinunter und startete eine Computer-Animation, die aus einer komplexen Berechnung diverser Satellitenaufnahmen hervorging, kombiniert mit Bildern und Daten der Hurricane Hunters sowie der NDBC-Bojen. Auf dem Hauptbildschirm des Raums hinter ihm erschien eine GOES-Satellitenaufnahme des weißen Wolkenwirbels, der unaufhörlich aus dem südöstlichen Atlantik in Richtung Florida rotierte.

»Wie bereits gesagt, hat sich ›Emily‹ in den letzten Stunden zu einem Stufe-fünf-Hurrikan entwickelt«, erklärte Sánchez. »Noch befindet sich das Zentrum über dem Atlantik. In etwa fünf Stunden jedoch wird ›Emily‹ mit voller Wucht über die Turks- und Caicosinseln hinwegfegen. ›Emily‹ bringt außergewöhnlich viel Regen mit sich. Wir befürchten, dass es auf den Inseln zu schweren Überflutungen und Zerstörungen kommen wird.«

»In nur fünf Stunden?«, hakte Amy Winter nach.

Sánchez kratzte sich am Bauch. »Nun, sehen Sie, die hohe Geschwindigkeit, mit der sich dieses Sturmsystem fortbewegt, ist außergewöhnlich und einer der Gründe, weshalb uns die Zeit davonläuft. Typischerweise ziehen Hurrikane im Atlantik zwischen dem zwanzigsten und dreißigsten Breitengrad mit Geschwindigkeiten zwischen fünfzehn und zwanzig Stundenkilometern ihre Bahnen. Aber das ist nur ein statistischer Mittelwert. Hin und wieder registrieren wir höhere Zuggeschwindigkeiten.«

»Kommen Sie zum Punkt«, verlangte Amy Winter. Sie deutete auf das Satellitenbild. »Wie schnell bewegt sich dieser Hurrikan auf uns zu?«

»Aktuell nähert sich Emily der amerikanischen Küste mit 75 Stundenkilometern.«

Ein Raunen ging durch den Raum.

Amy Winter runzelte die Stirn. »Das ist verdammt schnell.«

Sánchez nickte. »Vor allem, wenn man sich vor Augen hält, dass derartig hohe Zuggeschwindigkeiten praktisch nur dann auftreten, wenn Hurrikane eindrehen, nach Norden abziehen und die mittleren Breiten erreichen. Erst dort können sie, unter gewissen Voraussetzungen, von Höhentiefs beeinflusst werden, die diese hohen Geschwindigkeiten ermöglichen.« Er atmete tief durch. »Fünfundsiebzig Stundenkilometer in unseren Breiten ist ein absolutes Novum. Dieser Hurrikan ist ein verdammter Ferrari.«

Amy Winter rutschte unruhig auf ihrem Stuhl herum. »Fahren Sie fort.«

»Sehen wir uns nun die voraussichtliche Zugbahn der nächsten fünf Tage an.« Sánchez drückte eine Taste auf der Fernbedienung in seiner Hand. Ein Satellitenbild mit Florida im Zentrum erschien, darüber legte sich eine Grafik, die einem bunten Wassertropfen ähnelte. Die aktuelle Position des Sturmzentrums, mit den extrem hohen Windgeschwindigkeiten, war violett dargestellt. Die weitere angenommene Zugbahn verlief von Rot über Gelb, bis hin zu Dunkel- und Hellgrün, wobei die Windgeschwindigkeiten mit jeder Farbabstufung abnahmen. Fast die gesamte Ostküste Floridas war von einer roten Farbschicht bedeckt. Wieder ging ein Raunen durch den Raum.

Diesmal meldete sich Brandon LaHaye zu Wort: »Anhand dieser Prognose wird ›Emily‹ also sicher auf Land treffen?«

»Ich fürchte, das ist unvermeidlich. Zur besseren optischen Präsentation hat mein Team eine zweite Computersimulation vorbereitet.« Diesmal wurde der weiße Wolkenwirbel durch eine täuschend echte rotierende Grafik ersetzt. Der animierte Hurrikan zog über die Turks- und Caicosinseln hinweg, streifte mit seinen Ausläufern im Süden Kuba und im Norden die Bahamas, während er zielstrebig auf Südflorida zusteuerte. Kurz vor den Florida Keys stoppte Sánchez die Simulation.

»Die Wahrscheinlichkeit, dass ›Emily‹ über die Keys hinwegfegt, liegt bei über neunzig Prozent. Ladies and Gentlemen, nach ›Irma‹ 2017 werden wir nun mit einem Landfall eines Stufefünf-Hurrikans konfrontiert. Wir müssen uns auf das Schlimmste vorbereiten.«

»Wie stehen die Chancen, dass sich das System vorher abschwächt?«, fragte Brandon LaHaye.

»Praktisch ausgeschlossen.«

»Wie viel Zeit bleibt uns bis zum Landfall?«, wollte Amy Winter wissen.

Sánchez atmete tief durch. Jetzt kam der heikle Punkt. »Bei gleich bleibender Zuggeschwindigkeit etwa dreizehn Stunden.« Aufgeregtes Gemurmel in den Sitzreihen setzte sein. Amy Winter sprang auf. »Dreizehn Stunden? Wie soll ich in so kurzer Zeit siebzigtausend Inselbewohner von da unten herausholen?« Ihre Stimme überschlug sich fast. »Die ersten Ausläufer erreichen Key West demnach in Kürze. Dann geht nichts mehr.«

Das Gemurmel erstarb. Im Medienraum des NHC wurde es totenstill. Jeder der Anwesenden wusste, dass Amy Winters Sorgen berechtigt waren. Eine Evakuierung unter diesen Umständen war ein Ding der Unmöglichkeit.

Amy Winters Halsschlagader pulsierte. »Das wird ein Nachspiel haben, Sánchez.« Sie warf ihm einen vernichtenden Blick zu und verließ den Raum. Draußen blieb sie stehen und zückte ihr Handy.

Sánchez kannte das Prozedere. Zuerst informierte Winter die Bürgermeister sämtlicher größerer Orte auf den Keys, danach die Feuerwehren, die Polizei und das Militär. Anschließend waren Krankenhäuser, Schulen, Stromversorgungsunternehmen und weitere staatliche Stellen an der Reihe.

Während Sánchez Fragen der anwesenden Journalisten beantwortete, beobachtete er Amy Winter aus den Augenwinkeln. Ihre Anrufe waren kurz. Es gab keine Erklärungen, nur Anweisungen. Wie die vorgegebene Reihenfolge der Anrufe, so lief auch eine Evakuierung der Keys stets nach demselben Muster ab. Zuerst wurden die Bewohner von Key West und den anderen südlichen Inseln aufgefordert ihre Häuser zu verlassen. Ein paar Stunden später waren die mittleren Inseln an der Reihe, erst danach die

Upper Keys im Norden. Wie immer hoffte Sánchez, dass die Evakuierung in geordneten Bahnen und in Ruhe ablief. Sollten alle Bewohner auf einmal versuchen, das Festland zu erreichen, wären die Straßen sofort verstopft, allen voran der Overseas Highway, die einzige Verbindung der Inseln zum Festland. Über ihn rollte der gesamte Verkehr von Insel zu Insel. Eine einzige Autopanne oder ein Unfall, und nichts ging mehr. Tausende Menschen wären »Emilys« Wucht schutzlos ausgeliefert, im schlimmsten Fall auf den exponierten kilometerlangen Brücken, die über das Meer führten. Eine Horrorvorstellung, die Sánchez sich nicht weiter ausmalen wollte.

Während Amy Winter auf ihrer Telefonliste einen Haken nach dem anderen setzte, beendete Sánchez die Fragerunde und kehrte dann in die HSU zurück.

Selma Cooper drückte ihm die neuesten Prognosen in die Hand. Während Sánchez die Daten überflog, kratzte er sich gedankenverloren den Bauch. Er goss sich einen Becher Kaffee von der Warmhalteplatte ein, nahm einen Schluck und verzog angewidert das Gesicht. Lauwarm. Bei dem Gedanken, dass er sich diese Plörre die nächsten achtundvierzig Stunden literweise reinschütten würde, um während der kritischen Phase wach zu bleiben, schüttelte es ihn.

Brandon LaHaye und Amy Winter gesellten sich zu ihm. Amy Winter steckte ihr Handy ein. »Die wichtigsten Personen sind informiert. Die Maschinerie ist angelaufen.«

»Gut. Kaffee?«

»Schwarz.«

Brandon LaHaye winkte dankend ab.

»Es wird eine lange Nacht«, sagte Sánchez. »Ich gehe davon aus, dass Sie bleiben werden. Ich habe Ihnen bereits einen Schlafplatz nebenan herrichten lassen.«

»Mein Mann wird begeistert sein.«

»Na, so häufig kommt das ja zum Glück nicht vor.«

»Wissen Sie eigentlich, wie es sich anfühlt, Sánchez, wenn man von allen Seiten ständig eins aufs Dach bekommt?« Sie starrte ins Leere. »Die Entscheidung, ob evakuiert werden muss oder nicht, trifft man nicht so einfach. Was denken Sie, wie viele erboste Anrufe mein Büro in den nächsten Stunden erhält? Viele Insulaner finden es übertrieben, ihre Häuser zu verlassen. Viele wollen vor Ort bleiben, um zu retten, was zu retten ist. Kaum zu glauben, aber gelegentlich werde ich sogar von Bürgermeistern beschimpft.«

»Man sollte meinen, spätestens seit ›Irma‹ hätten die Menschen dazugelernt«, sagte Sánchez, um einen versöhnlichen Tonfall bemüht.

»Das Problem sind die Fehlalarme«, erklärte sie. »Zehntausende Menschen verlassen ihre Häuser, machen sich auf den Weg aufs Festland, harren in überfüllten Notunterkünften aus, und dann … geschieht nichts. Erinnern Sie sich an 2004 und 2005?«

Sánchez nickte. »Zum Glück war ich damals noch nicht im Amt.«

»Ich schon.« Sie trank einen weiteren Schluck Kaffee und stellte den halb leeren Pappbecher ab. »Damals haben wir die Leute so oft aufgefordert, ihre Häuser zu verlassen, aber geschehen ist nie etwas. Können Sie sich vorstellen, wie man mir von allen Seiten zugesetzt hat?«

»Aber dann kam Hurrikan ›Wilma‹ und mit ihm eine fünf Meter hohe Flutwelle«, ergänzte Sánchez.

»Genau. Aufgrund der vorherigen Fehlalarme hatten nur zehn Prozent der Bevölkerung die Keys verlassen. Sechs Menschen starben, Tausende Häuser und Autos wurden zerstört. Wir mussten Wohncontainer aufstellen.«

»Ich gebe zu, Sie haben den härteren Job von uns beiden.« Er versuchte ein Lächeln. Winter verzog keine Miene. »Wenn Sie *Ihren* Job richtig machen würden, wäre *mein* Job weniger hart.« Sánchez' Lächeln gefror. »Darf ich kurz unterbrechen?«, fragte Selma Cooper. »Das hier solltest du dir ansehen, Emilio.« Sánchez war froh, fortgerufen zu werden. Die nächste halbe Stunde widmeten sie sich den neuesten Daten. Der Ärger über die Katastrophenschutzbeauftrage war schlagartig vergessen. Es gab wahrlich andere Sorgen.

»Ladies and Gentlemen, darf ich um Ihre Aufmerksamkeit bitten?«, verkündete Sánchez wenig später im Medienraum mit lauter Stimme. Die hitzigen Gespräche unter den Journalisten verstummten. »Es gibt neue Erkenntnisse. Entgegen unserer ersten Einschätzung, die, wie ich anmerken möchte, auf einer äußerst unklaren Datenlage beruhte, handelt es sich bei ›Emily‹ um keinen gewöhnlichen Kapverden-Typ, sondern vermutlich um einen Bahama-Buster. Für die Pressevertreter – das ist ein Hurrikan, der sich über dem warmen Wasser des Golfstroms intensiviert. Das könnte mit ein Grund für die hohe Zuggeschwindigkeit sein. Damit erklärt ist sie jedoch keinesfalls. Aber diese Tatsache ergibt eine leicht veränderte Prognose der Zugrichtung.« Er wandte sich einer GOES-Satellitenaufnahme zu und tippte mit dem Finger auf Miami. »Auch wir werden hier nicht verschont bleiben. Der Landfall findet über den Keys statt. Danach wird ›Emily‹ über Dade County und Broward County hinwegziehen, mit Miami und Fort Lauderdale. ›Emily‹ wird sich entlang der Ostküste emporarbeiten und«, er zögerte, »dann könnte etwas extrem Seltenes geschehen. Üblicherweise drehen Hurrikane zurück aufs Meer ab, sobald sie Festland erreichen.

Dieser vermutlich nicht. ›Emily‹ könnte über Orlando hinweg nach Norden ziehen.«

»Das wird Micky und Donald gar nicht gefallen«, kommentierte Brandon LaHaye.

»Falls Ihre Prognosen eintreffen, Sánchez, werden wir Disney World und die anderen Parks für mindestens zwei Tage schließen müssen.« Amy Winter rieb sich die Stirn, als bereite ihr dieser Gedanke Kopfschmerzen.

»Eine Meldung aus Key West«, rief Zachary Haffernan aus dem Hintergrund. »Die ersten Ausläufer erreichen die Insel. Teile der Küste und einige Straßen sind bereits überflutet. Die Polizei meldet erste kleinere Unfälle und verstopfte Hauptverkehrswege.«

Sánchez sah zu Amy Winter, und ihre Blicke trafen sich. »Der Tanz hat begonnen«, murmelte er.

33

FRANKFURT AM MAIN

Rumpelnd setzte die Bombardier DHC-6 am Frankfurter Flughafen auf. Laura rieb sich die verweinten Augen. Sehnsüchtig wartete sie darauf, dass sich ihr Handy wieder ins Funknetz einloggte. Wann würde Robins Entführer sich wieder melden? Würde er überhaupt noch einmal von sich hören lassen? Seitdem er aufgelegt hatte, waren über zwei Stunden vergangen. Laura biss sich auf die Unterlippe, bis sie schmerzte. Wie hatte sie nur so dumm sein können, Bishop mit seinem Namen anzusprechen?

Daniel, der neben ihr saß, wollte ihre Hand nehmen und drücken. Sie zog ihre Hand fort und deutete nach vorn. Fenton Link und Jennifer West kamen durch den Gang auf sie zu. Außer ihnen war niemand an Bord der knapp sechzehn Meter langen Turboprop-Maschine.

»Gibt es Neuigkeiten?«, fragte Laura sofort.

Jennifer West, die eine dunkle Ledermappe in der Hand hielt, hockte sich auf die Armlehne des gegenüberliegenden Sitzes. »Ich habe, wie versprochen, während des Fluges ein paar Telefonate geführt. Noch gibt es keine Neuigkeiten über den Verbleib Ihres Sohnes. Wir konnten aber in Erfahrung bringen, dass ein Mann, der sich als Arzt ausgegeben hat, Robin aus seinem Zimmer abgeholt hat. Einer Stationsschwester gegenüber hat dieser Arzt behauptet, es handele sich um eine kurzfristige Untersuchung, die keinen Zeitaufschub duldet. Wir gehen davon aus, dass es sich bei diesem angeblichen Arzt um Fred Bishop handelt. Wir bemühen uns momentan um Aufzeichnungen von Überwachungskameras, die uns vielleicht mehr verraten.«

Langsam holperte die Bombardier über die Landebahn, ihrer endgültigen Parkposition entgegen.

»Ich hätte nicht mit Ihnen fliegen sollen«, sagte Laura und sah Fenton Link gequält an. »Ich hätte zur Polizei gehen sollen.«

Link schüttelte den Kopf. »Fred Bishop ist kein gewöhnlicher Krimineller, Frau Wagner. Die Polizei kann Ihnen in diesem Fall nicht weiterhelfen.«

»Ich muss das Sprachmemo in meinem Computer löschen. Er hat verlangt, dass ich ...«

Link unterbrach sie. »Glauben Sie mir, Bishop interessiert sich nicht für Hardenbergs Sprachmemo. Die ganze Sache um dieses Sprachmemo ist nur ein Vorwand. Bishop hat es auf Sie abgesehen, Frau Wagner.«

»Aber warum?«

»Wir werden es herausfinden«, sagte er.

»Vertrauen Sie uns«, bat Jennifer West, »wir sind gut in solchen Dingen.«

»Aber hier geht es nicht nur um mich.« Lauras Stimme klang schärfer als beabsichtigt. Ihre Gefühle drohten sie zu überwältigen. »Hier geht es um meinen Sohn. Sein Name ist Robin!«

Jennifer Wests Blick wurde eine Spur sanfter. »Glauben Sie uns, wir tun alles, was in unserer Macht steht, um Ihnen zu helfen.«

Laura musterte sie. »Was kann eine Umweltbehörde aus den Vereinigten Staaten denn schon groß ausrichten?«

Jennifer West sah hilfesuchend zu Fenton Link, der langsam, aber bestimmt den Kopf schüttelte. »Haben Sie noch ein wenig Geduld.«

Er wandte sich um und ging zurück zum Cockpit. West nickte Laura aufmunternd zu, dann folgte sie ihm.

Mit einem letzten Ruck kam die Bombardier zum Stehen. Laura starrte auf das Display ihres Handys. Fünf Balken blinkten im linken oberen Eck auf. Die Funkverbindung stand. Fehlte nur noch Bishop, der sich meldete. Der Gedanke, dass er Robin etwas antun könnte, zerriss Laura das Herz.

Die Türen öffneten sich. Als sie die Maschine verließen, schlug ihnen Nieselregen entgegen. Abseits der Pisten und Fahrbahnen lag noch Schnee, der jedoch zu schmelzen begonnen hatte, wie ausladende Pfützen verrieten. Ein schwarzer Van, dasselbe Modell wie in Hannover, wartete am Rande der Landebahn, und sie stiegen ein.

Es ging an Hangars vorbei in Richtung Cargo-City Süd, wie ein Schild verkündete, dem größeren der beiden Frachtzentren am Frankfurter Flughafen. Kurz darauf fuhren sie auch schon zwischen weitläufigen Lagerhallen und Bürogebäuden hindurch, bis der Wagen schließlich vor einer unscheinbaren Tür am Rande einer der Hallen hielt. Auf einem Schild stand in ausgeblichenen Buchstaben AERO CONTRACTORS. Fenton Link stieg aus und verschwand in der Halle. Keine zwei Minuten später kehrte er zurück. Dann setzten sie ihre Fahrt fort.

Durch ein Tor verließen sie Cargo-City Süd und fuhren auf einer Landstraße einige Minuten durch ein Waldstück, bis sie an einen Kiesweg kamen, der sie tiefer in den Wald führte. Im Schritttempo rumpelten sie durch tiefe Pfützen über die unebene Strecke bis zu einer großen Lichtung. An deren Rand verlief ein stacheldrahtbewehrter Zaun. Laura blickte durch das regennasse Fenster. Innerhalb des Areals entdeckte sie neben einem flachen Hügel zwei olivgrüne US-Militärfahrzeuge. Unterhalb des Hügels meinte sie eine Tür auszumachen. *Ein Bunker*, schoss es ihr durch den Kopf.

Sie hielten vor einem Tor, an dem zwei Soldaten Wache schoben. Sie trugen schwarze Armbinden, auf denen zwei weiße Buchstaben prangten: MP.

»US-Militärpolizei«, raunte Daniel ihr zu.

»Wo sind wir hier?«

»Sieht aus wie ein Militärstützpunkt.«

Fenton Link wies sich gegenüber den Wachen aus, woraufhin sich das Tor öffnete. Innerhalb des eingezäunten Areals waren die Wege wieder asphaltiert. Während sie auf einen flachen, fensterlosen Betonklotz zufuhren, fielen Laura die vielen Antennen und Radome auf, die auf der verschneiten Rasenfläche standen. Es kam ihr sonderbar vor, dass nur wenige Kilometer vom bedeutendsten deutschen Flughafen entfernt eine solche amerikanische Militäreinrichtung betrieben wurde.

»Wozu benötigt man so viele Antennen?«, fragte sie Daniel.

»Keine Ahnung. Frag unseren Reiseleiter«, entgegnete er.

Sie hielten vor dem fensterlosen Betonklotz und stiegen aus. Fenton Link hielt sein Gesicht vor einen Monitor. Ein grüner Laser tastete sein Gesicht ab, und die Tür wurde entriegelt.

»Wo sind wir hier?« Laura sah sich um.

»Sie befinden sich auf dem Gelände der Egelsbach Transmitter Facility«, antwortete Link, ohne zu zögern. »Dieses Areal ist dem Wiesbadener Hauptquartier der US-Landstreitkräfte in Europa unterstellt.«

»Warum sind wir hier?«

»Diese Frage ist leider nicht so einfach zu beantworten. Sie werden es aber in wenigen Minuten erfahren. Folgen Sie mir jetzt bitte.«

Sie betraten zu viert einen Gang, an dessen Ende sich ein Aufzug befand. Link drückte einen Knopf, und der Aufzug öffnete sich. Er brachte sie drei Stockwerke tiefer zu einem hell erleuchteten Gang, von dem in regelmäßigen Abständen weitere Gänge abzweigten. Überall waren Überwachungskameras montiert. Alle paar Meter befanden sich Luftauslässe in der Decke, aus denen kühle Frischluft strömte. Obwohl die Anlage erstaunlich weitläufig war, wirkte sie wie ausgestorben. Laura fragte sich, ob dieses unterirdische Bunkerlabyrinth das gesamte Erdreich des eingezäunten Areals durchzog.

Kurz darauf betraten sie einen hochmodernen Besprechungsraum, mit einem langen Konferenztisch in der Mitte, der von einem Dutzend Büroledersessel umstanden war. Vor jedem Sessel lag ein Headset auf dem Tisch, in der Mitte standen Getränkeflaschen, Kaffeekannen, Gläser und Tassen. In einer Ecke des Raums befand sich ein Wasserspender, in der anderen Ecke stand das Sternenbanner der Vereinigten Staaten von Amerika in einer Halterung. Die Wände waren mit Flachbildschirmen zugepflastert, die Stirnseite nahm ein einzelner riesiger Monitor ein. Er war schwarz, bis auf ein kreisrundes blaues Symbol mit gelbem Rand, in dem sich ein Adlerkopf über einem weißen Schild mit einer Kompassrose befand. Der Schriftzug über dem Adlerkopf jagte Laura einen Schauer über den Rücken: CENTRAL INTELLIGENCE AGENCY.

»Von wegen Nationale Ozeanbehörde«, raunte sie Daniel zu. »Und jetzt?«

»Die wollen etwas von uns«, erwiderte er. »Jetzt muss der gute Mr. Link endlich die Katze aus dem Sack lassen.«

Link ging auf den langen Tisch zu, und sie folgten ihm.

Sie wurden erwartet.

Ein schlanker Mann in einem perfekt sitzenden Anzug kam energischen Schritts auf sie zu. Sein Gesicht glänzte frisch rasiert, und seine schmalen Augenbrauen über den schräg stehenden Augen sahen aus, als wären sie erst kürzlich gezupft worden. Er streckte Laura eine tadellos manikürte Hand entgegen. Süßliches Aftershave umwehte ihn.

»Special Agent Lance Deckard.« Sein Händedruck war fest, ebenso sein Blick. »Danke, dass Sie gekommen sind.« Sein Deutsch war fast akzentfrei.

Daniel deutete auf das CIA-Logo und sagte: »Ich gebe zu, jetzt bin ich noch neugieriger, als ich es sowieso schon war.«

»Sie haben sich zur absoluten Verschwiegenheit verpflichtet«, entgegnete Deckard. »Im Gegenzug hat man Ihnen eine Erklärung versprochen, und die sollen Sie erhalten.«

»Mir wurde außerdem versprochen, dass Sie mir meinen Sohn zurückbringen«, sagte Laura.

Deckard nickte. »Das werden wir.« Er deutete auf den Konferenztisch. »Tee? Kaffee?«

Laura und Daniel nahmen Platz. Fenton Link und Jennifer West setzten sich ihnen gegenüber, während Deckard sich ans Kopfende setzte.

»Kommen wir gleich zum Punkt«, begann Deckard und sah auf seine Uhr. »Wir gehören einer weniger bekannten Behörde innerhalb der CIA an, die sich in erster Linie mit den Konsequenzen des Klimawandels und den daraus resultierenden Herausforderungen für unsere nationale Sicherheit auseinandersetzt.«

»Das Climate Engineering Center«, sagte Daniel und nickte wissend.

Deckard wandte sich an Fenton Link. »Ich sagte Ihnen doch, das ist unser Mann.«

Link verzog keine Miene.

Daniel lehnte sich in seinem Sessel zurück. »Unter Meteorologen ist Ihre Behörde kein großes Geheimnis.«

»Weil wir kein Geheimnis daraus machen«, entgegnete Deckard.

»Allerdings hängen wir unsere Arbeit auch nicht an die große Glocke.«

»Offiziell wurde Ihre Behörde 2012 aufgelöst. Warum diese Falschinformation?«

»Wir hatten unsere Gründe.«

»Kann mich vielleicht jemand aufklären?«, bat Laura. »Was genau tun Sie, Agent Deckard?«

»Wir überwachen, erforschen und analysieren die klimatischen Veränderungen auf der Erde«, erklärte er, während er seine Krawatte glatt strich. »Darauf basierend entwickeln wir Szenarien, die sich aus diesen Veränderungen ergeben.«

»Bedeutet konkret?«, hakte sie nach.

»Wir fragen uns zum Beispiel, welche Auswirkungen zunehmend ausgeprägte Dürren im Nahen Osten und damit einhergehende Phasen von Wasser- und Nahrungsmittelknappheit auf die politische Stabilität in dieser Region haben werden.« Seine Hände begleiteten gestikulierend seine Worte. »Welche Folgen werden diese Veränderungen im Machtgefüge für die Vereinigten Staaten haben? Welche unserer politischen Verbündeten könnten an Macht verlieren, welche neuen Bündnisse gilt es rechtzeitig neu zu schließen? Solche Fragen beschäftigen uns.«

»Aber nicht heute«, mutmaßte Daniel.

»Nein. Nicht heute.«

Deckards Handy vibrierte. »Einen Moment.« Er wandte sich ab und nahm das Gespräch an.

Daniel beugte sich zu ihr hinüber und flüsterte: »Nur damit du weißt, worum es denen wirklich geht. Die National Academy of Sciences hat ein Studienprogramm im Bereich Klima-Engineering durchgeführt. Es ging um Techniken und Auswirkungen von Wetter- und klimaverändernden Maßnahmen. Finanziert von der CIA.«

»Woher weißt du solche Dinge?«

Daniel zuckte mit den Schultern. »Leif.«

»Natürlich.«

»Der Klimaforscher Alan Robock sagte vor einiger Zeit, dass er von der CIA kontaktiert worden sei. Die CIA wollte von Robock wissen, ob und wie man feststellen kann, ob ein Land das Wetter gezielt manipuliert und kontrolliert.«

»Ich dachte, die chinesischen Wetterzentren seien kein Geheimnis?«

»Hier geht es um mehr.« Er vergewisserte sich, dass Deckard noch immer telefonierte. »Die CIA interessiert sich offenkundig nicht nur für den Klimawandel und dessen Bekämpfung, sondern versucht die Klimaforschung auch auf Wettermanipulationen zu militärischen Anwendungen auszuweiten. Robock hat erklärt, dass er gefragt wurde, ob es möglich sei, Geo-Engineering und Wettermanipulation gegen feindliche Regierungen einzusetzen.« Er sah sie eindringlich an. »Wir sollten uns vorsehen, was wir Deckard erzählen.«

»Du bist der Experte. Das überlasse ich gerne dir.«

Deckard beendete sein Gespräch. »Wo waren wir stehen geblieben?«

»Weshalb haben Sie mich kontaktiert?« Daniel sah in die Runde.

Deckard zog einen Zettel aus seiner Hosentasche, kramte eine Lesebrille aus der Innentasche seines Jacketts und klappte diese mit einer schwungvollen Handbewegung auf. Er faltete den Zettel auseinander und las ab: »*Moderne Methoden der Wetterbeeinflussung der Ionosphäre mittels gepulster elektromagnetischer Wellen im unteren Kurzwellenbereich.*«

Über den Rand seiner Brille hinweg sah er Daniel an. »Kommt Ihnen das bekannt vor?«

Daniels Augenbrauen zogen sich zusammen. »Woher haben Sie das?«

»Sie haben Ihre Dissertationsschrift seinerzeit über eine Agentur via E-Book im Archiv der Deutschen Nationalbibliothek veröffentlicht«, erwiderte Deckard. »Jeder, der sich dafür interessiert, kann Ihre Doktorarbeit im Internet finden.«

Daniel sah den Agenten mürrisch an. »Und warum interessieren Sie sich dafür?« Laura fiel auf, dass er unter dem Tisch seine Finger knetete.

Deckards Handy vibrierte erneut. Er nahm das Gespräch an.

Laura nutzte die Gelegenheit: »Du hast einen Doktortitel?«

»Nein. Meine Dissertation wurde abgelehnt. Ich wollte die Arbeit trotzdem veröffentlichen, weil ich glaube, dass sie gut ist.«

»Deine Doktorarbeit wurde abgelehnt?«

Er zögerte. »Ja.«

»Warum?«

Er starrte in die Luft, als schwebten dort Erinnerungsfetzen an vergangene Zeiten. »Das ist eine lange Geschichte.«

Deckard beendete sein Telefonat und räusperte sich. Laura hatte das Gefühl, dass Deckards Timing Daniel nicht ungelegen kam.

»Das war Langley«, erklärte Deckard. »Die Situation spitzt sich zu. Wie es scheint, bleibt uns noch weniger Zeit als angenommen. Ich werde Sie nun über einige Vorkommnisse in Kenntnis setzen, die sich in den letzten Stunden vor der Ostküste der Vereinigten Staaten ereignet haben. Hierzu würden wir gerne Ihre fachliche Einschätzung hören, Mr. Bender.«

Nachdenklich sah sich Daniel um. Er deutete auf ein Leuchtschild an der Wand mit der Aufschrift MIC. »Wird alles aufgezeichnet, was wir hier reden?«

»Momentan nicht. Nur wenn das Schild leuchtet.« Deckard

erhob sich und ging um den Konferenztisch herum. »Vor einigen Stunden meldete der Leiter des Nationalen Hurrikan-Zentrums in Miami, Emilio Sánchez, einen ungewöhnlichen Vorfall, der sich etwa sechshundert Meilen südöstlich der Küste der Vereinigten Staaten ereignete. Messbojen begannen ohne ersichtlichen Grund verrückt zu spielen. Sie übermittelten Werte, die keinen Sinn ergaben. Zunächst ging das NHC von einem technischen Defekt aus. Doch es war kein Defekt.«

Er gab Link ein Zeichen, der daraufhin über das Tablet wischte, das vor ihm auf dem Tisch lag. Das CIA-Symbol auf dem Monitor an der Stirnseite des Raums wich einer Satellitenaufnahme, die einen weißen Wolkenwirbel über dem nördlichen karibischen Meer zeigte. »Hurrikan ›Emily‹ bildete sich innerhalb weniger Stunden aus einer stabilen Wetterlage heraus und bewegt sich aktuell in außergewöhnlich hohem Tempo auf die Ostküste Floridas zu. Das NHC in Miami sieht sich momentan außerstande, exakte Prognosen über die weitere Zugbahn abzugeben. Die Abläufe innerhalb dieses Sturmsystems sind anscheinend zu chaotisch für verlässliche Vorhersagen.«

Daniel kniff die Augen zusammen. »Sagten Sie gerade, dieser Hurrikan habe sich innerhalb weniger Stunden gebildet?«

Deckard nickte. »Das ist noch nicht alles. ›Emily‹ scheint elementare physikalische Gesetze zu ignorieren. Weltweit wird unter Meteorologen bereits heftig und kontrovers über diese Besonderheiten diskutiert. Wir haben eine Übersicht vorbereitet, Mr. Bender, auf der Sie sämtliche Daten und Fakten finden, die wir als relevant betrachten.«

Auf dieses Stichwort hin schob Fenton Link Daniel einen Schnellhefter quer über den Tisch zu. Auf dem blauen Deckblatt prangte das CIA-Symbol, darunter der Vermerk VERTRAULICH. Daniel erhob sich, ohne einen Blick in den Ordner zu werfen. Er trat vor den Monitor und betrachtete die Satellitenaufnahme mit krauser Stirn. »Stimmen Datum und Uhrzeit?«

»Natürlich«, erwiderte Deckard. »Weshalb fragen Sie?«

Daniel ging nicht darauf ein. Stattdessen bat er um eine Animation der Aufnahmen des stationären GOES-Satelliten der letzten achtundvierzig Stunden, um die Entstehung des Hurrikans mit eigenen Augen zu verfolgen.

Deckard warf einen Blick auf seine Armbanduhr. »Ist das wichtig?«

»Kann ich noch nicht sagen.«

»Wir klinken uns in zehn Minuten in die Konferenz ein.« Deckard zeigte auf den Schnellhefter. »Bis dahin sollten Sie mit den Fakten vertraut sein, die wir Ihnen zusammengestellt haben.«

Fenton Link sah überrascht auf. »In zehn Minuten? Ich dachte, wir hätten noch zwei Stunden?«

»Langley hat mich soeben über die Änderung des Zeitplans informiert«, sagte Deckard. »Die Ereignisse überschlagen sich. Wir müssen handeln. Jetzt.«

»Was für eine Konferenz?«, fragte Daniel.

»Ein Austausch unter Experten.«

»Was für Experten?«

»Es gibt Leute, die sich eingehend mit Ihrer Dissertation und den darin enthaltenen Thesen auseinandergesetzt haben, Mr. Bender.« Mit seinen schmalen Augenschlitzen wirkte Lance Deckard wie ein Raubvogel, kurz bevor er in die Tiefe stürzt, um Beute zu reißen. »Wir haben Sie nicht aus einer Laune heraus in halb Deutschland gesucht und hierher gebracht.«

Daniel holte tief Luft, sagte aber nichts dazu.

Bisher hatte Laura die ganze Zeit über von einem zum anderen gesehen und kam sich nun zunehmend wie das berühmte fünfte Rad am Wagen vor. Doch sie war nicht naiv. Für ihre Anwesenheit hier in diesem Raum musste es ebenfalls einen guten Grund geben. Sie würde ihn erfahren, wenn der Zeitpunkt gekommen war.

»Start der Animation der letzten achtundvierzig Stunden«, befahl Deckard.

Auf dem großen Monitor erschien ein GOES-Satellitenbild. Es zeigte einen wolkenlosen Himmel über dem westlichen Atlantik sowie dem karibischen Meer. Dann veränderte sich das Bild. Wolken bildeten sich. Zunächst glichen sie zuckerwattegleichen zarten Fäden, die ohne erkennbare Struktur über dem Meer hingen, bevor sie sich zusammenzogen und zu einem undurchdringlichen Knäuel verdichteten. Kurz darauf erkannte man bereits die charakteristische Wolkenformation eines Hurrikans, mitsamt dessen Auge im Zentrum. Zielstrebig rotierte das Sturmsystem aus südöstlicher Richtung auf Florida zu. Die Animation stoppte, kurz bevor die ersten Ausläufer die Florida Keys erreichten, und startete dann von Neuem.

Daniel betrachtete die Endlosschleife einige Male, dann kehrte er an seinen Platz zurück. Er nahm den Schnellhefter in die Hand, öffnete ihn jedoch nicht. »Agent Deckard, haben Sie Beweise dafür, dass dieser Hurrikan nicht auf natürliche Weise entstanden ist?«

Deckard nickte langsam.

Daniel warf Laura einen vielsagenden Blick zu, bevor er sich wieder an Deckard wandte. »Erzählen Sie mir mehr darüber.«

Der Agent strich seine Krawatte glatt und schürzte die Lippen. Er schien abzuwägen, wie viel er Daniel anvertrauen sollte.

»Noch drei Minuten, bis wir in die Konferenz zugeschaltet werden«, informierte Link seinen Vorgesetzten.

»Sie liegen mit Ihrer Vermutung vollkommen richtig«, gab Deckard zu. »Aufgrund geheimdienstlich erworbener Informationen besteht der begründete Verdacht, dass ›Emily‹ künstlich hervorgerufen wurde und darüber hinaus aktiv gelenkt wird, mit dem Ziel, die Ostküste der USA zu verwüsten.« Er fixierte Daniel. »Ein Szenario, wie Sie es unter anderem in Ihrer Dissertation beschrieben haben, Mr. Bender.«

Laura starrte erst Deckard dann Daniel mit offenem Mund an. Sie konnte kaum glauben, was sie da hörte.

»Ich wusste es«, stieß Daniel aus. »Es *ist* möglich.« Er sah zur Zimmerdecke empor. »Hörst du, Leif, alter Kumpel, wir hatten recht.«

»Wer ist dafür verantwortlich?«, fragte Laura.

»Wir haben doch darüber gesprochen«, sagte Daniel an Laura gewandt. »Eine Menge Leute haben ein Interesse daran, das Wetter für ihre Zwecke zu manipulieren. Übrigens war ich beileibe nicht der Erste, der sich mit dem Thema ›Kriegsführung mittels Wettermanipulationen‹ ernsthaft wissenschaftlich auseinandergesetzt hat. Die US Air Force hat schon 1996 eine Studie in Auftrag gegeben, die derartige militärische Einsatzmöglichkeiten untersucht hat. Darin ist von Gewittern auf Bestellung die Rede sowie von Blitzen auf Befehl.« Daniel wandte sich jetzt an Deckard und deutete auf das Satellitenbild. »Es findet sich in dieser Studie auch ein Szenario, wie man südamerikanische Drogenkartelle mit gesteuerten Tropenstürmen außer Gefecht setzen möchte.«

Deckard stützte die Ellbogen auf den Tisch und legte die Fingerspitzen zusammen. »Mag sein. Jedoch war es unter anderem Ihre Dissertation, Mr. Bender, die Denkanstöße in neue Richtungen geliefert hat. Sie haben sich nicht nur damit begnügt, Theorien zu Papier zu bringen. Sie haben darüber hinaus die technischen Möglichkeiten zur Umsetzung dieser Theorien beschrieben.«

»*Denkbare* technische Möglichkeiten«, korrigierte Daniel. »Ich habe ausschließlich theoretische Überlegungen und Berechnungen angestellt. Zumal die technischen Voraussetzungen für ein Projekt dieser Größenordnung vor acht Jahren noch gar nicht existierten.«

»Anscheinend hat sich das geändert.«

»Dreißig Sekunden bis zur Zuschaltung«, meldete Link.

Deckard setzte sich aufrecht hin, zog seine Krawatte fest und strich seinen Seitenscheitel zurecht. »Ab sofort reden Sie nur, wenn Ihnen eine Frage gestellt wird. In diesem Augenblick werden die Vereinigten Staaten von Amerika in einem kriegerischen Akt angegriffen. Uns drohen Schäden in Milliardenhöhe, das Leben von Tausenden von Menschen ist gefährdet. Die Leute, mit denen Sie es jetzt zu tun bekommen, verstehen angesichts dieser Situation keinen Spaß.«

»Setzen Sie Ihre Headsets auf«, sagte Link.

Das Schild mit der Aufschrift MIC leuchtete auf.

34

Im Konferenzraum erwachten die Wände zum Leben. Der raumhohe Monitor teilte sich in sechs quadratische Fenster. In vier davon erschien jeweils das Gesicht eines Mannes, im fünften das einer farbigen Frau. Das letzte Fenster blieb dunkel. Alle Teilnehmer blickten mit verkniffenem Gesichtsausdruck in die Webkameras. Am unteren Bildschirmrand standen jeweils ihre Namen und die Organisationen, die sie vertraten. Ein älterer Mann mit Hängebacken, buschigen Augenbrauen und schütterem Haar kam Laura bekannt vor. Als sie seinen Namen las, stockte ihr der Atem. *Carl S. Hudson.*

»Das ist der Verteidigungsminister«, raunte sie Daniel zu.

Jetzt sah Daniel es auch. Er schluckte unwillkürlich.

»Bis auf einen Teilnehmer ist die Runde komplett«, begann Deckard. Er sprach jetzt Englisch, aber aus den Kopfhörern vernahm Laura die glasklare deutsche Stimme eines Simultandolmetschers. »Professor de la Vega wird uns seinen Part erläutern, sobald er uns zugeschaltet ist.«

»Ramon den la Vega?« Daniel pfiff kaum hörbar durch die Zähne.

»Du kennst ihn?«

»Nicht persönlich, aber er ist *die* Koryphäe auf dem Gebiet der computergestützten Wettersimulation.«

»Kommen wir gleich zur Sache«, erklang jetzt die tiefe Stimme des Verteidigungsministers. »Agent Deckard, bringen Sie uns auf den neuesten Stand.«

»Zunächst einmal«, erwiderte Deckard, »sollte ich Sie darüber informieren, dass der Präsident meine Behörde mit allen nötigen Befugnissen ausgestattet hat, um unser ... Problem zu lösen.«

»Das US-Militär wird Sie dabei unterstützen und alle Mittel zur Verfügung stellen«, informierte General Norman Williamson die Runde. Mit seinen grauen Stoppelhaaren und dem verhärmten Gesichtsausdruck entsprach er exakt dem Bild, das Laura von einem General hatte. Auf seinen Schulterabzeichen zählte sie vier Sterne.

»Für die Nationale Sicherheit ist es überaus wichtig, so wenig wie möglich von den aktuellen Vorgängen in der Öffentlichkeit zu diskutieren.« Diese Worte kamen aus dem Mund eines Mannes mittleren Alters mit kantigen Gesichtszügen. Er hieß Evan Wilcox, und die Bezeichnung unter seinem Namen wies ihn als den stellvertretenden Direktor von Homeland Security aus. Er saß hinter einem Schreibtisch und hielt eine Sprite-Dose in der Hand. »Je schneller wir diese Situation bereinigen, desto besser.«

»Ihre Sorgen sowie die Eile sind berechtigt«, pflichtete Deckard den Männern bei, »dennoch möchte ich Ihnen zunächst unseren hinzugezogenen Experten aus Deutschland vorstellen. Dies hier ist Daniel Bender, der Verfasser der Ihnen vorliegenden Arbeit über Wettermanipulationen. Wir nehmen an, dass wesentliche Auszüge daraus für unsere Angreifer ... nun, zumindest inspirierend gewesen sein dürften.«

Eine winzige Kamera an der Decke über dem Tisch schwenkte in Daniels Richtung.

»Also haben wir Ihnen diesen Schlamassel zu verdanken?«, polterte Hudson.

Daniel sah sich unsicher zu Deckard um.

»Niemand schiebt Ihnen für irgendetwas die Schuld in die Schuhe«, stellte Deckard rasch klar. »Wäre das der Fall, würden Sie nicht hier an diesem Tisch sitzen.« Ein schmallippiges Lächeln umspielte seine Lippen.

Deckard wandte sich wieder der Kamera zu. »Wir denken, dass Mr. Bender uns von Nutzen sein kann. Deswegen habe ich seine Teilnahme an dieser Konferenz autorisiert.«

»Wer ist die Frau?«, fragte Wilcox.

»Das ist Laura Wagner. Sie ist unsere Verbindung zu Andra. Aber dazu später.«

Laura sah Deckard mit großen Augen an. Was erzählte er da? Von welcher Verbindung sprach er? Ihr Magen zog sich zusammen. Mit einem Mal wurde ihr klar, weshalb Fenton Link in Hannover so darum bemüht gewesen war, sie hierher zu locken, selbst nachdem sie von Robins Entführung erfahren hatten. Sie hatte geahnt, dass mehr dahintersteckte. Hilfe gab es von diesen Leuten nicht umsonst. Was wollten sie von ihr? Nervös begann sie, ihre Hände unter dem Tisch zu kneten.

»Ihre Entscheidung«, kommentierte Wilcox Lauras Anwesenheit, »und ebenso Ihre Verantwortung, Agent Deckard.«

Es entbrannte eine kurze Diskussion über Zuständigkeiten zwischen den einzelnen Behörden. Laura verfolgte das Geplänkel nicht, sondern betrachtete stattdessen den vierten Mann im Bunde – Calvin Sutherfield von der NASA –, der sich noch nicht zu Wort gemeldet hatte. Er war untersetzt, und seine braunen Haare fielen ihm wirr in die Stirn. Die einzige Frau hieß Ophelia Barnes. Ihre geglätteten, glänzend schwarzen Haare waren mit kirschroten Strähnen durchzogen, auf ihrer Nasenspitze balancierte eine Lesebrille. Sie vertrat die NOAA.

»Meine Herren!« General Williamsons energische Stimme

sorgte schlagartig für Ruhe. »Kümmern wir uns um die wichtigen Fragen. Wem haben wir diesen Hurrikan zu verdanken? Meine Einsatztruppen stehen bereit. Ich benötige nur ein Ziel.«

Lance Deckard rückte seine Krawatte zurecht und räusperte sich. »Vor sechs Monaten gelangte die CIA in den Besitz mehrerer Dokumente, die darauf hindeuteten, dass sich unsere Nation im Fadenkreuz einer bis dato nicht in Erscheinung getretenen politischen Gruppierung befindet. Es gab konkrete Hinweise auf einen geplanten terroristischen Anschlag, der am 22. November diesen Jahres stattfinden sollte.«

»An Thanksgiving«, sagte Hudson.

»Exakt. An unserem wichtigsten Feiertag im Jahr nach Heiligabend.«

»Warum schlagen diese Hurensöhne dann jetzt schon zu?«, fragte Hudson.

Deckard verzog das Gesicht. »Möglicherweise befürchten die Drahtzieher, aufzufliegen. Wir können hierüber nur spekulieren.«

Hudson brummte etwas Unverständliches und bedeutete Deckard mit einem knappen Wink, fortzufahren.

»Wir haben es mit einer noch nie da gewesenen Art von Bedrohung zu tun«, stellte Deckard klar. »Diese Leute bedienen sich neuester Methoden der Wettermanipulation. Aber vielleicht möchte unser deutscher Experte dazu etwas sagen?«

Daniel sah überrascht auf. »Äh, klar.« Er überlegte kurz. »In der Vergangenheit wurden eine Reihe von Methoden untersucht, um die Ionosphäre zu beeinflussen. Injektion von chemischen Dämpfen, mittels Erhitzung oder Ladung durch elektromagnetische Strahlung oder Teilchenstrahlen. Nicht alle, aber doch einige dieser Techniken zur Beeinflussung der oberen Atmosphäre waren in Experimenten durchaus erfolgreich. Darunter vertikale sowie indirekte Hochfrequenz-Erhitzung, Mikrowellenerhitzung und magnetosphärische Beeinflussungen. Oder gepulste Radiowellen.

»Geht es auch konkreter?«, brummte Hudson.

»Kurz gesagt, heizt man zu Forschungszwecken die Ionosphäre auf. Das Ziel ist, diese atmosphärische Schicht gezielt zu formen, was nicht so einfach ist, da sich die Beschaffenheit der Ionosphäre ständig ändert. Mit HAARP in Alaska hat Ihre Nation, Mr. Hudson, vor Jahren hierbei eine Vorreiterrolle übernommen.«

»Das alles klingt sehr abstrakt«, fasste der Verteidigungsminister zusammen. »Wozu wird das getan? Was verspricht man sich davon?«

»Vielleicht möchten Sie diese Frage an General Williamson richten?«, schlug Daniel vor.

Hudson sah irritiert drein, wandte sich zu Lauras Überraschung jedoch tatsächlich an den griesgrämig dreinblickenden Williamson. »General?«

»Eine wichtige militärische Anwendung dieser Techniken ist die weltweite Kommunikationsherstellung zwischen unseren Truppen durch extrem niederfrequente Funkwellen«, erklärte Williamson. »Dies gelingt uns, indem wir eine künstliche Ionosphäre schaffen, in Form eines Parabolspiegels. Somit sind wir in der Lage, selbst während heftiger Sonnenstürme oder bei Ausfällen sonstiger Kommunikationskanäle weiterhin mit unseren U-Booten zu kommunizieren.«

»Sie formen die Ionosphäre zu einem Spiegel?«, fragte Wilcox interessiert, während er seine Sprite-Dose in der Hand kreisen ließ.

»Wir reden hier von einem Gebiet von wenigen Quadratkilometern. Aber ja, neben zivilen Forschungen ist dies eines der Ziele von Anlagen wie HAARP.«

»Zurück zu ›Emily‹«, schaltete sich Deckard ein. »Zwei Fragen sind von Bedeutung: Wer ist für das Auftreten dieses Hurrikans verantwortlich, und welche technischen Voraussetzungen sind notwendig, um ihn ins Leben zu rufen? Erst wenn wir wissen, wie ›Emily‹ entstehen konnte, sind wir in der Lage, Gegenmaßnahmen zu ergreifen. Solange uns Professor de la Vega noch nicht zugeschaltet ist, widmen wir uns zunächst dem ersten Punkt.«

Auf den Monitoren an den Seitenwänden erschien das Schwarz-Weiß-Foto eines Mannes. Offensichtlich ein Chinese. Sein Alter war schwer zu bestimmen. Laura schätzte ihn auf Anfang vierzig.

»Das ist Huang Zhen«, sagte Deckard. »Er ist der mutmaßliche Kopf hinter der Aktion. Zhen leitet die Geheimpolizei der chinesischen Provinz Anhui und ist somit direkt dem chinesischen Ministerium für Staatssicherheit unterstellt. Über Zhen ist nur wenig bekannt. Er ist der Sohn eines ehemaligen chinesischen Botschafters in der Schweiz, wo er mehrere Jahre seiner Jugend in einem Internat verbracht hat. Zhen ist verheiratet und hat zwei minderjährige Söhne.

»Wissen wir etwas über seine Motive?«, fragte Hudson.

»Bisher nicht. Zhen ist Maoist der alten Schule«, fuhr Deckard fort. »Er hat im Laufe der letzten Jahre eine kleine, elitäre politische Gruppierung um sich geschart, die seine Ideale und Ziele teilt. Wir gehen davon aus, dass Zhen auf eigene Faust handelt, dabei jedoch auf den Rückhalt mehrerer hochrangiger Politiker der KP bauen kann.«

Hudson beugte sich vor. »Wollen Sie damit andeuten, die chinesische Regierung hat hierbei die Hände im Spiel?«

»Nein. Zumindest nicht die oberen Führungsebenen.«

»Darüber müssen wir Gewissheit erhalten«, meldete sich General Williamson zu Wort. »Falls hier eine indirekte Kriegserklärung der Chinesen vorliegt, müssen wir entsprechend reagieren.«

»Immer mit der Ruhe«, mahnte Wilcox. »In einer dermaßen sensiblen außenpolitischen Angelegenheit dürfen wir nichts überstürzen.«

Williamson lief rot an. »Wir werden angegriffen, und Sie kommen uns mit *Diplomatie*?«

»Ich bevorzuge Beweise anstatt Vermutungen, bevor ich handele.«

»Beweise?«, rief Williamson aus. »Genau darum geht es doch bei Kriegsführung mittels Wettermanipulation: Es gibt keine Beweise! Ein Land merkt nicht einmal, dass es angegriffen wird. Und schon gar nicht, von wem.«

»Es gibt sehr wohl Beweise«, wandte Deckard ein, »und deswegen sollten wir in der Tat auch keine voreiligen Schlüsse ziehen.«

Wilcox hakte nach. »Agent Deckard, Sie sagten, Ihrer Behörde wären Dokumente zugespielt worden, die den geplanten Anschlag erwähnten.«

»Das ist richtig.«

»Von wem stammen diese Dokumente?«

Deckard wechselte einen raschen Blick mit Fenton Link. »Von einer zuverlässigen Quelle.«

»Natürlich.« Wilcox' überhebliches Schmunzeln verriet, dass ihn diese Information nur einen Anruf kosten würde.

Deckard stand auf, ging zum Wasserspender, zog sich einen Pappbecher aus der Halterung und füllte ihn mit Wasser. »Wie gesagt, wir gehen davon aus, dass wir es mit einer politischen Splittergruppierung zu tun haben, die autark handelt. Möglicherweise mit Unterstützung durch Sympathisanten. Richten wir unser Augenmerk zunächst auf einen wichtigen Verbündeten von Huang.«

Das Bild eines feisten Chinesen ersetzte das von Zhen. Laura und Daniel wechselten einen Blick miteinander. Dank Leifs Internetrecherchen wussten sie, um wen es sich bei diesem Mann handelte.

»Es gilt als gesichert«, fuhr Deckard fort, »dass Xian Wang-Mei, Direktor des Staatlichen Chinesischen Wetteränderungsamtes, mit Zhen zusammenarbeitet. Die beiden sind Cousins zweiten Grades. Im Gegensatz zu Zhen liegt über Wang-Mei ein umfangreiches Dossier vor. Wir haben es Ihnen im Vorfeld zukommen lassen.«

»Ich hatte dafür keine Zeit«, brummte Hudson. »Das Wichtigste in Kurzform bitte.«

»Wang-Mei entstammt einer angesehenen Familie, deren Mitglieder allesamt hohe Ämter bekleiden. Er ist verheiratet, was ihn jedoch nicht daran hindert, das Geld der Familie mit vollen Händen für Autos, Schmuck und Prostituierte auszugeben. Außerdem frönt er dem Glückspiel und hat vermutlich ein Alkoholproblem.«

Deckards Augen huschten über das Dossier. »Vor zwei Jahren gab es eine kleine Affäre im Zusammenhang mit Wang-Meis Spielsucht. Er verlor praktisch alles, was er besaß. Wir vermuten, dass er seinen Posten nur mit Hilfe seines Cousins behalten konnte, der unseren Erkenntnissen zufolge die Vorfälle vertuschte.«

»Möglicherweise steht Wang-Mei deswegen in Zhens Schuld«, mutmaßte Wilcox. »Das könnte seine Beteiligung an dieser Sache erklären.«

»Möglich. Kommen wir nun zur Finanzierung des Unternehmens.«

Ein weiteres Foto erschien. Laura betrachtete den blassen, hageren Mann im Tweed-Jackett mit dem karierten Halstuch. Der wie mit dem Lineal gezogene Seitenscheitel und der arrogante Blick ließen ihn jünger aussehen, als er vermutlich war.

»Charles St. Adams, vierzig Jahre alt, entstammt einem niederen englischen Adelsgeschlecht«, las Deckard aus einem zweiten Dossier vor. »Der Unfalltod beider Elternteile vor neun Jahren machte ihn zum Alleinerben eines ansehnlichen Vermögens.«

»Genug, um Zhen zu unterstützen?«, fragte Wilcox.

»Mehr als genug. Forbes schätzt St. Adams auf vierhundert Millionen Pfund. Wir sind noch dabei, seine verschachtelten Vermögensbeteiligungen zu durchleuchten. Interessant ist, dass er eine Beziehung zu einer Frau pflegt, die dreißig Jahre älter ist als er: Lady Marian Wilshire. Sie verkehrt wie St. Adams in den höchsten Kreisen der englischen Gesellschaft.«

Hudson kratzte sich hinter dem Ohr. »Wo ist die Verbindung zwischen einem stinkreichen englischen Adligen und dem Leiter der chinesischen Geheimpolizei?«

Deckard nickte. »Beide, St. Adams wie Zhen, waren einige Jahre zusammen in demselben Elite-Internat in der Schweiz.«

»Was wissen wir über St. Adams' Motive?«, fragte Wilcox. »Weshalb unterstützt jemand wie er einen Fanatiker wie Zhen?«

»Was das betrifft, tappen wir noch im Dunklen.«

»Finden Sie es heraus«, forderte Wilcox.

»Wir arbeiten daran.«

»Uns läuft die Zeit davon.«

»Das ist mir durchaus bewusst.« Deckard warf erneut einen Blick in das Dossier. »Einen Anhaltspunkt haben wir. Am 13. Mai 2013 schickten die Chinesen eine Rakete vom Kosmodrom Xichang aus ins All. Vielleicht möchte Mr. Sutherfield von der NASA etwas dazu sagen?«

Mit einer fahrigen Bewegung wischte sich Sutherfield, der bisher keinen Ton gesagt hatte, die Haare aus der Stirn. »Es handelte sich bei diesem Vorfall um einen ballistischen Flug bis in zehntausend Kilometer Höhe. Die Rakete ging anschließend im Indischen Ozean nieder. Die NASA hat den Abschuss der Rakete registriert und den Flugverlauf in Abstimmung mit den entsprechenden Behörden verfolgt.«

»Wissen wir etwas über den Zweck dieser Mission?«, fragte Wilcox.

»Auf Nachfrage hat China einen missglückten Satellitentest gemeldet, aber das haben wir keine Sekunde geglaubt. Während der gesamten Flugdauer konnten wir keine Objekte identifizieren, die in den Orbit gebracht worden wären.«

»Das Militär ist anderer Ansicht«, widersprach Williamson. »Wir gehen davon aus, dass die Chinesen einen neuen Spionage-Satelliten in die Umlaufbahn gebracht haben.«

Wilcox hob die Augenbrauen. »Und die NASA hat nichts dergleichen registriert?«

»Unsere Daten sind eindeutig«, protestierte Sutherfield. »Es gab keine Freisetzung von Objekten.«

»Meine Herren«, mischte Deckard sich ein, »bevor Sie sich gegenseitig zerfleischen, sollten Sie einen Teil der Informationen kennen, die uns zugespielt wurden. Agent Link?«

Fenton Link räusperte sich. »Unsere Quelle hat Beweise, dass die Chinesen damals ihr erstes aktives Experiment in der Ionosphäre durchgeführt haben. Während des Fluges wurden Vor-Ort-Messungen zur Untersuchung der vertikalen Verteilung des Raumumfelds vorgenommen. Dazu wurde in zweihundert Kilometern Höhe ein Kilogramm pulverförmiges Barium mit einem Zerstäuber in die Ionosphäre eingebracht. An Bord befand sich offenbar auch eine Langmuir-Sonde zu Messzwecken.«

»Was soll das sein?«, fragte Hudson.

»Mittels einer solchen Sonde«, erklärte Sutherfield, »kann man die Dichte und Temperatur von Elektronen ermitteln sowie eventuell vorhandenes Plasmapotenzial.«

»Was hatten die Chinesen vor?«, knurrte Hudson.

»Genau wissen wir das nicht«, sagte Deckard. »Denkbar wäre, dass sie andere Ansätze als wir verfolgen, um die Ionosphäre nach ihren Vorstellungen zu verändern. Der Punkt ist, diese Rakete wurde von einer Firma namens Chenlong Industries mitentwickelt. In deren Hintergrund ziehen Zhen und St. Adams die Fäden.«

Laura hielt die Luft an. Ob Hardenberg dies alles gewusst hatte, bevor er sich auf diesen Deal eingelassen hatte?

Als hätte Deckard ihre Gedanken gelesen, wandte er sich ihr zu und sagte: »Eine weitere Verbindung zu St. Adams stellt das deutsche Unternehmen Andra dar. Andra hat das Gyrotron entwickelt, den Prototyp einer neuen Serie, wie bereits erwähnt.«

Deckard sah kurz zu Laura, bevor er fortfuhr: »Die ›Diamond‹-Serie stellt eine revolutionäre Generation von Gyrotronen dar. Es handelt sich um einen vollkommen neuartigen Mikrowellen-Oszillator, der enorme Ausgangsleistungen erreicht.«

»Was genau muss man sich unter einem Gyrotron vorstellen?«, fragte Wilcox sichtlich ratlos.

Sutherfield ergriff das Wort. »Gyrotrone sind sehr komplizierte und empfindliche Apparaturen mit einer komplexen Anordnung von Dutzenden Spiegeln und speziellen wassergekühlten Fenstern aus synthetischem Diamant. Sie kommen zum Beispiel in Wendelstein 7-X zum Einsatz, einer Kernfusionsanlage in Deutschland. Ziel ist es, durch Kernfusion eine Energieerzeugung wie auf der Sonne herbeizuführen. Die Anlage in Deutschland wird vom Max-Planck-Institut für Plasmaphysik betrieben. Um Ihnen einen Anhaltspunkt zu geben, wovon wir hier reden: Um eine Kernfusion zu erreichen, muss Plasma auf hundert Millionen Grad Celsius erhitzt werden.«

»Hundert Millionen Grad?«, wiederholte Wilcox ungläubig.

»Richtig. So heiß ist es nicht einmal auf der Sonne.« Sutherfield nickte. »Aber um Wasserstoffisotope zu Helium zu verschmelzen und so die Energiequelle der Sonne für uns hier auf der Erde technisch nutzbar zu machen, benötigt man diese Temperaturen nun mal.«

»Was hat das alles mit dem Prototyp von Andra zu tun?«, fragte Hudson ungeduldig.

»Um diese Temperaturen zu erreichen«, führte Sutherfield aus, »werden bei Wendelstein 7-X zehn Hochleistungs-Gyrotrone verwendet, die das Plasma mittels extrem starker Mikrowellenbestrahlung aufheizen. Diese Anheizphase beträgt nur etwa fünfzig bis hundert Sekunden. Dies gibt Ihnen einen Anhaltspunkt, zu welchen Leistungen diese Gyrotrone fähig sind.«

»Die Gyrotrone von Wendelstein 7-X wurden von Andra entwickelt und hergestellt«, ergänzte Deckard. »Sie waren die ersten Serien-Gyrotrone, die diese Leistung über eine halbe Stunde am Stück abgeben konnten. ›Diamond‹ ist eine Weiterentwicklung, die wesentlich mehr Leistung bringt, dazu über einen deutlich längeren Zeitraum.«

»Mir stellt sich die Frage«, knurrte Hudson, »was das alles mit den Wettermanipulationen zu tun hat. Dieses Gerät alleine wird wohl kaum in der Lage sein, einen verdammten Hurrikan entstehen zu lassen.«

»Sicher nicht«, meldete Daniel sich zu Wort, »doch ›Diamond‹ könnte eine wichtige Komponente dabei sein.«

Der Verteidigungsminister sah Daniel einen Moment schweigend an, als müsste er sich in Erinnerung rufen, wer dieser Deutsche war. »Inwiefern?«, fragte er schließlich.

»Nun, das Prinzip eines Gyrotrons ähnelt in gewisser Weise einer Mikrowelle, wie man sie zu Hause hat. Nur wärmt Ihnen ›Diamond‹ nicht das Essen auf. Diese Apparatur würde ein Tiefkühlgericht aus dem Gefrierfach in wenigen Sekunden verdampfen.«

Hudson verzog keine Miene. »Fahren Sie fort.«

»Ich vermute«, sagte Daniel, »das ›Diamond‹-Gyrotron könnte das Meer erhitzen und Wasser verdampfen lassen. Dies wäre eine wichtige Voraussetzung für das Entstehen eines Hurrikans.«

»Das halte ich für unmöglich«, widersprach Calvin Sutherfield. »Dazu müsste das Gyrotron über dem Entstehungsgebiet des Hurrikans platziert sein. Sprich: mitten über dem Atlantik. Noch dazu in nicht allzu großer Höhe, damit die Mikrowellen-Bestrahlung über diese Distanz noch einen Effekt haben kann. Ich kann mir nicht vorstellen, wie das funktionieren sollte.«

»Fragen Sie General Williamson, über welche Reichweiten die ADS-Waffen der US Army verfügen«, schlug Daniel vor. »General Williamson wird Ihnen bestätigen, dass große Entfernungen für derartige High-Tech-Strahlenkanonen kein Hindernis mehr darstellen.«

Williamson räusperte sich. »Die elektromagnetischen Strahlen unserer Active-Denial-Systeme wirken noch in mehr als fünfhundert Metern Entfernung mit annähernd Lichtgeschwindigkeit in die oberste Hautschicht von Personen ein.«

»Fünfhundert Meter«, wiederholte Sutherfield, »okay, das klingt plausibel. Das ›Diamond‹-Gyrotron müsste sich aber in mehreren Kilometern Höhe befinden, um ein so großes Areal zu bestrahlen und ausreichend Wasser zu verdampfen.«

»Einen Moment, bitte«, unterbrach Fenton Link den Vertreter der NASA und sah zu Deckard, »Professor de la Vega ist jetzt in der Leitung. Soll ich ihn zuschalten?«

Deckard wirbelte herum. »Natürlich. Auf den guten Professor warten wir seit Stunden.« Er rückte seine Krawatte zurecht. »Professor de la Vegas Prognosen und Einschätzung werden uns hoffentlich ein klareres Bild der Lage geben können.«

»Zuschaltung erfolgt«, meldete Fenton Link.

Der bis dahin schwarze Monitor erwachte zum Leben. Das bärtige Gesicht eines braun gebrannten Mannes mit grau melierten schulterlangen Haaren erschien. Er mochte um die sechzig sein, wirkte aber jünger.

»Bitte entschuldigen Sie meine Verspätung«, sagte er, »aber ich wollte unbedingt das Ergebnis der neuesten Simulation abwarten.«

»Dann schlage ich vor«, sagte Deckard, »dass Sie uns auf den aktuellen Stand bringen, Professor.«

»Selbstverständlich.« Er blickte nach unten und sortierte raschelnd irgendwelches Papier. »Anhand der vom NHC zuletzt übermittelten Daten haben mein Team und ich eine neue Intensitätsprognose erstellt sowie die voraussichtliche Zugbahn von ›Emily‹ berechnet. Nun, zumindest, wie sie sich aktuell darstellt.«

»Definieren Sie *aktuell*«, forderte Deckard.

»Es ist wie verhext. Wir haben sämtliche Daten inzwischen fünfmal durch die Rechner gejagt, und jedes Mal erhalten wir ein komplett anderes Ergebnis.«

»Wie kann das angehen?«, fragte Hudson.

De la Vega sah von seinen Papieren auf und blickte in die Kamera. »Lassen Sie mich Folgendes vorausschicken: Wie Sie wissen, erstellen wir hier am Environmental Modeling Center in Camp Springs, IT-basierte Hurrikan-Vorhersagen mittels HWRF. Für derartig komplexe Berechnungen werden riesige Datenmengen benötigt, die entsprechend verarbeitet werden.« De la Vega machte ein ratloses Gesicht. »Leider scheint dieser Hurrikan allen mathematischen und meteorologischen Gesetzen zu widersprechen. Es tut mir leid, aber ›Emily‹ ist in keiner Weise berechenbar.«

»Soll das heißen«, schaltete Wilcox sich ein, »dass Ihr Institut keine Prognose abgeben kann, was uns bevorsteht?«

»Im Augenblick können wir nicht mehr tun, als einen simplen Durchschnitt aus allen Simulationen zu berechnen, um ein annähernd mögliches Szenario zu erhalten.«

Wilcox sagte dazu nichts. Stattdessen nahm er einen letzten Schluck aus seiner zerbeulten Sprite-Dose. Seinem abschätzigen Blick war deutlich anzusehen, was er von de la Vegas Arbeit hielt.

»Die Daten ändern sich fortwährend«, verteidigte sich de la Vega. »Das NHC liefert uns ständig neue Werte.«

»Wir können nur die Daten liefern, die unsere Satelliten und Messbojen übermitteln«, stellte Ophelia Barnes klar. Es war das erste Mal, dass die Direktorin der NOAA sich zu Wort meldete. »Ich kenne die Daten. Sie sind tatsächlich verstörend. Meine Leute in Miami sind ratlos. In diesen Minuten befindet sich ein weiterer Sturmflieger im Anflug auf ›Emily‹. Die Messbojen, die meine Männer im Innern des Hurrikans abwerfen werden, dürften uns zuverlässigere Daten liefern.«

»Da wäre ich skeptisch«, warf Daniel ein. Alle Augen richteten sich auf ihn.

»Ach ja, und wieso?«, fragte Ophelia Barnes.

»Die Messwerte ändern sich dauernd, weil sie keinen Naturgesetzen unterstehen. Weil sie manipuliert werden.« Daniel sah in die Runde. »Emily‹ ist in der Tat *unberechenbar*. Das ist der Sinn bei dieser Art von Waffe.«

»Aber es muss doch etwas geben, das wir tun können«, rief Hudson verärgert aus.

»Da gibt es durchaus etwas.« Daniel holte tief Luft. »Evakuieren Sie an der Ostküste so viele Menschen wie nur möglich. Und zwar schnell.«

35

Das surrende Geräusch des Ventilators hinter der Lüftungsklappe, die unterhalb der Decke des schäbigen Zimmers schief im Rahmen hing, war seit Stunden das einzige Geräusch, das Robin vernahm. Sein Kopf tat weh, und er fühlte sich fiebrig. Er trug noch immer den Spiderman-Pyjama, den ihm seine Mama am Tag nach dem Hagelsturm ins Krankenhaus gebracht hatte. Er saß am Kopfende des Bettes, die Hände um die Knie geschlungen. Die Matratze war fleckig und durchgelegen, und die Decke roch nach feuchtem Keller.

Das Bett war das einzige Möbelstück im Zimmer. Kein Tisch, kein Stuhl, kein Schrank. Nichts außer einem Blecheimer, den Robin vermutlich benutzen sollte, falls er mal musste. Der nackte Betonboden war voller Staub, und die Wände waren mit grünlichen Flecken übersät. Die Tür war abgeschlossen. Robin wusste das, weil er vergeblich daran gerüttelt hatte, gleich nachdem er aufgewacht war. Er fragte sich, wie lange er geschlafen haben mochte. Das Letzte, an das er sich erinnerte, war das Sandwich, das man ihm im Krankenhaus zum Abendessen gebracht hatte. Danach musste er in einen Tiefschlaf gefallen sein. Irgendjemand hatte ihn dann hierher geschleppt.

Wenigstens war es nicht kalt. Er fragte sich, weshalb die Luft hier drin so warm war, der Boden dagegen kalt. Und wer hatte ihn hierher geschafft, und warum? Hatte man ihn entführt, um Lösegeld für ihn zu erpressen? Obwohl es seiner Mutter nicht gefiel, hatte Robin schon genügend Actionfilme gesehen, um zu wissen, wie so etwas ablief. Oder wollte man ihm gar wehtun? Seine Augen füllten sich mit Tränen. Wo war seine Mama? Er vermisste sie schrecklich und schwor sich, in Zukunft immer brav zu sein und auf sie zu hören, wenn sie ihn nur bald hier rausholte.

Er leckte sich über die rauen Lippen und sammelte Spucke in seinem Mund, der sich anfühlte, als hätte ihn jemand mit Sägespänen ausgestopft. Obwohl seine Zunge förmlich am Gaumen klebte, hatte er den weißen Porzellankrug am Boden neben dem Bett bisher nicht angerührt. Die Flüssigkeit darin sah zwar aus wie Wasser, doch sie roch komisch – wie Eisen. Das war kein Trinkwasser. Da war Robin sich sicher.

Unvermittelt öffnete sich die Tür.

Robin erschrak. Er war so in Gedanken vertieft gewesen, dass er nicht gehört hatte, wie der Schlüssel im Schloss herumgedreht worden war. Knarrend schwang die Tür auf.

Draußen, im spärlich beleuchteten Flur, bewegte sich ein Schatten. Einen schrecklichen Augenblick lang war Robin davon überzeugt, es sei ein Schattendämon, der nun kam, um ihn zu holen. Robin rutschte ganz ans Ende des Bettes und umschlang die Knie fester. Sein Herz raste.

Der Schattendämon betrat das Zimmer und verwandelte sich im matten Licht der Glühbirne in einen gebeugt gehenden Chinesen in einem schwarzen Samtgewand. Zumindest hielt Robin ihn für einen Chinesen, denn er hatte Schlitzaugen und einen gezwirbelten Kinnbart. Seine weißen Haare hatte er zu einem Zopf geflochten, der ihm weit den Rücken hinab reichte. Er hielt etwas in seiner Hand.

Langsam kam er auf Robin zu.

Robin drückte sich so tief er konnte in die Ecke des Bettes.

36

Drei Stockwerke tief unter der Erdoberfläche waren alle Augen der Konferenzteilnehmer auf Daniel gerichtet. Er hatte die Hände vor sich auf den Tisch gelegt und sprach schnell. »Hurrikane entstehen ab einer Wassertemperatur von 26,5 Grad Celsius. Wasser verdunstet in gewaltigen Mengen und steigt auf. Mittels Kondensation bilden sich große Wolken aus. Diese Kondensation setzt enorme Mengen Energie frei. Die Drehbewegung der Erde versetzt das gesamte System schließlich in Rotation. Zwei weitere Voraussetzungen sind: Es darf keine große vertikale Windscherung auftreten. Weht der Höhenwind aus einer anderen Richtung oder deutlich stärker als der Bodenwind, dann wird der entstehende Hurrikan regelrecht auseinandergetrieben und kann sich nicht entwickeln. Außerdem braucht jeder Sturm eine Art Startmechanismus.«

Hudson hieb auf seinen Schreibtisch ein. »Kommen Sie zur Sache. Sie sind der Experte. Wie zum Teufel haben die Chinesen diesen Hurrikan entstehen lassen?«

Nervös fuhr Daniel sich über das Kinn. »Ich vermute, mit einer Anlage wie HAARP, nur sehr viel leistungsfähiger. Durch gezieltes Beschießen der Ionosphäre mit elektromagnetischen, gepulsten Wellen. Das hat ein massives Tiefdruckgebiet über dem karibischen Meer erzeugt. Gleichzeitig wurde dabei der Jetstream umgelenkt, damit so wenig Scherwinde wie möglich auftreten.«

»Diese Erklärung erscheint mir zu einfach«, widersprach de la Vega. »Die Energiemengen, die man dafür benötigen würde ...« »... wären enorm«, beendete Daniel den Satz. »Richtig. Ich behaupte auch nicht, dass die Chinesen tatsächlich so vorgegangen sind. Ich sage nur, es wäre möglich.«

»Wie?«, fragte Wilcox.

»Nun, um ein Tiefdruckgebiet entstehen zu lassen, müsste die Anlage, von der wir sprechen, um ein Vielfaches größer sein als HAARP und wesentlich mehr Ausgangsleistung aufweisen.«

Laura bemerkte, dass Deckard und Link sich verstohlene Blicke zuwarfen.

»Und das soll alles sein?«, wunderte sich Wilcox. »Einfach nur ein paar Antennen mehr?«

Daniel schüttelte den Kopf. »Eine unabdingbare Komponente braucht es dazu noch.«

»Und die wäre?«

»Es müssten gigantische Mengen an Meereswasser erhitzt werden und verdampfen, um dem angehenden Hurrikan Nahrung zu liefern.«

»Das ›Diamond‹-Gyrotron!«, rief Deckard aus.

Daniel nickte. »Das Gyrotron erhitzt mittels extrem starker, zielgerichteter Mikrowellenbestrahlung die Meeresoberfläche und bringt dadurch das Wasser in der obersten Schicht zum Verdampfen.« Er sah jetzt Laura an. »Das würde auch einige der Wetterphänomene der letzten Monate erklären. Zum Beispiel im Osten Russlands und in Australien. Überall wurden ungewöhnliche, extrem hohe Temperaturen gemessen. Das könnten Testläufe gewesen sein.

»Nehmen wir an, Ihre Theorie trifft zu«, überlegte Hudson.

»Wie wäre es Ihrer Meinung nach möglich, einen Hurrikan zu steuern?«

Daniels Antwort kam prompt. »Ross N. Hoffmann untersuchte 2005 am Beispiel von Hurrikan ›Iniki‹, ob ein komplexes Sturmsystem manipulierbar sei. Hoffmann stellte den Hurrikan in einer aufwendigen Computersimulation nach und fand heraus, dass es nur leichte Veränderungen der Anfangsbedingungen brauchte, damit die angenommene Zugbahn des Hurrikans in ein zuvor definiertes Zielgebiet abschwenkt.«

»Veränderungen welcher Art?«, fragte Deckard.

»In erster Linie höhere Temperaturen, aber auch Feuchtigkeit an bestimmten Punkten.«

»Und was bedeutet das konkret?«

»Vereinfacht gesagt, muss man nur die Luft an bestimmten, exakt berechenbaren Stellen des herannahenden Sturmsystems leicht erhitzen, um einen Hurrikan gezielt umzulenken, wozu ebenfalls das neuartige Gyrotron von Andra dienen könnte.«

»Aber wie stellt Huang Zhen das an?«, fragte Wilcox in die Runde. »Wie schafft es dieser Hurensohn, bestimmte Bereiche der Erdoberfläche zu bestrahlen? Hat er das Gyrotron mit einem Satelliten in eine erdnahe Umlaufbahn geschossen? Chenlong wäre dazu fähig, wie wir erfahren haben.«

»Unmöglich«, widersprach Calvin Sutherfield. »Damit ein Satellit eine konstante Position über einem genau definierten Punkt der Erde halten kann, muss er in eine geostationäre Umlaufbahn gebracht werden, die sich in rund sechsunddreißigtausend Kilometern Höhe befindet. Das ist viel zu weit von der Meeresoberfläche entfernt, als dass eine Bestrahlung durch Mikrowellen derartige Auswirkungen haben könnte.«

»Richtig«, stimmte Daniel ihm zu. »Was ist mit niedrig fliegenden Satelliten?«

Sutherfield lächelte matt.»Auch die befinden sich noch immer mindestens in hundertsechzig Kilometern Höhe.«

»Immer noch viel zu hoch«, murmelte Daniel.

Deckards Miene hellte sich auf.»Was, wenn Chenlong ›Diamond‹ mit Hilfe eines unbemannten Luftfahrzeugs über das Zielgebiet gebracht hat?«

»Mit einer Drohne?«, hakte General Williamson nach.

Deckard gab Link ein Zeichen, woraufhin einige abfotografierte Dokumente auf einem der Monitore an der Wand erschienen.»Vor fünfzehn Monaten hat eine Tochterfirma von Chenlong, namens Shangdi Incorporated, eine MQ-4 Triton auf dem asiatischen Schwarzmarkt gekauft. Diese Dokumente belegen, dass die Triton voll funktionsfähig war.«

Wilcox hieb mit der Faust auf seinen Schreibtisch. Die darauf befindliche Sprite-Dose wackelte bedenklich.»Wieso erfahre ich erst jetzt davon?«

»Es gab keinen Grund, Homeland Security davon zu unterrichten. Zum damaligen Zeitpunkt bestand keine akute Gefahrenlage für das Hoheitsgebiet der Vereinigten Staaten.«

Laura sah Wilcox an, dass ihn die Begründung nicht überzeugte. Er wollte etwas erwidern, aber der Verteidigungsminister kam ihm zuvor.»Wozu die Drohne?«

»Die Triton ist vergleichbar mit der Global Hawk«, erklärte General Williamson,»wurde aber speziell für unsere Marine im Rahmen eines Programms zur Seeaufklärung weiterentwickelt. Die Triton kann eine Zuladung von bis zu tausendvierhundert Kilogramm verkraften. Damit könnte sie das Gyrotron problemlos transportieren. Sie wäre in der Lage, in einer beliebigen Höhe bis zu vierzig Stunden am Stück zu fliegen. Wenn die Schlitzaugen sie nachgerüstet haben, wovon ich ausgehe, könnte sie mit Hilfe einer Tankdrohne praktisch wochenlang in der Luft bleiben.«

»Die Triton besitzt außerdem einen robusten Rumpf, der mühelos Hagel- und Blitzeinschläge wegsteckt«, ergänzte Sutherfield. »Selbst wenn die Triton direkt in den Hurrikan hineinfliegen würde, bekäme der Operator keine Probleme mit der Steuerung.«

Deckard nickte. »Gehen wir also davon aus, dass sich das Gyrotron in diesem Augenblick in einer Drohne verbaut befindet, vermutlich in zwölf bis sechzehn Kilometern Höhe, irgendwo über ›Emily‹, in einem Radius von maximal hundert Kilometern um das Auge des Hurrikans.«

»Ein großes Gebiet«, knurrte Williamson. »Ich werde sofort Anweisungen geben, den gesamten Luftraum über dem westlichen Nordatlantik mittels unserer AWACS-Luftraumaufklärung abzusuchen.«

»Wir müssen herausfinden, wo sich Zhens Leitstelle befindet«, fuhr Deckard fort. »Sobald wir die Kontrolle über die Triton erhalten, können wir diesem Spuk ein Ende bereiten. Stimmen Sie darin mit mir überein, Mr. Bender?«

Daniel überlegte. »Höchstwahrscheinlich wären wir dann zumindest in der Lage, Einfluss auf ›Emilys‹ Zugrichtung zu nehmen.«

»Verdammte Schlitzaugen«, fluchte Wilcox.

»St. Adams dürfte wissen, wo sich die Leitstelle befindet«, meldete sich Fenton Link zu Wort. »Wenn unsere Vermutungen zutreffen, ist er es, bei dem alle Fäden zusammenlaufen. Wir müssen ihn um jeden Preis aufspüren.«

»Die Fahndung nach ihm läuft«, warf Deckard ein.

Seit geraumer Zeit lag Laura etwas auf der Zunge. Unsicher kaute sie auf ihrer Unterlippe. Schließlich gab sie sich einen Ruck, setzte sich aufrecht hin und räusperte sich. »Selbst wenn Sie die Leitzentrale finden, brauchen Sie immer noch jemanden, der sich mit der Programmierung des Gyrotrons auskennt.«

»Sie meinen, jemand, der die Neuprogrammierung vornehmen könnte«, sinnierte Deckard laut.

Laura runzelte die Stirn. Sie wusste nicht, wer die ›Diamond‹-Software programmiert hatte. Lars Windrup war ein ziemlich wahrscheinlicher Kandidat, aber es kamen noch einige andere Mitarbeiter in Frage.

»Vielleicht können Sie sich viel Arbeit sparen«, sagte sie.

»Wie meinen Sie das?«, fragte Deckard.

Laura sah in die Runde, atmete tief durch, zog dann den USB-Stick aus ihrer Hosentasche und legte ihn vor sich auf den Tisch.

»Was ist das?«, fragte Deckard mit zusammengezogenen Augenbrauen.

»Auf diesem Stick befindet sich ein Virus, der die Software lahmlegt.«

Deckard sprang auf. »Woher haben Sie das?«

»Dr. Hardenberg hat mir den Stick vor seinem Tod zukommen lassen.«

Deckard nahm den Stick an sich.

»Falls Sie Fragen dazu haben«, ergänzte Laura, »wenden Sie sich an Lars Windrup bei Andra. Ihm sollte ich den Stick geben.«

Einmal mehr wechselte Deckard einen raschen Blick mit Fenton Link, dann sagte er, an alle gerichtet: »Dieser Lars Windrup ist kein Unbekannter für uns. Windrup pflegte unter dem Pseudonym ›Rousseau‹ einen regen Chat-Austausch mit Leif Gundarsson. Im Zuge der Überwachung von Gundarssons Netzaktivitäten gelang es uns vor einigen Wochen, Zugang zu einem versteckten Chatroom im Darknet zu erhalten. Windrup lenkte Gundarssons Aufmerksamkeit dort, unter anderem, auf Andra.«

Wilcox konnte sich ein schwaches Lächeln nicht verkneifen. »Das ist also Ihre zuverlässige Quelle. Was versprach Windrup sich davon?«

»Die Frage haben wir uns auch gestellt«, antwortete Deckard. »Windrup lebt allein, ist ein Einzelgänger. Unter einem zweiten Pseudonym betreibt auch er einen gesellschaftskritischen Blog, allerdings nicht mit einer Reichweite wie Leif Gundarsson mit seinem ›Wikinger‹-Blog. Windrup war von Anfang an in der Entwicklung des Gyrotrons involviert. Er muss die Gefahren erkannt haben.«

»Ich bin nicht sicher, ob Windrup der Ausgangspunkt war«, warf Laura ein. »Ich denke vielmehr, Hardenberg hat Windrup dazu gedrängt. Als Vorsichtsmaßnahme, nachdem Hardenberg mehr und mehr Zweifel an Chenlong gekommen waren.«

»Wie auch immer«, sagte Deckard und drückte Jennifer West den USB-Stick in die Hand. »Sehen Sie zu, ob unsere Leute damit was anfangen können.«

Die Agentin nickte und verschwand zur Tür hinaus.

Laura beugte sich zu Daniel hinüber und flüsterte: »Daher wusste Windrup also von dem 22. November. Er wusste es von Hardenberg.«

»Ja«, stimmte Daniel ihr zu. »Vermutlich hat Hardenberg ihm ebenfalls eine Nachricht zukommen lassen, nachdem er aus Peking zurückgekehrt war. Und als ›Rousseau‹ hat Windrup diese Information dann an Leif weitergegeben.«

»Das könnte auch erklären, weshalb ›Rousseau‹ seitdem wie vom Erdboden verschluckt ist«, meinte Laura. »Er hat Angst.«

Daniel nickte.

Calvin Sutherfield meldete sich zu Wort. »Ich möchte kein Spielverderber sein, aber der Virus allein hilft uns nicht weiter. Die Kommunikation der chinesischen Bodenstation mit der Drohne muss über einen Satelliten laufen. Ohne zu wissen, welchen Satelliten wir ansprechen müssen, sind uns die Hände gebunden. Und selbst wenn wir über unsere Leitstelle den Satelliten erreichen, bräuchten wir immer noch dessen Zugangscode.«

»Unsere Experten knacken den Code«, entgegnete Deckard.

»Unterschätzen Sie das nicht.« Sutherfield strich sich das wirre Haar aus er Stirn. »Satelliten sind extrem gut vor unbefugten Zugriffen geschützt. Außerdem stehen uns nur sehr begrenzte Zeitfenster zur Verfügung, in denen wir funken können.«

»Verdammt«, fluchte Deckard. »Wir müssen Zhens Standort ausfindig machen. Zur Not jagen wir die gesamte Anlage in die Luft.«

»In beiden Fällen wäre Charles St. Adams der Schlüssel zur Lösung unseres Problems«, erinnerte Fenton Link die Anwesenden. »Er hat das entsprechende Know-how und weiß, wo sich Zhen befindet.«

»Weshalb haben wir keinen Zugriff auf diesen Mistkerl?«, wollte Wilcox wissen.

Deckard verzog das Gesicht. »Seine Spur verliert sich in Istanbul. Falls er die Türkei offiziell verlassen hat, dann mit einem falschen Pass.«

»Wenn er das Land auf dem Seeweg verlassen hat, könnte er längst überall sein«, ergänzte Link.

»Wir haben also keine einzige verfolgbare Spur?«, polterte Wilcox.

Deckard schüttelte den Kopf.

Wilcox fegte seine Sprite-Dose vom Schreibtisch. »Verdammt!«

Laura betrachtete das Foto des Engländers, das nach wie vor auf einem der Monitore zu sehen war. Sie erinnerte sich an etwas, das Lance Deckard vor wenigen Minuten gesagt hatte. Ein Umstand, dem sie bisher keine besondere Bedeutung bemessen hatte, ergab in neuem Licht betrachtet möglicherweise Sinn – die Restaurantrechnung über 687 Euro für zwei Personen, die sie in Hardenbergs Unterlagen gefunden hatte. In Hardenbergs Terminkalender war dieser Nachmittag mit dem Vermerk PRIVAT geblockt gewesen. Trotzdem hatte er einige Wochen später für diesen Tag eine Spesenabrechnung eingereicht. Nicht nur wegen der exorbitanten Restaurantrechnung erinnerte sich Laura daran, sondern auch, weil Hardenberg diese Abrechnung eigenhändig geschrieben hatte, was nur äußerst selten vorgekommen war. 687 Euro für ein Geschäftsessen zu zweit in einem mondänen Jacht-Club in Hamburg-Altona. Laura erinnerte sich nicht nur an diese Rechnung, sondern auch an den Namen des bewirteten Gastes, den Hardenberg in seiner Spesenabrechnung angegeben hatte. Ihr Puls beschleunigte sich.

Sie hob die Hand, um die Aufmerksamkeit auf sich zu lenken.

»Möglicherweise kann ich helfen«, sagte sie und fühlte, wie sich alle Blicke auf sie richteten. »Vielleicht habe ich eine Idee, wo sich Charles St. Adams aufhalten könnte.«

37

VOR DER KÜSTE MALTAS

Charles St. Adams stand auf dem obersten der vier Decks seiner Jacht und ließ den Blick über die Bucht streifen, in der sie seit dem späten Vormittag ankerten. Das Panorama war atemberaubend. Der Kapitän hatte nicht zu viel versprochen, als er aus einer Vielzahl von Ankerplätzen diesen im maltesischen Archipel ausgewählt hatte. Direkt vor ihnen fiel die Felsküste in spektakulären Abbrüchen senkrecht ins dunkelblau schimmernde Meer. Die glitzernden Reflexionen der Sonne auf den Wellenkämmen blendeten St. Adams. Er setzte seine Sonnenbrille auf und nippte an einem Cocktail, den der Steward für ihn gemixt hatte. Eiswürfel klirrten, und der Mix aus Pimm's No. 1 und Ginger Ale rann seine Kehle hinab. Die Erfrischung tat gut. Trotzdem würde er gleich wieder ein Deck tiefer gehen, in die klimatisierte Suite der *Lady Marian Of The Sea*. Doch zuvor wollte er sich auf den neuesten Stand in Sachen »Emily« bringen. Er drückte den Knopf einer Fernbedienung, und aus der Überdachung des Skydecks senkte sich ein Flachbildschirm herab.

»Neugierig?«, fragte Lady Marian Wilshire, die sich auf der kreisrunden Liegefläche sonnte, die sich direkt neben dem Whirlpool befand. Ihrer faltigen, mit Altersflecken übersäten Haut war deutlich anzusehen, dass sie in ihrem Leben reichlich Sonne ausgesetzt gewesen war. St. Adams störte sich weder daran noch am

Altersunterschied zwischen ihnen. Dreißig Jahre – was waren schon dreißig Jahre für einen Menschen, der das Leben als ein kurzes Intermezzo zwischen zwei Ewigkeiten betrachtete?

»Selbstverständlich bin ich neugierig, meine Liebe.«

Er hatte zum richtigen Zeitpunkt eingeschaltet. Auf BBC interviewte ein glatt gebügelter Moderator in einer Sondersendung gerade einen korpulenten Meteorologen. Im Hintergrund des Studios waren Satellitenaufnahmen des Hurrikans zu sehen.

»*… könnte sich dieser Hurrikan demnach zu einem der verheerendsten Stürme auswachsen, die die Vereinigten Staaten jemals heimgesucht haben*«, beendete der Meteorologe in diesen Sekunden seine Ausführungen.

»*Vielen Dank für Ihre Einschätzung, Professor Thornton.*« Der Moderator blickte in die Kamera. »*Aktuell sorgen ›Emilys‹ Ausläufer für überflutete Straßen und erste Schäden an Gebäuden in Key West. An der gesamten Westküste Floridas bis hinauf nach Georgia bereiten sich die Menschen auf die Ankunft des Hurrikans vor. Viele Menschen fliehen ins Landesinnere. Diejenigen, die dem Sturm trotzen wollen, decken sich mit Wasser und Proviant ein und verbarrikadieren ihre Fenster. Das NHC in Miami spricht von der größten Herausforderung seit Jahrzehnten. Sehen Sie gleich ein Interview mit Amy Winter von der FEMA. Sie erhebt schwere Vorwürfe gegen das NHC und seinen Leiter Emilio Sánchez. Bleiben Sie dran.*«

St. Adams schaltete den Fernseher aus.

»Zufrieden?«, fragte Lady Marian Wilshire.

Er lächelte. »›Emily‹ ist perfekt.«

»Ich bin beeindruckt, Charles.«

Er schlenderte auf sie zu. »Um ehrlich zu sein, hatte ich bis zuletzt meine Zweifel, ob es wie geplant funktionieren würde.«

»Ich nehme an, du hast diesem Zhen gegenüber nie etwas von deinen Zweifeln erwähnt.«

»Wie könnte ich? Huang und mich verbindet zwar eine gewisse Freundschaft, aber seine Toleranzschwelle bei Misserfolgen ist ziemlich niedrig.« St. Adams dachte an Xian Wang-Mei. Es hatte nicht viel gefehlt und Zhen hätte dem eigenen Cousin den Kopf abgeschlagen. Diese Unberechenbarkeit Zhens war der Hauptgrund, weshalb St. Adams nach Europa zurückgekehrt war, sobald Heilongjiang zu pulsen begonnen hatte. Sollten sich St. Adams' Berechnungen als falsch herausstellen, und sollte das Unternehmen »Schwarzer Drache« deswegen fehlschlagen, war es gesünder, eine größtmögliche Distanz zwischen sich und Huang Zhen zu wissen.

Auf der Liegefläche drehte Lady Wilshire sich mit wohligem Seufzen auf den Rücken. »Herrlich, diese Sonne.«

»Gefällt es dir hier? Nirgendwo ist das Mittelmeer blauer.«

»Mag sein. Aber Valletta hatte ich mondäner in Erinnerung.« Sie reckte ihr Gesicht der Sonne entgegen. »Im Stadthafen stinkt es wie in den Londoner Docks.«

»Als hättest du jemals auch nur einen Fuß in die Docks gesetzt, meine Liebe.«

Sie lächelte. »Ich habe viele Facetten, Charles.«

»Ist das so?« Er kippte seinen Drink hinunter und warf sich neben sie. »Einige dieser Facetten würde ich liebend gerne näher erkunden.« Er schob seine Hand unter ihren weißen Badeanzug und knetete sanft ihre Brust.

Lady Wilshire stöhnte wohlig auf. St. Adams spürte, wie seine Shorts im Schritt spannten.

Ein kleiner zweisitziger Hubschrauber flog über sie hinweg. St. Adams hob den Kopf und sah ihm nach, bis er zur Landung auf einer Mega-Jacht ansetzte, die am anderen Ende der Bucht ankerte.

»Lass uns nach unten gehen«, schlug er vor. »In der Sonne ist es zu heiß.«

»Mein lieber Charles, du vergisst offenbar, dass ich die letzten drei Monate in London verbracht habe.« Sie griff in seine Shorts und umschloss sein Glied mit festem Griff. »Ich genieße die Wärme. Du wirst dich noch etwas gedulden müssen.« Langsam begann sie sein Glied zu massieren.

Er beließ seine Hand auf ihrer Brust, schloss die Augen und genoss. Seine Liebste roch nach Maiglöckchen.

Der Hubschrauber kehrte zurück.

»Hier geht es zu wie auf einem Flughafen«, murmelte er mit geschlossenen Augen.

»Soll ich aufhören?«, fragte sie keck.

»Wenn du aufhörst, gebe ich sofort Befehl, den stinkenden Hafen von Valletta anzulaufen.«

Sie kicherte.

Der Hubschrauber flog hoch genug. Aus dieser Höhe konnte niemand erkennen, was sie hier auf der Liegefläche trieben.

Ihre Bewegungen wurden härter. St. Adams begann zu keuchen. Das vertraute Ziehen in seinen Hoden stellte sich ein, doch etwas hinderte ihn daran, sich seiner Liebsten vollkommen hinzugeben. Er schaffte es einfach nicht, sich auf ihre Hand zu konzentrieren. Er öffnete die Augen und sah nach oben.

Der Hubschrauber war nicht über sie hinweggeflogen, sondern schwebte hoch oben am Himmel über der Jacht. Obwohl St. Adams eine Sonnenbrille trug, konnte er gegen die Sonne kaum Details erkennen. Bis auf eines: Dieser Hubschrauber war viel zu groß für einen der üblichen Bordhubschrauber. St. Adams' Erektion fiel in sich zusammen.

Er packte das Handgelenk seiner Geliebten, riss ihre Hand aus seiner Hose und sprang auf. »Wir müssen sofort nach unten.«

»Was ist mit dir, Charles?«

In diesem Moment setzte der Hubschrauber zum Sinkflug an.

»Keine Zeit für Erklärungen.« Er zog sie hoch und eilte mir ihr zum Aufzug. »Wir müssen sofort in den Panic Room.«

»Wieso müssen wir … Es gibt hier an Bord einen Panic Room?«

»Natürlich.« Er hämmerte auf den Rufknopf des Aufzugs ein. Sein Blick schoss zurück zum Hubschrauber. Dieser näherte sich zielstrebig dem Skydeck. Der Turbinenlärm war unbeschreiblich, der Wind, den die Rotoren verursachten, ließ das Sonnensegel wild flattern und drohte es aus der Verankerung zu reißen. Jetzt fielen aus den Seitentüren des Hubschraubers Seile in die Tiefe. Behelmte Männer in schwarzer Kampfmontur erschienen und hakten sich oberhalb der Türen in die Seile ein.

»Wo bleibt dieser verdammte Aufzug.« St. Adams hieb auf den Knopf ein.

Hoch oben stießen sich die Männer von den Landekufen des Hubschraubers ab und schossen in atemberaubendem Tempo nach unten.

St. Adams verfluchte den Aufzug und drängte seine Liebste zu der Wendeltreppe, die direkt daneben abwärts führte. Gemeinsam hasteten sie die engen Teakholzstufen hinunter. Als er unten ankam, war Lady Wilshire zurückgefallen, aber darauf konnte er keine Rücksicht nehmen. Er musste den Panic Room erreichen. Es war unwahrscheinlich, dass seine Verfolger von dessen Existenz wussten. In Absprache mit der Werft hatte St. Adams die versteckte Kammer seinerzeit nicht in die offiziellen Konstruktionspläne der Jacht übernehmen lassen. Man fand sie nur, wenn man wusste, wo man suchen musste.

»Stehen bleiben!«, ertönte es von oben.

St. Adams fuhr herum.

Oberhalb der Treppe hatten sich die Verfolger mit kurzläufigen Maschinenpistolen postiert. Lady Wilshire hielt wie befohlen an und hob die Hände. Ihr Gesicht spiegelte Fassungslosigkeit wider. St. Adams bedauerte zutiefst, ihr nicht mehr helfen zu können.

Er hechtete aus dem Schussfeld, unter ein Vordach. Sofort zersiebten Projektile das Teakholz an der Stelle, an der er soeben noch gestanden hatte. Er prallte gegen einen an der Wand befestigten Rettungsring und hastete einen langen Gang entlang.

Er stieß die Tür zu seinen privaten Gemächern auf und rannte auf die Wandverkleidung zu, hinter der sich der Panic Room befand. Mit dem Fuß trat er gegen eine unscheinbare Ausbuchtung knapp oberhalb des Bodens. An der gegenüberliegenden Wand glitt eine hüfthohe Schleuse geräuschlos zur Seite. St. Adams hechtete in die Öffnung, krabbelte in die dahinterliegende Kammer und hämmerte auf einen roten Knopf an der Wand ein. Die mit Stahlplatten bewehrte Schleuse glitt ohne ein Geräusch zu verursachen wieder zu.

St. Adams sackte gegen die Wand. Sein Herz pumpte, er atmete schwer. Aber er hatte es geschafft. In diesem ursprünglich für Piratenüberfalle konzipierten, schallisolierten Raum würden sie ihn nie finden. Notfalls konnte er hier eine Woche lang ausharren. Wenn er sparsam mit seinem Proviant und dem gebunkerten Wasser umging, vielleicht sogar zehn Tage.

Er zog sein durchnässtes Hemd aus, wischte sich damit den Schweiß vom Gesicht und warf es in die Ecke.

»Keine Bewegung!«

St. Adams fuhr heftig zuckend zusammen.

Die Tür war wieder aufgeglitten. Ein schwarz vermummter Elitekämpfer streckte seinen Oberkörper durch den Eingang und zielte mit einer Pistole auf ihn.

Sämtliches Blut wich aus St. Adams' Kopf. Er starrte den Eindringling fassungslos an. Wie war das möglich? Niemand außer dem Konstrukteur wusste von diesem Raum, und der war vor über einem Jahr an einem Herzinfarkt gestorben.

Die Pistole unablässig auf St. Adams gerichtet, kroch der Elitekämpfer in den Verschlag und baute sich vor ihm auf. Er legte ihm eine Pranke auf die Schulter und stieß ihn in Richtung Ausgang. »Raus hier!«

Außerhalb des Panic Rooms empfingen St. Adams weitere vermummte Gestalten, dazu Kampftaucher in triefenden Spezialanzügen. Insgesamt zählte er sieben Waffen, die auf ihn gerichtet waren.

Er hob das Kinn. »Ich will mit meinem Anwalt reden.«

Der Mann vor ihm lachte kehlig auf und brachte seine vermummte Visage bis auf wenige Zentimeter vor St. Adams' Gesicht. »Wo du hingehst, gibt es keine Anwälte.«

38

Die Stille tat gut. Laura hatte die Augen geschlossen und massierte sich den verspannten Nacken. Bis auf sie, Daniel und Jennifer West, die etwas abseits in gedämpftem Ton telefonierte, lag der Konferenzraum verlassen da. Die Monitore waren schwarz, abgesehen vom Hauptbildschirm, auf dem »Emilys« unheilvoller Wolkenwirbel vom Weltall aus zu sehen war. Lance Deckard hatte die Konferenz unterbrochen, um Lauras Hinweis in Bezug auf Charles St. Adams möglichen Aufenthaltsort zu überprüfen.

»Noch Kaffee?«, fragte Daniel.

Sie öffnete die Augen. Er stand neben ihr und wackelte mit der Thermoskanne in der Hand vor ihrem Gesicht herum. »Nein, danke. Wenn ich noch mehr trinke, treten meine Augen aus den Höhlen wie die von General Williamson.«

Er lächelte. Dann setzte er sich. »Und jetzt erklär mir bitte, woher du von der Jacht wusstest? Wie kamst du darauf? Ich meine, nicht einmal die CIA wusste von einer Jacht namens *Lady Marian Of The Sea*.«

»Von der Jacht wusste ich auch nicht.« Laura zuckte die Schultern. »Aber als Deckard in einem Namenszug St. Adams, Lady Marian Wilshire und ein Schiff erwähnt hat, hat es bei mir irgendwie klick gemacht. Erinnerst du dich, dass ich bei Andra Hardenbergs Spesenabrechnungen prüfen sollte?«

Er nickte.

»Hardenberg hatte einen Beleg über einen sündhaft teuren Restaurantbesuch abgerechnet. Als bewirtete Person hatte er eine gewisse Dr. Marie van der Zee angegeben, die jedoch weder in Andras Datenbank noch in einem von Hardenbergs Berichten auftaucht.« Laura dachte einen Moment nach. »Hardenberg konnte offenbar nicht aus seiner Haut. Obwohl er Unmengen an Schmiergeld von den Chinesen kassierte, musste er obendrauf noch Spesen für ein Treffen mit St. Adams abrechnen, das in dem Jacht-Club stattfand. Meine Vermutung war ein Schuss ins Blaue ...«

»Ein guter Schuss.« Daniel lächelte matt.

»Hätte Hardenberg nicht diesen schrägen Sinn für Humor gehabt, wäre die CIA nie auf diesen Trust von St. Adams in Panama gestoßen, der von Lady Wilshire treuhänderisch verwaltet wird.«

»Vermutlich nicht so rasch«, sinnierte Daniel.

Laura stand auf und drückte ihr Kreuz durch. »Seit der Nacht im Kajak tut mir jeder Muskel weh.«

»Wem sagst du das? Ich bin total verspannt.«

Sie sah ihn nachdenklich an. »Warum wurde deine Dissertation eigentlich abgelehnt? Wie es scheint, hattest du damals doch den richtigen Riecher.«

Er seufzte. »Nachdem ich meine Arbeit abgegeben hatte, hat sich mein Doktorvater kurz darauf davon distanziert. Ich vermute, seine Kollegen haben ihn dazu gebracht, da sie allesamt mein Thema als Spinnerei abgetan hatten – wie ich erst später erfuhr.«

»Aber jetzt sind wir hier, weil du recht hattest.«

»Tja.«

In diesem Moment beendete Jennifer West ihr Telefonat und kam zu ihnen herüber. »Wir sind an Bishop dran«, sagte die Agentin.

Laura ging ihr entgegen. »Gibt es eine heiße Spur?«

»Wir überprüfen aktuell mehrere heiße Spuren.«

»Erzählen Sie mir etwas über diesen Mann.«

»Tut mir leid. Das sind streng vertrauliche Informationen.« Laura deutete auf das Schild mit dem Schriftzug MIC, das mit Beginn der Pause aufgehört hatte zu leuchten. »Es sind nur wir drei im Raum.«

Jennifer West erwiderte nichts.

»Bitte«, flehte Laura, »er hat meinen Sohn.«

Die Agentin seufzte und sagte zu Daniel: »Warten Sie hier.« Sie legte eine Hand auf Lauras Schulter und führte sie aus dem Konferenzraum.

»Wohin gehen wir?«

West lächelte matt. »Ich muss eine rauchen.«

Schweigend fuhren sie mit dem Aufzug nach oben und traten aus dem Bunker hinaus ins Freie. Die Abenddämmerung zog herauf. Der Himmel war noch bewölkt, doch es regnete nicht mehr. Der Schnee auf den Wiesen war zu einzelnen weißen Inseln zusammengeschmolzen. Die Rasenflächen glichen großen Feuchtwiesen.

West zündete sich eine Zigarette an. Gierig inhalierte sie den Rauch. »Ich werde Ihnen ein paar Informationen über Fred Bishop geben. Wenn Sie irgendjemandem gegenüber auch nur ein Wort darüber verlieren ...«

Laura hob beschwichtigend die Hand.

Jennifer West nickte. »Fred Bishop war Unteroffizier bei den Delta Forces. Er hatte eine vielversprechende Laufbahn vor sich, bevor er 2002 in Afghanistan auf eine Bodenmine trat. Dabei verlor Bishop ein Bein. Seitdem trägt er eine Prothese.«

»Deshalb dieser seltsame Gang. Aber er ist ziemlich schnell damit.«

»Moderne Prothesen sind Wunderwerke der Technik.« West zog an ihrer Zigarette, die rot aufglühte. »Unmittelbar nach dem Unfall hatte Bishop mit Depressionen und posttraumatischen Angststörungen zu tun. Was während der Monate nach seiner Reha geschah, weiß niemand. Irgendwann verschwand er von der Bildfläche.«

Aus dem nahen Wald erklang der Ruf eines Kauzes. Laura schlang die Arme um ihren Oberkörper. Sie fröstelte. »Wann ist er wieder aufgetaucht?«

»Über die genauen Umstände darf ich wirklich nicht sprechen. Wir wissen, dass Bishop 2005 mehrere Monate im Nahen Osten verbracht hat, wo er in einem Al-Kaida-Camp ausgebildet wurde.«

Laura schloss die Augen und versuchte, die Tränen im Zaum zu halten. Robin in der Gewalt eines solchen Menschen zu wissen war unerträglich.

»Wir sind an ihm dran«, versicherte Jennifer West ihr erneut.

»Wie nah?«

»Es ist eine Frage von wenigen Stunden, bis wir zuschlagen können.«

»Mein Sohn hat diese Zeit vielleicht nicht.«

»Bishops psychologisches Profil deutet darauf hin, dass er einem Kind nichts antun wird.«

»Ein schwacher Trost.«

Die Agentin zog ein letztes Mal an ihrer Zigarette, ließ den Stummel zu Boden fallen und drückte ihn mit dem Absatz ihres Schuhs aus. Sie sah Laura mitfühlend an. »In dieser Situation ist ein schwacher Trost das Beste, was wir zu bieten haben.« Sie deutete auf die Eingangstür des Bunkers. »Wir müssen wieder nach unten.«

Nach und nach erwachten die Monitore wieder zum Leben. Verteidigungsminister Hudson wurde als letzter Teilnehmer zugeschaltet, und das Schild mit der Aufschrift MIC leuchtete auf.

»Wir haben St. Adams«, teilte Deckard ihnen mit. »Er befindet sich bereits auf dem Weg zu uns. Wir rechnen in etwa drei Stunden mit seiner Ankunft.«

»Die Zeit läuft uns davon«, meinte Wilcox. »Was, wenn wir von dem Hurensohn nichts erfahren?«

Hudson hieb mit der flachen Hand auf seinen Schreibtisch. »Gibt es denn nichts, was wir alternativ unternehmen können?«

»Ich hörte einmal von einem Projekt namens ›Stormfury‹«, sagte Wilcox, »erinnere mich jedoch an keine Details ...«

»Vergessen Sie's«, antwortete Ophelia Barnes von der NOAA wie aus der Pistole geschossen. »Im Rahmen von Projekt ›Stormfury‹ haben wir jahrelang versucht, Hurrikane abzuschwächen, indem wir in ihrem Inneren massenhaft Silberiodid versprühten. Allerdings hat sich kein einziger Hurrikan davon abgeschwächt. Das Projekt wurde deswegen eingestellt.«

Wilcox fluchte und zerdrückte seine leere Sprite-Dose. »Dann hilft uns wohl nur noch ein Wunder.«

Deckard winkte Jennifer West heran und flüsterte ihr etwas ins Ohr. Sie nickte und verließ eilig den Raum. Dann räusperte sich Deckard. »Wir haben Mr. Bender aus gutem Grund als Experten hinzugezogen.« Er wandte sich Daniel zu. »Erläutern Sie uns doch bitte Ihre Theorie.«

Daniel sah ihn fragend an. »Reden Sie von meiner Dissertation?«

»Ja.«

Daniel dachte einen Augenblick nach. »Theoretisch könnte man versuchen, Huang Zhen mit seinen eigenen Waffen zu schlagen, doch dazu bräuchten wir eine Anlage wie HAARP in Alaska, nur mit mehr Leistung. Mit sehr viel mehr Leistung.«

»Fahren Sie fort«, meinte Deckard.

Daniel zuckte mit den Schultern. »Ich würde versuchen, mit Hilfe einer solchen Anlage vor der Ostküste ein massives Hochdruckgebiet zu erzeugen. Vermutlich würde ›Emily‹ dann abdrehen, zurück in den Atlantik. In den kalten nördlichen Gewässern würde ›Emily‹ sich daraufhin zu einem ungefährlichen Sturmtief zurückbilden.«

»Wie in aller Welt wollen Sie ein Hochdruckgebiet entstehen lassen?«, fragte de la Vega.

»Mit Hilfe der Jetstreams«, erwiderte Daniel. »Mittels extrem starker, gezielter Energiebestrahlung könnte man deren Verlauf lenken. Und da Jetstreams maßgeblich für die Luftdruckverteilung auf der Erde verantwortlich sind, könnte man es auf diese Art versuchen.«

De la Vega schüttelte den Kopf. »Ich bezweifle, dass Ihre Theorie in der Praxis funktionieren würde.«

»Da wir keine derartige Anlage zur Verfügung haben«, meinte Daniel und lehnte sich in seinem Stuhl zurück, »werden wir es auch nicht herausfinden.«

Deckard trommelte nervös mit seinen Fingern auf dem Konferenztisch und starrte auf das Satellitenbild.

An den Monitoren oder im Konferenzraum – reihum blickte Laura in ratlose Gesichter. General Williamsons Halsschlagader pulsierte. Allmählich schien selbst er zu begreifen, dass er trotz aller Militärmacht hilflos war, gegen das, was da auf sein Land zukam.

Jennifer West kam in den Raum. Sie trat neben Deckard und flüsterte ihm etwas ins Ohr. Laura schnappte die Wörter »höchste Priorität« und »Freigabe« auf.

Deckard nickte, atmete tief aus, schob seinen Stuhl zurück und erhob sich langsam. »Sie wollen ein Wunder, Agent Wilcox?« Er strich seine Krawatte glatt und fixierte dann Daniel. »Sie sollen Ihr Wunder bekommen.«

39

Robin schreckte hoch.

Im ersten Moment wusste er nicht, wo er sich befand, doch dann fiel sein Blick auf den alten Chinesen in dem schwarzen Gewand, der vor seinem Bett stand und ihn anstarrte. Panisch rutschte Robin ins hinterste Eck des Bettes.

Wie lange der Chinese wohl schon so dastehen und ihn anstarren mochte? Robin ärgerte sich über sich selbst. Er war tatsächlich eingeschlafen. Das war ein Fehler gewesen. Er musste wach bleiben.

Der Alte stellte ihm ein Tablett mit Weißbrot und einem Krug Wasser neben das Bett. Gestern hatte er ihm dasselbe gebracht. Auch heute würde Robin nichts davon anfassen. Obwohl sein Kopf nach wie vor schmerzte und seine Lippen vor Angst zitterten, gab er sich einen Ruck und sprach den Chinesen an: »Bitte, ich will zu meiner Mama.«

Das Gesicht des alten Chinesen zeigte keine Regung.

Gerade als Robin sich damit abgefunden hatte, wieder alleine gelassen zu werden, schob der Alte seine faltige Hand in einen Schlitz, der seitlich in dessen Gewand eingelassen war. Robin konnte sehen, wie sich die Hand des Alten unter dem dünnen Stoff bewegte. Was tat er da?

Langsam zog der Chinese seine Hand wieder hervor. In seinen knotigen Fingern hielt er eine Tafel Schokolade.

Der Alte streckte ihm die Hand entgegen und nickte ihm auffordernd zu. Robin zögerte. Vielleicht war das eine Falle? Erneut nickte der Alte Robin zu, diesmal eine Spur fordernder. Vorsichtig rutschte Robin auf dem Bett vor, schnappte sich die Tafel Schokolade und huschte dann sofort zurück in seine Ecke. Der Chinese lächelte kaum merklich. Er legte einen Finger an seine Lippen und sah Robin erwartungsvoll an.

Robin verstand und nickte. »Ich verrate nichts.«

Der Alte wirkte zufrieden, schlurfte davon und verließ den Raum.

Robin hörte, wie von außen abgeschlossen wurde. Sofort widmete er sich dem Riegel in seiner Hand. Vorsichtig öffnete er die Hülle. Seine Augen begannen zu leuchten. Er hatte sich nicht geirrt. Der alte Chinese hatte ihm tatsächlich Schokolade mitgebracht.

Robin lief das Wasser im Mund zusammen. Vielleicht war dieser Mann gar nicht böse? Neue Hoffnung stieg in Robin auf, während er genüsslich ein Stück von der Tafel abbiss. Nie im Leben hatte ihm Schokolade besser geschmeckt.

40

Lance Deckard schritt um den Konferenztisch und trat vor einen der wenigen noch ausgeschalteten Wandmonitore. Er gab Link ein Zeichen, woraufhin ein Satellitenbild erschien. Es zeigte eine grau-braune Steinwüste, der linke Bildschirmrand war gesprenkelt mit dunkelgrünen Flecken.

»Die Wüste von El Paso County in Colorado«, erklärte Deckard. »Links sehen Sie die Cheyenne Mountains.«

»In Colorado Springs befindet sich NORAD«, merkte General Williamson an. »Ich will doch sehr hoffen, Agent Deckard, Sie haben unsere zentrale Führungsstelle für Luftverteidigung und Frühwarnung der Luftstreitkräfte nicht ohne mein Wissen in eine Aktion der CIA eingebunden.«

»Warten Sie es ab.«

Langsam zoomte sich das Bild an die Erdoberfläche heran. Die waldbedeckten Berge am Bildschirmrand verschwanden, dafür schälte sich ein riesiges quadratisches graues Feld inmitten der Wüste heraus. Unweit davon entfernt machte Laura ein kleineres Areal mit mehreren Gebäuden aus.

»Hier sehen wir die Schriever Air Force Base, etwa zehn Meilen von NORAD entfernt«, erklärte Deckard. »Wie Sie wissen, General Williamson, werden von dort aus die Satelliten des Verteidigungsministeriums sowie das weltweite GPS überwacht und gesteuert. Daneben entwickelt und erprobt das Air Force Space Battlelab Waffen für einen möglichen Einsatz im Weltraum.«

»Ich kann nicht erkennen«, entgegnete Williamson, »was das alles mit ›Emily‹ zu tun hat.«

Deckard hob die Hand und begann an den Fingern abzuzählen: »Eine abgelegene Wüste, eine vorhandene militärische Infrastruktur, dazu erfahrene Experten, die wissen, worauf es ankommt ... Was lag näher, als HAARP 2 genau dort anzusiedeln. Fernab von neugierigen Blicken.«

»Das kann nicht wahr sein«, flüsterte Daniel. Mit aufgerissenen Augen starrte er auf den Monitor.

»HAARP 2?«, echote Wilcox. »Was heißt hier HAARP 2? Was ist mit HAARP in Alaska?«

»Jemand hat die Anlage vor ein paar Tagen in die Luft gejagt«, klärte Deckard die Anwesenden auf. »Ein Soldat unseres Stützpunktes Fort Wainwright, Private First Class Brad Ellison, kam dabei ums Leben. Ein bedauerlicher Vorfall, der uns, abgesehen von PFC Ellison, aber keinen Schaden zufügen konnte. Denn wir haben, wie gesagt, HAARP 2 – die logische Weiterführung einer großen Idee.« Deckard warf Daniel einen vielsagenden Blick zu. »Jetzt wissen Sie, Mr. Bender, weshalb wir *Sie* und niemand anderen hier sitzen haben wollten.«

»Wie meint er das?«, fragte Laura.

Wie benommen schüttelte Daniel ungläubig den Kopf. Laura sah wieder zu dem heranzoomenden Satellitenbild. Dort erschienen jetzt in regelmäßigen Abständen schwarze Punkte innerhalb des grauen Areals. Nach und nach formten sich daraus Antennen. Dutzende Antennen. Hunderte. Tausende.

»Wie viele Antennen mögen das sein?«, fragte sie leise.

»Fünfzigtausend«, murmelte Daniel, ohne zu zögern.

Sie sah ihn erstaunt an. »Wie kommst du darauf?«

Langsam, sehr langsam, schüttelte er den Kopf. »Das hier ist der pure Irrsinn. Fünfzigtausend Antennen plus weitere fünf Areale mit jeweils zehntausend Antennen im Umkreis von etwa hundert Kilometern von der Hauptanlage, die allesamt miteinander gekoppelt sind.«

»Woher willst du das alles wissen?«, fragte sie perplex.

Daniel starrte nach wie vor auf den Monitor. Seine Oberlippe zuckte. »Weil ich diese Anlage entworfen habe.«

In diesem Moment stoppte der Zoom. Im Bildausschnitt war jetzt eine einzelne Antenne mit einem seltsam gebogenen Ende zu sehen, das einem großen *S* ähnelte. Ein Techniker mit Helm und einem Klemmbrett in der Hand stand daneben. Sein lang gezogener Schatten strich über den staubigen Wüstenboden. Anhand der Körpergröße des Mannes schätzte Laura die Antennenhöhe auf mindestens zwanzig Meter.

Deckard ging zurück zum Konferenztisch. »HAARP 2 besteht insgesamt aus sechs phasengesteuerten Antennenfeldern. Im Hauptfeld stehen fünfzigtausend gekreuzte Dipolantennen, in weiteren fünf Feldern im erweiterten Umkreis jeweils zehntausend Antennen. HAARP 2 ist somit die mit Abstand größte Anlage seiner Art weltweit.«

»Weshalb erfahre ich davon erst in dieser Konferenz?«, stieß der Verteidigungsminister aus.

»In erster Linie, Herr Minister, weil dies nicht Ihr Ressort betrifft. Es bestand bis heute kein Grund, Sie mit diesem Wissen zu belasten.«

»Stichwort: glaubhaftes Dementi«, ergänzte Fenton Link.

»HAARP 2 ersetzt die Anlage in Gakona«, fuhr Deckard fort, »die längst hoffnungslos veraltet war, und darüber hinaus zu sehr im Fokus der Öffentlichkeit sowie einiger Verschwörungstheoretiker stand.«

»Leif war einer davon«, murmelte Laura.

Daniel nickte.

»Wir haben die Antennen in Gakona nur deswegen nie abgebaut«, merkte Link an, »um vom Bau von HAARP 2 abzulenken. Die Zerstörung von HAARP 1 war somit nutzlos für unsere Feinde, und zeigt, dass unsere Strategie richtig war.« Deckard stemmte die Hände in die Hüften. Die Genugtuung über diesen Schachzug war ihm anzusehen. »Die Hauptanlage von HAARP 2 ist in der Lage, gepulste Funkwellen in einer frei wählbaren Bandbreite auszustrahlen. Sämtliche Stationen können entweder die zurückkehrenden Funksignale mit speziellen Empfängern messen oder bei Bedarf gekoppelt und entsprechend verstärkt zurücksenden.« Er ließ das auf die Konferenzteilnehmer wirken. »Ohne zu sehr auf Details eingehen zu wollen, ist der Output von HAARP 2 um ein Tausendfaches höher als der seines Vorgängers. Ich habe soeben die Freigabe erhalten, Mr. Benders Theorie in die Praxis umzusetzen. Falls nötig, mit vollem Output.«

»Haben Sie mit dieser Anlage denn schon Erfahrungen?«, fragte de la Vega.

»Die Fertigstellung erfolgte erst vor wenigen Wochen.«

»Woher kamen die finanziellen Mittel?«, wollte Hudson wissen.

»Der Kongress hat sie nicht bewilligt. Das wüsste ich.«

Deckard strich seine Krawatte glatt. »Das Institut für Climate Engineering verfügt über ausreichend Mittel für derartige Projekte. Mehr brauchen und wollen Sie darüber gar nicht wissen.«

»Bei allem Respekt, Herr Minister«, sagte Wilcox, »im Augenblick stellt sich doch einzig die Frage, ob HAARP 2 uns weiterhelfen kann. Was denken Sie, Mr. Bender?«

Alle Augen richteten sich auf Daniel.

Eine ganze Weile sagte er nichts, dann drehte er sich zu Lance

Deckard um und zischte: »Sie haben diese Anlage nach meinen Ideen gebaut.«

»Korrekt«, erwiderte Deckard, ohne mit der Wimper zu zucken.

»Sie haben meine Ideen und meine Pläne gestohlen!«

»Ich sagte Ihnen ja bereits, Mr. Bender, dass sich einige Leute sehr intensiv mit Ihrer Dissertation auseinandergesetzt haben.«

»Aber das ist …«

»Was?« Mit einem abschätzigen Blick wandte Deckard sich ab und schlenderte an seinen Platz zurück. »Wir dürfen uns jetzt keinen Fehler erlauben. Uns bleibt nur Zeit für einen Versuch. Daher brauche ich jede professionelle Einschätzung, die ich erhalten kann. Und Sie, Mr. Bender, sind nun einmal der gedankliche Vater von HAARP 2.« Er sah auf seine Uhr. »Agent Link, stellen Sie eine Verbindung zur Schriever Air Force Base und zu Professor Ferenc her.«

Fenton Link nickte. »Sofort.«

»Professor Ferenc ist Leitender Direktor von HAARP 2«, erklärte Deckard. »Er ist instruiert und wartet nur auf den Startbefehl.«

Laura legte eine Hand auf Daniels Unterarm. Er zitterte.

»Die haben keine Ahnung, was sie tun«, flüsterte er. »Im Prinzip ist das Drehen an einzelnen Parametern eines Sturmsystems, wie wenn du einen Elefanten mit einer Nadel in den Hintern pikst. Gut möglich, dass er wegläuft. Er könnte aber auch erst recht auf dich losgehen.«

Laura wollte etwas erwidern, aber aus den Augenwinkeln sah sie Jennifer West auf sich zukommen. West beugte sich zu ihr herunter. Der Geruch nach kaltem Rauch umgab sie. »Es gibt Neuigkeiten von Fred Bishop.«

Lauras Herz setzte einen Schlag aus. »Was ist mit Robin?«

»Nicht hier. Kommen Sie.«
Laura sprang auf und folgte West zur Tür. Tausend Gedanken rasten ihr durch den Kopf, ihre Beine schienen kraftlos und drohten bei jedem Schritt einzuknicken. An Wests Mimik war nicht abzulesen, ob die Neuigkeiten gut oder schlecht waren. Bevor sich die Tür des Konferenzraums hinter Laura schloss, hörte sie Fenton Link sagen: »Professor Ferenc ist zugeschaltet. Es kann losgehen.«

41

Jennifer West führte Laura durch ein Labyrinth von Gängen in ein kleines, erstaunlich unordentliches Büro. Eine Seite des Raums bestand aus einem offenen Rollschrank, in dem Akten und Bücher kreuz und quer übereinandergestapelt lagen. Der altersschwache Schreibtisch aus hellem Holz bog sich unter dem Gewicht der auf ihm liegenden Aktenstapel. Es roch nach vergilbtem Papier. Unter dem Schreibtisch surrte der Lüfter eines PCs. An der rückwärtigen Wand befand sich eine schmale Liege.

»Schließen Sie die Tür«, bat die Agentin.

»Was ist mit Robin?«

»Wir haben Informationen über Bishops möglichen Aufenthaltsort.«

Laura trat dicht an die Agentin heran. »Wo ist er? Ist Robin bei ihm? Geht es meinem Sohn gut?«

West hob beschwichtigend eine Hand. »Wir müssen dem Hinweis erst nachgehen. Er stammt von Charles St. Adams.«

»St. Adams? Wie kommt das?«

»Er ist intelligent genug, um zu wissen, wie man Deals aushandelt. Bishops Aufenthaltsort war nur der Anfang. Ein Brocken, den er uns hingeworfen hat. Um seinen guten Willen zu signalisieren, sozusagen.«

»Und wo soll sich Bishop angeblich aufhalten?«

»Auf Alderney.«

Laura sah die Agentin fragend an.

»Eine kleine Insel im Ärmelkanal«, klärte West Laura auf. »St. Adams besitzt dort ein herrschaftliches Anwesen, das, ebenso wie die *Lady Marian Of The Sea*, von Lady Wilshire treuhänderisch über eine Briefkastenfirma in Panama verwaltet wird. Bisher gab es darauf keine Hinweise.«

Lauras Gedanken überschlugen sich. Sie hatte die ganze Zeit angenommen, Robin wäre auf jeden Fall in Deutschland, vermutlich irgendwo in der Nähe von Hannover. Ihn nun so weit entfernt zu wissen beunruhigte sie zusätzlich.

»St. Adams teilt im Übrigen unsere Meinung, dass Robin von Bishop keine direkte Gefahr droht«, fuhr die Agentin fort, als Laura schwieg. »Bishops einziger Antrieb ist sein Hass auf die USA. Er ist der Ansicht, sein Heimatland habe ihm die Anerkennung verweigert, die er für seinen Kriegseinsatz verdient habe. Er ist ein verbitterter Patriot, kein Psychopath.«

Laura rief sich in Erinnerung, wie kaltblütig Bishop Leif das Genick gebrochen hatte. Und selbst wenn Bishop kein typischer Psychopath sein sollte – wenn Männer wie er in die Enge getrieben wurden, griffen sie dann nicht zu allen Mitteln? Laura stieß zitternd die Luft aus und fragte sich einmal mehr, wie sie in all das hatte hineingeraten können.

Für einen Moment war nur der surrende PC-Lüfter zu hören.

»Verraten Sie mir, weshalb die CIA Leif Gundarsson überwachte?«, fragte sie schließlich.

»Wie kommen Sie darauf, dass wir ihn überwacht hätten?«

»Ich bitte Sie!« Laura sah die Agentin eindringlich an. »Als Sie den Bootsschuppen gestürmt haben, dachten Sie und Agent Link, Sie würden Leif antreffen.«

»Nun, wie Agent Deckard bereits sagte: Wir wussten, dass Leif

Gundarsson und Daniel Bender seit Kurzem den Hinweisen unserer Quelle nachgingen. Der Bootsschuppen war ein Schuss ins Blaue. Wir hatten keine Wahl, da die Zeit drängte. Wir mussten Daniel Bender unbedingt finden und hierher bringen. Weshalb, das wissen Sie inzwischen.«

Laura nickte. »Aber was ich immer noch nicht verstehe, ist, woher wusste Bishop, dass Hardenberg mir den USB-Stick mit dem Virus zukommen ließ? Bishop tauchte nur wenige Stunden später bei Andra auf. Wie war das möglich?«

»Darüber können wir nur spekulieren. Wir haben eine Notiz im Intranet von Andra entdeckt, die ein Mann namens Marc Bauer aus der IT-Abteilung eingestellt hat. Darin vermerkt er, dass Sie ihn aufgesucht und um einen nicht autorisierten Upload einer verdächtigen Datei gebeten haben, die Software des ›Diamond‹-Gyrotrons betreffend. Wir vermuten, die Chinesen haben diese Notiz abgefangen und eins und eins zusammengezählt. Wir wissen, dass Chenlong Zugriff auf das Intranet besaß.«

Laura dachte nach. »Bauer war misstrauisch. Das stimmt. Vermutlich wollte er auf Nummer sicher gehen, damit ihm später niemand etwas würde vorwerfen können.«

Die Agentin sah Laura eine Weile schweigend an. Dann sagte sie: »Sie sehen müde aus«, und zum ersten Mal klang ihre Reibeisenstimme beinahe sanft. »Sie sollten sich ausruhen. Die nächsten Stunden wird vermutlich nichts passieren. Sie können hier bleiben.« Sie wies auf die schmale Liege. »Sollten Sie einschlafen, wecke ich Sie, sobald es Neuigkeiten gibt.«

»Sie denken, ich könnte jetzt schlafen?«

»Ich denke, Sie klappen früher oder später zusammen. Damit helfen Sie Ihrem Sohn auch nicht. Vertrauen Sie mir.«

Laura stand unschlüssig da. Sie wollte jetzt nicht schlafen. Um nichts in der Welt wollte sie den Augenblick verpassen, in dem

Neuigkeiten über Bishop und Robin eintrafen, doch die Agentin hatte recht. Weder ihr noch Robin war geholfen, sollte sie einen Zusammenbruch erleiden. »Einverstanden. Aber bitte versprechen Sie mir eins ...«

»Und das wäre?«

Laura sah der Agentin direkt in die Augen. »Ich will dabei sein, wenn Sie Bishop schnappen.«

»Unmöglich.«

»Dank mir haben Sie St. Adams aufgespürt«, erinnerte Laura sie. »Außerdem habe ich Ihnen den Virus für das ›Diamond‹-Gyrotron gegeben. Jetzt bitte ich Sie um einen Gefallen.«

Jennifer West zögerte, dann sagte sie: »Sie wissen, was Sie da von mir verlangen?«

Laura verzog keine Miene.

Schließlich wandte sich die Agentin zum Gehen. »Ich werde sehen, was ich tun kann.«

42

Außer sich vor Wut stürmte Huang Zhen in den Kontrollraum der Heilongjiang-Anlage. Zwei Ingenieure, die mit ratlosen Gesichtern über ein Klemmbrett gebeugt neben der Tür standen, zuckten erschrocken zur Seite. Sie verbeugten sich ehrfurchtsvoll, während Zhen ohne sie zu beachten auf seinen Cousin zupreschte. Xian Wang-Mei saß auf dem Podest des Supervisors, oberhalb der Kontrollpaneele, und trug ein Headset. Er war in eine lebhafte Diskussion mit einem schmächtigen Wissenschaftler vertieft, der unablässig mit einem Stift auf ein Tablet tippte. Wang-Mei sah Zhen nahen und schickte seinen Gesprächspartner fort.

»Wie erklärst du dir das?«, fauchte Zhen bereits aus mehreren Metern Entfernung und deutete auf den Hauptmonitor, der den schwarzen Drachen auf seinem Weg zurück in den Atlantik zeigte.

Sämtliche Gespräche im Kontrollraum erstarben.

»Wir sind dabei, die Faktoren zu analysieren, die zu dieser neuen Situation geführt haben«, erwiderte Wang-Mei. »Unsere Systeme funktionieren tadellos, ebenso ›Diamond‹.«

Zhen betrat das Podest und blickte auf Wang-Mei herab, dessen fülliger Leibesumfang kaum zwischen die Lehnen seines Stuhls passte. »Du leitest die Operation. Was also gedenkst du zu tun?«

Wang-Meis Schweinsäuglein zuckten hinter seiner Nickelbrille. »Es widerstrebt mir zutiefst, dir diese Botschaft überbringen zu müssen, verehrter Cousin, aber ich frage mich inzwischen, ob wir noch die alleinige Kontrolle über den schwarzen Drachen besitzen?«

»Was soll das heißen?«

»Alles deutet darauf hin, dass ein weiterer Spieler das Spielfeld betreten hat.«

»Fahre fort.«

»Unsere Satelliten registrieren ungewöhnliche elektromagnetische Aktivitäten über dem Südwesten der Vereinigten Staaten«, erklärte Wang-Mei. »Es sieht beinahe danach aus, als würden die Amerikaner uns mit unseren eigenen Waffen bekämpfen.«

»Sie pulsen ebenfalls?«

»Alles deutet darauf hin.«

»Um das zu vermeiden, haben wir Bishop nach Alaska geschickt. Sollte uns etwas entgangen sein?« Nachdenklich strich Zhen mit Daumen und Zeigefinger seinen Oberlippenbart glatt. »Wäre es denkbar, dass diese Teufel eine zweite Anlage betreiben, von der wir nichts wissen?«

»Das ist die wahrscheinlichste Erklärung.« Wang-Mei zog ein Taschentuch aus seiner Hosentasche und tupfte sich damit einen dünnen Schweißfilm von der Stirn.

Zhen hieb seine Faust auf Wang-Meis Schreibtisch. Ein Löffel sprang klirrend aus einer leeren Teetasse, die neben der PC-Tastatur stand. »Weshalb wissen wir davon nichts?«

»Offenbar war selbst dein guter Freund Charles ahnungslos«, verteidigte sich Wang-Mei.

Zhen erwiderte nichts. Reihum sah er in die Gesichter der Wissenschaftler und Ingenieure, die rasch ihren Kopf senkten, sobald sein Blick sie streifte. Er wusste, sie warteten auf seine Anweisungen. Doch die Lage war verzwickt. Charles war seit Stunden nicht zu erreichen. Er wusste mehr über die Technik, die hinter Heilongjiang steckte, als sonst jemand. Über die Gründe, weshalb er sich nicht meldete, vermochte Zhen lediglich zu spekulieren. An eine Nachlässigkeit glaubte er nicht. Sein alter Freund war ein glühender Verfechter dieses Projekts. Garantiert verfolgte er in diesem Augenblick irgendwo das Geschehen. Unter normalen Umständen hätte er sich längst gemeldet, um mehr über die Hintergründe der neuesten Entwicklung zu erfahren, davon war Zhen überzeugt. Das ließ nur einen Schluss zu: Jemand hinderte Charles daran, sich zu melden. Es war Zhen unbegreiflich, wie sich das Blatt so unerwartet wenden konnte. Doch noch hatte er ein Ass im Ärmel.

»Mit welchem Output pulsen wir?«, wollte er wissen.

Wang-Mei warf einen Blick auf seine Anzeigen. »Die Auslastung von Heilongjiang liegt konstant bei achtzig Prozent.«

»Wir gehen auf hundert Prozent.«

»Volle Auslastung?« Die Farbe wich aus Wang-Meis feistem Gesicht. »Verehrter Cousin, wir haben das noch nie getestet. Wir können nicht vorhersagen, welche Auswirkungen …«

»Erhöhe auf hundert Prozent!«, brüllte Zhen. Speichel flog aus seinem Mund und landete auf Wang-Meis Brille.

Wang-Meis wulstige Lippen zuckten. »Wie du wünschst.«

»Die Amerikaner werden lernen, was es bedeutet, sich dem schwarzen Drachen in den Weg zu stellen«, zischte Zhen, und ein kaltes Lächeln erschien in seinem Gesicht. »Denn wer ins Feuer bläst, dem fliegen leicht die Funken in die Augen.«

43

Der helle Aufenthaltsraum tief unten im Bunker der ETF war einer Flughafenlounge nachempfunden, wie Laura sie aus Filmen kannte: Clubsessel aus braunem Kunstleder, niedrige Glastische, eine Theke, darauf umgestülpte Gläser und eine Schale voller Cracker. Hinter der Theke versah ein brummender Kühlschrank seinen Dienst. Ziemlich echt aussehende Kunstpflanzen in den Ecken sorgten für einen Hauch von Wohnlichkeit. Laura saß im Schneidersitz in einem der Clubsessel und sah den Männern in Anzügen in der anderen Ecke des Raums beim Feiern zu. Sie standen um die Theke herum, rissen Witze, lachten und stießen auf den Erfolg an. Es floss jedoch kein Alkohol. Anstelle von Champagner wurden Softdrinks und Wasser ausgeschenkt. Der Grund für die Ausgelassenheit der Agenten war der Sieg über »die Chinesen-Bitch«, wie einer der Männer es formuliert hatte. Vor gut einer Stunde hatte »Emily« tatsächlich die Zugrichtung geändert und drehte seitdem ab, hinaus auf den Atlantik, fort von Key West, fort von der Küste Floridas. Seitdem waren alle in Feierlaune. Alle, bis auf Laura.

Sie stand auf und verließ den Raum. Sie konnte die Sprüche und Scherze nicht länger ertragen. Noch immer gab es keine Neuigkeit von Robin. Und Laura wusste, er war nun mehr denn je Gefahr. Sobald Bishop mitbekam, dass das Unternehmen nicht mehr nach Plan verlief, würde er Fragen stellen. Laura konnte nur hoffen, dass er die Antworten dazu niemals herausfand.

Auf dem Gang kamen ihr Daniel, Jennifer West und Lance Deckard entgegen.

»Laura!« Freudestrahlend lief Daniel auf sie zu. »Wir haben es geschafft.«

»Ich hab's mitbekommen.«

»Unsere Strategie funktionierte.« Seine Augen leuchteten. »Es ist uns gelungen, ein Hochdruckgebiet über Florida zu erzeugen, das stark genug ist, um ›Emily‹ zurück auf den Atlantik zu treiben. Das gesamte Sturmsystem dreht ab und zieht entlang des Golfstroms nach Norden.«

»Dort wird ›Emily‹ sich auflösen«, ergänzte Deckard sichtlich erleichtert. »Vor ein paar Minuten hat das NHC in Miami die neue Entwicklung bestätigt. Bis auf ein paar geringe Sturmschäden auf den Keys sind wir noch einmal mit heiler Haut davongekommen.«

»Das ist großartig.« Sie versuchte sich an einem Lächeln. Der Gedanke an Robin trieb ihr jedoch beinahe die Tränen in die Augen. Sie fühlte sich schuldig. Sie wusste, er vertraute ihr, setzte all seine Hoffnung in sie. Und was tat sie? Saß hier herum und sah fremden Menschen beim Feiern zu.

»Wir werden Robin finden«, sagte Deckard, der ihre Gedanken erriet. »Ihm wird nichts zustoßen.«

Laura erwiderte nichts. Ihre Augen suchten Blickkontakt mit Jennifer West. Doch die Agentin wich ihrem Blick aus.

Deckard hieb Daniel wie einem alten Kumpel auf die Schulter, dann betrat er gemeinsam mit Jennifer West den Aufenthaltsraum, aus dem lautes Gejohle erklang.

»Deine Idee hat also funktioniert«, sagte Laura.

Daniel zuckte mit den Schultern. »Es hätte ebenso gut anders ausgehen können.«

»Der Elefant und die Nadel. Ich erinnere mich. Du hast den Elefanten gepikt, und er ist abgehauen. Er ist nicht auf dich losgegangen.«
»Die Chancen standen fünfzig zu fünfzig.«
Eine Weile schwiegen sie sich an.
»Wie geht es jetzt weiter?«, fragte Laura schließlich.
»Keine Ahnung. Schätze, wir werden abwarten müssen, ob ›Emily‹ die neue Zugbahn beibehält.«
Laura sah sich um. »Wo ist Fenton Link?«
»Den habe ich nicht mehr gesehen, seitdem du Deckard den Stick gegeben hast.«
»Wo ist er hin?«
»Keine Ahnung.«
Sie seufzte, löste ihre schief sitzende Haarspange, strich ihre Haare nach hinten und klemmte sie wieder fest. Dann zeigte sie auf die geschlossene Aufzugstür am Ende des Ganges. »Begleitest du mich?«
»Wohin?«
»Ich muss hier raus.«

44

Emilio Sánchez saß an seinem Schreibtisch und rieb sich die geröteten Augen. Ein lange Nacht und ein zermürbender Tag lagen hinter ihm. Durch die schmalen Fenster seines Büros fiel endlich wieder freundliches Sonnenlicht. Die Sturmwolken, die »Emily« bis vor Kurzem über Florida gejagt hatte, waren mit dem Hurrikan in den Nordatlantik weitergezogen. Sánchez griff nach dem Pappbecher, der vor ihm stand, und starrte in die schwarze Brühe, die vor Stunden einmal heiß gewesen war. Es war überstanden. Das große Chaos war ausgeblieben. Abgesehen von einigen Auffahrunfällen gab es weder nennenswerte Zerstörungen noch Schwerverletzte. Überflutete Straßen und Häuser auf den Keys, zeitweilig Stromausfälle, größere Schadensmeldungen lagen nicht vor. Es hätte wesentlich schlimmer ausgehen können.

Um Sánchez herum herrschte Aufbruchsstimmung. Die Mitarbeiter packten ihre Sachen zusammen, Schreibtische wurden von leeren Tellern, Flaschen und zerknüllten Schokoriegelverpackungen gesäubert. Zwei Feldbetten, die als provisorische Schlafstätten gedient hatten, wurden abgebaut. Niemand sprach mehr als nötig. Alle waren erleichtert, aber kaum jemand hatte geschlafen, und so fehlte allen die Energie, um die üblichen Sprüche oder Witze zu reißen. Brandon LaHayes Furchen um Mund und Nase hatten sich noch ein wenig tiefer in sein Gesicht eingegraben, und unter Selma Coopers Augen prangten dunkle Ringe. Sánchez konnte es kaum erwarten, daheim ins Bett zu fallen.

Amy Winter trat zu ihm. Auch ihre Augen wirkten müde. Ihr mit Spangen zusammengehaltenes Haar hatte sich gelöst, einzelne Strähnen hingen ihr ins Gesicht. »Das war's dann wohl. Sieht nicht so aus, als würde sich ›Emily‹ der Ostküste noch einmal nähern.«

»Ihr Wort in Gottes Ohr.« Sánchez klopfte dreimal auf den Schreibtisch. »Dieser Hurrikan ist anders. Er ist unberechenbar.«

»Das will ich von Ihnen nicht hören. Es ist Ihr Job, Hurrikane zu berechnen.«

»Sie werfen dem NHC Versäumnisse vor«, stellte er fest. »Sie denken, wir haben geschlafen und ›Emily‹ zu spät entdeckt.«

»Bestreiten Sie dies etwa immer noch? Die Untersuchungen werden zeigen, wer von uns beiden recht hat.«

»Sicher.«

»Ihnen ist klar, Sánchez, dass Sie diesmal mehr Glück als Verstand hatten?«

Er gähnte. »Lassen Sie uns das Kriegsbeil begraben, bis die Analysen abgeschlossen sind.«

»Sie haben meine Nummer, falls Sie mich brauchen.« Sie schulterte ihre Handtasche und marschierte davon.

Sánchez sah ihr nach. Die Hände sollten ihm abfallen, wenn er diese Beißzange jemals freiwillig anrief. Er würde sie frühestens wieder kontaktieren, sobald der nächste Hurrikan im Anmarsch war. Keine Sekunde früher.

Selma Cooper kam ihm mit einem Rucksack in der Hand entgegen. »Ich bin fertig mit der Welt. Wir sehen uns morgen.«

»Du hast gut durchgehalten.« Er schaffte es irgendwie zu lächeln.

»Hatte ich eine Wahl?«

»Nein. Jetzt darf erst einmal die Spätschicht ran. Bis wir ...«
Ein altbekannter, verhasster Alarm ertönte.

Sánchez stöhnte auf. »Was ist denn jetzt schon wieder?«

Selma Cooper sah irritiert drein. »Wieder eine Boje?«

»Kann jemand diesen verdammten Alarm abstellen?«, bellte Sánchez in den Raum.

»Äh, Chef?« Zachary Haffernan, der am anderen Ende der HSU vor seinem Monitor kauerte, drehte sich um und sah Sánchez an. Sein Gesicht war aschfahl.

»Herrgott noch mal!« Sánchez schoss hoch, stieß dabei seinen Stuhl zurück und stapfte quer durch den Raum. Ein Blick auf das Satellitenbild auf Haffernans Monitor genügte, und er erkannte den Grund des Alarms. Ein Pfeilsymbol auf dem Atlantik blinkte rot: NDBC-Boje *41002 South Hatteras.*

»Diese Boje ist unweit von ›Emilys‹ aktuellem Zentrum verankert«, nickte Haffernan

»Und sie ist komplett ausgefallen?«

»Wenn es nur das wäre.« Haffernan lenkte Sánchez' Blick auf einige Daten unter der Satellitenaufnahme. »Luftdruckabfall in der letzten Stunde um 41 Millibar auf 856. Mittlere Windgeschwindigkeit 317 Stundenkilometer gleichbleibend über mindestens eine Minute, in der Spitze Böen bis 412 Stundenkilometer.«

»Unmöglich«, entgegnete Sánchez, »solche Werte wurden noch nie in einem Hurrikan gemessen. Nicht einmal annähernd. Diese Boje *muss* defekt sein.«

Selma Cooper, die ihm gefolgt war, stellte ihren Rucksack auf einem Stuhl ab. »Aktuelle Zuggeschwindigkeit des Systems?«

»Wir verzeichnen starke Höhentiefs«, antwortete Zachary Haffernan. »Emily‹ wird schneller. Aktuell fegt das Biest mit 104 Stundenkilometern über das Meer.«

»Haben wir weitere Bojen in der Nähe?«

»Nicht direkt, aber *41424 East Charleston* liegt in der Zugbahn. Moment, ich checke die Daten.«

Sánchez wurde es heiß und kalt. Vor wenigen Minuten erst hatte er zu Amy Winter gesagt, dass dieser Hurrikan anders war als alle anderen tropischen Stürme, die er in seiner Laufbahn beim NHC miterlebt und analysiert hatte. Ihn beschlich das Gefühl, dass »Emily« weitere unangenehme Überraschungen für ihn und sein Team parat hielt.

»*41424 East Charleston* meldet ebenfalls raschen Luftdruckabfall auf aktuell 870 Millibar«, teilte Haffernan mit. »Mittlere Windgeschwindigkeit bei 291 Stundenkilometern, Böen in der Spitze bei 373.«

»Niemals.« Sánchez schüttelte den Kopf. »Das Zentrum ist viel zu weit entfernt, um an dieser Boje auch nur annähernd solche Werte zu erzeugen.«

»Warte.« Selma Cooper warf sich in einen freien Sessel und rückte näher an den Monitor heran. »Lasst uns für eine Minute davon ausgehen, die Daten seien korrekt. Vor wenigen Stunden dachten wir schon einmal, die Bojen seien defekt. Wir lagen falsch. Also, was tun wir jetzt?«

Sánchez fühlte, wie ihm das Blut aus dem Kopf sackte. Er musste sich setzen.

»Was ist mit dir?«

»Mir geht's gut.«

Selma wies auf den Monitor. »Da! *41424 East Charleston* ist soeben ausgefallen. Letzter übermittelter Wert: Böen mit 423 Stundenkilometern!« Sánchez betrachtete das neueste GOES-Satellitenbild, das in diesem Augenblick auf dem Hauptmonitor erschien. »Entgegen allem, was wir bisher zu wissen geglaubt haben, gewinnt ›Emily‹ weiter an Energie und Masse. Das gesamte

Sturmsystem wächst unvermindert. Dazu brauchen wir keine Daten zu checken. Teufel, das sieht man mit bloßem Auge.«

Haffernan nickte. »Die Hurricane Hunters bestätigen Ihre Einschätzung. Die Besatzung des letzten Fluges meldet, sie hätten noch nie so heftige Turbulenzen in der Eyewall erlebt.«

»Wann ist die nächste Mission geplant?«

»Momentan wird die Lockheed gewartet und betankt. Der nächste Flug startet in drei Stunden von Biloxi aus.«

Sánchez warf einen Blick auf seine Armbanduhr. »Das passt. Kontaktieren Sie die Hunters. Sie sollen auf der MacDill Air Force Base in Tampa zwischenlanden und auf mich warten. Ich mache mich gleich auf den Weg. Ich werde mitfliegen.«

Haffernan sah ihn einen Moment überrascht an. Dann griff er zum Telefon.

Selma Cooper zog ihn zur Seite und senkte ihre Stimme. »Ich kann gut verstehen, dass du diesen Monstersturm mit eigenen Augen sehen willst, aber das ist nicht deine Aufgabe, Emilio. Du musst hier bleiben. Falls Amy Winter herausfindet, dass du in dieser kritischen Situation deinem Privatvergnügen nachgehst, bist du deinen Job los.«

»Privatvergnügen? Das wird alles andere als ein Vergnügen.«

»Du weißt, was ich meine.«

»Lass die Winter mal meine Sorge sein. Geh du jetzt nach Hause. Du brauchst Schlaf.«

»Du machst einen gewaltigen Fehler.« Sie sah ihn zornig an, warf ihren Rucksack über die Schulter und stapfte zum Büro hinaus.

Sánchez sah ihr nach. Selma war nicht nur attraktiv, sondern auch klug. Natürlich sollte er das NHC in dieser Situation nicht verlassen. Vermutlich konnte ihn das tatsächlich seinen Job kosten. Doch diese fiebrige Unruhe, die in ihm brodelte, ließ ihm keine Wahl. Er heftete seinen Blick wieder auf den weißen, spiralförmigen Wolkenwirbel, dessen Ausmaße alles in den Schatten stellten, was Sánchez je gesehen hatte. Er konnte seine Faszination nicht leugnen. Im Laufe der letzten achtundvierzig Stunden hatten sich viele Theorien und Lehrmeinungen in Bezug auf tropische Sturmsysteme als unzureichend herausgestellt. Dort draußen auf dem Atlantik war etwas im Gange, das mit herkömmlichen Methoden und Analysen nicht zu erklären war. Sánchez war neugierig. Insgeheim bewunderte er die unbändige Gewalt dieses Monsters. Er musste diesen Sturm mit eigenen Augen sehen. Eine solche Chance kam vielleicht nie wieder.

»Die Hunters bestätigen Ihre Teilnahme am nächsten Flug«, teilte Haffernan ihm mit.

»Gut.« Einmal mehr überflog Sánchez die neuesten Daten. Die Werte sprengten jede bekannte Skala. Noch vor zwei Tagen hätte Sánchez jeden ausgelacht, der solche Werte auf der Erde für möglich gehalten hätte. Er traf eine Entscheidung. »Bevor ich mich auf den Weg mache, geben wir eine neue Meldung heraus.«

Haffernan zückte sein Notizheft und einen Kugelschreiber. »Ich höre.«

»›Emily‹ übersteigt als erster Hurrikan Stufe fünf der Saffir-Simpson-Skala deutlich und dauerhaft. Ab sofort gilt Stufe sechs.«

Haffernan hielt im Schreiben inne. »Wie bitte?«

»Sehen Sie mich nicht so entgeistert an. Ich weiß sehr wohl, dass es offiziell keine Stufe sechs gibt.« Er warf ihm den Ausdruck mit den neuesten Messdaten auf den Schreibtisch. »Es gibt sie nicht, weil wir uns bisher nicht vorstellen konnten, dass Stürme auf unserem Planeten eine solche Gewalt entfalten können.«

»Mag sein, aber …«

»Nach dem Supertaifun ›Haiyan‹ hat man Ende 2013 bereits über eine Erweiterung der Skala nachgedacht«, fuhr Sánchez ihm über den Mund. »Haffernan, in einer Welt, in der sich das Klima stetig erwärmt, werden El-Niño-Ereignisse zunehmend die Wettersysteme beeinflussen. Somit wird auch den Hurrikanen künftig mehr Wärmeenergie zur Verfügung stehen. In fünfzehn bis zwanzig Jahren könnten diese Hurrikane sogar stärker und zerstörerischer wüten als ›Irma‹ 2017 oder ›Emily‹ heute. Niemand wird dann mehr die Frage stellen, ob eine sechste Stufe Sinn macht oder nicht. Es wird Normalität sein.«

»Bis dahin vergehen noch ein paar Jahre«, warf Haffernan ein.

»Geben Sie einfach diese verdammte Meldung heraus.« Ohne ein weiteres Wort wandte Sánchez sich ab, schnappte sich den Autoschlüssel von seinem Schreibtisch und verließ das Gebäude. In Tampa, gute vier Autostunden entfernt, warteten die Hurricane Hunters auf ihn. Und draußen auf dem Atlantik, fünfhundert Meilen vor der Ostküste, wartete »Emily« auf ihn, der erste Stufe-sechs-Hurrikan in der Geschichte der Meteorologie.

45

Weit nach Mitternacht schien der Mond hell, und die dichte Wolkendecke des frühen Abends hatte sich aufgelöst. Dank des Nachtflugverbots am Frankfurter Flughafen herrschte eine beinahe friedvolle Stille auf dem abgeschiedenen Gelände der Egelsbach Transmitter Facility. Es war kühl und roch nach feuchtem Gras. Laura schlang die Arme um ihren Oberkörper und war dankbar für die wattierte Weste, die ihr einer der Wachmänner am Bunkereingang gegeben hatte. Gemeinsam mit Daniel spazierte sie über die Wiese, inmitten des umzäunten Areals. Der Boden unter ihren Füßen war matschig und gab unter ihren Schritten nach. Laura rechnete es Daniel hoch an, dass er hier oben bei ihr war und nicht einige Stockwerke tiefer vor den Monitoren hockte, obwohl ihn die weitere Entwicklung des Hurrikans sicher brennend interessierte. Die letzte halbe Stunde hatten sie nur wenige belanglose Worte miteinander gewechselt. Beide vermieden das Thema Robin und Bishop.

Laura legte ihren Kopf in den Nacken und atmete die frische Luft ein – nach der klimatisierten, aufbereiteten Luft der Bunkeranlage eine wahre Wohltat. Plötzlich stupste Daniel sie an und deutete in Richtung des Bunkereingangs. Ein offener Jeep kam mit Aufblendlicht quer über die Wiese auf sie zu.

»Irgendetwas muss passiert sein«, meinte Daniel.

Laura spürte, wie ihre Beine bleischwer wurden. Sie dachte an Robin und schluckte trocken.

Der Fahrer des Jeeps raste ihnen entgegen und bremste nur wenige Meter vor ihnen ab. Die Reifen blockierten und hinterließen Furchen im nassen Gras. Ein junger Agent beugte sich durch das offene Fenster hinaus. »Deckard will Sie beide sehen. Es ist dringend.«

»Schlechte Nachrichten«, empfing Lance Deckard sie im Konferenzraum. Jennifer West stand mit angespanntem Gesichtsausdruck bei ihm. Fenton Link war nirgendwo zu sehen und blieb weiterhin wie vom Erdboden verschluckt.

»Was ist geschehen?«, fragte Laura noch in der Tür.

Mit ernster Miene sah Deckard zunächst sie an, dann Daniel. »›Emily‹ kehrt zurück.«

Daniels Augenbrauen zogen sich zusammen. »Was soll das heißen?«

»Etwas stimmt nicht. Wir pulsen ununterbrochen, und dennoch ... Ich verstehe das einfach nicht.«

Gemeinsam traten sie vor den Hauptmonitor und betrachteten das Satellitenbild des Hurrikans.

»Ist diese Aufnahme aktuell?«, fragte Daniel.

»Kam vor acht Minuten rein.«

»Mein Gott.« Er starrte auf den weißen Wolkenwirbel. »›Emily‹ wächst weiter. Ich habe noch nie so ein gigantisches Sturmsystem gesehen. Der Durchmesser dürfte inzwischen an die tausend Kilometer betragen.«

»Und das ist nicht alles.« Deckard nahm ein Tablet in die Hand und fuhr mit dem Zeigefinger über den Touchscreen. Parallel dazu erschien auf dem Wandmonitor eine rote Linie. »Diese

Linie stellt die neue prognostizierte Zugbahn ›Emilys‹ dar. Professor de la Vega hat sie vor wenigen Minuten berechnet.«

»Das ist nicht Ihr Ernst«, keuchte Daniel.

»Wir konnten es zunächst auch nicht glauben, aber es ist so. ›Emily‹ rast auf direktem Kurs auf die Ostküste zu. Und zwar schnell. Verdammt schnell.«

Daniel fuhr mit seinem Finger die rote Linie entlang, bis er die voraussichtliche Stelle erreichte, an der »Emily« den neuesten Berechnungen zufolge auf Land treffen würde. Hörbar sog er Luft ein. »New York?«

»Betrachtet man ›Emilys‹ Durchmesser«, klärte Deckard ihn auf, »dann liegen die Metropolen New York und Philadelphia exakt auf der neuen Zugbahn. Weiter südlich werden Baltimore und der Großraum Washington ebenfalls schwer betroffen sein. Wir reden hier von einem Einzugsgebiet von mehr als dreißig Millionen Amerikanern.«

Eine Gänsehaut überzog Lauras Arme. Damit hatte niemand gerechnet. Dem vermeintlichen Triumph über »Emily« folgte möglicherweise eine noch größere Katastrophe als ursprünglich befürchtet. Die Agenten im Aufenthaltsraum hatten zu früh gejubelt.

»Was denken Sie?«, wollte Deckard von Daniel wissen. »HAARP 2 pulst ungebrochen, um ›Emily‹ zurück auf den Atlantik zu drängen. Irgendwelche Ideen, was wir darüber hinaus tun könnten?«

Daniel ging zum Wasserspender und ließ Trinkwasser in einen Becher laufen. »Vielleicht ist das genau das Problem?«

»Ich kann Ihnen nicht folgen.«

»Nun, HAARP 2 pulst, die Chinesen pulsen, dazu das ›Diamond‹-Gyrotron, das vermutlich weiterhin unermüdlich die Meeresoberfläche aufheizt ...« Er trank einen Schluck und sah kopfschüttelnd von einem zum anderen. »Das alles ist zu viel. Viel zu viel. Wir manipulieren Naturgewalten, die wir nicht vollständig verstehen. Vielleicht müssen wir der Natur Zeit geben, sich selbst zu regulieren.« Er ging zum Tisch und setzte sich.

»Ist das Ihr Vorschlag?« Deckard trat zu ihm und stützte sich auf der Tischplatte auf. Seine Krawatte schwang hin und her. »HAARP 2 abschalten und abwarten, bis *sich alles von selbst reguliert?* Die Zerstörung mehrerer Großstädte und vielleicht den Tod Tausender Amerikaner in Kauf nehmen? Ist das tatsächlich Ihr Vorschlag?«

Daniel presste die Lippen aufeinander, dann holte er tief Luft. »Ich sage nur, wenn wir weiterpulsen, machen wir es womöglich nur noch schlimmer. Wir sehen doch, wohin diese Potenzierung führt.«

»Reine Spekulation«, entgegnete Deckard.

Daniel zeigte mit ausgetrecktem Zeigefinger auf den Hauptmonitor. »Sieht das wie reine Spekulation aus?«

»Wissen Sie, was *ich* sehe?«, fuhr Deckard ihn an. »Ich sehe in wenigen Stunden New York in Schutt und Asche zerfallen. Die Fliegerstaffel der Hurricane Hunters meldet inzwischen Windgeschwindigkeiten in der Spitze von über 450 Stundenkilometern.«

Daniel erhob sich, trat vor den Monitor und deutete auf einen dichten Wolkenkreis rund um das Auge des Hurrikans, der sich in der letzten Stunde ausgebildet hatte und stetig wuchs. »Sehen Sie das hier, Agent Deckard? Das ist eine zyklische Eyewall-Neubildung. Dabei verstärken sich die äußeren Regenbänder und bilden einen zweiten Ring innerhalb des Hurrikans mit starken Gewittern.«

»Worauf wollen Sie hinaus?«

»Diese zweite Eyewall wandert in Richtung des Zentrums bis sie das Auge erreicht und die ursprüngliche Eyewall ersetzt. Wenn das geschieht«, er sah Deckard eindringlich an, »intensiviert sich der Hurrikan ein weiteres Mal.«

»Wollen Sie damit andeuten, ›Emily‹ wird *noch* stärker werden?« Daniel sah ihm in die Augen. »›Emily‹ wird wie das Jüngste Gericht über New York hereinbrechen.«

Deckard leckte sich über die Lippen, dann trat er gegen einen Stuhl, der quietschend durch den Raum rutschte.

»Glauben Sie mir, Agent Deckard«, versuchte Daniel es erneut und trat vor den Agenten, »HAARP 2 macht alles nur noch schlimmer. Sie müssen die Anlage abschalten. Hören Sie auf, zu pulsen. Mit jeder Minute, die Sie pulsen, führen Sie ›Emily‹ frische Energie zu. Die Zeichen sprechen eine deutliche Sprache.

Deckard stieß Daniel rüde von sich. »Wir werden HAARP 2 nicht abschalten!« Sein Gesicht lief rot an, seine Kiefermuskeln zuckten. »Solange die Chinesen pulsen, halten wir mit allem dagegen, was wir haben.«

»Merken Sie denn nicht, dass Sie auf diesem Weg nur das Gegenteil erreichen?« In Daniels Gesicht stand jetzt pure Verzweiflung.

»Keine weitere Diskussion.« Deckard wandte sich ab und schritt zu einem Servierwagen, von dem er sich ein belegtes Sandwich nahm.

Eine Weile herrschte Schweigen. Deckard biss wütend in sein Thunfisch-Sandwich, und Daniel ließ sich resigniert in einen der Bürostühle fallen.

Laura meldete sich zu Wort. »Warum kann HAARP 2 kein Hochdruckgebiet vor New York erzeugen, so wie das vor Florida gemacht wurde?«

»So etwas geht nicht auf Knopfdruck«, erklärte Daniel kopfschüttelnd. »Wir haben den Jetstream einmal umgeleitet. Wir können ihn in so kurzer Zeit nicht erneut umkehren. Derartige globale Prozesse in der Atmosphäre sind nicht einfach ein- und abschaltbar. Vor allem sind sie, wie wir sehen, unberechenbar.« Er sah erneut zu dem Satellitenbild. »›Emily‹ würde höchstwahrscheinlich zurück auf den Atlantik schwenken, wenn die Chinesen ihre Anlage abschalten würden, dazu das ›Diamond‹-Gyrotron. Was aber vermutlich nicht geschehen wird.«

»Seien Sie sich da nicht so sicher«, entgegnete Deckard kauend.

»Wie viel Zeit bleibt uns, bis ›Emily‹ auf New York trifft?«

»Wenn diese Daten stimmen, etwa neun Stunden.«

Deckard sah auf seine Uhr. »Das wird eng.«

»Was wird eng?«

Er ging nicht darauf ein.

»Und jetzt?«, fragte Daniel nach einer Weile.

»Wir warten.« Deckard biss von seinem Sandwich ab. »Mehr können wir aktuell nicht tun.«

»Auf was genau warten wir?«, fragte Laura.

Deckards Miene verfinsterte sich, und er schmiss das halb gegessene Sandwich in den Mülleimer. »Auf unsere letzte Hoffnung.«

46

ATLANTIK, 580 MEILEN SÜDÖSTLICH VON NEW YORK

Die Lockheed-WP-3D *Orion* der Hurricane Hunters flog in knapp zweitausend Metern Höhe unter einem wolkenlosen Himmel dem Hurrikan entgegen. Noch fühlte es sich für Emilio Sánchez wie schwereloses Dahingleiten an, aber er gab sich keinen Illusionen hin. In wenigen Minuten würde es in dieser engen Kabine extrem unangenehm zugehen. Er stand hinter den Piloten im Cockpit der viermotorigen Propellermaschine und blickte durch die Frontscheibe. Seit einiger Zeit zeichneten sich am Horizont die gewaltigen grauen Wolken des Sturmsystems ab. Sánchez' Puls beschleunigte sich. Mit beiden Händen umfasste er die Sitze vor ihm.

»Nervös?«, fragte Larry Dunn, der Pilot.

»Nein.«

Unter der verspiegelten Pilotenbrille verzog sich Dunns Mund zu einem Grinsen. »Ihr erster Flug mit den Hunters?«

»Nein.«

Pete Nowack, der Copilot, drehte sich zu Sánchez um. »Es ist vollkommen okay, nervös zu sein. Hey, Mann, *Kermit der Frosch* ist zuverlässig und sicher.«

»Dann bin ich ja froh, dass wir nicht in *Miss Piggy* sitzen«, brummte Sánchez. Er fragte sich nicht zum ersten Mal, wer auf die Idee gekommen sein mochte, den Flugzeugen so bescheuerte Namen zu geben.

»Keine Sorge«, sagte Nowack, »die WP-3D wurde extra für Flüge ins Auge entwickelt. Dieses Baby hier kann was ab, auch wenn wir in der Nähe der Eyewall herumgeschleudert werden wie in einer Waschmaschine.«

»Mach ihm nicht noch mehr Angst«, grinste Dunn. »Hey, Sánchez, um dem Schlimmsten zu entgehen, steigen wir nachher ein paar tausend Fuß auf. Dort ist es erfahrungsgemäß ruhiger.«

»Ich sehe hinten mal nach dem Rechten«, erwiderte Sánchez und schob sich durch den mit Messapparaturen vollgestopften Gang ins Heck des Flugzeugs.

»Entspannen Sie sich«, rief Nowack ihm gut gelaunt hinterher. »Seit 1946 haben wir erst vier Flugzeuge verloren.«

Sánchez kannte die Statistiken. Aber diese Komiker im Cockpit hatten keinen blassen Schimmer, was sie im Innern von »Emily« erwartete. Obwohl er die Crew vor dem Abflug über die spezifischen Eigenschaften dieses Hurrikans gebrieft hatte, nahmen sie die ganze Angelegenheit offenbar nicht besonders ernst. Vielleicht musste man als Hurricane Hunter aber auch über eine ganz bestimmte Mentalität verfügen, damit Angst gar nicht erst aufkam.

Sánchez stieß mit dem Bauch gegen die Abwurfvorrichtung der Flugsonden und fluchte.

»Vorsicht«, ermahnte ihn einer der Männer, die im hinteren Teil der Maschine ihren Dienst versahen. Sie saßen vor ihren Instrumenten, die kontinuierlich meteorologische Daten sammelten. Das Herzstück der Lockheed aber, neben dem riesigen Dopplerradar, war die Abwurfvorrichtung für die vierzig Zentimeter langen Sonden, die Daten wie Luftdruck und Luftfeuchte, Temperatur sowie Windgeschwindigkeit und -richtung aus den unterschiedlichsten Schichten des Hurrikans an die Bordinstrumente sandten, von wo aus sie alle dreißig Sekunden weiter ins NHC nach Miami gefunkt wurden. Sánchez war auf die Werte gespannt. Er sah aus einem der Seitenfenster. Die schwarzgrauen Wolkenwände rückten näher. Nachdem Zachary Haffernan die Heraufstufung von »Emily« auf Stufe sechs veröffentlicht hatte, war, wie erwartet, heftige Kritik geäußert geworden. Viele Experten warfen Sánchez Überschreitung seiner Kompetenzen, Panikmache und Geltungssucht vor. Es wurden sogar erste Stimmen laut, die ihn zum Rücktritt aufforderten, und das nicht einmal drei Stunden nachdem Haffernan die Pressemitteilung freigegeben hatte. Doch mit jeder neuen Rekordmeldung in Bezug auf die absurd hohen Windgeschwindigkeiten fühlte sich Sánchez' mehr darin bestätigt, richtig gehandelt zu haben. »Emily« war kein gewöhnlicher Hurrikan und deswegen auch nicht mit gewöhnlichen Maßstäben zu beurteilen.

Erste Vibrationen erfassten das Flugzeug. Ohne ein Wort zu verlieren, schnallten sich die erfahrenen Männer auf ihren Sitzen an. Sánchez ging zurück ins Cockpit und ließ sich in den Sitz direkt hinter dem Piloten sacken.

»Höchste Zeit«, sagte Dunn, während er einige Kippschalter auf dem Armaturenbrett umlegte. »Anschnallen! Sofort!«

Sánchez gehorchte und sah nach vorn. Die Kinnlade klappte ihm hinunter. Ringsherum ragten riesige graue Wolkenwände empor. Wo sie endeten, konnte er nicht einmal erahnen. »Emilys« Ausmaße waren wahrhaft gigantisch. Die Sonne verschwand hinter der Wolkendecke, und mit einem Schlag verdunkelte sich die Umgebung. Sie hatten die Peripherie des Wirbelsturms erreicht.

Die Lockheed vibrierte jetzt stärker. Tief unter ihnen brachen weiße Wellenkämme schäumend im aufgewühlten Meer. Das zuvor tiefdunkle Blau des Wassers glich nun flüssigem grauem Blei. Sánchez atmete schneller.

»Festhalten«, befahl Dunn, »gleich geht es los.«

Sánchez nickte und versuchte, tapfer zu lächeln.

»Während dieser Mission werden wir das Auge viermal durchfliegen«, sagte Nowack. »Diesen Anblick werden Sie nie vergessen. Das garantiere ich Ihnen.«

Er hatte kaum zu Ende gesprochen, da wurde die Lockheed von der ersten ernst zu nehmenden Windböe durchgerüttelt. Sánchez prallte gegen die Rückenlehne seines Sitzes. Er krallte seine Finger in das Leder der Armlehnen. Sekunden später klatschten die ersten Regentropfen gegen die Frontscheibe – und dann befanden sie sich von jetzt auf gleich mittendrin.

Sintflutartiger Regen hämmerte auf die Lockheed ein. Die Scheibenwischer waren völlig überfordert, die Sicht sank auf nahezu null. Senkrechte Orkanböen rissen die Lockheed hoch und schleuderten sie kurz darauf doppelt so heftig wieder nach unten. Hagel und Eisregen prasselten auf den Rumpf ein. Mit jeder Minute, die sie sich dem Auge näherten, wurde Sánchez brutaler von rechts nach links geworfen und in den Sicherheitsgurt gedrückt. Er fragte sich, wie es den Männern im hinteren Teil der Maschine gelang, unter diesen Umständen zu arbeiten und die Sonden abzuwerfen.

Plötzlich sackte die Maschine mehrere hundert Meter ab. Die Knöchel von Sánchez' Fingern traten weiß hervor, so fest umklammerte er die Armlehnen. Magensäure stieg seine Speiseröhre empor. Sánchez befürchtete, er werde Larry Dunn jeden Moment in den Nacken kotzen, doch dann fing dieser die Lockheed ab und stabilisierte ihren Flug.

»Alles in Ordnung da hinten?«, fragte Dunn. »Tja, so was kommt vor.«

»Alles bestens«, presste Sánchez hervor. Sein Herz raste.

»Na, dann bereiten Sie sich jetzt mal auf eine einstündige Achterbahnfahrt vor.«

»Ganz schön heftig heute«, meinte Nowack. Er klang nicht

mehr ganz so entspannt wie noch vor wenigen Minuten. »Dabei sind wir noch nicht einmal in der Nähe des Auges.«

»Yep«, nickte Dunn, »die senkrechten Böen sind heftig.«

»Auf mich hört ja keiner«, brummte Sánchez.

Eine weitere Böe riss die Lockheed zur Seite. Sánchez wurde einmal mehr in den Gurt gedrückt.

Immer tiefer bohrte sich die Propellermaschine in den Hurrikan. Mit Sorge beobachtete Sánchez durch das Seitenfenster, wie sich die Tragflächen der Lockheed in den Turbulenzen bogen, als bestünden sie aus Balsaholz. Er wusste natürlich, dass die WP-3D extra für solche Flüge gebaut war. Die Rumpf- und Flügelkonstruktion tolerierte enorme Kräfte. Nur, galt das auch für einen Hurrikan wie »Emily«?

Regen und Hagel peitschten immer stärker gegen die Scheiben. Obwohl Sánchez es nicht für möglich gehalten hätte, verdunkelte sich die Umgebung weiter. Und dann, innerhalb eines Wimpernschlags, durchbrachen sie die Eyewall, und alles wurde ruhig. Nicht einmal mehr die kleinste Vibration. Absolute Stille. Sie befanden sich im Auge.

Sánchez atmete durch und blickte hinaus. Sie befanden sich in einem gigantischen Schornstein aus schweren, dichten Wolkenvorhängen. Es herrschte Windstille. Von oben schickte die Sonne von einem blauen Himmel ihre Strahlen durch das kreisrunde Auge, unter ihnen lag das Meer so ruhig da, als handelte es sich um einen Goldfischteich und nicht um den Atlantik. Niemals hatte Sánchez etwas Schöneres gesehen.

Atemberaubend, dachte er. Ihm wurde bewusst, wie klein und verletzlich die Menschen auf dieser Erde angesichts eines solchen Naturschauspiels waren. Im Stillen gratulierte er sich zu der Entscheidung, mit den Hunters zu fliegen. Er war so fasziniert, dass er alles andere um sich herum vergaß.

Die Realität holte ihn nur wenige Minuten später mit einem brutalen Ruck ein. Auf der entgegengesetzten Seite des Auges durchstießen sie die Eyewall. Urplötzlich brach erneut die Hölle über sie herein. Regen, Hagel, Orkanböen. Die Propellermaschine wurde hin und her geworfen wie ein Papierflieger. Sánchez konnte sich nicht vorstellen, wie er diese Prozedur drei weitere Male überstehen sollte. Siedend heiß fiel ihm etwas ein.

»Wir haben uns ›Emily‹ von hinten genähert«, brüllte er Dunn zu, der alle Hände voll zu tun hatte, die Lockheed unter Kontrolle zu halten. »Korrekt?«

»Ja«, rief Dunn zurück.

»Das bedeutet, wir befinden uns jetzt im rechten vorderen Viertel?«

»Ja, also halten Sie sich besser fest. Jetzt wird es richtig ruppig.«

Sánchez fluchte und krallte sich wieder an den Armlehnen seines Sitzes fest. Niemand musste aussprechen, was alle an Bord wussten. Sie befanden sich jetzt im sogenannten gefährlichen Viertel, in dem die Winde und Böen am stärksten und gefährlichsten waren. Prompt wurde die Lockheed von einer gewaltigen senkrechten Böe nach oben gerissen. Sánchez' Magen rebellierte. Er schloss die Augen.

Plötzlich ertönte ein Knirschen, das Sánchez durch Mark und Bein fuhr.

»Scheiße!«, brüllte Dunn.

»Was war das?«, rief Nowack.

Sánchez sah aus dem Seitenfenster und riss die Augen auf. Ein Teil der linken Tragfläche hatte sich verbogen. Das spitz zulaufende Ende stand schräg ab und flatterte im Sturm. *Herr im Himmel!*

Die Propellermaschine sackte ab und raste der Meeresoberfläche entgegen.

Nowack und Dunn versuchten verzweifelt, die Maschine abzufangen, und schrien sich gegenseitig Befehle zu. Sánchez würgte. Im nächsten Moment kam es ihm hoch, und er erbrach sich auf sein Hemd. Für einen Augenblick fing Dunn die Maschine ab. Nur Sekunden später sackten sie jedoch erneut ab, als eine weitere Böe die Spitze der beschädigten Tragfläche endgültig abriss.

»Scheiße!«, brüllte Dunn.

Aus dem hinteren Teil der Maschine ertönte ein Knall, gefolgt von panischem Geschrei.

Gott steh uns bei, dachte Sánchez. Der Hurrikan riss das Flugzeug buchstäblich in Stücke.

Dunn und Nowack verloren die Kontrolle über die Maschine. Die Lockheed geriet ins Trudeln. Sánchez schwirrte der Kopf. Längst wusste er nicht mehr, wo oben und wo unten war. Für einen Moment erhaschte er einen Blick durch die Frontscheibe. Sie stürzten unaufhaltsam auf das schiefergraue Meer zu, das mächtige Brecher vor sich her trieb. Schmutzig-weiße Schaumkronen flogen in langen, dünnen Fetzen über das Wasser. Nur noch Sekunden bis zum Aufprall.

Sánchez schloss die Augen. Er dachte an Selma Cooper, die ihm davon abgeraten hatte, dieses Flugzeug zu besteigen. Er dachte an seine Ex-Frau, die, wie es aussah, das Haus nun doch bekommen würde. Sein letzter Gedanke aber galt »Emily«, dieser so wundervollen wie tödlichen Naturgewalt, die mit ihrer unfassbar perfekten Struktur einem Kunstwerk glich. Ein letztes Mal dachte er voller Bewunderung an die einmalige Schönheit der kreisrunden, senkrecht in den Himmel aufragenden Wolkentürme im Innern des Auges und erinnerte sich an die Erhabenheit und Ehrfurcht, die er beim Anblick dieses Wunders gespürt hatte. Dann zerschellte die Lockheed auf der Meeresoberfläche.

47

Der schwere Duft von Räucherstäbchen erfüllte Huang Zhens Meditationszimmer. Wie immer, wenn er seine täglichen Neigong-Übungen absolvierte, trugen sie einen Teil zur Reinigung und Stärkung seines Qi, seiner Lebensenergie, bei. Er hatte die goldenen Knöpfe seines weißen Yat-Sen-Hemdes bis zum Hals hinauf geschlossen, stand auf einer Strohmatte und ließ seine ausgestreckten Arme in einem weiten Kreis um die Schultergelenke rotieren. Er hatte die Hälfte der Übung hinter sich gebracht, da riss ihn eine Detonation außerhalb des Gemäuers rüde aus seinem meditativen Zustand.

Ohne zu zögern, stürmte er aus dem Zimmer durch das benachbarte Büro hinaus auf den Balkon, wo er sich mit beiden Händen auf dem Geländer abstützte. Was er sah, verschlug ihm den Atem. Am Waldrand, dort, wo die letzte Antennenreihe vor dem Starkstromzaun verlief, brannte es lichterloh. Aufgrund der starken Rauchentwicklung konnte Zhen nicht erkennen, wie viele der Antennen betroffen waren. Er kniff die Augen zusammen, als wolle er die Rauchwolke allein durch Willenskraft auflösen, da erschütterte eine zweite Explosion das Antennenfeld, diesmal deutlich näher am Hauptgebäude. Nahezu synchron gingen rund ein Dutzend der storchenbeinigen Antennen in Flammen auf. Zhen war sofort klar, dass es sich um keinen technischen Defekt, sondern um Sabotage handelte.

Er fluchte und wollte sich auf den Weg in den Kontrollraum machen, als weitere Sprengladungen hochgingen, diesmal keine dreißig Meter schräg unterhalb seines Balkons. Eine Feuerwalze stieg empor und verpuffte auf Höhe des Balkongeländers. Zhen spürte die Hitze in seinem Gesicht. Instinktiv wich er zurück.

Aus den Augenwinkeln nahm er eine Bewegung im Antennenfeld wahr. Er erkannte mehrere schwarz gekleidete Männer in Kampfuniform, die zwischen den verbliebenen intakten Antennen in geduckter Haltung auf das Kontrollzentrum zurannten. Wütend hieb Zhen mit der Faust auf das Balkongeländer ein. Auf der rechten Gebäudeseite unter ihm zersplitterte Glas. Mit einem schnellen Satz war Zhen auf der anderen Seite des Balkons und sah hinunter. Ein zweites Team schwarz gekleideter und behelmter Angreifer kam von der rechten Flanke. Durch das eingeschlagene Fenster warfen sie Blend- und Rauchgranaten ins Innere des Gebäudes. Zhen fluchte erneut. Das waren Profis. Natürlich waren sie das.

Auf der Rückseite des Kontrollzentrums setzte ein Feuergefecht ein. Die ratternden Salven der Norinco-Type95-Sturmgewehre, der Standardwaffe des chinesischen Militärs, die auch von den Sicherheitskräften von Heilongjiang benutzt wurde, hallten im Wechsel mit Sturmgewehrsalven der Angreifer durchs Tal.

Vier Stockwerke unter Zhen flogen jetzt die Türen des Haupteingangs auf und mehrere seiner Leute rannten ins Freie. Jämmerlich schreiend, wie verängstigte Kinder, stoben sie in alle Richtungen davon. Wirklich überrascht darüber war Zhen nicht. Wenn der Baum fiel, zerstreuten sich die Affen. Das war immer schon so gewesen.

Er eilte in sein Büro. Er war kein Affe. Er war ein Tiger und würde kämpfen. Er riss die oberste Schublade seines Schreibtisches auf und starrte in ein leeres Fach. Siedend heiß fiel ihm ein, dass er seine Shansi-Arsenal-45-mm vor wenigen Tagen zur Wartung gegeben hatte.

Eine weitere Explosion, diesmal innerhalb des Gebäudes, ließ den Boden unter Zhens Füßen erzittern. Schüsse und Schreie hallten durch das Treppenhaus. Die Angreifer kamen näher.

Zhens Blick glitt über die beiden Dao-Säbel an der Wand. Kurzentschlossen riss er beide aus der Halterung. In jeder Hand einen Säbel, stellte Zhen sich mit Blick zur Tür breitbeinig in die Mitte des Raums. Um ihn zur Strecke zu bringen, brauchte es mehr als ein paar bewaffnete Männer.

Vom Ende des Treppenhauses hörte er jetzt laute Rufe und das Getrampel schwerer Stiefel. Er spannte seine Muskeln an, bereit, jeden, der durch diese Tür kam, mit einem Hieb seiner Säbel niederzustrecken.

Ein weiterer kurzer Schusswechsel, ein Aufschrei, wilde Hektik auf dem Gang, dann flog die Tür auf. Zhen bleckte die Zähne und holte zum ersten Hieb aus.

Ein fettleibiger Mann torkelte in den Raum. Er keuchte heftig und konnte sich kaum noch auf den Beinen halten. Hinter ihm, auf dem Gang, hielten zwei von Zhens Sicherheitskräften die Angreifer mit Schusswaffen auf Distanz. Mitten in der Ausholbewegung hielt Zhen inne und starrte auf seinen nach Atem ringenden Cousin.

»Wie viele sind hinter dir her?«, fragte Zhen.

Xian Wang-Mei hustete und würgte und bekam kaum Luft. »Sie erschießen jeden, der sich nicht ergibt.«

Das Stiefelgetrampel kam näher. Schüsse fielen. Einer der beiden Wachmänner auf dem Gang wurde gegen die Wand geschleudert und sackte tot zu Boden.

»Gib mir deine Schusswaffe«, herrschte Zhen ihn an. »Du weißt sowieso nichts damit anzufangen.« Wang-Mei beugte sich vor und stützte sich keuchend mit den Händen auf den Oberschenkeln ab. »Ich habe sie im Tumult verloren.«

»Du Nichtsnutz!« Zhen trat vor. Dann holte er aus und schlug seinem Cousin mit einem einzigen Hieb den Kopf vom Hals. Wang-Meis Schädel knallte auf den Boden und rollte einige Meter bis vor den Fernseher. Der kopflose Körper stand noch einige Sekunden aufrecht da, während aus dem Hals eine Blutfontäne spritzte. Schließlich fiel der Körper in sich zusammen, und eine dickflüssige Blutlache bildete sich rund um den abgetrennten Halsstumpf.

Draußen auf dem Gang fiel der letzte Wachmann in einem Kugelhagel. Die Angreifer stellten den Beschuss ein. Von außerhalb des Gebäudes hörte Zhen weiterhin Sturmgewehrsalven und gelegentlich Explosionen. Leise und behände wie eine Raubkatze eilte er hinter einen der beiden Türflügel, wo er reglos verharrte.

Schwere Tritte kamen den Gang entlang und hielten vor seinem Zimmer. Zhen schloss die Augen und konzentrierte sich. Hinter der Tür konnte er den keuchenden Atem der Eindringlinge hören. Die unterschiedlichen Atemfrequenzen verrieten ihm, dass sie zu dritt waren. Zhen umfasste die Griffe der Säbel fester.

Vorsichtig betraten die Männer den Raum.

»Scheiße«, rief einer von ihnen aus, »was zum Teufel ist mit dem fetten Kerl passiert?«

»Vorsicht«, mahnte ein Zweiter, »das Arschloch, das wir suchen, muss irgendwo hier …«

Zhen sprang hinter der Tür hervor und wirbelte mit den Säbeln in den Händen wie ein Derwisch auf die beiden Männer zu. Bevor sie reagieren konnten, trennte er dem ersten Soldaten mit einem wuchtigen Hieb den Unterarm ab, noch bevor dieser seine Waffe auf Zhen richten konnte. Der Soldat brüllte auf und ging in die Knie. Blitzschnell rotierte sein Kamerad herum und gab einen Schuss ab. Die Kugel pfiff haarscharf an Zhens Brust vorbei. Zeit für einen zweiten Versuch ließ Zhen ihm nicht. Zielsicher stieß er dem Soldaten die Spitze des Säbels zwischen Schutzweste und Kinnriemen direkt in den Kehlkopf. Röchelnd ging der Soldat zu Boden.

Zhen wandte sich um. Der erste Angreifer kniete neben Wang-Meis kopflosem Körper und versuchte wimmernd, seinen stark blutenden Armstumpf mit Plastikhandfesseln abzubinden. Zhen verpasste ihm den Todesstoß. Die Klinge seines Säbels drang unterhalb der schusssicheren Weste in den Bauch des Mannes ein. Mit einer ruckartigen Handbewegung drehte Zhen die Klinge um hundertachtzig Grad und zog sie dann mit einem schmatzenden Geräusch und mitsamt einigen Darmschlingen wieder heraus. Der Soldat kippte vornüber.

»Keine Bewegung!«, befahl eine tiefe Stimme. »Weg mit den Waffen!«

Langsam drehte Zhen sich um, die beiden Säbel fest umklammernd. Er dachte nicht daran, sie fallen zu lassen. Etwa vier Meter von ihm entfernt stand ein Hüne in einem schwarzen Kampfanzug und zielte mit einer 9-mm-Glock auf ihn. Von seinem rechten Ohr abwärts verlief eine wulstige Narbe bis unter die Schutzweste.

»Huang Zhen«, sagte der Hüne, »lassen Sie die Waffen fallen, knien Sie nieder, und verschränken Sie die Hände hinter dem Kopf! Ich bin Special Agent Fenton Link. Befolgen Sie meine Anweisungen, und Sie bleiben am Leben.«

»Was sollte daran erstrebenswert sein?«, entgegnete Zhen.

»Am Leben zu bleiben, nur um mein Land zu verraten?«

»Sie werden vor ein ordentliches Gericht der Vereinigten Staaten gestellt und sich dort für einen terroristischen Anschlag verantworten.«

»Ein *ordentliches Gericht?*« Zhens Augen schossen wütende Blitze ab. »Ihr werdet doch niemals zulassen, dass die Welt von Heilongjiang erfährt. Nein, ich habe mich nur meinem Volk gegenüber zu verantworten.«

»Ich fordere Sie ein letztes Mal auf, die Waffen fallen zu lassen!«

»Charles hat Sie hierher geführt, nicht wahr? Er hat Ihnen die Koordinaten von Heilongjiang verraten.«

»Das spielt keine Rolle.« Der Hüne machte einen Schritt auf Zhen zu. »Es ist vorbei. Akzeptieren Sie das, und kooperieren Sie.«

Zhen schätzte die Entfernung zwischen ihnen ab. Um einen raschen Hieb abzugeben, einen, den der CIA-Agent nicht einmal kommen sehen würde, musste er sich nur noch einen einzigen Schritt nähern.

»Ich zähle bis drei. Sollten Sie bis dahin Ihre Waffen nicht fallen lassen, werde ich schießen.«

Zhen musterte den Hünen. »Auf einem Berg können nicht gleichzeitig zwei Tiger wohnen. Sie und ich, wir sind zweifelsohne beide Tiger. Aber das hier, Special Agent, ist nun einmal *mein* Berg.« Ansatzlos machte er einen Satz auf den Hünen zu und holte aus.

Fenton Link drückte ab.

Zhen wurde zurückgeworfen und knallte auf den Boden. Ein heißer, stechender Schmerz brannte in seinem Bauch. Blut sickerte durch sein weißes Hemd. Einen der Säbel hatte er verloren, doch seine linke Hand umfasste nach wie vor den Griff des zweiten Säbels.

Fenton Link trat näher, ohne dabei den Lauf der Waffe zu senken. »Ich wusste, du würdest es versuchen, Arschloch. Danke, dass du mir einen Grund gegeben hast, abzudrücken.«

Zhens Körper begann konvulsivisch zu zucken. Er wollte etwas erwidern, doch aus seinem Mund kam nur ein blubbernder Schwall Blut. Mit letzter Kraft hob er den Säbel.

Der Hüne drückte ein weiteres Mal ab.

Huang Zhens Kopf explodierte.

48

Die Zeit schien nicht verrinnen zu wollen. Laura und Daniel saßen schweigend im Aufenthaltsraum und betrachteten die Satellitenaufnahmen, die auch hier auf zwei Monitoren übertragen wurden. Lance Deckard und Jennifer West hatten sich seit Stunden nicht blicken lassen – jedenfalls kam es Laura so vor, die vergeblich versucht hatte, in einem der Clubsessel liegend ein wenig Schlaf zu finden. Daniel schien an Schlaf nicht einmal zu denken. Zunehmend nervöser betrachtete er die Satellitenaufnahmen.

»Etwas verändert sich«, murmelte er schließlich vor sich hin.

»Wovon redest du?« Laura richtete sich in ihrem Sessel auf.

»›Emily‹. Ich kann es nicht beschwören, aber ich glaube, ›Emily‹ hat erneut die Zugrichtung geändert.«

»Weg von New York?«

Er nickte. »Uns sagt hier ja niemand etwas, aber ich denke, ja, der Hurrikan dreht ab, zurück auf den Atlantik.«

»Das ist doch großartig.«

Er erwiderte nichts.

»Was?«, fragte sie. »Wo liegt das Problem?«

»Ich bin mir nicht sicher, aber ich habe ein ganz mieses Gefühl.«

»Weshalb?«

Er verzog das Gesicht. »Die Sache ist die ...«

In diesem Moment öffnete sich die Tür zum Aufenthaltsraum, und ein Mann im Anzug sah herein.

»Mr. Bender, Miss Wagner?«, rief er ihnen zu. »Agent Deckard möchte Sie sprechen.«

Kurz darauf betraten Laura und Daniel den Konferenzraum, fast zeitgleich mit Jennifer West, die ihnen vom anderen Ende des Gangs entgegengekommen war. Mit forschem Schritt und einem Lächeln auf den Lippen marschierte die Agentin auf Deckard zu, der in Hemdsärmeln dasaß. Er wirkte erschöpft.

»Agent Link hat soeben Meldung erstattet«, teilte sie ihm mit. »Operation Stormbreaker war erfolgreich.«

»Sehr gut!« Deckard ballte die Fäuste und schloss für einen Moment die Augen, als wolle er sich mit einem stummen Gebet bei wem auch immer bedanken. »Verluste?«

»Zwei Männer tot, zwei verletzt. Das Team wird bereits ausgeflogen.«

»Status?«

»Die Heilongjiang-Anlage wurde eingenommen und zerstört. Der Virus wurde zuvor per Satellit in die Software des ›Diamond‹-Gyrotrons eingespielt.«

»Perfekt.«

»Zhen und Wang-Mei?«

»Beide tot.«

Deckard erhob sich, richtete seine Krawatte und nahm sein Jackett von der Stuhllehne. »Ich informiere Washington.«

»Dann können Sie Ihre Vorgesetzten gleich darauf vorbereiten«, meinte Daniel, »dass die zweite Eyewall demnächst mit der ursprünglichen Eyewall verschmilzt und ›Emily‹ noch einmal an Stärke und Intensität zulegen wird. Ich hatte Sie gewarnt, dass dies geschehen würde.«

»Wie ich sehe, haben Sie schon selbst Ihre Rückschlüsse gezogen«, erwiderte Deckard scheinbar ungerührt und klopfte ein paar imaginäre Staubflocken aus seinem Jackett. »Allerdings muss uns das kein Kopfzerbrechen mehr bereiten. Die Chinesen sind nicht mehr in der Lage zu pulsen, ›Diamond‹ ist nur noch Schrott. ›Emily‹ zieht hinaus auf den Atlantik.«

»Das ist gut, denn jetzt kann HAARP 2 endlich aufhören zu pulsen.«

Die beiden Agenten warfen sich vielsagende Blicke zu, dann räusperte sich Deckard. »Auf Anraten von Professor de la Vega, wird HAARP 2 zunächst nicht abgeschaltet.«

Daniel machte große Augen.

»Wie bitte? Begreifen Sie denn nicht? Je länger Sie pulsen, umso mehr Energie führen Sie dem Hurrikan zu. Sie machen es nur noch schlimmer.«

Deckard zog in aller Ruhe sein Jackett an. »Das ist nur eine Theorie, für die es nicht den geringsten Beweis gibt.«

»Was ist mit der zweiten Eyewall? Sie ist ein eindeutiges Zeichen für eine Intensivierung des Sturmsystems.«

»So etwas kommt vor. Das ist nicht spezifisch für ›Emily‹. Sie selbst haben dies zugegeben.«

»Ja, aber ...«

Deckard hob eine Hand. »Meine Priorität gilt dem Schutz meines Landes. In erster Linie bin ich dafür verantwortlich, diesen verfluchten Hurrikan von unseren Küsten fernzuhalten. Und wenn es dazu HAARP 2 braucht, dann sollen diese verdammten Antennen meinetwegen pulsen, bis sie glühen. Wir machen weiter, bis wir keine Gefahr mehr sehen.«

»Das ist unverantwortlich«, presste Laura hervor.

Deckard lächelte schmallippig. »Im Gegenteil. Aus meiner Sicht wäre alles andere verantwortungslos. Es kommt immer darauf an, von welcher Warte aus man es betrachtet.«

»Ich bin gespannt, was Europa dazu sagen wird«, entgegnete Daniel scharf. »Ich bezweifle, dass man hier Verständnis für diese Vorgehensweise aufbringen wird.«

»Ich fürchte, ich kann Ihnen nicht folgen, Mr. Bender.«

Daniel deutete auf das Satellitenbild. »Ich habe ›Emilys‹ Zugverhalten sehr genau beobachtet. Ich denke, ich verstehe inzwischen einige Zusammenhänge, die mir bisher nicht klar waren.« Er breitete seine Arme aus. »›Emily‹ verfügt über doppelt so viel Energie wie jeder uns bekannte Hurrikan zuvor. Ich versichere Ihnen, Agent Deckard, sollte HAARP 2 weiterhin pulsen, wird dieser Hurrikan sich *nicht* über dem Nordatlantik abschwächen.«

Laura sah ihn mit großen Augen an. »Willst du damit sagen, ›Emily‹ wird Europas Küsten erreichen?«

Daniel nickte. »Wenn HAARP 2 weiterpulst, wird das die logische Folge sein.«

Deckard wechselte erneut einen Blick mit Jennifer West, nestelte dann an seinen Hemdsärmeln und schloss den obersten Knopf seines Jacketts. »Ich nehme Ihre Bedenken zur Kenntnis. Sobald wir in ›Emily‹ keine Bedrohung für die Vereinigten Staaten mehr sehen, werden wir HAARP 2 abschalten. Entschuldigen Sie mich jetzt. Washington erwartet meinen Bericht.«

»Scheiße«, fluchte Daniel und lief ihm nach. »Sie müssen die europäischen Behörden wenigstens darüber informieren, was da auf sie zukommt.«

»Das werden wir, wenn wir die Notwendigkeit dazu sehen«, entgegnete Deckard.

Daniel eilte ihm voraus und stellte sich ihm in den Weg. »Die Meteorologen haben keine Ahnung, was ›Emily‹ antreibt. Alle werden davon ausgehen, dass sich das Sturmsystem über dem Nordatlantik zu einem Tiefdruckgebiet zurückbildet. Niemand außer uns weiß, dass ›Emily‹ kein gewöhnlicher Hurrikan ist und sich demnach auch nicht so verhält.«

»Wie gesagt, ich habe Ihre Bedenken zur Kenntnis genommen.« Deckard schob Daniel zur Seite und verschwand durch die Tür.

»Bei der aktuellen Zuggeschwindigkeit«, rief Daniel ihm verzweifelt hinterher, »werden ›Emilys‹ Ausläufer schon morgen früh die europäischen Küsten erreichen. Die Menschen hier sind nicht auf großflächige Evakuierungen vorbereitet. Sie *müssen* die Behörden warnen!«

Deckard war bereits verschwunden.

Daniel wirbelte herum und trat gegen einen Stuhl. Er sah zu Jennifer West, die ihn mit ausdrucksloser Miene betrachtete, dann wandte er sich mit leiser Stimme an Laura. »Wir müssen hier raus!«, raunte er ihr zu.

»Wo willst du denn hin?«

»Ganz gleich. Nur weg von hier. Wir müssen die Behörden warnen.«

»Und du denkst, dass man dir glaubt?«

Er zögerte. »Vielleicht nicht mir persönlich. Aber ich habe nach wie vor Kontakte.«

»Vielleicht hast du recht«, überlegte sie. »Du musst es wenigstens versuchen.«

»*Du?*« Er sah sie fragend an. »Was ist mit dir?«

Sie seufzte. »Robin ist immer noch in Bishops Gewalt. Ich kann hier nicht weg, Daniel. Nicht, bis Robin in Sicherheit ist.« Sie machte eine klägliche Miene. »Bitte versteh.«

Daniel sah sie mitfühlend an. »Wäre es dir lieber, wenn ich bei dir bleibe?«

»Für Robin kannst du hier nichts tun.« Sie deutete in Richtung Tür. »Aber da draußen kannst du vielleicht helfen, Menschenleben zu retten.«

Er nickte.

Gemeinsam gingen sie Jennifer West entgegen, die vor der Tür stand und den Ausgang versperrte. Sie mochte zufällig dort stehen. Vielleicht aber auch nicht.

»Bringen Sie mich zurück zum Flughafen«, forderte Daniel.

»Tut mir leid, das kann ich nicht.«

»Wieso nicht?«

»Ich habe Anweisung, Sie beide in den Aufenthaltsraum zu bringen.«

»Warum?«, fragte Daniel. »Auf unsere Hilfe wird offensichtlich kein Wert mehr gelegt.«

Die Agentin setzte zu einer Antwort an, wurde jedoch im selben Augenblick durch das Klingeln ihres Handys davon abgehalten. Sie sah auf das Display und nahm das Gespräch an.

Lauras Puls beschleunigte sich. Ihr Instinkt sagte ihr, dass es in dem Telefonat um Robin ging.

»Verstanden«, sagte West nach einer Weile und sah auf ihre Armbanduhr. »Stellen Sie ein Team zusammen. Wir starten vor Sonnenaufgang um Null fünfhundert Ortszeit. Die Genehmigung für diesen Einsatz wird bis dahin vorliegen. Agent Deckard wird ihn autorisieren.« Sie beendete das Gespräch.

»Gibt es Neuigkeiten von meinem Sohn?«, fragte Laura sofort.«

»Ja. Kommen Sie mit. Beide.«

Sie folgten der Agentin durch das unterirdische Korridorsystem. Als sie eine Weile gegangen waren, öffnete sich plötzlich einige Meter vor ihnen eine Tür. Drei Männer traten heraus. Die Männer rechts und links trugen dunkle Anzüge, der Mann in der Mitte einen beigen Overall. Er atmete schwer und musste gestützt werden. Seine Hände steckten in Handschellen, die Haare hingen ihm fettig in die Stirn. Sein blasses Gesicht wirkte im künstlichen Licht der Neonleuchten teigig, unter seiner Nase bemerkte Laura verkrustetes Blut.

Der Tross näherte sich ihnen. Der schmächtige Brustkorb des Mannes hob und senkte sich, während er von den Agenten mitgezerrt wurde. Laura, Daniel und Jennifer West drückten sich an die Wand und machten den Männern Platz. Der Gefangene sah stur geradeaus. Laura erkannte ihn anhand des Fotos, das Deckard vor Kurzem auf einen der Monitore geworfen hatte. Ein Kribbeln durchfuhr sie. Die CIA führte Charles St. Adams in den Konferenzraum.

Wenig später betraten Laura und Daniel hinter Jennifer West den Aufenthaltsraum.

»Was ist nun mit Robin?«, fragte Laura ungeduldig.

Die Agentin wandte sich zu ihr um und rückte ihre Kleidung zurecht. »Wir haben Bishop aufgespürt. St. Adams' Angaben waren korrekt. Wir haben das Anwesen auf Alderney überprüft und Hinweise auf Bishops Anwesenheit gefunden.«

»Und Robin?«

»Unsere Außenstelle in Frankreich hat ihn nicht erwähnt. Falls er ebenfalls dort ist, werden wir ihn finden. Ich selbst werde mich unverzüglich nach Alderney begeben.« Sie wandte sich zum Gehen.

»Nehmen Sie mich mit!«

Jennifer West seufzte leise. »Laura, hören Sie ...«

Sie versperrte der Agentin den Weg. »Charles St. Adams sitzt in diesem Augenblick nur wenige Meter entfernt in Ihrem Konferenzraum. Dass die CIA ihn auf seiner Jacht festnehmen konnte, haben Sie unter anderem mir zu verdanken. Sie sind es mir einfach schuldig!«

Die beiden Frauen sahen sich lange in die Augen. Es war West, die ihren Blick als Erste abwandte. Sie rieb sich die Schläfen. »Ich werde einen Riesenärger bekommen.«

»Sie tun das Richtige«, versicherte Laura ihr.

Daniel räusperte sich vernehmlich.

»Alderney liegt mitten in ›Emilys‹ Zugbahn«, sagte er. »Wie die Dinge liegen, werden Sie und Ihr Team mitten in den Sturm geraten. Sie werden jemanden brauchen, der sich mit extremem Wetter auskennt.«

Die Agentin betrachtete ihn einen Augenblick nachdenklich, dann ging sie zu ihrem Schreibtisch, setzte sich, streifte ihre Schuhe ab und massierte sich die Füße. »Sind Sie wirklich davon überzeugt, dass es dieser Hurrikan über den großen Teich schaffen wird?«

»Ja. Emily hat längst genügend Energie in Form von Wasserdampf aufgesogen«, erklärte Daniel. »Erschwerend kommt hinzu, dass wir den Jetstream abgelenkt haben. Was uns zunächst eine große Hilfe war, erweist sich jetzt leider als Bumerang, da genau dieser Jetstream ›Emily‹ nun in Rekordzeit über den Atlantik jagen wird.« Er sah die Agentin eindringlich an. »Sie werden mich brauchen.«

Jennifer West seufzte und schlüpfte zurück in ihre Schuhe. »Na schön. Ich rede mit Deckard.« Sie ging an Laura vorbei in Richtung Tür. »Ein Hubschrauber wird uns um 5.30 Uhr zur Ramstein Airbase bringen. Von dort aus geht es dann weiter. Sie beide warten hier. Ich hole Sie ab.«

49

Über der Matratze, direkt vor seiner Nase, schwebte Silverman. »Kannst du uns hier herausbringen, Silverman?«, fragte Robin. Der Superheld nickte. »Normalerweise würde ich diese Tür mit einem einzigen Faustschlag zerschmettern, doch diese Schurken besitzen einen magischen Gegenstand, der alle meine Kräfte raubt.«
»Was ist das für ein Gegenstand?«
»Ein Artefakt.« Silverman schwebte unruhig hin und her. »Es stammt von einem fernen Planeten.«
»So was wie Kryptonit?«
»Ja, so ähnlich«, antwortete Silverman. »Solange sie das Artefakt irgendwo hier in diesem Labyrinth verstecken, bin ich machtlos.«
»Wir müssen es finden«, sagte Robin und sprang aus dem Bett. Das Eisengestell quietschte.
Der Betonboden unter Robins nackten Füßen war eiskalt. Robin seufzte, ließ die Schultern hängen und kletterte zurück auf die fleckige Matratze. Den Silverman, den er sich aus der Alufolie der Schokolade gebastelt hatte, legte er neben sich. Die Vorstellung eines starken Beschützers an seiner Seite war eine Weile beruhigend gewesen, doch nun siegte die triste Realität über Robins Spiel und Wunschdenken. Wenigstens hämmerte es in seinem Kopf nicht mehr ganz so schlimm wie die letzten zwei Tage.

Er hatte keine Ahnung, wie lange er so dagelegen hatte, als plötzlich der alte Chinese in seinem schwarzen Gewand in der Tür erschien. Noch immer fühlte Robin sich in seiner Anwesenheit unwohl, doch Angst verspürte er keine mehr. In gebückter Haltung trat der alte Mann vor das Bett, in einer Hand einen Krug mit frischem Wasser, in der anderen eine neue Tafel Schokolade.

Diesmal griff Robin ohne zu zögern danach. »Danke.«

Die Gesichtszüge des Chinesen zeigten so etwas wie ein Lächeln. Er stellte den Krug ab und nickte Robin aufmunternd zu.

»Warum muss ich hier sein?«, fragte Robin mit fester Stimme. »Ich will zu meiner Mama. Sie macht sich bestimmt große Sorgen. Kannst du mich nicht zu ihr bringen? Bitte!«

Der Chinese sah ihn ausdruckslos an. Plötzlich bewegte sich etwas hinter ihm. Ein dunkler Schatten näherte sich. Der alte Chinese hörte die Schritte, fuhr herum und gab den Blick frei auf einen düster dreinschauenden riesigen Mann.

Für einen Moment glaubte Robin, einen Comic-Bösewicht vor sich zu sehen. Der Mann hatte Muskeln wie Hulk, trug ein olivgrünes T-Shirt und Shorts. Aber er hatte nur ein Bein. Dort, wo das andere Bein hätte sein sollen, blitzte und glänzte ein Rohr, das unten in einem künstlichen Fuß endete. *Ein Wesen halb Mensch, halb Maschine*, schoss es Robin durch den Kopf.

Der Maschinenmensch packte den Alten am Kragen seines Gewands, zog ihn zu sich heran und brüllte ihn in einer unverständlichen Sprache an. Mit dem Handrücken verpasste er dem Chinesen eine kräftige Ohrfeige. Der alte Mann flog gegen die Wand. Blut lief ihm aus der Nase.

»Aufhören. Bitte«, flehte Robin, der seine Tränen nicht mehr zurückhalten konnte.

Mit einem Tritt beförderte der Maschinenmensch Robins Aufpasser zur Tür hinaus und folgte ihm dann. Der Anblick, des sich beugenden und streckenden künstlichen Beins jagte Robin eine Heidenangst ein. An der Tür angekommen, hielt der Maschinenmensch inne. Er drehte seinen Kopf in Robins Richtung und warf ihm einen sonderbaren Blick zu. Dann wandte er sich ab und schmiss die Tür hinter sich zu.

Robin sackte weinend in sich zusammen. Seine Hoffnung auf Rettung war geplatzt wie eine Seifenblase.

Er nahm den Silverman in die Hand und ließ ihn vor seinen verheulten Augen hin und her schweben. »Bitte, Silverman, kannst du mich vor diesem Mann beschützen?«

»Ich weiß es nicht«, antwortete Silverman.

50

In der vorgeschriebenen Sicherheitsmindesthöhe von hundertfünfzig Metern näherte sich der Sikorsky-HH-60G Pave Hawk mit zweihundertneunzig Stundenkilometern Alderney. Trotz der Kopfhörer, die Jennifer West ihnen in die Hand gedrückt hatte, dröhnte das Wummern der Rotoren dumpf in ihren Ohren. Laura saß neben Daniel auf einer nur mäßig gepolsterten Sitzbank und musterte die sechs Männer, die Fred Bishop ausschalten und Robin befreien sollten. Sie trugen schwarze, mit Kevlar verstärkte Kampfanzüge. Ihre Helme und kurzläufigen Maschinenpistolen hingen in Netzen über ihnen. Laut Jennifer West gehörten sie zu den Delta Forces. Die CIA griff auf diese Spezialeinheit der US Army zurück, wenn es um geheime Operationen im Bereich Terrorismusbekämpfung oder Geiselbefreiungen ging. Sie würden Robin finden und ihn in Lauras Obhut übergeben, davon war West überzeugt. Laura wollte den Optimismus der Agentin gerne teilen, aber ihre Sorgen und die Angst, sie könnten zu spät kommen, überwogen.

Bei Saarbrücken hatten sie die deutsch-französische Grenze überflogen, wo es südlich der ausgedehnten Mittelgebirge der Wallonie weiter in Richtung Normandie ging. Die Bewölkung wurde zusehends dichter, der Gegenwind stärker. Bei Reims, etwa eine Stunde nach dem Start, waren erste Turbulenzen zu spüren.

Zunächst brachten kurze, ruckartige Stöße den Sikorsky zum Vibrieren, kurze Zeit später setzte Regen ein und klatschte gegen die Fensterscheiben.

Daniel bedeutete Laura, den Kopfhörer zur Seite zu schieben. Das Wummern der Rotoren bohrte sich in ihr Hirn.

»Das sind die ersten Ausläufer von ›Emily‹«, rief er ihr ins Ohr. »Es wird noch schlimmer.«

Jennifer West beugte sich zu ihnen vor. »Keine Sorge. Der Pave Hawk wird mit jedem Unwetter fertig. Auch mit Ausläufern eines Hurrikans.«

»Wie lange noch?«, fragte Laura.

»Wir fliegen mit Höchstgeschwindigkeit. Dabei verbrauchen wir entsprechend viel Sprit. Wir werden in Le Havre auftanken müssen.«

»Wie lange noch bis Alderney?«, hakte Laura ungeduldig nach. Technische Details interessierten sie nicht.

West sah auf ihre Uhr und überschlug die Zeit. »Noch etwa zwei Stunden inklusive Tankstopp.«

Laura schloss die Augen und versuchte, an etwas Beruhigendes zu denken. Es gelang ihr nicht.

Als sie sich dem Flughafen von Le Havre näherten, wurden die Turbulenzen heftiger. Aus Gründen, die einzig der Pilot kannte, flogen sie einen weiten Bogen direkt über das Stadtzentrum und passierten Le Havre südlich. Daniel tippte Laura an und deutete aus dem Fenster. Sie flogen sehr niedrig, weshalb sie trotz des schlechten Wetters gut erkennen konnten, was sich unter ihnen abspielte.

Die Seine, die bei Le Havre ins Meer mündete, war über viele Kilometer zu beiden Seiten über die Ufer getreten. Der Wind und das aufgewühlte Meer drückten das Wasser mit Macht zurück in den Fluss. Großflächige Überschwemmungen setzten die südlichen Bezirke Le Havres unter Wasser. Wellen überspülten die Hafenanlagen und die daran angrenzenden Straßen. In Autos, auf Fahrrädern und zu Fuß flohen die Einwohner aus der Stadt. Aus der Luft waren die Menschenströme gut zu erkennen. Das Ganze glich mehr einem panikartigen Exodus als einer geordneten Evakuierung. Niemand hatte diese Menschen auf das vorbereitet, was sie erwartete. Daniels Appell an Deckard hatte offensichtlich nichts gebracht.

Sie gingen tiefer, näherten sich dem Flughafen und landeten unsanft. Während der Sikorsky betankt wurde, betrachtete Laura das Flugfeld, das wegen des Unwetters fast vollständig verwaist war.

»Denkst du, in Deutschland wird ›Emily‹ ebenso heftig wüten?«, fragte sie Daniel.

»Ich mag mir nicht ausmalen, wie weit die Nordsee ins Landesinnere vordringen wird«, antwortete er mit düsterer Miene. »Ich weiß nur, für die Menschen an den Küsten wird es um Leben und Tod gehen.«

51

Fred Bishop fluchte. Er verfluchte St. Adams, und er verfluchte Huang Zhen. *Diese verdammten Bastarde.* Er spuckte aus. Was war da bloß schiefgelaufen? Die USA hätten das Ziel sein sollen. Nicht Europa, und schon gar nicht Alderney, das aktuellen Meldungen zufolge mitten in der neuen Zugbahn des Hurrikans lag.

Die Nachricht des heranrasenden Super-Hurrikans hatte für Panik unter den etwas mehr als zweitausend *»lapins«* gesorgt, den »Kaninchen«, wie sich die Insulaner nach der am häufigsten vorkommenden Tierart auf der Insel selbst bezeichneten. Diese Menschen waren es nicht gewohnt, unter Druck Entscheidungen zu treffen. Inzwischen hatte ein Großteil die Insel bereits verlassen. Die verbliebenen Einwohner verbarrikadierten sich in ihren Häusern.

Bishop würde sich gewiss nicht verbarrikadieren. Seit Stunden konnte er weder St. Adams noch Huang Zhen erreichen, also musste er vom Schlimmsten ausgehen – beide waren ausgeschaltet worden oder befanden sich in Gefangenschaft. In jedem Fall bestand die Gefahr, dass die CIA inzwischen seinen Aufenthaltsort kannte. Er packte daher so viel an Waffen und Munition in seine Sporttasche, wie er tragen konnte. Ihm blieb wenig Zeit. Er musste Alderney verlassen, solange das Wetter dies noch zuließ.

In der einen Hand die schwere Sporttasche, in der anderen

Hand einen Aktenkoffer, verließ Bishop das Haus. Im Aktenkoffer befand sich seine Notfallausrüstung für derartige Situationen – vier gefälschte Pässe und Bargeld in Höhe von zwanzigtausend Dollar in unterschiedlichen Währungen. Wind und Regen zerrten an ihm, und seit langer Zeit musste Bishop sich wieder auf jeden Schritt konzentrieren. Als er den zweisitzigen Schweizer 300C-Helikopter erreichte, der auf einer Wiese unweit des Gästehauses stand, warf er Sporttasche und Aktenkoffer auf den Co-Pilotensitz und kehrte zum Haupthaus zurück. Eine Sache musste er noch erledigen. Auch wenn er es ungern tat.

Er stieg in den Keller hinab und holte aus dem Vorratsraum ein Vorhängeschloss und eine Eisenkette, die er sich um die Schulter legte. Danach bog er in einen der spärlich beleuchteten Gänge ab und schloss eine Tür auf.

Der Junge saß mit angezogenen Knien auf dem Bett. Er starrte ihn ängstlich an. Bishop war nicht glücklich über die Entwicklung. Es war anders geplant gewesen, nun aber nicht mehr zu ändern. Nachdem die Mutter des Jungen sich am Telefon verplappert und seinen Namen genannt hatte, war ihm klar gewesen, dass der Junge keinen Wert mehr für ihn darstellte. Bishop hätte ihn sofort beseitigen sollen, aber um ein Kind zu töten, benötigte Bishop mehr als nur einen guten Grund. Deswegen hatte er den Moment der Entscheidung so lange wie möglich hinausgeschoben.

»Das alles hast du nur deiner Mutter zu verdanken«, knurrte er. Er zerrte den Jungen aus dem Bett und schleifte ihn mit sich. Der Hosenscheißer weinte und brabbelte irgendetwas auf Deutsch. Ein scharfer Blick von Bishop genügte, um den Bengel verstummen zu lassen.

Mit dem Jungen an der Hand begab sich Bishop zur Kammer des Chinesen. Der Mann war als Aufpasser für den Jungen denkbar ungeeignet gewesen. Bishop hatte es von Anfang an geahnt.

Aber Zhen hatte ihn geschickt. Was sollte man machen? Bishop konnte weder ihn noch den Jungen am Leben lassen. Falls die CIA hier auftauchte, durfte niemand mehr da sein, der irgendetwas erzählen konnte.

Er betrat das Zimmer des Alten und zog seine Waffe. »Mitkommen!«

Zu dritt verließen sie das Haupthaus. Durch den Sturm kämpften sie sich quer über den Rasen, bis hin zu der finnischen Blockhüttensauna am Rande der Steilklippe. Sie war Teil einer Wellnessoase mit Kaltwasserbecken, Kneippanlage und Swimmingpool.

Bishop hatte wertvolle Minuten mit der Frage verschwendet, wie er den Jungen beseitigen konnte, ohne ihn eigenhändig umbringen zu müssen. Die Sauna war perfekt. Der Hurrikan würde sie spätestens bis zum Abend zerlegen wie ein Kartenhaus und mitsamt den Insassen über den Abgrund wehen.

Mit einem Wink seiner Waffe bedeutete Bishop dem Chinesen, die Tür zu öffnen. Er gehorchte. Bishop verpasste ihm einen Stoß, der ihn in die Sauna beförderte. Den Jungen schleuderte er hinterher. Er warf die Tür zu, wickelte die Eisenkette um die Griffe und sicherte sie mit dem Vorhängeschloss. Er prüfte, ob die Kette hielt, und marschierte dann zurück zum Helikopter.

Der Orkan legte an Kraft zu. Höchste Zeit zu verschwinden.

52

Die Betankung des Sikorsky war abgeschlossen, und der Pilot gab Schub. Ohrenbetäubend laut fuhren die Triebwerke hoch. Laura setzte ihre Ohrenschützer auf. Die Rotoren begannen sich zu drehen, kurz darauf hoben sie ab und flogen in einem Schwenk über Le Havre auf den Ärmelkanal zu.

Über dem Meer hingen schwarze Wolken, in einer Dichte und Intensität, wie Laura sie nie zuvor gesehen hatte. Orkanböen schüttelten den Sikorsky jetzt ordentlich durch. Die Ausrüstung der Delta Forces vibrierte und klapperte in den Tragenetzen. Daniels Hand suchte Lauras Hand, drückte sie sanft und lächelte, um ihr Mut zu machen. Laura war dankbar für die Geste.

Tief unter ihnen schoben mächtige Wellen Schaumkronen durch den Ärmelkanal. Gischt flog in Fetzen von Wellenkamm zu Wellenkamm. Sie sahen einen Containerfrachter, der sich in Schräglage durch die Brecher kämpfte. Die Dünung hatte ihn längsseits erwischt. Mehrere Container waren bereits vom Vordeck ins Meer gerutscht.

»Emilys« Zuggeschwindigkeit muss sich in den letzten Stunden weiter erhöht haben«, stellte Daniel fest. »Das sind nicht mehr nur Ausläufer. Es geht noch schneller, als ich befürchtet habe. Wir sind bald mittendrin.«

Laura schloss die Augen.

Etwa zwanzig Minuten später überflogen sie den nördlichsten Zipfel der Normandie, die Halbinsel Cotentin mit der Hafenstadt Cherbourg. Die Wellenbrecher des Hafens boten längst keinen Schutz mehr gegen die Wassermassen. Das Meer hatte die Kais und Hafenbereiche der Stadt, in denen auch ein Teil der französischen Marine lag, überflutet. Durch das Hafenbecken trieben losgerissene Sportboote, einige wurden von schäumenden Brechern an Land geworfen. Masten und Riggs von in den Wellen schaukelnden Segelbooten verhakten und verbogen sich, während der Sikorsky weiter seinem Ziel entgegenflog. Unweit der Küste versuchte ein Fischkutter verzweifelt den vermeintlich schützenden Hafen zu erreichen. Eine Monsterwelle erfasste ihn und riss ihn mit sich. Als er wieder auftauchte, trieb er mit dem Rumpf nach oben.

In der Ferne, im Regen kaum auszumachen, schälte sich jetzt Alderney als dunkler Fels vor einem schwarzen Himmel heraus.

»Zehn Minuten bis zur Landung«, informierte der Pilot sie.

53

Fred Bishop saß auf dem Pilotensitz des kleinen Helikopters und sah durch das gewölbte Fenster den heranfliegenden Pave Hawk. Bishop griff unter den Sitz und zog ein Fernglas hervor. Er hatte sich nicht getäuscht. Sie hatten tatsächlich die gottverdammten Delta Forces geschickt – Bishops ehemalige Kameraden. Einen Augenblick lang wusste er nicht, ob er lachen oder weinen sollte.

Er warf das Fernglas auf den Co-Pilotensitz. Sein Entschluss war gefasst. Eine bessere Gelegenheit, allen zu beweisen, was er trotz eines fehlenden Beines draufhatte, würde nie wieder kommen.

Er stieg aus dem Helikopter aus. Regen prasselte auf ihn ein. Er setzte eine Baseballkappe auf und zerrte seine Sporttasche heraus. Ein Fluchtversuch mit dem kleinen Schweizer 300C wäre sowieso aussichtslos gewesen. Der Pave Hawk würde Bishop schneller vom Himmel schießen, als er ihnen den Mittelfinger zeigen konnte. Er sah in seine Sporttasche und konnte ein Grinsen nicht unterdrücken. Er würde sie alle zur Hölle schicken.

Gegen Sturm und Regen marschierte er auf eine Gruppe hochgewachsener Zypressen zu. Im Geiste ging er seine Optionen durch. Bis zur Landung des Pave Hawk blieben ihm geschätzte fünf Minuten. Die Delta Forces waren ihm in Mannstärke und

Bewaffnung überlegen, also musste er seine Ortskenntnisse nutzen und zu seinem Vorteil einsetzen. Und er wusste auch schon, wie.

Er erreichte die Zypressen, die sich im Sturm bogen, ließ die Tasche auf den matschigen Boden fallen und begann mit seiner Arbeit. Jetzt kam es auf jede Sekunde an. Drei Minuten später betrachtete er vor Nässe triefend sein Werk. In Anbetracht des Zeitdrucks war er zufrieden. Er schob seine Beretta M9 in den Hosenbund und griff sich die HK MP7, eine kurzläufige Maschinenpistole mit der Durchschlagskraft eines Sturmgewehrs. Ihre Kleinkaliber-Patronen vermochten die Kevlar-Schutzwesten seiner ehemaligen Kollegen auf zweihundert Meter Entfernung zu durchdringen. Außerdem wog die MP7 wenig. Bishop konnte sie einhändig abfeuern, was bedeutete, er würde die andere Hand frei haben. Er schob Munition in sämtliche Taschen seiner Klamotten, dann ging er, so schnell es seine Prothese zuließ, auf die Klippen am entgegengesetzten Ende des Gartens zu. Noch hielt die Blockhütte mit der Sauna dem Hurrikan stand. Ein Umstand, der Bishop eine zusätzliche Option bot.

Er erreichte die Hütte und sprengte mit einem gezielten Feuerstoß aus der MP7 Kette und Vorhängeschloss. Holzsplitter flogen durch die Luft. Er stieß sie Tür auf und blickte in das verängstigte Gesicht des Jungen, der vor dem Panoramafenster der Sauna kauerte. Bishop zerrte ihn hoch. Der Hosenscheißer schrie und tobte. Bishop hielt ihm den Lauf der Maschinenpistole unter das Kinn und sah ihn warnend an. Der Junge verstummte auf der Stelle. Tränen rannen über seine Wangen. Das war gut. Niemand schoss gern auf bewaffnete Männer mit Geiseln, auch wenn es in den Reihen der US Army genügend Scharfschützen gab, in deren Adern Eiswasser statt Blut floss. Doch selbst langjährige Angehörige der Delta Forces gerieten ins Schwitzen, wenn es sich um ein unschuldiges Kind handelte, das als lebender Schutzschild diente.

Ein Kampfschrei erklang.

Mit vor Wut verzerrtem Gesicht stürmte der Chinese auf Bishop zu. Eine Salve aus der MP7 schleuderte den alten Zausel gegen die Wand. Er hinterließ rote Schlieren auf dem Holz, während er mit aufgerissenen Augen langsam zu Boden sank.

Bishop nutzte die Schockstarre des Jungen, um sein Smartphone zu aktivieren. Er startete eine App mit dem Symbol eines Zielfernrohrs. Mit ihrer Hilfe konnte Bishop das Scharfschützengewehr fernsteuern, das er zwischen den Zypressen versteckt und ausgerichtet hatte. Nach wenigen Augenblicken zeigte ihm die Software in einem simulierten Zielfernrohr sämtliche Umgebungsdaten wie Temperatur, Wind, Luftdruck und Neigung an. Nun musste Bishop nur noch auf das Ziel warten, es anvisieren und per Knopfdruck markieren.

Kurz darauf war es so weit. Der Pave Hawk setzte zur Landung an.

Bishop markierte den Hubschrauber mittels virtuellem Fadenkreuz als Primärziel. Nun konnte er auf Knopfdruck Schüsse abfeuern, sobald sich jemand außerhalb des Pave Hawk blicken ließ. Bevor der Spaß begann, aktivierte Bishop noch rasch die automatische Videoaufzeichnung, die seine Abschüsse in Bild und Ton festhielt. Er sah sich schon mit einem Glas Rotwein vor dem Kamin sitzen und den Tod seiner Ex-Kameraden in 16:9 zelebrieren. Adrenalinschübe elektrisierten ihn. Er fühlte sich lebendig wie seit langer Zeit nicht mehr.

54

Mit einem Ruck setzte der Hubschrauber auf. Laura löste ihre verkrampften Finger von den Haltergriffen über ihrem Kopf. Ihr Herz schlug schneller. In wenigen Minuten würde sie Robin in die Arme schließen können. Hoffte sie jedenfalls inständig.

»Bereit machen!«, befahl Jennifer West den Einsatzkräften. Die Männer setzten sich in Bewegung. Mit geübten Handgriffen legten sie ihre Ausrüstung an und kontrollierten ein letztes Mal ihre Waffen.

Die Agentin beugte sich zu Laura und Daniel vor. »Sie beide rühren sich nicht von der Stelle. Haben Sie das verstanden?« Bei diesen Worten sah sie vor allem Daniel eindringlich an. »Sie bleiben genau hier auf Ihrem Hintern hocken, bis ich persönlich Entwarnung gebe.«

»Klar«, sagte Daniel.

Laura nickte.

West zurrte ihre schusssichere Weste fest und prüfte ihre Pistole. Sie wandte sich an ein Crew-Mitglied des Hubschraubers, einem schmalen, jungen Kerl, der vor einer Wand aus Anzeigen, Monitoren und Schaltern saß. »Was zeigt uns Infrarot?«

»Wir haben eine schwache Wärmequelle etwa hundert Meter nördlich des Haupthauses.« Der Soldat zeigte auf einen hellen

Fleck am oberen Rand eines grün-monochromen Bildschirms. »Könnte sich um eine oder zwei Personen handeln. Ansonsten im Umkreis von zweihundert Metern nichts.«

Jennifer West sah zwischen dem Piloten und dem Co-Piloten durch das Fenster. »Das kleine Blockhaus dort hinten bei den Klippen?«

»Vermutlich, aber ich gebe zu bedenken, dass die Sensoren der Wärmebildkamera bei diesem starken Regen negativ beeinflusst werden könnten.«

»Okay.« Auf einen Wink der Agentin öffneten sich die Türen. Die Delta Forces sprangen zu beiden Seiten aus dem Hubschrauber und sicherten die Umgebung. West warf Laura einen letzten Blick zu, dann verschwand auch sie im Regen. Nur Augenblicke später hörte Laura zum ersten Mal in ihrem Leben das Rattern von Maschinengewehrsalven. Und sie hörte Schreie, die ihr das Blut in den Adern gefrieren ließen. Sie zuckte zusammen. So also hörten sich Menschen an, die starben.

Die Sekunden dehnten sich zu Minuten, während das Feuergefecht tobte. Laura und Daniel sahen sich ängstlich an. Keiner wusste, was außerhalb der schützenden Metallhülle des Hubschraubers vor sich ging. Ein letzter Schuss, ein letzter Schrei, dann herrschte mit einem Mal Stille. Der heulende Wind und der prasselnde Regen rückten wieder in den Vordergrund.

Außerhalb des Sikorskys stöhnte jemand laut auf. Eine blutüberströmte Hand erschien in der Tür und krallte sich um einen Haltegriff. Laura hielt die Luft an – eine Frauenhand, die nur zu einer Person gehören konnte.

Ohne zu zögern, sprang Laura aus dem Hubschrauber. Jennifer West hockte mit schmerzverzerrtem Gesicht am Boden und drückte eine Hand auf ihren Bauch. Zwischen ihren Fingern quoll dunkelrotes Blut hervor, vermischte sich auf dem Handrücken mit dem Regen.

»Helfen Sie mir«, keuchte sie.

»O mein Gott!« Laura legte ihre Arme um die Agentin und stützte sie. Daniel erschien in der Tür, zusammen mit dem Soldaten, der mit ihnen zurückgeblieben war. Mit vereinten Kräften hievten sie die Verletzte in den Hubschrauber und legten sie auf den Boden. Die Agentin war kreidebleich. Die nassen Haare klebten ihr im Gesicht. Sie zitterte.

»Wir brauchen einen Verbandskasten«, rief Laura dem jungen Soldaten zu.

Er wandte sich ab und kam im nächsten Moment mit einem Erste-Hilfe-Koffer zurück. Während Daniel der Agentin vorsichtig die Schutzweste auszog, durchwühlte Laura den Inhalt, zog Kompressen, Mullbinden und eine Schere hervor. Sie riss die Packung mit den Kompressen auf.

»Nein«, stieß West hervor, »zuerst XStat …«

»XStat? Was ist das?«, fragte Laura.

»Spritze … stillt die Blutung.«

Laura nahm sich erneut den Verbandskasten vor. Sie zog zwei eigentümliche Spritzen hervor, die nur aus abgerundeten Kolben zu bestehen schienen. Eine dieser Spritzen steckte sie in die Gesäßtasche ihrer Hose, die andere hielt sie prüfend gegen das schwache Kabinenlicht.

»Wie funktioniert das?«, fragte Daniel.

Laura überflog die Anleitung auf der Rückseite der Verpackung. »Hier steht, in der Spritze befinden sich kleine blutabsorbierende Schwämme, die man direkt in Schusswunden injizieren muss. Wenn man alles richtig macht, quellen die winzigen Schwämme nach dem Kontakt mit Blut auf und verschließen die Wunde innerhalb weniger Sekunden.«

»Okay, aber was ist mit der Kugel?« Daniel sah aus, als müsse er sich jeden Moment übergeben. »Müssen wir nicht erst die Kugel rausholen?«

»Schätze schon.« Erneut durchwühlte Laura den Erste-Hilfe-Kasten. »Aber wie? Hier drin gibt es keine Zange oder etwas Ähnliches.«

»Tun Sie es«, keuchte West. »Jetzt!«

Laura nickte und atmete tief durch. Ihre Hand zitterte, während sie die Spritze in das blutverschmierte Einschussloch einführte. Langsam drückte sie den Kolben herunter. Jennifer West stöhnte auf. Laura zog die Spritze wieder heraus und drückte eine Kompresse auf die Wunde. Daniel reichte ihr eine der Mullbinden, und Laura legte einen provisorischen Verband an.

»Ich hoffe, das hält einigermaßen«, sagte sie. »Die Kugel muss ein Arzt entfernen.«

Jennifer Wests Hand suchte ihre Hand. »Dieser verdammte Mistkerl hat uns reingelegt.«

»Was ist da draußen geschehen?«

»Ein Hinterhalt. Drei Männer sind tot. Aber alles deutete darauf hin, dass Bishop allein agiert. Wir haben seine Position nicht lokalisieren können ...«

»Ich verstehe kein Wort«, sagte Daniel.

»Ferngesteuertes Scharfschützengewehr ...«

Laura strich ihr die nassen Haare aus dem Gesicht. »Nicht reden.«

»Und jetzt?«, fragte Daniel.

Laura erhob sich, zog eine Haarspange aus ihrer Hose und klemmte sich die Haare seitlich fest.

»Was hast du vor?«, fragte er.

»Bleib du bei ihr und pass auf, dass der Verband nicht verrutscht.«

»Mach keinen Scheiß. Der Typ wird dich abknallen.«

»Ich muss zu Robin.«

»Es sind immer noch drei Soldaten übrig, die hinter Bishop her sind.«

»Daniel, du verstehst das nicht.« Sie warf einen Blick nach draußen. In etwa fünfzig Metern Entfernung lagen drei Körper reglos auf dem matschigen Boden. Der Regen prasselte auf ihre toten Leiber und vermischte sich mit ihrem Blut.

»Ich habe Anweisung, wegen des Hurrikans in spätestens dreißig Minuten von hier zu verschwinden«, teilte der Pilot ihnen mit. Er sah Laura mit regloser Miene an. »Wenn Sie bis dahin nicht zurück sind ... Ihre Entscheidung.«

»Wenn Sie gehen«, flüsterte Jennifer West kraftlos, »wird er Sie töten.«

»In einer halben Stunde bin ich wieder hier«, sagte Laura zu dem Piloten. »Mit Robin.«

»Wir werden nicht auf Sie warten«, stellte er erneut klar.

»Tu es nicht«, rief Daniel.

Laura warf ihm einen letzten Blick zu, dann sprang sie aus dem Hubschrauber.

55

Regen schlug Laura ins Gesicht, während sie auf die toten Soldaten zulief. Der aufgeweichte Rasen unter ihren Füßen schmatzte bei jedem Schritt. Sie kniete sich neben einem der Soldaten nieder. Seine Schutzweste war von Einschusslöchern geradezu durchsiebt. Laura zog seine Pistole aus dem Holster. Die Waffe wog überraschend schwer in ihrer Hand. Sie steckte sie hinten in den Hosenbund. Dann rannte sie los.

Völlig durchnässt erreichte sie das Ende der weitläufigen Rasenfläche, an dessen Ende sich ein kleiner Park mit Laubbäumen und Zypressen anschloss, die sich in den Orkanböen heftig bogen. Blätter und Erdklumpen wirbelten durch die Luft. Zwischen zwei der säulenförmigen Zypressen entdeckte Laura ein mit Zweigen und Ästen getarntes Gewehr auf einem Stativ mit Drehgelenk. Das musste Bishops ferngesteuertes Gewehr sein, von dem Jennifer West gesprochen hatte. Laura versetzte dem Stativ einen heftigen Tritt, sodass es umkippte. Jetzt konnte die Waffe keinen Schaden mehr anrichten.

In diesem Moment hörte sie in der Ferne Schüsse.

Laura durchquerte den Park, bog um den Westflügel des Anwesens und fand sich mit einem Mal an einer gemauerten Brüstung wieder. Dahinter fielen Steilklippen in die Tiefe, an deren Ende mächtige Wellen an scharfkantigen Felsen zerschellten.

Dumpf hallte der Aufprall der Brecher durch den Sturm zu ihr herauf. In einiger Entfernung erhob sich eine kleine Insel aus dem aufgewühlten Meer, auf der Überreste einer alten Festung zu sehen waren. Eine einsame Möwe kämpfte gegen den Wind an. Wieder hörte Laura Schüsse, diesmal näher. Sie beugte sich über die Brüstung und sah nach unten. Ihr stockte der Atem. *Robin!* Fred Bishop zog ihren Sohn auf der Küstenstraße hinter sich her. Lauras Blick folgte dem Straßenverlauf, und sie erkannte, was dieser Psychopath vorhatte. Ihr Magen zog sich zusammen. Wo zum Teufel waren die Delta Forces? Jetzt entdeckte sie zwei Soldaten einige hundert Meter hinter Bishop und Robin. Sie eilten einen Fußweg hinab, der in Serpentinen vom Anwesen hinunter zur Küstenstraße führte. Wo steckte der dritte Soldat? Laura lief los.

Der Fußweg war steil und tückisch. Immer wieder rutschte sie auf dem nassen Geröll aus. Hinter einer Kurve entdeckte sie den dritten Soldaten. Ein Geschoss hatte seine linke Gesichtshälfte zerfetzt. Für ihn kam jede Hilfe zu spät.

Laura erreichte das Ende des Fußwegs und trat auf die geteerte Straße, die sich wie ein schwarzes Band die felsige Küste entlangwand. Vom Hurrikan aufgewühlte Wellen zerbarsten an den Felsen, Gischt sprühte über die Straße und sammelte sich in großen Pfützen auf dem Asphalt. Laura lief weiter, bis sie den etwa vier Meter breiten und zweihundert Meter langen Damm erreichte, der auf die vorgelagerte Insel führte. Ein Schild mit der Aufschrift *Fort Clonque* klapperte im Wind. Darunter befand sich ein zweites Schild, das davor warnte, den Damm bei Einsetzen der Flut zu überqueren. Mitten auf dem Damm sah sie Bishop und Robin. Offenbar war Bishops Ziel die halb verfallene Festung auf der Insel. Die beiden Soldaten folgten ihm, waren aber bei Weitem nicht so schnell, wie Laura gehofft hatte. Jetzt blieben sie sogar stehen, weil vor ihnen der Damm von einer meterhohen

Welle komplett überspült wurde. Laura schluckte. Wenn sie zu Robin wollte, musste sie da durch.

Erleichtert sah sie, dass Bishop und Robin in diesen Sekunden das Ende des Damms erreichten. Von dort aus führte der Weg zur Festung wieder nach oben, fort von den lebensgefährlichen Wellen. Die beiden Soldaten dagegen befanden sich noch mitten auf dem Damm. Um sie herum zerbarsten die Wellen mit Wucht. Die schäumende Gischt raubte Laura erneut die Sicht. Als die Sicht wieder frei war, sah sie den Brecher. Er baute sich auf und rollte auf die Soldaten zu. Jetzt sahen auch die Männer das schäumende Monster. Sie erstarrten. Im selben Moment brach die Wasserwand über ihnen zusammen. Nur Sekunden später zog sich das Wasser wieder zurück, und Laura entdeckte die beiden Männer, die von der Strömung unbarmherzig hinaus ins offene Meer gezogen wurden.

Laura zitterte – vor Kälte und vor Entsetzen. Sie starrte auf den Damm. Wenn sie Robin retten wollte, musste sie ihn passieren.

»Laura!«

Sie fuhr herum. »Was machst du hier?«

Daniel strich sich die klatschnassen Haare aus dem Gesicht. »Der Hubschrauber wartet nicht mehr lange. Komm!«, rief er gegen das Tosen des Windes an, und damit war er schon an ihr vorbei und lief auf den Damm.

Laura nahm all ihren Mut zusammen und folgte ihm. Der nasse Untergrund war extrem rutschig, und Lauras Stiefeletten besaßen kaum Profil.

»Gib mir deine Hand!« Daniel war stehen geblieben und streckte ihr seine Hand entgegen.

Hand in Hand wagten sie sich Schritt für Schritt vor. Je weiter sie sich von der Küste entfernten, desto größer wurden die Wellen, die gegen die Fundamente des Damms donnerten und alles in Gischt hüllten. Etwa fünfzig Meter vor ihnen rollte erneut eine mächtige Welle über den Damm hinweg. Schäumend und gurgelnd lief das Wasser ab, nur um Sekunden später wiederzukehren. Laura und Daniel sahen sich an. Beide wussten, die nächste Welle dieses Kalibers konnte ihren Tod bedeuten.

Sie kämpften sich vorwärts. Hinter ihnen zuckte ein Blitz am Himmel. Fast im selben Moment donnerte es markerschütternd. Gleich darauf schoss ein zweiter Blitz herab.

»Das ist kein gutes Zeichen«, rief Daniel. »Es wird schlimmer werden. Die Anzahl der Blitze während eines Wirbelsturms hängt mit der Windgeschwindigkeit zusammen. Je mehr elektrische Entladungen niedergehen, umso heftiger die Böen.«

»Weiter!«, brüllte Laura, einzig darauf konzentriert, nicht auszurutschen. In wenigen Minuten würde Fort Clonque für Stunden, möglicherweise für Tage, von der Außenwelt abgeschnitten sein. Der bloße Gedanke, Robin mit diesem Psychopathen dort allein zu wissen, machte sie beinahe wahnsinnig.

Wenige Meter bevor sie das Ende des Damms erreichten, ließ sie ein tiefes Grollen herumfahren. Inmitten der stürmischen See erhob sich ein Brecher wie aus dem Nichts.

»Los, komm!«, schrie sie.

Noch immer Hand in Hand, liefen sie, so schnell sie konnten, die restliche Strecke über den Damm. Rauschend näherte sich die Wasserwand. Sie drohte jeden Moment einzustürzen. Mit einem beherzten Sprung auf die Insel retteten sie sich hinter einen Felsen, Sekundenbruchteile bevor der Brecher den Damm überspülte.

»Das war knapp«, keuchte Daniel.

Lauras Herz raste. Sie wandte ihren Blick ab und sah zur Festung empor, die dunkel und kalt über ihnen thronte. »Weiter!«

Sie liefen den gepflasterten Weg hinauf. Oben angekommen, blickte Laura zurück. Vom Damm war beinahe nichts mehr zu erkennen. Das Meer hatte ihn verschluckt. Laura verschwendete keinen Gedanken daran, welche Konsequenzen das für ihren Rückweg hatte.

Sie wandte sich der Festung zu. Neben einem Turm mit Schießscharten befand sich eine breite Tür aus dickem Holz – der einzige Zugang ins Fort, soweit Laura erkennen konnte. An der Tür prangte ein rotes Blechschild: PLEASE RESPECT THE PRIVACY OF OUR GUESTS.

Laura drückte die Tür auf, und sie betraten die Festung.

Sie fanden sich auf einem kleinen Platz wieder, auf dem sich mehrere aus Bruchstein gemauerte Gebäude befanden. Linker Hand führte eine Tür in den Turm mit den Schießscharten. Laura drehte den Knauf, aber die Tür war verschlossen. Daniel spähte durch eins der Fenster. Er sah ein Doppelbett mit einem Eisengestell und eine antike Kommode, die die Illusion einer viktorianischen Festung aufrechterhielten.

»Ist das hier so etwas wie ein Hotel?«, fragte er.

»Sieht ganz danach aus.«

»Vermutlich wurden die Gäste evakuiert.«

»Wir müssen jeden Winkel dieses Forts durchsuchen. Robin muss hier irgendwo sein. Ich fange auf der rechten Seite an. Du dort drüben.«

»Nein, wir bleiben zusammen.«

»Aber es geht schneller, wenn wir ...«

Seine Miene verfinsterte sich. »Hast du dir eigentlich überlegt, was du tun wirst, wenn du diesem Kerl gegenüberstehst?« Er blickte skeptisch auf ihre Waffe.

Sie erwiderte nichts.

»Das ist ein Profi-Killer, Laura.«

Sie hob die Pistole. »Ich bin zu allem bereit.«

Daniel atmete tief ein, dann nickte er. »Also schön, aber wir bleiben zusammen.«

Er sah sich um, und Laura folgte seinem Blick. Entlang der breiten Befestigungsmauer führte ein Weg zu weiteren Gebäuden und Türmen.

»Ich gehe vor«, entschied er und trat nach draußen. »Lass uns ...« Ein Schuss krachte und hallte von den Steinmauern wider. Daniel schrie auf und ging auf die Knie. Mit seiner rechten Hand umfasste er sein linkes Handgelenk. Es dauerte einen Moment, bis Laura begriff, was geschehen war. Dann stürzte sie zu ihm, griff unter seine Achseln und schleifte ihn zurück in den Schutz des Eingangstors.

Sie lehnte ihn mit dem Rücken gegen die Wand und strich ihm die Haare aus dem Gesicht. Blutspritzer bedeckten seine Wangen. Er wimmerte.

»Zeig her«, sagte Laura.

Mit schmerzverzerrtem Gesicht hielt er ihr die Hand hin. Sie starrte auf den blutverschmierten Fleischklumpen, der vor wenigen Augenblicken noch Daniels Hand gewesen war. Mittel- und Ringfinger fehlten. Aus einer Arterie spritzte pulsierend Blut.

Hektisch durchwühlte Laura ihre Taschen nach einem Stück Stoff, einem Taschentuch – nach irgendetwas, womit sie die Wunde abbinden konnte. Dabei fand sie in der Gesäßtasche ihrer Hose die verbliebene blutstillende Spritze. Dank Jennifer West wusste sie, was zu tun war.

Sie sah Daniel an. Er presste die Lippen aufeinander und nickte ihr auffordernd zu.

Vorsichtig versenkte Laura die Spritze in das blutige Fleisch und drückte langsam den Kolben herunter. Daniel stöhnte auf. Reflexartig versuchte er seine Hand wegzuziehen, doch Laura umklammerte das Handgelenk, bis sie den gesamten Inhalt der Spritze in die Wunde gedrückt hatte.

»Schon vorbei«, sagte sie und warf die Spritze fort. »Daniel?«

Er antwortete nicht. Seine Augen waren geschlossen. Einen Moment lang fürchtete Laura das Schlimmste. Dann bemerkte sie, wie sich sein Brustkorb hob und senkte. Er war ohnmächtig geworden.

Im Moment konnte sie nicht mehr für ihn tun. Sie nahm die Pistole in die Hand und stand vorsichtig auf. Sie hatte keine Ahnung, wo Bishop steckte, aber vorhin hatte er freies Schussfeld gehabt. Weshalb hatte er nicht erneut auf Daniel geschossen, als dieser am Boden gelegen hatte? Offensichtlich hatte er sich an einen anderen Ort auf der Festung zurückgezogen.

Sie sprintete hinaus in den Sturm, lief zur gegenüberliegenden Mauer und ging dort in Deckung. Die Angst, sich wie Daniel jederzeit eine Kugel einzufangen, trieb ihren Adrenalinspiegel in die Höhe. In gebückter Haltung schlich sie die Mauer entlang. Es ging hier leicht aufwärts, einen Hügel hinauf. Bishop musste von dort oben geschossen haben. Über dem Meer blitzte es inzwischen beinahe ununterbrochen. Ein abgebrochener Ast flog haarscharf über Lauras Kopf hinweg.

Sie umrundete einen Geschützturm, kam an einer verrosteten Kanone vorbei und fand sich schließlich auf einem von Unkraut überwucherten Platz mit den Ausmaßen eines halben Fußballfeldes wieder. Dies schien das Zentrum der Festung zu sein. Inmitten des Platzes wackelte ein Fahnenmast im Sturm. Eine zerfetzte rot-blaue Union-Jack-Flagge flatterte im Wind. Jenseits der Wehrmauern ging es steil in die Tiefe. Rechter Hand befand sich eine kleine Kapelle. Vor deren zweiflügeligem Tor stand Fred Bishop in einem olivgrünen Tarnanzug und einer Baseballkappe auf dem Kopf und hämmerte mit dem Griff seiner Waffe auf das Vorhängeschloss ein.

Neben ihm stand Robin.

56

Lauras Herz raste, doch sie zögerte keine Sekunde. Sie hob die Waffe und ging langsam auf die beiden zu. Bishop bearbeitete noch immer das Schloss. Schließlich sprang es auf. Fast gleichzeitig sah Robin in Lauras Richtung. Er riss seine Augen auf.

»Mama!«, rief er aus. Er wollte zu ihr rennen, aber Bishop packte ihn reaktionsschnell am Kragen und hielt ihn zurück.

Laura zielte mit der Pistole auf Bishop, der Robin jetzt um die Hüfte fasste und wie einen Schutzschild vor seinen Körper hielt. Mit der anderen Hand richtete er seine Waffe auf Robin.

»Wenn Sie abdrücken, stirbt Ihr Sohn«, rief er durch den Sturm.

»Lassen Sie Robin los!« Unbeirrt schritt sie voran.

»Was wollen Sie tun? Auf mich schießen? Sie werden den Kleinen treffen.«

Keine zehn Meter trennten sie mehr. Laura hielt an. Ihre Gedanken rasten. Weshalb hatte er das Schloss mit dem Griff seiner Pistole gesprengt? Und wieso hatte er nicht längst auf sie gefeuert?

Schlagartig begriff sie.

»Sie haben keine Munition mehr. Deswegen haben Sie vorhin nur einen Schuss abgegeben. Das war ihre letzte Patrone.« Sie hob die Waffe ein wenig höher, zielte auf sein Gesicht. »Lassen Sie sofort meinen Sohn los!«

Eine Serie von Blitzen ging direkt vor der Insel nieder, gefolgt von kanonenartigen Donnerschlägen.

»Einen Schritt weiter, und ich breche dem Kleinen das Genick.« Bishop presste Robin fester an sich. Der Junge schrie auf.

»Ich zähle bis drei«, rief Laura.

Bishop musterte sie, schließlich verzerrte sich sein Gesicht zu einem Grinsen. »Ihre Hand zittert.«

Laura umfasste den Griff der Waffe jetzt mit beiden Händen. »Eins.«

»Sie werden nicht abdrücken«, sagte Bishop mit ruhiger Stimme.

»Lassen Sie es nicht darauf ankommen. Zwei.«

Wieder grinste er, doch zu Lauras Überraschung ließ er Robin unvermittelt los.

Robin rannte auf sie zu, warf sich gegen ihren Körper und schlang seine Arme um ihren Bauch. »Mama!« Tränen liefen ihm über die Wangen.

»Sie denken, Sie hätten gewonnen?« Langsam setzte Bishop sich in Bewegung.

Entsetzt wich Laura zurück. Robin klebte wie eine Klette an ihr. »Bleiben Sie stehen!«

Er kam näher. »Wie schon gesagt, Sie werden nicht schießen.«

Nur drei Meter trennten sie noch.

Lauras Hand zitterte mehr denn je. Sie wusste, Sie musste abdrücken, um Robin und sich zu retten. Doch irgendetwas in ihr verhinderte, dass sich ihr Zeigefinger krümmte. Sie verstärkte die Spannung in ihrer Hand. »Zwingen Sie mich nicht dazu.«

Bishop breitete seine Arme aus. Dann machte einen Ausfallschritt auf sie zu.

Laura drückte ab.

Nichts geschah. Sie versuchte es erneut, doch der Abzugshebel ließ sich nicht betätigen.

Mit einer raschen Bewegung war Bishop bei ihr und riss ihr die Waffe aus der Hand. »Ich habe Sie wohl doch unterschätzt. Leider haben Sie vergessen, den kleinen Hebel hier nach unten zu drücken, um die Waffe zu entsichern.« Er drehte die Pistole und zeigte es ihr. »Typischer Anfängerfehler.«

Sie schlang ihre Arme um Robin und wich zurück. Ein einziger Gedanke ging ihr durch den Kopf: *Aus und vorbei.*

Bishop richtete die Waffe auf sie.

Neben der Kapelle brach ein Ast vom Baum und krachte zu Boden. Bishop warf einen Blick zum Himmel. Aus den tief hängenden schwarzen Wolken schüttete es mit unverminderter Kraft. »Es wird Zeit. Verabschieden Sie sich.« Er zielte mit dem Lauf der Waffe auf Lauras Kopf.

Ein Licht, grell wie tausend Sonnen, schmerzte auf Lauras Netzhaut. Gleichzeitig krachte es, als stünde sie neben einem Düsenflugzeug, das die Schallmauer durchbrach. Eine Druckwelle erfasste sie und riss Robin aus ihren Armen. Laura wurde mehrere Meter durch die Luft geschleudert und landete mit dem Rücken im Matsch. Sie verspürte einen unglaublichen Druck auf ihren Brustkorb, bekam keine Luft. Ihr Hirn schien zu kochen. Sie konnte weder sehen noch hören, ihre Muskeln zitterten unkontrolliert. Sie versuchte sich zu bewegen, doch ihr Körper gehorchte ihr nicht. Hatte Bishop auf sie geschossen? Fühlte es sich so an, zu sterben? Aber sie lebte doch noch? *Oder etwa nicht?*

Eine Weile lag sie einfach so da. Dann spürte sie wieder den Regen, der auf ihr Gesicht fiel. Der Druck auf ihrer Brust ließ nach. Vor ihren Augen erschien ein verwaschenes Bild. *Feuer.* Etwas brannte.

Mühsam rappelte sich auf. Sie konnte wieder deutlicher sehen, der Pfeifton in ihren Ohren aber blieb. Mitten auf dem Platz lag die etwa zwei Meter lange, abgebrochene Spitze des Fahnenmastes. Die Reste der zerfetzten Flagge brannten lichterloh. Rasch löschte der Regen die Flammen, bis nur noch ein schwarzer Rauchfaden emporstieg.

Hektisch sah Laura sich um.

Zuerst entdeckte sie Bishop, der am anderen Ende des Platzes bäuchlings in einem Strauch lag. Er rührte sich nicht. Dann sah sie Robin. Auch er lag reglos da, mitten auf dem Platz. Sie rannte zu ihm hin.

Robin lag auf dem Rücken. Seine Augen waren geschlossen. Laura kniete sich neben ihn und rüttelte an seiner Schulter. »Schatz, wach auf!«

Er reagierte nicht. Sein linker Arm, der über seiner Brust lag, sackte schlaff zu Boden. Panik ergriff Laura. Sie schüttelte ihn so kräftig sie konnte. »Wach auf!«, schrie sie. Es half nichts. Sie starrte auf seine Brust, und mit einem Mal wich alles Blut aus ihrem Gesicht. Robin atmete nicht mehr! Sie tastete an seiner Halsschlagader nach dem Puls.

Nichts.

Robin war tot!

57

Ein schwarzer Abgrund tat sich vor Laura auf und drohte sie zu verschlingen. Das Heulen des Windes, die Brandung, der Donner, selbst das Pfeifen im Ohr – alle Geräusche um sie herum schienen zu verstummen. Ihre Hände zitterten so heftig, dass sie es nicht einmal schaffte, Robins Wange zu streicheln. Wie betäubt starrte Laura den leblosen Körper ihres Sohnes an und sah ihn doch kaum.

Plötzlich war da eine Gestalt neben ihr. *Daniel.* Sein Gesicht spiegelte blankes Entsetzen wider. Er redete wild gestikulierend auf sie ein, doch sie verstand ihn nicht. Schließlich hockte er sich neben Robin. Er beugte sich über seinen Kopf, richtete sich wieder auf und beugte sich erneut herunter. Allmählich begriff Laura, was da vor sich ging. Daniel beatmete Robin. Daniel versuchte, ihren Sohn zurückzuholen.

Schlagartig setzte ihr Verstand wieder ein.

»Wie kann ich helfen?«, fragte sie.

Er warf ihr einen schmerzverzerrten Blick zu. »Du musst eine Herzdruckmassage machen. Ich kann nicht, mit meiner Hand. »Dreißigmal kräftig drücken, dann beatmete ich ihn zweimal. Kapiert?«

»Ja.«

»Los!«

Laura hockte sich neben ihren Sohn, legte ihre Handballen auf seinen Brustkorb und begann, schnell und rhythmisch zu pressen. Dann ließ sie von ihm ab und sah zu, wie Daniel ihn wieder beatmete. Danach war wieder sie an der Reihe.

Mit einem Mal, Laura hatte keine Ahnung, wie oft sie sich zwischenzeitlich abgewechselt hatten, zuckte Robin unter ihr und schnappte nach Luft. Laura stieß einen hysterischen Freudenschrei aus.

Daniel hob Robins Oberkörper an. »Hey, Kumpel, wieder da?«

»Robin!« Laura strich ihm über die nassen Wangen. »Schatz, sag etwas! Hier ist Mami.«

Langsam öffnete er die Augen. »Wo ... bin ich?«

Laura konnte nicht sprechen. Ihrer Kehle entrang sich lediglich ein Schluchzen. Sie schlug die Hände vor den Mund und ließ den Freudentränen freien Lauf.

»Ein Blitz ist in den Fahnenmast eingeschlagen«, sagte Daniel. »Ihr seid ziemlich nahe dran gewesen. Entsprechend habt ihr ganz schön einen mitbekommen. Ein paar Meter näher, und es hätte ein böses Ende gegeben.«

Laura schloss Robin in die Arme, küsste ihn auf die Stirn und wiegte ihn sanft. »Woher wusstest du«, fragte sie Daniel, »dass wir Robin zurückholen können?«

»Menschen, die sich in der Nähe eines Blitzeinschlags aufhalten, erleiden häufig einen Herzstillstand.« Er sah sich um. »Wir müssen von hier weg, bevor es wieder irgendwo einschlägt.«

»Die Kapelle«, schlug Laura vor.

Gemeinsam halfen sie Robin auf die Beine.

»Nicht so schnell«, sagte eine Stimme in ihrem Rücken.

Sie drehten sich um.

Fred Bishop stand breitbeinig vor ihnen und zielte mit der Waffe auf sie, die er Laura kurz zuvor abgenommen hatte.

Bishops Kleidung war voller Schlamm, ein Hosenbein war zerrissen, darunter blitzte das Karbongestell seiner Prothese auf. Sein Gesicht glänzte rot und wund. Offensichtlich hatte er Verbrennungen erlitten. Er wankte.

»Wirklich rührend«, kommentierte er die Szene, »trotzdem beenden wir diese Angelegenheit jetzt.«

Daniel drehte sich zu Laura um und drückte ihr Robin in die Hand. Für einen Augenblick trafen sich ihre Blicke. Es lag etwas Endgültiges und Schwermütiges in der Art, wie er sie ansah. Unvermittelt wirbelte er herum, stürzte sich auf einen völlig überraschten Fred Bishop und rammte ihm die Schulter in die Rippen. Getrieben von der Wucht des Aufpralls gingen sie zu Boden. Bishop verlor seine Waffe. Sie landete im Matsch. Daniel setzte sich auf seine Brust und traktierte ihn mit Fausthieben seiner unverletzten Hand. »Verbarrikadiert euch in der Kapelle«, brüllte er Laura zu. Er hatte das Überraschungsmoment genutzt, doch Bishop fing sich rasch. Er wehrte Daniels Schläge mit den Unterarmen ab, bäumte sich auf und warf ihn ab.

»Kannst du allein gehen?«, fragte Laura Robin eindringlich.

Er nickte.

»Dann versteck dich in der Kapelle. Ich komme gleich nach.«

Robin zögerte.

»Nun mach schon!« Laura drehte ihn in Richtung der Kapelle, und der Junge ging schwankend los.

Bishop hatte unterdessen die Oberhand gewonnen. Er schleuderte Daniel mit dem Gesicht voran in den Matsch und beugte sich über ihn. Seine Hände suchten Daniels Hals. »Ich brech dir das Genick, du Dreckskerl.«

Laura rannte los und sprang Bishop von hinten an. Instinktiv ließ er von Daniel ab. Wütend fuhr er herum, schüttelte Laura ab.

Daniel gelang es, seine Beine zu befreien, und er verpasste Bishop einen heftigen Tritt vor die Brust.

Bishop taumelte einige Schritte rückwärts.

Daniel sprang auf und stürzte sich ohne zu zögern erneut auf den Ex-Soldaten, dessen Bewegungen seit dem Blitzeinschlag abgehackt und plump wirkten. Ineinander verkeilt gingen sie zu Boden. Voller Sorge beobachtete Laura, wie sich die beiden Männer im Dreck wälzten. Selbst wenn Bishop von dem Blitzschlag geschwächt sein mochte, er blieb ein Marine, der tödliche Tricks und Schläge beherrschte. Sie musste Daniel irgendwie helfen.

Unweit von ihr ragte der Griff der Pistole aus dem Matsch. Laura hob die Waffe auf, richtete sie auf die Männer. Doch die Kämpfenden bildeten ein unentwirrbares Knäuel. Langsam trat sie näher heran. Hilflos sah sie mit an, wie Bishop Daniel einen Faustschlag gegen die Schläfe verpasste, der ihn ausknockte. Bishop bleckte die Zähne. Seine kräftigen Finger umschlossen erneut Daniels Hals.

Laura trat hinter ihn, die Waffe im Anschlag. Bishop fuhr herum und verpasste ihr mit dem Handrücken einen harten Schlag ins Gesicht. Die Waffe flog in hohem Bogen davon. Vor Lauras Augen explodierten Sterne. Sie schmeckte Blut. Bishop wandte sich wieder Daniel zu und drückte ihm unerbittlich die Luftröhre zu.

Ein gewaltiger Blitz über Alderney erhellte für einige Sekunden die Szenerie und sorgte für eine Lichtreflexion im Gras, direkt neben Laura. Sie bückte sich und hob die abgebrochene Spitze des Fahnenmastes auf. Die Eisenstange war schwer, die gezackten Ränder der Bruchstelle messerscharf. Sie fixierte Bishop, der noch immer mit dem Rücken zu ihr auf Daniel hockte. Sie atmete tief durch. Dann lief sie los.

Mit voller Wucht rammte sie ihm die Spitze des Fahnenmasts

in den Rücken. Die scharfkantigen Ränder bohrten sich in sein Fleisch und traten blutverschmiert aus dem Bauch wieder aus. Bishop brüllte auf. Entgeistert starrte er auf die Eisenspitze, die in seinem Leib steckte.

Keuchend ließ Laura los und trat einen Schritt zurück.

Bishop brüllte erneut vor Wut und Schmerz. Er versuchte, aufzustehen, schaffte es sogar halbwegs. Er würgte und spuckte Blut. Ein letztes Mal starrte Fred Bishop Laura aus hasserfüllten Augen an, dann kippte er mitsamt der Eisenstange in seinem Körper zur Seite.

Einen Moment verharrte Laura reglos. Ihr Atem ging stoßweise und schmerzhaft, ihr Herz hämmerte. Sie stützte die Hände auf die Oberschenkel und wartete, bis sich ihre Atmung normalisierte. Dann ging sie zu Daniel.

Sie kniete sich neben ihn und verpasste ihm zwei Ohrfeigen.

Daniel hustete und öffnete die Augen. »Verdammt«, krächzte er und rieb sich den Hals. »Was ist mit Bishop?«

Sie deutete hinter sich. »Tot.«

Sie half Daniel auf die Füße und eilte mit ihm zur Kapelle, wo Robin sie bereits mit Bangen erwartete. Laura schloss die Tür. Sie brauchte einen Moment, bis sich ihre Augen an die Dunkelheit gewöhnten. Durchnässt und frierend, vor Schmutz starrend und mit den Kräften am Ende, setzten sie sich auf die Bank vor dem schlichten Steinaltar. Laura nahm Robin auf den Schoß und küsste ihn auf die Stirn. Dankbar vergrub er seinen Kopf in ihren Armen. Er zitterte. Der Hurrikan rüttelte an der Tür, die Holzbalken der Dachkonstruktion knarrten bedenklich.

»Uns erwartet eine lange Nacht«, meinte Daniel. Mit vor Schmerz verzerrtem Gesicht starrte er auf seine verletzte Hand.

»Kann ich irgendetwas für dich tun?«, fragte Laura.

Er schüttelte den Kopf. »Es wird schon gehen.«

Außerhalb der Kapelle donnerte es erneut.

»Glaubst du, dass wir hier sicher sind?«, fragte Laura.

Daniel sah sich um. »Diese Mauern sind massiv und haben schon sehr viele Stürme überstanden.«

»Aber noch keinen Hurrikan wie diesen.«

Ein Maunzen hallte durch die Kapelle, und eine grau-weiß gefleckte Katze kam um den Altar geschlichen. Zielstrebig ging sie auf Daniel zu und strich ihm um die Beine. Daniel kraulte sie zwischen den Ohren. »Jetzt wird alles gut. Siehst du, Robin, die Katze hat auch keine Angst, und Katzen spüren instinktiv, ob an einem Ort Gefahr droht oder nicht.«

Zögerlich streckte Robin eine Hand nach der Katze aus.

In diesem Moment fegte der Hurrikan mit einem infernalischen Kreischen eine Reihe Holzschindeln vom Dach. Orkanböen fuhren in die Kapelle. Rasch bildete sich unter dem Loch im Dach eine Pfütze. Ein halb verfaulter Holzbalken lockerte sich, brach aus der morschen Halterung und knallte neben ihnen auf den Altar. Die Katze sprang zur Seite und rannte davon.

»Ich fürchte, auch Katzen können sich manchmal irren«, sagte Laura und beugte sich schützend über ihren Sohn. »Jetzt ist es an der Zeit zu beten.«

Epilog

Die Wintersonne schien durch das Wohnzimmerfenster und verwandelte es von einem einfachen Zimmer mit altem Sofa und billigem Wohnregal in einen freundlichen und heimeligen Ort. Robin kniete im Jogginganzug auf dem runden Teppich und kraulte die Katze, die sie von Alderney mitgebracht hatten.

»Wer hätte das damals gedacht?«, schmunzelte Daniel. Er saß am Küchentisch und sah Robin und Sammy durch die offene Tür beim Spielen zu.

»Die beiden sind unzertrennlich«, sagte Laura lächelnd und stellte einen Krug mit selbst gemachter Zitronenlimonade auf den Tisch. Sie setzte sich neben Daniel, schenkte zwei Gläser ein und hielt ihm eines davon hin. »Heute vor drei Monaten hatten wir es nicht so gemütlich.«

»Nein, hatten wir nicht.« Er ergriff das Glas mit seiner verkrüppelten Hand.

Ihr Lächeln erstarb. »Wie kommst du zurecht?«

Er betrachtete die vernarbte Haut, dort wo ihm zwei Finger fehlten. »Falls ich jemals heiraten sollte, muss der Ring an die andere Hand, aber von stürmischen Abenteuern habe ich erst einmal genug. Trinken wir auf die Krypta.«

Sie stießen an.

»Hättest du den Zugang zur schützenden Krypta hinter dem Altar in der Kapelle nicht entdeckt, säßen wir heute nicht hier.«

»Reiner Zufall.«

»Ja.« Im Geiste sah Laura sich am Morgen nach dem Hurrikan mit Robin auf dem Arm die Treppe der Krypta emporsteigen und die Kapelle betreten, die im Laufe der Nacht bis auf die Grundmauern eingestürzt war. »Emily« hatte die gesamte Dachkonstruktion der Kapelle zerstört. Zwischen herabgestürzten Dachbalken und Holzschindeln hatten sie sich ihren Weg gebahnt und waren schließlich durch tiefe Pfützen hindurch ins Freie getreten.

»Es gibt neue Schätzungen über die finanziellen Schäden, die ›Emily‹ an Europas Küsten verursacht hat«, teilte Daniel ihr mit. »Die Versicherungen und Rückversicherer gehen inzwischen von weit mehr als hundert Milliarden Euro aus. Alleine in Europa.«

»Viel Geld. Von den achtundvierzig Toten redet dagegen keiner mehr.«

»Doch, ich. Morgen in meiner Sendung.«

»Das ist gut.« Sie nickte. »Robin hat alles gut verkraftet. Die ersten Tage nach dem Blitzschlag, im Krankenhaus von Cherbourg, hat er noch unter Albträumen gelitten, aber das hat sich inzwischen gelegt.« Sie sah zu ihrem Sohn, der mit der Katze spielte. »Sammy tut ihm gut.«

»Das ist schön.« Er lächelte.

Laura sah ihn nachdenklich an. »Wir haben wirklich Glück gehabt. Stell dir vor, der Mikrochip in Bishops künstlichem Kniegelenk hätte wegen des Blitzeinschlags keine Fehlfunktion gehabt ...«

Sie hatten sich noch lange gefragt, weshalb Bishop sich nach dem Blitzschlag so seltsam steif bewegt hatte. Unter normalen Voraussetzungen, das war Laura nur zu bewusst, hätten sie keine Chance gegen ihn gehabt.

»Und, wie geht es dir?«, fragte Daniel.

Laura sah aus dem Fenster. »Gut.« Sie hatte ihm vor zwei Wochen gebeichtet, dass sie seit Alderney gelegentlich unter Angstzuständen litt. Er hakte nicht weiter nach. Zu wissen, wann es keiner weiteren Worte bedurfte, war einer von mehreren Charakterzügen, die Laura in den letzten Wochen an Daniel zu schätzen gelernt hatte.

»Wie läuft es mit deinem neuen Chef?«

»Ganz gut. Er ist lockerer als Hardenberg.«

»Zum Glück war Leinemann nicht in diese Sache involviert.«

»Ja«, Laura nickte. »Entgegen Leifs Vermutung hat er sich einfach nur Sorgen um den Ruf seiner Firma gemacht.« Sie betrachtete Daniel. Er hatte sich verändert. Von dem Showmoderator, der einst überheblich in die Kamera gegrinst hatte, war nicht mehr viel übrig geblieben. Und das, obwohl er mittlerweile wieder allen Grund hatte, stolz auf sich zu sein.

»Morgen startet deine neue Sendung«, sagte sie. »Nervös?«

»Ich?« Er lächelte.

»Immerhin wirst du allen beweisen, dass du mit deinen Thesen in Bezug auf Wettermanipulationen schon vor Jahren den richtigen Riecher hattest. Ich habe gehört, deine alte Uni will deine Dissertation nachträglich annehmen?«

Er winkte ab. »Ja, aber ich habe kein Interesse. Es gibt aktuell Wichtigeres, wie du weißt.«

Laura nickte. »Was denkst du, wer für die aktuelle Situation in China verantwortlich ist?«

Daniel zuckte die Schultern. »Es gibt momentan nur eine Anlage, die dazu fähig ist, das Wetter derart zu manipulieren. HAARP 2. Nur fehlen uns leider die Beweise.«

»Und Charles St. Adams arbeitet inzwischen für die CIA?«

»Auch das ist nur eine Vermutung. Aber ich gehe davon aus, dass er sein Wissen bereitwillig mit der CIA geteilt hat.«

»Wirklich bereitwillig?«

»Ich denke, Lance Deckard hat ihn entsprechend motiviert. Haftverschonung oder gelockerter Hausarrest anstelle von 856 Jahren Einzelhaft. Etwas in dieser Richtung.«

»Dazu würde passen«, überlegte sie, »dass der Name St. Adams in der offiziellen Berichterstattung nie gefallen ist.«

»Genau davon rede ich.«

»Weißt du, was ich mich seit Tagen frage?« Sie nippte an ihrem Glas. »Wann werden die Chinesen auf diese Ausnahmesituation reagieren? Und wie?«

»Schwer zu sagen, ob sie überhaupt reagieren können.«

»Wie meinst du das?«

»Ich habe da so eine Theorie.« Er lehnte sich zurück und spielte mit seinem Glas herum. »Seit über zwei Wochen regnet es im Norden Chinas praktisch ununterbrochen. Verheerende Unwetter haben schon jetzt große Teile der sogenannten chinesischen Kornkammer überschwemmt und die Ernten vernichtet. Wenn das so weitergeht, droht China eine gewaltige Hungersnot.«

»Eben darum verstehe ich nicht, dass sie nichts dagegen unternehmen«, warf Laura ein. »Sie hätten doch die Möglichkeiten dazu.«

»Heilongjiang wurde zerstört«, erinnerte Daniel sie, »und die WetTec-Anlagen wurden auf Druck der internationalen Gemeinschaft bis auf Weiteres stillgelegt.«

»Aber warum lassen die Amerikaner es in China regnen? Wäre eine Dürre nicht der logische Weg, um Ernten zu vernichten?«

Daniel schüttelte den Kopf. »Dürren kann man mit Regen beikommen. Dazu wären die Chinesen nach wie vor mittels Silberjodid-Impfungen imstande. Einen Monsun jedoch können sie nicht bekämpfen.«

»Die Amerikaner haben den Spieß umgedreht und Chinas

wunden Punkt getroffen«, erkannte Laura. »Jetzt rächen sie sich bitter für ›Emily‹.«

Daniel stand auf, trat ans Fenster und sah nachdenklich hinaus. »Sieht so aus, als hätte das US-Militär sein Ziel nun doch erreicht, das es seit mehr als zwanzig Jahren anstrebt. Man beherrscht das Wetter.«

Eine Weile schwiegen sie. Schließlich sah Daniel auf die Uhr und nahm seine Jacke von der Stuhllehne. »Ich muss los. Letzte Vorbereitungen für die Sendung.« Er verabschiedete sich von Robin, danach brachte Laura ihn zur Tür.

»Eigentlich sollten es die Menschen nach ›Emily‹ besser wissen«, sagte Laura. »Dieser Hurrikan war ein Warnschuss. Es hätte weitaus schlimmer kommen können.«

Daniel nickte. »Genau deswegen darf die aktuelle Situation in China nicht unter den Tisch gekehrt werden.«

»Du willst also tatsächlich in deiner Sendung die Wahrheit zur Sprache bringen?« Sie legte ihm eine Hand auf den Unterarm. Es widerstrebte ihr, ihn gehen zu lassen. »Deckard wird es nicht gefallen, wenn du bestimmte Dinge ausplauderst.«

Er zuckte mit den Schultern. »Das Schlimmste, was mir geschehen kann, ist, dass man mich als Spinner und Verschwörungstheoretiker dastehen lässt. Es wäre nicht das erste Mal.«

Er lächelte, und sofort kamen seine sympathischen Fältchen um die Augen herum wieder zum Vorschein, die Laura von Anfang an so gefallen hatten. »Hey, ich weiß, was ich tue.«

»Ich hoffe es«, erwiderte Laura.

Nachwort

Das Wetter nach eigenen Vorstellungen zu verändern ist einer der ältesten Träume der Menschheit. Das weiß nicht nur Daniel Bender in *Sturm*. Bereits um 360 v. Chr. hat der griechische Philosoph Platon den Bewohnern von Atlantis die Fähigkeit zugesprochen, durch Beeinflussung der Regenfälle zwei Ernten pro Jahr einfahren zu können. Auch in der Bibel finden sich viele Beispiele für die tödliche Macht des Wetters, hervorgerufen durch göttliche Manipulation. Man denke an die zehn Plagen, die über Ägypten hereinbrachen, oder an die Sintflut – die Mutter aller Unwetterkatastrophen.

Heutzutage sind Wettermanipulationen kein bloßes Gedankenspiel mehr. Längst stehen moderne wissenschaftliche Methoden im Vordergrund, die man zwingend von diversen Spinnereien abgrenzen muss, wie sie im Internet leider häufig im Zusammenhang mit Wetterbeeinflussung und HAARP zu finden sind. Auf obskuren Blogs, in undurchsichtigen Foren und in sozialen Netzwerken ist da von weltumspannenden Chemtrails die Rede, von künstlich ausgelösten Erdbeben und von Gedanken- und Bewusstseinskontrolle via elektromagnetischer Strahlen. Nur um einige Beispiele zu nennen. Moderne Wetterbeeinflussung hat mit derartigen Verschwörungstheorien nichts zu tun. Im Gegenteil.

Manipulationen des Wetters sind längst an der Tagesordnung. Weltweit werden jährlich Tausende Eingriffe in den natürlichen Wetterablauf vorgenommen. Vollkommen legal und offiziell. Alleine das Staatliche Chinesische Wetteränderungsamt hat seit dem Jahr 2002 nach eigenen Angaben mehr als 500 000 Eingriffe durchgeführt. Vor allem in den USA, Russland, Australien, Thailand, hauptsächlich aber in China, wird das Wetter täglich dutzendfach manipuliert. Über den Globus verteilt verdienen Hunderte Unternehmen gutes Geld damit, der Landwirtschaft Regen zu bringen oder potenziell gefährliche Niederschläge zu vermeiden.

Selbstredend bilden privatwirtschaftliche Interessen nur einen Teil des Themas ab. Die potenziellen militärischen Anwendungen sind vielfältig und überaus besorgniserregend. Zu diesem Schluss kommt auch das Planungsamt der Deutschen Bundeswehr in einer Zukunftsanalyse Ende 2012.

Auslöser für die Idee zu *Sturm* war eine Studie des US-Militärs von 1996, die den Titel trug: *Wir besitzen das Wetter im Jahr 2025*. Darin werden Szenarien beschrieben, wie man Militäroperationen mit Hilfe von Wettermanipulationen unterstützen könnte. Darunter findet sich auch die Idee, südamerikanische Drogenkartelle in ihren Festungen mit gesteuerten Tropenstürmen außer Gefecht zu setzen.

Man mag einwenden, dass bisher keines dieser Szenarien verwirklich wurde. Aber woher wollen wir das wissen? Und wie könnte man das Gegenteil beweisen? In *Sturm* merkt General Williamson zu Recht an: »Beweise? Genau darum geht es doch bei Kriegsführung mittels Wettermanipulation: Es gibt keine Beweise! Ein Land merkt nicht einmal, dass es angegriffen wird. Und schon gar nicht, von wem.« Nicht umsonst pumpt das US-Militär seit den 1960er-Jahren Milliarden Dollar in diesen Forschungszweig. Heute sind es Behörden wie DARPA, die Projekte wie »Nimbus« finanzieren. Daher wandelt Daniel Bender ein bekanntes Zitat von Mark Twain denn auch folgerichtig ab: »Viele Menschen tun etwas gegen das Wetter, aber keiner redet darüber.«

Sturm ist ein Roman. Er ist fiktiv. Die Namen sämtlicher Protagonisten und Firmen sind frei erfunden, wenn auch teilweise an real existierende Personen und Firmen angelehnt. Ebenso fiktiv sind die Heilongjiang-Anlage und HAARP 2. Die Idee zu HAARP 2 stützt sich jedoch auf die im Bau befindliche Anlage EISCAT 3D, die voraussichtlich ab 2020 in Tromsø, Norwegen, ihre Arbeit aufnehmen wird. Im Endausbau dieses Projekts werden an diversen skandinavischen Standorten insgesamt 100 000 miteinander gekoppelte Antennen gepulste elektromagnetische Wellen in die Ionosphäre abstrahlen. Darüber hinaus sind seit vielen Jahren weltweit Dutzende von HAARP-ähnlichen Anlagen in Betrieb. Der Sinn und Zweck dieser Anlagen lautet offiziell stets »atmosphärische Grundlagenforschungen«. Das kann alles bedeuten und schließt nichts aus.

Fiktiv ist auch das Szenario, das ich mit der Verbindung eines »Ionosphären-Heizers« und des »Diamond«-Gyrotrons geschaffen habe. Obwohl ein modernes Hochleistungsgyrotron zu den unfassbaren Leistungen fähig ist, wie ich sie in Zusammenhang mit Projekt Wendelstein 7-X beschrieben habe, ist die Wissenschaft nach heutigem Stand noch nicht in der Lage, die Meeresoberfläche großflächig zu erhitzen. Meiner Überzeugung nach ist es jedoch nur eine Frage der Zeit, bis der technische Fortschritt dieses fiktive Szenario einholt.

Abgesehen von diesen Freiheiten, die ich mir als Autor genommen habe, um Ihnen, liebe Leser und Leserinnen, eine spannende und interessante Geschichte zu erzählen, existieren alle in diesem

Buch genannten Behörden und Institutionen mitsamt den genannten Studien, Untersuchungen und Projekten – das CIA-Institut für Klimawandel ebenso wie HAARP, DARPA, die diversen Patente oder die Egelsbach Transmitter Facility. Um diese abgeschottete US-Militär-Einrichtung mitten im Herzen Deutschlands ranken sich viele Gerüchte, und niemand weiß genau, wie weitläufig das unterirdische Bunkersystem tatsächlich ist oder wozu die vielen Antennen und Radome wirklich dienen. Auch die Luftionisierer, die in bestimmten Regionen der arabischen Halbinsel zur Regenerzeugung eingesetzt werden, existieren. Noch ist diese Technik nicht ausgereift, aber die bisherigen Ergebnisse sind vielversprechend. Sämtliche Informationen rund um das Staatliche Chinesische Wetteränderungsamt entsprechen den Tatsachen, ebenso die beschriebenen Naturkatastrophen und unerklärlichen Wetterphänomene. Ob hier kausale Zusammenhänge bestehen, wie ich sie in *Sturm* herleite, sei dahingestellt. Aber können wir es ausschließen?

Ebenso haben sich alle beschriebenen missglückten Wetterexperimente, mitsamt deren Folgen, nachweislich so ereignet. Teilweise wurden manche der Hintergründe erst fünfzig Jahre später von offiziellen Stellen bestätigt, wie zum Beispiel bei der Katastrophe von Lynmouth in England. Ich bin mir sicher, diesbezüglich liegt so manches noch im Dunkeln. Lediglich die im auftauenden Permafrostboden versinkende Stadt Jakutsk sowie der austrocknende Lake Alexandria in Australien sind voll und ganz meiner Fantasie entsprungen.

Jedes Jahr werden weltweit Tausende Eingriffe in die atmosphärische Zirkulation durchgeführt.»Der Flügelschlag eines Schmetterlings in Peking kann einen Hurrikan in New York auslösen.« So lautet, vereinfacht gesagt, das Credo der Chaosmathematik, deren Paradebeispiel das Wetter ist. Manipuliert man das

Wetter an einem bestimmten Punkt, sind die Nebeneffekte unvorhersehbar. So kann ein kleiner, durch Silberiodid-Impfung erzeugter Regenschauer zur Dürrebeseitigung weit entfernt an einer anderen Stelle zu einem gefährlichen Schneesturm führen (siehe Peking 2009). Wenn aber selbst ein einziger Eingriff nicht ohne Auswirkungen bleibt, was bewirkt dann erst eine stetig zunehmende Anhäufung an derartigen Manipulationen?

Doch ich will nicht schwarzmalen. Ein Szenario wie in *Sturm* liegt, wenn überhaupt, in ferner Zukunft; in absehbarer Zeit wird sich niemand auf diesem Planeten zum Beherrscher über das Wetter aufschwingen. Ich fürchte allerdings, dass viele Nationen – genau in diesem Augenblick – exakt an diesem Ziel arbeiten.

PS: Viele weitere Informationen und Links zu entsprechenden Internetseiten zu diesem Thema finden sich auf meiner Homepage: www.uwelaub.de

Dort können Sie auch mit mir in Kontakt treten und mir Feedback geben. Ich freue mich!

Danksagung

Um einen Roman zu schreiben, benötigt ein Autor hilfsbereite Menschen, die ihn während der unterschiedlichen Phasen des Schreibprozesses unterstützen. Ohne die Hilfe dieser Menschen wäre *Sturm* niemals in dieser Form entstanden. Ich möchte mich deswegen bei folgenden Personen ganz herzlich bedanken:

Dr. Florian Sellmaier und Bernadette Jung vom Deutschen Zentrum für Luft- und Raumfahrt in Oberpfaffenhofen für hochinteressante Gespräche rund um die Technik sowie Abläufe von Satellitenmissionen und für die Möglichkeit, hinter die Kulissen zu blicken.

Dennis Feltgen und John Cangialosi vom National Hurricane Center in Miami für spannende und erhellende Einblicke rund um die Vorhersage, Analyse und Überwachung von tropischen Sturmsystemen sowie für Einblicke in Evakuierungsabläufe und in die Missionen der Hurricane Hunters.

Michael Nonnengäßer von Nonnengäßer&Tebbi Orthopädietechnik für bemerkenswerte Einblicke rund um moderne Bein-Prothesen.

Alle Fehler in Bezug auf technische und wissenschaftliche Aspekte, die sich in *Sturm* eingeschlichen haben, sind allein auf mich zurückzuführen.

Bedanken möchte ich mich ferner bei:

Tim Müller von Heyne und Heiko Arntz für das kritische und äußerst aufmerksame Lektorat sowie die wertvollen Hinweise zur Story.

Markus Naegele und dem gesamten Heyne-Team für die professionellen Arbeiten, die rund um die Entstehung eines Buches notwendig sind.

Markus Michalek von der AVA-International für seine Begeisterung für *Sturm*, seinen unermüdlichen Einsatz und dafür, dass er immer ein offenes Ohr für mich hat.

Roman Hocke und dem gesamten AVA-International-Team für die hervorragende Betreuung und professionelle Arbeit.

Rainer Wekwerth, der die Geschichte und den Plot mit mir durchgegangen ist und wie immer wertvolle Kommentare und Anregungen dazu geliefert hat.

Meinen Damen aus dem Büro, die mir stets den Rücken freihalten und mir Arbeit abnehmen, damit ich mir Zeit zum Schreiben freischaufeln kann. Andrea, Katrin, Simone, Conny, Anita und Anni – ich weiß das sehr zu schätzen.

Meine Freunde vom Club der fetten Dichter, die immer ein offenes Ohr und wertvolle Tipps für mich haben. Nirgendwo schmeckt der Ouzo besser als bei Perry mit euch.

Ich danke Ihnen, liebe Leserinnen und Leser, dass Sie sich aus einer Vielzahl an wundervollen Büchern für *Sturm* entschieden haben. Ich hoffe, ich konnte Ihnen viele spannende Stunden schenken.

Mein größter Dank aber gilt meiner Familie, in erster Linie meiner Frau Marion für ihre wertvollen Anmerkungen und Hinweise zum Manuskript, vor allem aber für ihre Liebe, Geduld und Unterstützung – insbesondere wenn es mal nicht so lief, wie ich mir das vorgestellt hatte. Ebenso danke ich meiner Tochter

Amélie und meinen Eltern, die immer Verständnis für mich zeigen, immer für mich da sind und mir die Freiräume ermöglichen, um zu schreiben. Ich liebe euch!

Uwe Laub, Frühjahr 2017